Books on Demand, Norderstedt

Der Autor

In seiner biographischen Erzählung
„Die wundersame Holzbank" schildert der Autor
die durch ein spirituelles Erlebnis bedingt Metamorphose seines jungen Lebens.
Nach zwanzig Jahren ärztlicher Leitung einer Klinik
galt es, den Ruhestand mit Leben zu erfüllen.
Malen und vor allem Schreiben wurden zu einer fordernden, fördernden und das Selbstwertgefühl stabilisierenden Leidenschaft.

Danke

Mein besonderer Dank gilt Herrn Oliver Krüger für
die qualifizierte Unterstützung bei der
Internet-Veröffentlichung.

Wenn der Himmel die Erde berührt

Hubertus Saurbier

Roman

Books on Demand, Norderstedt

Widmung

In meiner Erzählung **„Die wundersame Holzbank"** beschreibe ich die erste Begegnung mit meiner Frau als ein Wunder. Bis heute erlebe ich jeden Tag mit Ihr als ein Geschenk Gottes.

© 2017
Herstellung und Verlag:
BoD – Books on Demand, Norderstedt.
ISBN: 9783743173583

1

„Kommissariat Köln-Ehrenfeld, PKA Susanne Poth, was..."
„Schnell, kommen sie schnell", wurde sie von einer panisch frustrierten Frauenstimme unterbrochen, „Banküberfall hier bei uns ... Kreissparkasse Subbelrather Straße 129. Im Büro unseres Filialleiters ist soeben geschossen worden. Hilfe, schnell, schnell."
„Wie viele Täter, wissen Sie das?"
„Einer, ein Mann. Obwohl er eine Kapuze übergezogen hatte, konnte ich sein Gesicht sehen, ich glaube, ich habe ihn erkannt."
„Versuchen Sie Ruhe zu bewahren. Wir sind in ein paar Minuten bei ihnen.
"Die Kollegen hatten über die Sprechanlage mitgehört.
Hauptkommissar Kötter war aufgesprungen, riss seine unverzichtbare ‚antike' Lederjacke von der Stuhllehne und stürzte hinaus. „Wimmer, Matuscheck, ihr kommt mit!"

Mit Blaulicht, Martinshorn und sich durchdrehenden Reifen schoss der Einsatzwagen davon.
„Wimmer, fordere Verstärkung an."

Eine Vollbremsung brachte wenige Minuten nach dem Eingang des Notrufes den Wagen unmittelbar vor dem Haupteingang der Sparkasse zum Stehen.

Noch bevor die drei Kripobeamten das Fahrzeug verlassen hatten, sahen sie, dass ein junger Mann durch die Drehtür des Haupteinganges herauswankte und sich Halt suchend an eine Glaswand lehnte. Aus seinem blassen Gesicht starrte er die herbeistürmenden Männer mit schreckgeweiteten Augen an.
„Hauptkommissar Kötter, meine Kollegen. Können Sie uns sagen, was da drinnen los ist?"
Der junge Mann versuchte, Haltung anzunehmen: „Sie kommen zu spät. Der Kerl ist abgehauen."
Als in diesem Moment der Rettungswagen auftauchte, stöhnte er:
„Ich hatte die Rettung angerufen. Aber ich glaube, da ist nichts mehr zu machen. Das Schwein hat unseren Chef einfach abgeknallt."
„Auto, Motorrad, Fahrrad oder zu Fuß … in welche Richtung?" bedrängte Kötter den jungen Mann, „nun sagen Sie schon!"
„Ich weiß es nicht. Als ich mich eben rauswagte, kamen sie an. Von dem Typ habe ich nichts mehr gesehen."

„Matuscheck, du sorgst dafür, dass keiner die Bank verlässt, die Angestellten und auch die Kunden nicht."

Kötter stürmte in die Schalterhalle. Eine ängstliche Kundin wies wortlos auf die offen stehende Tür eines hell erleuchteten Raumes. Sie verbarg ihr Gesicht hinter beiden Händen und schüttelte immer wieder den Kopf.
„Darf ich fragen, wer Sie sind", wandte sich Kötter an die beiden verzweifelt und erschöpft wirkenden

Männer, die zu beiden Seiten des am Boden Liegenden knieten.
„Wir sind Angestellte der Bank".
Beide rappelten sich auf.
„Ich bin Wilhelm Winter und mein Kollege Axel Bender. Wir hörten den Schuss und sahen, wie ein Mann mit Kapuze ganz gemächlich das Büro unseres Chefs verließ. Der schien überhaupt keine Eile zu haben. Als der Kerl dann durch den Haupteingang verschwunden war, sind wir direkt hierher. Das, was wir befürchtet hatten, war eingetroffen. Wir sahen den Chef hier auf dem Rücken liegen und dann das viele Blut da in der Herzgegend. Da war kein Puls und keine Atmung mehr. Furchtbar, die starren Augen. Wir haben versucht, ihn wiederzubeleben, aber keine Chance."
Kötter wandte sich an seine Kollegen Wimmer und Matuscheck. „Seht zu, dass ihr so schnell wie möglich eine brauchbare Täterbeschreibung bekommt und bittet die Kollegen, die jetzt hoffentlich bald eintreffen, in der näheren Umgebung nach diesem Typ Ausschau zu halten."
„Ja, Chef", antwortete Wimmer, „bei der Spurensicherung habe ich schon angerufen und die Staatsanwaltschaft ist auch informiert."

„Und ich", brummelte Kötter vor sich hin, „werde mir jetzt als erstes die Frau vornehmen, die den Überfall gemeldet hat."
Er schaute sich im Schalterraum um.
„Ich bin Hauptkommissar Kötter", machte er laut auf sich aufmerksam, „ich leite diesen Einsatz hier. Wer von ihnen hat uns vorhin angerufen?"

Eine kleine, unscheinbare Frau Anfang fünfzig erhob sich von ihrem Schreibtischplatz.

„Das war ich, ich habe den Überfall gemeldet. Als der Schuss fiel, waren wir hier alle der Meinung, dass wir Besuch von einem brutalen Bankräuber hatten. Aber dieser Mensch wollte kein Geld. Der Killer hatte nichts anderes im Sinn, als unseren Chef hinzurichten."

Kötter wies auf die Besucherecke, - „kommen Sie, setzen wir uns dorthin". Er hatte bemerkt, dass die Frau am Ende ihrer Kräfte war. „Darf ich nach Ihrem Namen fragen?"

„Ich bin Maria Lingsfeld und arbeite hier seit über zwanzig Jahren."

„Zunächst habe ich nur zwei Fragen an Sie", versuchte Kötter mit sanfter Stimme beruhigend auf die Frau einzuwirken.

„Als erstes möchte ich wissen, warum Sie bei uns angerufen und nicht , wie üblich, den Notruf der Polizei gewählt haben?"

„Ach so", meinte die immer noch zitternde Frau und versuchte ein Lächeln: „Herr Kommissar, Se mösse wesse, ich ben e kölsch Mädche, ich ben he in Ihrefeld jebore. Ich han jedaht, dat ühr flöcker he sit wie de Poliziste."

Kötter schmunzelte und legte beruhigend seine Hand auf ihren Unterarm. „Liebe Frau Lingsfeld, Sie haben am Telefon gesagt, dass Sie den Mörder eventuell kennen …"

Mit gespannter Aufmerksamkeit beobachtete er die Zeugin.

„Herr Kommissar", versuchte sich die Angestellte jetzt wieder hochdeutsch, „net eventuell, ich kenne ihn tatsächlich. Da bin ich mir absolut sicher. Sein

Name fällt mir im Moment nicht ein. Ich ben zo objeräch. Aber ich weiß, dass der Mann ein enger Mitarbeiter von Josef Clemens ist. Dieser Clemens ist ein bekannter Bauunternehmer und einer unserer prominentesten Kunden. Der … äh … Täter … war oft mit dabei, wenn der Clemens dort im Büro mit unseren Chef verhandelt hat. Herr Kommissar, do jit et jakene Zweifel. Dat nämm ich sojar op menge Eid, wenn et nüdich es."

„Liebe Frau Lingsfeld, ich hab da noch eine Frage, die Sie als langjährige Mitarbeiterin vielleicht beantworten können. Gab es zwischen dem Baulöwen Clemens und der Kreissparkasse irgendwelche geschäftlichen Probleme? Hatte Ihr Chef Ärger mit diesem Clemens?"

Sie schaute den Kommissar überrascht an: „Wo denken Sie hin? Zwischen den beiden hat es, soweit ich das mitbekommen habe, nie irgendwelche Unstimmigkeiten gegeben. Das Bauunternehmen Clemens steht finanziell auf absolut soliden Füßen. Ich glaube, die beiden waren sogar befreundet. Zumindest trafen sie sich öfters beim Golfen. Herr Kommissar, wenn Sie mich fragen, dann bin ich mir ziemlich sicher, dass Herr Clemens nichts mit diesem Mord zu tun hat. Der wird aus allen Wolken fallen, wenn er erfährt, was seinem Mitarbeiter zur Last gelegt wird."

„Kötter erhob sich und legte seine Hand auf ihre Schulter. „Das war's vorerst. Vielen Dank. Ich werde vielleicht später noch mal auf Sie zurückkommen."

Die Befragung der übrigen Sparkassenangestellten und der zur Tatzeit anwesenden Kunden erbrachte keine weiterführenden Erkenntnisse.

Dem Bericht der Rechtsmedizin war zu entnehmen, dass Schmidtbauer mit einem Schuss aus einer 9,5 mm bersa Pistole getötet worden war. Das Projektil hatte den rechten Vorhof zerfetzt. Es handelte sich überraschenderweise nicht um einen Durchschuss. Die Kugel war im wulstigen, wirbelsäulennahen Bogen einer Rippe stecken geblieben.

Ein Tötungsdelikt, ein Mord, dessen Aufklärung sozusagen auf dem Silbertablett serviert wurde. Eine Tatzeugin, die den Mörder eindeutig identifizieren konnte und drei Überwachungskameras lieferten ein erkennbares Bild des mehr als mutmaßlichen Täters.
Der beschuldigte Assistent von Baumogul Josef Clemens konnte allerdings nicht festgenommen werden.
Über zwanzig Zeugen, Bauarbeiter, Architekten und Bauunternehmer Clemens selber lieferten dem Beschuldigten ein absolut wasserdichtes Alibi. Zur Tatzeit befanden sich alle Beteiligten auf einer Großbaustelle in Köln Klettenberg.
Auch der aufkommende Gedanke an einen eineiigen Zwillingsbruder des Verdächtigen musste fallengelassen werden.
Aufwendige High-Tech-Vergleiche von Privatfotos und qualitativ nicht optimalen Bilder der Überwachungskameras durch die KTU waren nicht in der Lage, das riesige mysteriös anmutende Fragezei-

chen, welches über diesem Mordfall schwebte, zu beseitigen.
Unvorstellbar, der eindeutig am Tatort erkannte Mörder hatte ein unanfechtbares Alibi.
Die Durchsuchung der Wohnung des Ermordeten erbrachte keinerlei sachdienliche Hinweise.
Allerdings gab es für die Beamten, die Schmidtbauers Wohnung auf Hinweise für ein Tatmotiv unter die Lupe nehmen sollten, einige große Überraschungen.
Zunächst staunten sie über die Adresse. Sie führte sie in eines der teuersten Wohngebiete der Stadt Köln, nach Marienburg. Die zweite Überraschung war, dass Schmidtbauer nicht in der zu erwartenden Junggesellenwohnung von 90 Quadratmeter lebte, sondern eine Luxusvilla von mehr als 200 qm bewohnte.
Ein riesiges, parkähnliches Grundstück, das von einer 2 Meter hohen, weiß gestrichenen Mauer umgeben war. Die luxuriöse Einrichtung des Hauses rundete das Bild ab.

Als Kötter ins Kommissariat zurückkehrte, ging er direkt zu seiner jungen Mitarbeiterin Poth.
„Haben Sie noch etwas über den getöteten Schmidtbauer herausgefunden? Hatte er Angehörige und wenn ja, sind diese bereits benachrichtigt worden?"
„Ja und nein. Er bevorzugte wohl das Junggesellendasein. Von einer festen Freundin oder gar Verlobten war nie die Rede. Eine Sparkassenangestellten wusste, dass Schmidtbauer keine Eltern mehr hatte. Seine Mutter sei sehr früh an Krebs gestorben und sein Vater, ein erfolgreicher Immobilienhändler aus Bielefeld, hat vor gut zwei Jahren einen tödlichen

Herzinfarkt erlitten. Geschwister hat Schmidtbauer keine. Das ist alles. Tut mir leid." Kötter deutete eine wegwerfende Handbewegung an und wandte sich ab.

„Entschuldigen Sie", stoppte Poth den Kommissar:" Da wäre noch etwas, von dem ich aber überzeugt bin, dass es für unseren Fall nicht relevant sein dürfte."

„Liebe Kollegin, ein guter Rat von mir" unterbach Kötter, „schreiben Sie sich das hinter Ihre hübschen Ohren. Auch die kleinste Spur muss erst sorgfältig geprüft werden, ehe man sie in den Papierkorb wirft. Nun machen Sie es nicht so spannend. Schießen Sie schon los."

„Okay, eine Angestellte erinnerte sich daran, dass Schmidtbauer mehrmals im Jahr für ein paar Tage nach Furth im Wald gefahren sei, um seine beiden dort in einem Heim lebenden Großeltern zu besuchen. Er habe mal erwähnt, dass das seine einzigen noch lebenden Verwandten seien."

„Frau Poth, rufen Sie dort an und lassen mich wissen, was Sie in Erfahrung bringen konnten. In diesem eigenartigen Fall sind wir gezwungen, jede Spur, mag sie noch so bedeutungslos erscheinen, zu verfolgen."

Mit einer nicht zu überhörenden Portion Stolz in der Stimme ließ sie den Hauptkommissar wissen, dass dies bereits geschehen war.

„… Die Großmutter ist 85 Jahre alt und dement, und der 89-jährige Großvater leidet unter Herzinsuffizienz. Die Leiterin des Pflegedienstes, eine Frau, Moment, ja hier hab ich´s aufgeschrieben, eine Frau Makowitsch, war der Meinung, die Großeltern nicht mit der Nachricht über den Tod und erst recht nicht über das gewaltsame Ableben ihres einzigen Enkels zu belasten."

„Das war jetzt wirklich alles? Danke."

„Ach Herr Kötter", rief sie ihrem Chef noch hinterher, „das Heim, in dem die alten Schmidtbauers betreut werden, trägt den Namen ‚Kaiser-Residenz.'" Kötter wandte sich kurz um. „Sollte alles in Ihrem Bericht nachzulesen sein."

2

8 Monate später.

„Kreiskrankenhaus Marienburg, Sekretariat Professor Hagedorn, Britta Burmann."

„Hallo Frau Burmann, Friedrichs hier, Dr. Friedrichs, kann ich Ihren Chef sprechen? Es geht um den Sohn unseres Bürgermeisters."

„Sie haben Glück, er ist soeben von der Visite zurück. Moment, ich stelle durch."

„Guten Morgen Herr Kollege Friedrichs, was kann ich für Sie tun?"

„Hallo Herr Professor, bin ich froh, Sie erreicht zu haben. Ralf Wolters, der Sohn von Dr. Wolters, unserem Bürgermeister, sitzt mir hier gegenüber und sieht gar nicht so gut aus. Fühlt sich abgeschlafft, hat Krämpfe im Bauch und verspürt eine leichte Übelkeit. Anhand der Anamnese und der Symptome tippe ich auf eine akute Hepatitis. Er ist seit gut drei Wochen von einem vierzehnzägigen Tunesienurlaub zurück. Er erinnert sich, dort zweimal Muschelgerichte zu sich genommen zu haben. Geimpft war er nicht.

Ich würde ihn gerne zur weiteren Abklärung so schnell wie möglich, am liebsten heute noch, bei Ihnen auf die Privatstation einweisen. Ist da was zu machen?"

„Ein Augenblick, Herr Kollege, ich höre eben nach." Friedrichs lächelte seinen Patienten an: „Könnte klappen."

Seine Aufmerksamkeit wurde jetzt wieder vom Telefon in Anspruch genommen.

„Wir haben Glück. Morgen ab elf Uhr wird ein Einbettzimmer auf der Robert-Koch-Station, 4. Etage, frei."

„Einen schönen guten Morgen Herr Wolters", begrüßte Oberarzt Dr. Roland von Stolzenwerth ein paar Tage später freundlich lächelnd den neuen Patienten.

„Schwester Erika und ich übernehmen heute die Visite. Der Chef lässt sich entschuldigen, er wurde dringend bei einer Notaufnahme gebraucht."
Aufmunternd schaute er den Patienten an, „wir, nein, Sie haben Glück gehabt.
Alle erhobenen Befunde sprechen eindeutig dafür, dass Sie sich in Ihrem Afrikaurlaub eine infektiöse Hepatitis angelacht haben. Glück, weil es sich um eine Hepatitis A, also um die harmlose Form der Leberentzündungen handelt. Nach einigen Wochen Ruhe und entsprechender Diät ist mit einer völligen Ausheilung zu rechnen. Alle anderen Viruserkrankungen der Leber", dozierte von Stolzenwerth weiter, „die mit den Buchstaben B, C, D und E be-

zeichnet werden, haben meist bleibende Leberschädigungen zur Folge."
„Herr Dr. von Stolzenwerth, wie lange, denken Sie, darf ich Ihre Gastfreundschaft genießen?"
„Die übliche, aber auch eine verständliche Frage", lächelte der Mediziner. „Ich will meinem Chef nicht vorgreifen. Aber mit mindestens einer Woche sollten Sie schon rechnen. Wir müssen den Krankheitsverlauf beobachten. Herr Bürgermeister Junior", flachste von Stolzenwerth.
„Herr Doktor, wenn Sie jetzt Ihre hübsche Krankenschwester wären, würde ich Sie umarmen. Haben Sie vielen Dank. Das war ja alles sehr beruhigend zu hören. Muss gleich meinen Vater anrufen, damit er sich keine Sorgen macht."
Ralf Wolters war jetzt in einer euphorischen Stimmung. „Herr Oberarzt, ich weiß, Sie stehen unter Zeitdruck, aber darf ich Ihnen noch eine Frage stellen?"
Von Stolzenwerth wandte sich Schwester Erika zu: „Bereiten Sie schon die Patientenunterlagen für Zimmer 229 vor, ich komme gleich nach."

Von Stolzenwerth schaute seinen Patienten, der sich auf die Bettkante gesetzt hatte, erwartungsvoll an.
„Pardon, meine Frage betrifft nur indirekt mein aktuelles Krankheitsbild. Ich schätze, wir beide sind etwa im gleichen Alter. Ich habe in Freiburg Jura studiert und werde in Frankfurt in einer Anwaltskanzlei arbeiten. Wie viel Schonzeit empfehlen Sie mir, bis ich den Job in Frankfurt antreten kann?"
„Wenn Sie in der glücklichen Lage sein sollten, diesen Zeitpunkt selber bestimmen zu können, würde

ich Ihnen eine Schonfrist von mindestens sechs Wochen nach der Entlassung empfehlen."
Von Stolzenwerth warf lächelnd einen prüfenden Blick auf seinen Patienten. „Jetzt habe ich eine nichtmedizinische Frage an den angehenden Juristen. Was haben Sie in den zwei bis drei Jahren seit dem Studienabschluss gemacht?"
„Ja, ja, ich weiß, Sie Herr Doktor sind bereits Oberarzt und ich werde jetzt erst mit meiner Juristenlaufbahn beginnen. Aber bitte glauben Sie nicht, dass ich herumgefaulenzt oder mir auf Kosten der Eltern die Welt angesehen hätte. Nein, Vater bestand darauf, dass ich in den ersten drei bis vier Jahren nach meinem abschließenden Examen praktische Erfahrungen bei Verwaltungsbehörden, in der Industrie, in der Wirtschaft und in der Kommunalpolitik machen müsse. Er meinte, dass Theorie ohne Praxis als einäugig zu bezeichnen wäre."
Jetzt lächelte er den Oberarzt an.
„Wenn Sie einmal einen juristischen Rat brauchen, wenden Sie sich einfach an mich. Es wäre mir eine Ehre."

Schwester Erika steckte ihren Kopf ins Zimmer: „Herr Doktor, darf ich Sie an die Zeit erinnern."
„Bin schon da." Und zu Wolters gewandt:" Danke für Ihr Angebot. Ich hoffe nur, dass ich nie juristischen Rat benötige."

„Sympathischer Mann, dieser Wolters", meinte Schwester Erika, bevor sie die Tür mit der Nummer 229 öffnete.
Ein wenig später, auf dem Weg zu Zimmer 230 bemerkte sie beiläufig: „Wolters scheint noch Jungge-

selle zu sein. Jedenfalls hatte er bisher noch keinen Damenbesuch."

Von Stolzenwerth schmunzelte: „Wie soll ich das verstehen? ... Scheint wohl Ihr Typ zu sein... Schwester Erika, ich kann Sie beruhigen, der Rechtsanwalt oder Staatsanwalt in Spe ist tatsächlich noch nicht in festen Händen. Oder haben Sie etwas gegen Junggesellen?
„Aber Herr von Stolzenwerth", reagierte Schwester Erika, „so etwas würde ich doch in Ihrer Gegenwart nie behaupten, da Sie doch selber ein leidenschaftlicher Verfechter des Single-Daseins sind ..."
Als sie die Tür zum Zimmer 230 öffnete, bemerkte von Stolzenwerth: „Darüber müssen wir uns noch mal unterhalten."

Frau Sudholz, eine elegante Dame Ende fünfzig und Studienrätin kurz vor der Pensionierung, saß in Erwartung der Visite in ihrem rosafarbenen Frottee-Bademantel auf der Bettkante. Sie strahlte Schwester Erika und von Stolzenwerth an. „Welch eine Freude, Ihr beide heute mal ohne Chef. Bitte, verstehen Sie meine Äußerung nicht falsch. Ich schätze Professor Hagedorn als Mensch und vor allem als Mediziner sehr. Aber wenn er dabei ist, steht Ihr zwei Hübschen immer in der zweiten Reihe ."
„Danke für die Blumen", reagierte von Stolzenwerth, „der Chef kommt auf jeden Fall heute Abend noch vorbei. Er ist gerade in der Notaufnahme ... Wie fühlen Sie sich heute? Spüren Sie Ihren Herzschlag noch so unangenehm deutlich wie vor ein paar Tagen?"

„Herr Oberarzt", strahlte sie, „ich könnte Sie umarmen. Die Beta-Blocker haben voll angeschlagen. Kein Herzklopfen und kein Pulsrauschen in den Ohren mehr. Ich kann wieder schlafen!"
„…und die Blutdruckwerte liegen jetzt wieder im Normbereich", bestätigte Schwester Erika, „gut, dass Sie rechtzeitig zu uns gekommen sind."
Mit besorgter Miene wandte sich die Patientin an von Stolzenwerth. „Meinen Sie, so eine kleine Bewusstseinsattacke, wie vor einer Woche, könnte mal wiederkommen?"
„Frau Studienrätin", entgegnete der Arzt, „ich bin zwar kein Hellseher, aber wenn Sie Ihre Medikamente regelmäßig einnehmen und ein paar Lebensgewohnheiten umstellen, ist mit einer Wiederholung nicht zu rechnen."
„Na, hoffen wir das Beste."
Sie schaute Herrn von Stolzenwerth herausfordernd an, „was meinten Sie damit, als Sie eben ins Zimmer traten und Ihre nette Begleitung wissen ließen, dass sie sich darüber noch mal unterhalten müssten? Ich weiß, so etwas geht mich nichts an. Aber Sie beide sind so liebe Menschen. Sie sollten, auch wenn es mal Probleme gibt, rücksichtsvoll miteinander umgehen."

Von Stolzenwerth legte schmunzelnd den Arm um Schwester Erikas Schultern und schaute sie an: „Wir beide haben doch keine Probleme miteinander. Nein Frau Sudholz, da können Sie sich beruhigen, wir verstehen uns gut und haben wirklich keinen Stress miteinander. Bei meiner Bemerkung von eben handelte es sich um Nebensächliches."

Beim Verlassen des Zimmers stellte Schwester Erika zu sich selbst fest: ‚Wir beide verstehen uns gut, dass ich nicht lache. Unter, sich gut verstehen, könnte ich mir was anderes vorstellen, und wir haben keine Probleme, noch nicht mal das, wir haben leider gar nichts miteinander. Wie gut, dass der Mensch keine Gedanken lesen kann … Vielleicht aber auch schade.'
„Liebe Schwester Erika", mahnte jetzt die Stimme des Oberarztes, „wo wollen Sie denn hin? Was ist mit der Leber auf 231, wollten Sie die auslassen? Ich werde den Verdacht nicht los, dass Sie in Gedanken noch beim Bürgermeister Junior sind. Da kann man ja eifersüchtig werden."

Tage später begegneten sich auf dem Flur der Privatstation Oberarzt von Stolzenwerth und Bürgermeister Wolters.
„Ach da kommt er ja, der Mann, von dem man so viel Gutes hört. Hallo Dok, ich begrüße Sie. Wollte mal nach meinem Jungen sehen. Wie sieht es aus mit ihm?"
Von Stolzenwerth konnte den besorgten Vater weiter beruhigen.
„Da haben wir ja noch mal Glück gehabt, es hätte auch anders kommen können. Der Junge fährt mir ohne entsprechende Impfungen nicht mehr in solche Länder."
Wolters legte vertrauensvoll seine Hand an den Oberarm des Arztes.
„Ich möchte mich, auch im Namen meiner Frau, ganz herzlich für die hervorragende Betreuung von Ralf bedanken.

Herr von Stolzenwerth, mein Sohn, meine Frau und ich haben einen kleinen Anschlag auf Sie geplant. Wir würden Sie gerne in den ersten Tagen nach seiner Entlassung bei uns zu Hause zum Abendessen einladen. Keine Sorge, für meinen Sohn wird es eine leberzuträgliche Kost geben. Sagen Sie uns nur, wenn es Ihnen passt."
Bevor von Stolzenwerth antworten konnte, fuhr Wolters fort: „Hätten Sie was dagegen, wenn wir auch Schwester Erika, die sich so vorbildlich um unseren Sohn gekümmert hat, dazu einladen? Wie ich erfahren habe, wohnt sie hier im Schwesternheim des Krankenhauses."
„Wie könnte ich etwas dagegen haben." „Man muss nur aufpassen", fügte von Stolzenwerth hinzu, „das keine Gerüchte in die Welt gesetzt werden. Aber das sollte kein Problem sein. Okay, ich nehme Ihre Einladung sehr gerne an. Was halten Sie von Freitag in zwei Wochen? Da habe ich einen freien Nachmittag. Herr Bürgermeister, ich vermute mal, dass Sie Schwester Erika persönlich einladen wollen."
„Natürlich, da bleiben Sie, Herr Oberarzt schon wegen der Gerüchte ganz außen vor."
„Entschuldigen Sie Herr Bürgermeister, ich muss weiter. Alles Gute und nochmals vielen Dank für die Einladung. Ich freue mich auf diesen Abend."

Es war ein wunderschöner Spätsommertag. Die Abenddämmerung hatte soeben begonnen. Von Stolzenwerth konnte heute ausnahmsweise pünktlich um 19 Uhr Feierabend machen. Er beschloss, aufgrund des schönen Wetters zu Fuß nach Hause zu gehen und freute sich auf diesen Spaziergang an der frischen Luft.

Der Weg zu seiner Mietwohnung in der Stadt führte über zwei Kilometer durch ein dicht bewaldetes Gebiet.
Er verließ die Klinik und wandte sich dem Wald zu, einem hohen Mischwald aus vorwiegend Buchen und Fichten. Er sog die frischwürzige Waldluft genussvoll ein, erfreute sich am leichten Rauschen der Baumwipfel und fühlte sich mehr und mehr entspannt im zartgrünbraunen Dämmerlicht des Waldes.
Auf einer Bank am Wegesrand saß eine Frau, die zu ihm herschaute. Nach wenigen Schritten erkannte er Schwester Erika. Sie stand auf und kam auf ihn zu.
„Entschuldigen Sie Herr Oberarzt, dass ich Ihnen hier regelrecht aufgelauert habe. Ich kenne ja Ihre Gewohnheit, bei schönem Wetter zu Fuß durch den Wald nach Hause zu gehen. Ich wollte nicht in der Klinik mit Ihnen reden, damit erst gar keine Gerüchte aufkommen. Daher habe ich hier auf Sie gewartet."
Von Stolzenwerth schaute die junge Frau überrascht an. „Und was wollen Sie mit mir besprechen?"
„Nichts Weltbewegendes. Wir beide sind beim Bürgermeister eingeladen. Ich meine, es wäre nicht falsch, wenn wir uns darüber abstimmen, was wir als Gastgeschenk mitnehmen."
„Keine schlechte Idee", reagierte von Stolzenwerth, „darüber habe ich mir noch keine Gedanken gemacht. Ich schätze, Sie haben sich schon etwas einfallen lassen."
„Leider nichts Besonderes, nur so das Übliche."
„Dann erzählen Sie mal, an was Sie gedacht haben."

„Wir sollten nicht zusammenlegen. Jeder von uns bringt etwas mit. Ich glaube, Sie machen keinen Fehler, wenn Sie der Dame des Hauses einen schönen Blumenstrauß überreichen. Ich selber werde zwei Flaschen Rotwein kaufen. Da ich nichts von Wein verstehe, werde ich mich beraten lassen."
Erika wartete jetzt etwas unsicher auf die Reaktion. Stattdessen stellte er ihr eine unerwartete Frage: „Haben Sie heute Spätdienst?" „Nein, warum?" Dann könnten Sie mich doch begleiten. Für den Rückweg bestelle ich Ihnen ein Taxi."
„Da habe ich Bedenken", erwiderte sie zögerlich „vielleicht sieht uns doch jemand. Nicht nur Mitarbeiter, sondern auch Patienten nutzen gelegentlich diesen Weg."
„Schade", meinte von Stolzenwerth, mit Enttäuschung in der Stimme. „Obwohl ich glaube, dass zu dieser Abendzeit keine Patienten mehr unterwegs sind. Aber es ist damit zu rechnen, dass Mitarbeiter der Klinik uns über den Weg laufen könnten."
Zur großen Überraschung Erikas hakte sich von Stolzenwerth in diesem Moment bei ihr ein.
„Soll ich Ihnen mal was verraten," überraschte sie von Stolzenwwerth, „es macht mir Spaß, mit Ihnen ein paar Schritte gemeinsam zu gehen. Es macht mir sogar soviel Spaß, dass es mir völlig egal ist, wenn uns jemand sieht. Allein entscheidend ist nur, dass es Ihnen an meiner Seite auch ein wenig gefällt."
Als klare Antwort schmiegte sie ihren Arm fester um seinen. Von Stolzenwerth blieb plötzlich stehen, ließ ihren Arm los und stellte sich vor sie. „Damit keine Missverständnisse entstehen, möchte ich Ihnen erklären, was ich meine, wenn ich sage, dass es mir

Spaß macht." Er legte beide Arme um sie, zog sie fest zu sich heran und berührte vorsichtig mit seinen Lippen die ihren. Ihre Antwort war überzeugend eindeutig. Sie umarmte ihn mit all ihrer Kraft und küsste ihn leidenschaftlich. Das, was sich in diesem Augenblick spontan offenbarte, war die Erfüllung beider bisher im Verborgenen blühenden Zuneigungen.
Worte oder irgendwelche Reaktionen wären nicht in der Lage gewesen, das unwiderstehliche Magnetfeld zwischen ihnen zu beschreiben. So gingen sie weiter, Hand in Hand und genossen ihre große Liebe.

Von Stolzenwerth hörte etwas und schaute nach rückwärts. „Erika komm ein wenig zur Seite, da kommt ein Radfahrer."
Auch sie schaute zurück und sah die Silhouette eines Mannes auf dem Rad.
Die Wegebeleuchtung war inzwischen angeschaltet und Erika erkannte den Radfahrer. „Das gibt's doch nicht! Roland, schau mal!" Sie blieben stehen und wandten sich dem Radfahrer zu."
„Welch eine Überraschung", rief Roland, „Herr Wolters, unsere Hepatitis A. Wer hat Ihnen erlaubt...?"
„Hallo, Herr Wolters", unterbrach ihn Schwester Erika. „Es geht doch nicht, dass Sie..."
Von Ralf Wolters kam keine Entgegnung. Er hatte in zwei Metern Entfernung vor den beiden angehalten und stützte sich mit einem Bein auf dem Weg ab.
„He, was soll das", rief von Stolzenwerth." „Herr Wolters, mit so etwas spaßt man nicht".
In der Hand des ausgestreckten Armes ihres Gegenübers zielte ein Revolver direkt auf von Stolzenwert-

hs Stirn. Ein Blitz und ein dumpfes Flop, das war alles. Wolters drehte um und fuhr schnell davon.

Erika schaute entsetzt zu Roland hin. Er stand neben ihr. Auf seiner Stirn ein kleines dunkles Loch, aus dem ein Rinnsal Blut floss. Rolands Augen starrten in den Himmel. Er kippte wie eine gefällte Eiche nach hinten um und schlug hart auf dem Boden auf.

Einige Augenblicke der totalen Starre, der totalen Unfähigkeit, sich zu bewegen, irgend etwas zu empfinden oder zu denken. Erika wunderte sich über die eiskalte Nüchternheit, die von ihr Besitz ergriffen hatte. Das erste, was ihr bewusst wurde: ‚Hier sind soeben zwei Morde geschehen. Roland von Stolzenwerth war kaltblütig in ihrer Gegenwart hingerichtet worden und eine junge große Liebe wurde brutal ausgelöscht, noch ehe sie das Licht eines Tages gesehen hatte.'
Sie wollte laut losschreien, aber irgendetwas schnürte ihr die Kehle zu. Ihr Kopf und ihr Herz waren nicht in der Lage, die Tragik dieses Augenblickes zu erfassen.
Als erfahrene Krankenschwester wusste sie genau, dass hier jede medizinische Hilfe zu spät kommen würde. Sie kniete neben der Leiche ihrer großen Liebe.
Sie tat das Einzige, wozu sie in dieser Situation in der Lage war. Sie wählte auf ihrem Handy die Notrufnummer der Polizei.

Kommissar Hirschbach hatte Schwester Erika gebeten, sich mit ihm auf die wenige Meter entfernte Holzbank zu setzen.

Quergestellte Polizeifahrzeuge sperrten den Waldweg in beide Richtungen ab. Das Blaulicht flatterte gespenstig durch den Wald.

„Können Sie mir ein paar Fragen beantworten…", hatte er sie vorsichtig angesprochen, „es ist sehr wichtig … aber zuerst sagen Sie mir bitte Ihren Namen. „Erika Mager", erwiderte Sie. Ich arbeite hier im Krankenhaus als Krankenschwester … Fragen Sie nur, ich wundere mich über mich selber. Ich fühle mich so ruhig, nein falsch, ich fühle mich, als wäre ich eingefroren."

In wenigen Worten schilderte sie dem Kommissar die unglaublichen Geschehnisse und informierte ihn auch darüber, dass der Täter zur Zeit Patient der Privatstation des hiesigen Krankenhauses sei und von Oberarzt von Stolzenwerth und ihr betreut worden sei.

„Herr Kommissar, es gibt keinerlei Zweifel daran, dass Ralf Wolters, Sohn des Bürgermeisters, diesen unbegreiflichen Mord begangen hat. Herr von Stolzenwerth hatte ihn genauso wieder erkannt wie ich."

„Der Mörder, dieser Wolters, kann diese Tat meiner Meinung nach nur im Rahmen eines akuten schizophrenen Schubes begangen haben. Anders kann ich mir das nicht erklären. Herr Kommissar, bitte haben Sie Verständnis, ich möchte jetzt nachhause…?"

Schwester Erika schlug automatisch den Weg ins Schwesternheim ein. Sie war illusionslos vor knapp zwei Stunden losgegangen, um mit dem Oberarzt über die Mitbringsel nachzudenken. Innerlich wie tot kehrte sie zurück.

Von den umfangreichen polizeilichen Aktivitäten in und vor der Klinik nahm sie keine Notiz.
Schwester Erika hatte ein starkes Schlafmittel genommen. Kurz vor Mittag klopfte es an die Tür ihres kleinen Apartments: „Ich bin es, Martha Mertens. Wann kann ich Sie sprechen. Auch Kommissar Hirschbach hat angefragt. Ich benötige dringend Ihre Hilfe."
„Ich bin in einer Stunde in Ihrem Büro", rief Erika zurück.
„Kommen Sie allein zurecht oder brauchen Sie Hilfe", fragte die Personalchefin noch nach.
„Nein, danke, es geht schon."

Als Schwester Erika zur verabredeten Zeit erschien, war der Kommissar schon anwesend.
„Liebe Schwester Erika, das muss ja entsetzlich gewesen sein, was Sie gestern Abend erlebt haben. Herr Hirschbach hat mich informiert. Wie geht es Ihnen, können wir etwas für Sie tun?"
„Nein danke", lächelte Schwester Erika gequält.
„Erika", bot Frau Mertens an, „wir beide werden uns später darüber unterhalten, wie es jetzt weiter geht. Ob Sie vielleicht erstmal Urlaub nehmen wollen …. Der Kommissar möchte Wichtiges von Ihnen wissen. Ich überlasse Ihnen mein Büro." Sie verließ den Raum.
„Herr Kommissar, bitte haben Sie Verständnis dafür, dass ich mich noch wie zerschlagen fühle. Ich habe gestern Abend ein Schlafmittel genommen. Aber ich werde mir Mühe geben, Ihre Fragen zu beantworten. Das Schlimmste ist, dass ich mich ständig frage, was da passiert ist, ohne eine Antwort zu finden. Sagen Sie es mir."

„Frau Mager" erklärte der Kommissar, „mir geht es wie Ihnen. Auch ich habe viele Fragen und keine einzige Antwort. Sie sind meine einzige Hoffnung, etwas Licht in das Dunkel zu bringen."
Kommissar Hirschbach räusperte sich, nahm sein Notizbuch zur Hand und schaute Erika an, die wie ein Häufchen Elend ihm gegenüber saß.
„Zuerst die wichtigste Frage. Sind Sie immer noch sicher, dass es Ralf Wolters war? Bitte versuchen Sie, sich genau zu erinnern. Vielleicht gab es nur eine Ähnlichkeit?" Erwartungsvoll schaute er sie an.
„Herr Kommissar, da brauche ich mich nicht anzustrengen. Ich bin mir zu hundert Prozent sicher. Es war eindeutig dieser Ralf Wolters, unserer Patient von der Privatstation. Sie können mir glauben, dass ich diesen Typ genau kenne. Herr Kommissar, da gibt es nicht die Spur eines Zweifels. Warum trauen Sie mir nicht?"
„Das will ich Ihnen sagen" entgegnete Hirschbach, „dank Ihrer Aussage von gestern haben wir zu später Stunde beim zuständigen Staatsanwalt einen Haftbefehl angefordert. War nicht ganz einfach. Immerhin ist es der Sohn des Bürgermeisters. Und hinzukommt, dass Ralf Wolters Jurist ist.
Wir wussten, dass er zurzeit bei seinen Eltern wohnt. Also bin ich anschließend dorthin. Der Bürgermeister persönlich öffnete mir gegen Mitternacht die Tür. Als ich ihm den Wisch des Staatsanwaltes vor die Nase hielt, wäre es fast zu einem Eklat gekommen. Es fielen einige unschöne Worte."
Hirschbach fuhr sich mit der Hand nervös über sein Gesicht, als wolle er etwas wegwischen, was ihn sehr störte. „Gott sei Dank hat er sich sofort in aller

Form bei mir entschuldigt dafür, dass er mich spontan als geistesgestört bezeichnet hatte."
‚Entschuldigen Sie Herr Kommissar', hatte er erklärt, ‚aber der Haftbefehl gegen meinen Sohn ist schlicht und einfach ein Witz. Wann soll die Tat begangen worden sein' … ‚Hier steht was von 21 Uhr? Dass ich nicht lache. Um diese Zeit habe ich mit meinem Sohn telefoniert. Als ich ihn in seinem Zimmer auf der Privatstation anrief lag er schon im Bett und sah sich einen Film im Fernsehen an. Das Gespräch dauerte mindestens 20 Minuten. Wir haben über die Einladung gesprochen, die unmittelbar nach seiner Entlassung stattfinden sollte. Ach ja, Herr Kommissar, Sie wissen noch garnichts von dieser Einladung. Meine Frau und ich haben Schwester Erika und Herrn von Stolzenwerth zu einem Abendessen bei uns zu Hause eingeladen. So zu sagen als Dankeschön für die hervorragende fachliche und menschliche Betreuung meines Sohnes. Ich hatte den Eindruck, dass sich Ralf und von Stolzenwerth ganz gut verstanden.' Nach einem kurzen Überlegen fuhr er fort. ‚Da war noch was, das für sie Herr Kommissar von Bedeutung sein kann. Unser Gespräches fand eine kurze Unterbrechung. Ein Pfleger musste bei meinem Sohn Blutdruck messen. Sie sehen, mein Sohn kann diesen Mord nicht begangen haben.'
„Schwester Erika, Sie können sich vorstellen, dass ich wie ein geprügelter Hund nach Hause geschlichen bin."
Hirschbach lehnte sich zurück und schloss die Augen. Er wartete auf eine Reaktion seiner Hauptzeugin.

„Herr Kommissar", meinte Schwester Erika, „ich bin bereit, einen Eid vor Gericht darauf zu schwören, dass niemand anders als Ralf Wolters der Todesschütze war."

„Okay" resignierte der erfahrene Ermittler, „Sie sehen ein, dass wir so nicht weiter kommen. Darf ich Ihnen jetzt ein paar Fragen zu Roland von Stolzenwerth stellen?"

„Bitte", bestätigte sie ein wenig verärgert über die Zweifel an ihrer Aussage. „Hatten Sie ein Verhältnis mit dem Oberarzt?"

Sie zögerte. „Ich weiß nicht, was Sie unter einem Verhältnis verstehen. Wir mochten und verstanden uns. Aber sonst war da nichts. Ich gebe zu, leider. Aber das gesamte weibliche Personal der Klinik mochte ihn."

„Wieso haben Sie sich mit ihm an diesem Abend dort im Wald getroffen?"

„Das ist ganz einfach zu erklären. Wie gesagt, hat dieser Ralf Wolters auf unserer Station gelegen. Zum Dank für die gute Betreuung wurden von Stolzenwerth und ich für übernächsten Freitag zum Abendessen von seinen Eltern eingeladen. Wir haben uns getroffen, um uns über das Gastgeschenk abzustimmen."

„Können Sie mir sonst noch etwas über Herrn von Stolzenwerth berichten, vielleicht etwas aus seinem Privatleben. Hatte er Verwandte oder Freunde, oder kennen Sie jemand, der ihm nahe stand?"

Schwester Erika dachte kurz nach. „Er hat mal davon gesprochen, dass seine Mutter früh gestorben sei, als er zwölf war. Und er nimmt sich zwei bis drei Mal im Jahr einige Tage Urlaub, um seinen Vater zu besuchen. Dieser muss schon sehr alt sein;

er lebt in einer Seniorenresidenz irgendwo in Bayern. Sicherlich weiß die Personalabteilung mehr."
Der Kommissar wollte sich verabschieden, wartete aber, weil er merkte, dass sie noch über etwas nachdachte.
„Hat mit dieser schrecklichen Geschichte sicher nichts zu tun", meinte sie, „aber ich denke, dass Sie es wissen sollten. Von Stolzenwerth musste wohl über etliche Mittel verfügen. Jedenfalls konnte er sich die neuesten und teuersten Sportwagen leisten. In den drei Jahren, in denen er hier als Oberarzt tätig war, stand jedes Jahr ein niegelnagelneues Luxusmodell auf seinem Parkplatz."
„Eine letzte Frage, dann lasse ich Sie in Ruhe. Haben Sie sich schon mal Gedanken über ein mögliches Tatmotiv gemacht?"
„Ehrlich gesagt, die Frage nach dem Warum geht mir nicht aus dem Kopf. Er war bei allen beliebt, konnte keiner Fliege etwas zu leide tun und war ein sehr guter Arzt. Soviel ich weiß, hat er nie Ärger mit einem Patienten gehabt. Sie wissen, Behandlungsfehler, Fehldiagnose und so weiter."
„Frau Mager, das wär's fürs Erste. Haben Sie vielen Dank. Aber wir kommen sicher noch mal auf Sie zurück. Ein von Ihnen eindeutig identifizierter Täter, der für die Tatzeit ein nicht anzuzweifelndes Alibi hat."

Kommissar Hischbach verabschiedete sich und knetete mit Daumen und Zeigefingr sein rechtes Ohrläppchen.

Weitere Befragungen, die Auswertungen der Spurensicherung und all die kriminalistischen Routinear-

beiten brachten die mit dem Fall Dr. Roland von Stolzenwerth beschäftigten Beamten keinen Schritt weiter. Die Tatwaffe, eine 9,5 mm bersa Pistole.
Bei der Überbringung der Todesnachricht war der 84-jährige Vater zusammengebrochen. Von diesem Schock konnte er sich nicht mehr erholen.
Er versank mehr und mehr in eine von Traurigkeit und Schwermut geprägte Depression. Er scheute jeden Kontakt zu Mitbewohnern und verließ innerlich leer und lebensmüde kaum noch den Sessel in seinem Wohnzimmer.
Urplötzlich richtete er sich in seinem Sessel auf. Seine Gesichtzuge zeigten einen Rest von Entschlossenheit.
Er griff zum Telefon. „Wären Sie so freundlich, mich mit Dr. Oberholzer, dem Notar zu verbinden. Ich Danke Ihnen."

Jean Rasmussen atmete erleichtert durch. Auf diesen Anruf hatte er mit zunehmender Unruhe gewartet. „Selbstverständlich Herr von Stolzenwerth. Morgen um 11,30 Uhr, geht in Ordnung, dann bin ich bei Ihnen. Kann ich noch etwas für Sie tun?"
Als Rasmussen zur verabredeten Zeit das Appartement seines zur Zeit für ihn so bedeutenden Gastes betrat, erhöhte sein Puls die Schlagzahl um das Doppelte.
Die Anwesenheit des ihm durchaus bekannten Juristen signalisierte ihm einen erneuten Erfolg seiner Geschäftsstrategie.
„Kommen Sie her zu mir, nehmen Sie bitte hier neben mir Platz. Bitte Herr Rasmussen, legen Sie Ihre beiden Hände hier auf den Tisch."

Der alte Mann beugte sich vor und umfasste mit seinen Händen die von Rasmussen.
„Lassen wir meine Familie, die es gar nicht mehr gibt außen vor."
Der alte Herr von Stolzenwerth schaute Rasmussen an. Seine Augen schimmerten feucht. Es schien, dass die Worte, die er jetzt mit fester Stimme sprach, in erster Linie den Notar erreichen sollten.
„Ich bin noch nie einem Menschen begegnet, der mich so sehr geachtet, betreut und umsorgt hat wie Sie Herr Rasmussen. Sie haben mir im Alter ein neues geliebtes Zuhause und eine neue Familie geschenkt. Der Sinn meines restlichen Lebens war mein geliebter Sohn Roland. Und der ist jetzt von einem irrsinnigen, schizophrenen Killer hingerichtet worden. Gott allein weiß warum."
Er atmete tief durch und wandte sich dem Notar zu:
„Mein Körper und meine Seele signalisieren mir, dass ich bald die große Reise antreten muss."
Dann wandte er sich Rasmussen zu und gab dessen Hände frei.
„Mein Freund, nehmen Sie es mir bitte nicht übel, dass ich mit Ihnen bisher nicht über die Dinge gesprochen habe, die Ihnen Herr Dr. Oberholzer jetzt erläutern wird.
Bitte, Herr Notar."
Nach dem Lesen des formellen Teils kam der Testamentsvollstrecker zum wesentlichen Inhalt der Urkunde.
In Rasmussens Kopf begannen Engelsflügel zu schwingen, Glückshormone überfluteten sein Gehirn. Die im Dokument verankerten Summen waren um ein Vielfaches höher als er erwartet hatte. Deshalb störte es ihn auch nicht, das das gewaltige

Vermögen nach dem Willen des Testamentverfassers in zwei Hälften geteilt wurde. Ein mehrstelliger Millionenbetrag wurde unter verschiedenen gemeinnützigen Vereinen aufgeteilt. Die andere Hälfte des Vermögens fiel der Kaiser-Residenz zu.

Zwei Monate nach dieser Testamentseröffnung hatte sich der alte Herr von der Welt des Vergänglichen verabschiedet.

3

12 Monate später

Mitten im Nationalpark Eifel, erhebt sich zwischen den Tälern von Urft und Rur das wild romantische Hochwaldgebiet des Kermeters. Eingebettet zwischen Wiesen, Feldern und Wald liegt das einzige deutsche Trappistenkloster Mariawald, ein Ort der Abgeschiedenheit, der Ruhe, der inneren Sammlung und der spirituellen Selbstbesinnung. Eine hohe 700 Meter langen Mauer grenzt das Klosterareal von der Außenwelt ab. Die Gebäude spiegeln den klösterlichen Geist wieder. Sie sind schlicht und gleichzeitig Respekt einflößend.
Ein Magnet für Wanderer und Pilger.
Der quadratische Kreuzgang lehnt sich mit einer Seite an die spätgotische Klosterkirche, die drei übrigen Seiten grenzen an die weiteren Gebäudeflügel.

Kontemplation und Askese bestimmen das Leben der wenigen Mönche. Die strenge Trappistenobservanz umfasst völlige Weltabgeschiedenheit, das klerikale Zölibat, den Verzicht auf Fleisch, Fisch und Eier, eine nahezu ausnahmslose Schweigepflicht. Ein außergewöhnliches Merkmal trappistischen Lebens stellt der traditionelle Tagesablauf dar, der nachts um drei Uhr beginnt, aus zahlreichen Lesungen, Gebeten, Gottesdiensten, Meditationen und auch körperlicher Arbeit besteht und der bereits um 19.30 Uhr mit der Bettruhe endet.

Unmittelbar nach dem Mittagessen erhob sich der vollbärtige 84-jährige Pater Bernardus mühsam von seinem Platz und bewegte sich ein wenig schwerfällig zum Abt hin, der noch an der großen Tafel saß. Pater Bernardus half gelegentlich in der Klosterverwaltung. Er überreichte Dom Johannes, dem Superior des Klosters, den Ausdruck einer E-Mail, die heute am späten Morgen eingetroffen war. Abt Johannes nickte dem altersschwachen Ordensbruder dankend zu.

Die ersten Zeilen hatten den Abt neugierig gemacht. Sofort nach der Tischlesung erhob er sich und begab sich zu seiner im Klausurbereich gelegenen Zelle.
Die Klostergemeinschaft hatte erhebliche Nachwuchssorgen. Die wenigen verbliebenen Patres und Brüder waren überaltert.

Die ersten Zeilen der E-Mail hatten die Hoffnung erweckt, dass sich ein jüngerer Mann für ein Leben als Trappist interessierte.

‚Sehr geehrter Herr Prior Johannes,

der Sinn dieses Briefes besteht in der Hoffnung, von Ihnen eine Antwort zu bekommen, die mir vermutlich kein Psychologe, kein Berufsberater, Verwandter oder auch Freund geben kann. Ich selber bin erst recht nicht in der Lage, eine Antwort auf meine mich drängende Frage zu finden.
Mein Suchen nach anderen Wegen war allerdings nicht völlig erfolglos. Zufall oder Fügung? Plötzlich erinnerte ich mich an ein Gespräch, das ich im vergangenen Jahr mit einer Freundin geführt hatte. Bei einem Kurzurlaub in der Eifel hatte sie während einer Wanderung das Kloster Mariawald besucht.
Sehr beeindruckt war sie von dem am Haupteingang zu lesenden Wahlspruch „luceat lux vestra", „Euer Licht soll leuchten".
Das Internet lieferte mir überraschende und beeindruckende Einblicke in die Ordensregeln der Trappisten und den Sinn eines Lebens in Askese und Buße.
Das Leben hat mir eine Rolle als einziges Kind sehr wohlhabender Eltern zugewiesen. Ich konnte mir alles leisten und vieles erlauben. Luxus, Wohlstand, Frauen und Vergnügen haben mich aber nicht bereichert und nicht erfüllt, sondern ausgehöhlt. Ich bin an einem Punkt angekommen, an dem ich mich leer und bedeutungslos fühle.
Ich komme mir vor, wie eine aufgeblasene Null. Eine Null ist das absolute Nichts, das Symbol der Wertlosigkeit. Ja, mein Vermögen ist wertvoll, aber ich fühle mich wertlos. Ich habe die Puppen um mich herum spektakulär tanzen lassen, aber in mir

drin herrscht Totenstille. Ich habe feucht-fröhliche Feste gefeiert, aber in mir stoße ich auf Wüste und Dürre.

Lieber Abt Johannes, ich weiß, dass Sie mich trotz dieser Beichte nicht verurteilen und abweisen. In mir ist die Sehnsucht erwacht, den wesentlichen Werten des Menschen vorrangig Beachtung zu schenken. Mein Verstand ist trainiert, ich spreche mehrere Sprachen und bin promovierter Wirtschaftswissenschaftler. Meine strapazierten Gefühle sind zurzeit orientierungslos. Mein Körper ist gesund und fit wie die Ärzte sagen. Aber er ist müde.

Ich bin mir zunehmend bewusst, dass ich nicht nur aus Verstand, Gefühlen und Körper bestehe. Ich bin überzeugt, dass es in mir noch etwas Wertvolles gibt, das nicht von dieser Welt und damit unsterblich ist.

Mehr und mehr sehne ich mich danach, diese überirdische, diese göttliche Dimension in mir besser kennen zu lernen. Dieser spirituelle Teil bedarf bei mir einer dringenden Wiederbelebung. Aber dies wird nicht in meiner bisherigen Welt gelingen. Nur von einem weltabgewandten Leben in Ruhe und Abgeschiedenheit, nur von einem Leben, das ausschließlich der übergeordneten Weisheit gewidmet ist, erwarte ich die Belebung des gottbezogenen Teils meines Ichs.

Würden Sie mir dazu raten und es mir erlauben, für ein oder zwei Jahre als Proband uneingeschränkt nach den strengen Ordensregeln der Trappisten in Ihrem Kloster zu leben?

Danke!

Friedrich Freiherr von Kanterstett

Alfred Nettersheim, gelernter Kaufmann und langjähriger Leiter der Klosterverwaltung war an diesem Tag von einer gewissen Nervosität erfasst worden. Abt Johannes hatte ihn wissen lassen, dass er heute einen jüngeren Mann erwarte, der eventuell als Postulant in Frage kommen könnte.
Nettersheims Nervosität entsprang der bangen Hoffnung, eventuell eine vollwertige Arbeitskraft für das Kloster zu gewinnen. Die Nachwuchsprobleme waren für den Klosterbetrieb existenzgefährdend. Immer weniger und immer ältere Mönche bedeuteten auch immer mehr kostspielige Laienarbeit. Kirchliche oder staatliche Zuschüsse gab es nicht. Der Klosterbetrieb musste sich selbst finanzieren.
Vom Fenster seines Dienstzimmers konnte Nettersheim den großen Klosterparkplatz überblicken. Immer wieder verließ er seinen Arbeitsplatz und trat ans Fenster, um die Ankunft der jungen und vollwertigen Arbeitskraft nicht zu verpassen.
Fast völlig vom Fensterstore verdeckt, beobachtete Nettersheim jetzt, wie eine schwarze Mercedes Benz Limousine auf den Parkplatz fuhr. Die Beifahrertür öffnete sich und ein jüngerer, schlanker und großgewachsener Mann in elegantem anthrazitfarbenen Anzug, mit weißem Hemd und rotbrauner Krawatte stieg aus, reckte und streckte sich und sprach einige Worte mit dem Fahrer.
Das musste Er sein.
Er eilte zum Telefon: „Er ist soeben angekommen. Bitte."

Nettersheim nahm wieder an seinem Schreibtisch Platz und dachte schon darüber nach, für welche Arbeiten der Neue infrage kam.

Bevor von Kanterstett die Klingel am massiven hölzernen Hauptportal betätigen konnte, wurde ein Flügel des roten Tores geöffnet. Ein ca. 80-jähriger Mönch in weißem Habit, schwarzem Schulterwurf und breitem schwarzem Ledergürtel lächelte ihn aus seinem weißen Vollbart heraus freundlich an. „Sie dürften der erwartete Gast sein. Ich bin Bruder Mauritius." Sie reichten sich die Hand.
„Im Auftrag meiner Ordensbrüder und des Abtes heiße ich Sie bei uns herzlich willkommen. Abt Johannes hat mich beauftragt, Sie in Empfang zu nehmen und zu Ihrem Zimmer im Gästehaus zu bringen. Dort können Sie sich ein wenig frisch machen. In einer halben Stunde hole ich Sie wieder ab. Dom Johannes wird bereits in unserem Besucherraum auf Sie warten. Sind Sie damit einverstanden? Haben Sie Gepäck?
Von Kanterstett staunte. Er stand noch draußen, er hatte die Schwelle noch nicht überschritten und trotzdem umgab ihn bereits eine Vertrauen erweckende, heimatliche Atmosphäre. Dieses gute Gefühl, zu Hause angekommen zu sein, stammte nicht nur von den freundlichen Worten der Begrüßung. Da waren diese liebevollen und ehrlichen Augen des alten Trappisten. Und von Kanterstett glaubte zu spüren, dass von dem heiligen, Ehrfurcht gebietenden alten Gemäuer ein Hauch von Himmel und Ewigkeit ausging.
„Ja, ich bin Friedrich Kanterstett. Auch ich begrüße Sie und danke Ihnen für den überaus freundlichen

Empfang. Mein Koffer ist noch im Wagen, den werde ich später holen."

Der Eingangsbereich, die Gänge, das Treppenhaus und ebenso das Gästezimmer wirkten einfach, schlicht und puritanisch streng, aber trotzdem wohltuend. Kein Radio, kein Telefon, kein Fernseher, kein törichter Firlefanz, einfach nichts, das an die Welt da draußen erinnerte.

Von Kanterstett trat an das kleine Sprossenfenster seines Zimmers. Es gab den Blick frei auf vorüber ziehende Wolken und das Schiefer gedeckte Dach des angrenzenden Kreuzganges.

Von Kanterstett schloss die Augen und atmete mehrmals tief durch. Dieses total Anderssein, diese wohltuende Alternative zu der hektischen, genuß-, prunk- und machtsüchtigen Welt da draußen. Diese friedliche Stille, diese Einladung zur Besinnlichkeit, diese Wohlstand missachtende Schlichtheit machte den Blick frei für die geistigen Werte des Lebens und des Menschen.

‚Mein Gott, ich habe in meinem ganzen Leben noch nie so tief durchatmen können wie jetzt. Endlich frei von der Sucht bewundert zu werden, endlich frei für die Suche nach dem göttlichen Wunder in mir.'

Es klopfte an die Zimmertür. Bruder Mauritius öffnete.

„Abt Johannes freut sich darauf, Sie kennen zu lernen. Er wartet bereits. Folgen Sie mir einfach."

Abt Johannes unterschied sich von seinen Ordensbrüder nur dadurch, dass er nicht alt, sondern in den besten Mannesjahren war. Freundlich lächelnd trat er zu seinem Gast hin, breitete die Arme aus und umarmte ihn.

„Herzlich willkommen in unserer Welt, die vielleicht bald Ihr zu Hause sein wird. Ich hoffe, Sie hatten eine gute Anreise. Kommen Sie, nehmen Sie Platz. Darf ich Ihnen Kaffee anbieten? Dort steht auch Mineralwasser.
Als der Kaffee vor ihnen stand, erkundigte sich Abt Johannes: „Ich könnte mir gut vorstellen, Herr von Kanterstett, dass Sie das Bedürfnis haben, zunächst über Ihre Beweggründe, unser Kloster aufzusuchen, sprechen möchten."
„Abt Johannes, ich fühle mich zu äußerstem Dank verpflichtet dafür, dass Sie mir die Gelegenheit bieten, mit Ihnen zu sprechen. Ich hatte Ihnen ja schon den Grund in meiner Mail geschildert. Ich bin auf der Flucht vor den zerstörerischen weltlichen Werten und auf der Suche nach dem wahren Sinn des Lebens. Die Sünde meines bisherigen Lebens besteht vor allem darin, dass ich die von Gott geheiligte Nächstenliebe übersehen und mein ganzes Streben und Handeln der hormonell gesteuerten Zuneigung zum anderen Geschlecht, was man da draußen leider auch Liebe nennt, gewidmet habe."

Der Abt hatte aufmerksam zugehört. „Ich habe Ihre Mail mit großem Interesse gelesen. Sie schrieben unter anderem, dass Sie sich per Internet mit unseren Ordensregeln und mit den Anforderungen eines monastischen Lebens vertraut gemacht haben. Herr von Kanterstett, ich mag Menschen, die über sich und ihr Leben nachdenken. Und ich versichere Ihnen, dass Sie das, was Sie suchen, nirgendwo auf der Welt besser finden können, als hier in unserem Kloster."
Abt Johannes dachte einen Moment nach.

„Nur Sie, Herr von Kanterstett, nur Sie alleine und kein anderer, erst recht nicht ich, können und dürfen über Ihren weiteren Lebensweg entscheiden. Mit Freuden biete ich Ihnen jetzt und hier an, ein Jahr, wenn Sie möchten auch zwei Jahre, als Postulant an unserem Leben im Trappistenkloster Mariawald teilzunehmen. Im positiven Falle würde danach ein zweijähriges Noviziat beginnen."

Abt Johannes hatte sich erhoben: „Wenn Sie mein Angebot annehmen, sagen Sie uns Bescheid. Bis dahin sind Sie ein gern gesehener Gast in unserem Hause."
Von Kanterstett war über die Kürze der Unterhaltung erstaunt. „Ja, aber...", er wurde unterbrochen. „Kein Ja aber ... es ist alles gesagt. Erwarten Sie nicht, dass ich versuche, Sie zu überreden oder gar zu drängen, in unseren Orden einzutreten. Ich wiederhole mich, Sie müssen sich schon selber überzeugen."
Gut", antwortete von Kanterstett, „ ich habe verstanden ..."

Auch er war aufgestanden. „Damit machen Sie mir meine Entscheidung leicht. Ich werde meine Pläne ändern. Ursprünglich wollte ich nur einige Tage hier bleiben. Jetzt habe ich anders entschieden. Ich werde heute wieder zurückreisen. Ich möchte keine Zeit verlieren. Heute in einer Woche wird der erste Tag meiner Eignungsprüfung im Trappistenkloster Mariawald sein."

Die beiden Männer umarmten sich. Der Ordensmann hielt für einen Augenblick die Hand seines

Gastes fest: „Mein lieber Freund, vergessen Sie nicht, sich von Ihrem Reichtum zu verabschieden, denn hier im Kloster sind Sie so arm wie eine Kirchenmaus. Und noch eines, vergessen Sie nicht, den Lieben Gott um Rat zu bitten."

Als der Abt den Besucherraum verlassen hatte, tauchte Bruder Mauritius im Türrahmen auf. „Ich habe hier so etwas wie einen Stundenplan mit den Essenszeiten und den Anfangsterminen der Gottesdienste, an denen unsere Gäste teilnehmen können. Finden Sie allein zurück auf Ihr Zimmer?"

„Pardon, Bruder Mauritius, weder das Eine noch das Andere. Ich habe beschlossen, heute wieder zurückzureisen."

Als er den besorgten Gesichtsausdruck des Ordensbruders wahrnahm, beruhigte er ihn: „Ich habe zu Hause noch einiges zu regeln. Denn nächste Woche um diese Zeit bin ich wieder hier bei Ihnen."

Bereits nach der kurzen Zeit von 9 Monaten der Einweisung in das Ordensleben wurde der Postulant Friedrich von Kanterstett auf Empfehlung des Abtes zu einem zweijährigen Noviziat zugelassen. In einem feierlichen Akt fand die Einkleidung statt. Abt Johannes segnete das hellgraue Novizengewand und übergab es dem Neuling im Kreise der Ordensbrüder. Aus dem Privatmann Friedrich von Kanterstett war Bruder Florian geworden.

Es hatte die Zeit der monastischen Weiterbildung und der Eignungsprüfungen begonnen.

„So Gott denn ruft", hatte der Abt ihm feierlich verkündet, „wirst du in zwei Jahren auf deinen Antrag hin zum zeitlichen Gelübde zugelassen."

Weiter erklärte der Klostervorsteher: „Darüber hinaus wird während dieser Novizenzeit sorgfältig geprüft, ob der Novize die erforderliche Bereitschaft und Veranlagung zeigt, um mit Zustimmung des Konvents zur Zeitlichen Profess zugelassen zu werden. In den folgenden drei Jahren der Weiterbildung kann sogar, je nach Eignung und Wunsch ein Hausstudium der Theologie erfolgen. Die Novizenzeit wird mit dem Ewigen Gelübde beendet."
Bruder Florian hielt sich für den glücklichsten Menschen der Welt. Er verstand sein früheres Leben nicht mehr. Ein Leben, das wie überlaute Musik permanent aus riesigen Lautsprechern dröhnt und schließlich taub machte. Die Ruhe, die Stille, das Schweigen, die Abgeschiedenheit und die Besinnlichkeit hatten seine Sinne geschärft, die bedeutendste Dimension des Menschen zu erkennen. Jene spirituelle und göttliche Dimension in dir. Gott ist in dir zu Hause. Und damit ein Partner, der dich liebt, der dich kennt und versteht, mit dem du schweigend über alles reden kannst.

Von Kanterstett hatte den Namen Florian bewusst gewählt. Diesem Märtyrer wird nachgesagt, dass er wegen seiner unerschütterlichen Treue zum christlichen Glauben bei lebendigem Leibe verbrannt werden sollte. Angesichts des Todes hatte er seinen Schergen zugerufen, dass die Flammen ihn zum Himmel emportragen werden.

Auch die Flammen seines hier im Kloster brennenden Herzens, so hatte er bei der Einkleidungsfeier empfunden, schienen ihn dem Himmel näher zu bringen.

Irgendwann, so damals seine Gedanken, würde dieser göttliche Freund seine Hand ergreifen und ihn heimführen in das Reich, das nicht von dieser Welt ist. Bei diesen Gedanken hatte eine wohltuende Gelassenheit von ihm Besitz ergriffen. „Ist es normal oder schizophren", hatte er sich schmunzelnd bei diesen Überlegungen gefragt, „dass ich im Gegensatz zu früher keine Angst mehr vor dem irdischen Tode hab, ist es der Einfluss der monastischen Askese, dass ich bei den Gedanken an den Tod so etwas wie Glückseligkeit empfinde?"

Die Gottesdienste in der Mariawalder Klosterkirche erfreuen sich bei den Menschen aus der Region, bei Eifel-Touristen und –Urlaubern großer Beliebtheit. Die Besucher konnten den Gottesdienst von dem ersten Drittel des Kirchenschiffes und von der darüber liegenden Empore aus beobachten. Die Kommunionbank und eine halboffene, reichlich mit Schnitzereien versehene hölzerne Trennwand grenzten den Besucherteil vom Chor der Patres und dem anschließenden Altarraum ab.
Die feierliche Einkleidungszeremonie des Bruder Florian, die in der Kirche stattfand, wurde von nur einem einzigen Gast beobachtet. Dieser hatte wegen der freieren Sicht die Empore gewählt. Er verhielt sich scheinbar äußerst rücksichtvoll, verließ nie den dunkleren hinteren Bereich der Empore. Er wollte offenbar nicht gesehen werden, vermutlich um nicht zu stören.
Hätte jemand diesen Kirchengast beobachtet, wären ihm dessen intensive Aktivitäten aufgefallen. Der unbemerkte Fremde auf der Empore war damit be-

schäftigt, mit einer fotografischen Hightech-Ausrüstung das rituelle Geschehen festzuhalten. Schließlich packte er seine hochwertigen Geräte in zwei kleine schwarze Koffer und verschwand so unauffällig wie er gekommen war.

Mitte Oktober. Der Wetterbericht hatte gemeldet, dass das stabile Hoch auch weiterhin wetterbestimmend sei. Auch am heutigen Spätsommertag würde die Sonne die herbstliche Farbenpracht des Nationalparks zum Leuchten bringen.

Innen, links von der großen, teils bleiverglasten Doppeltür des Refektoriums befand sich eine Pinnwand. Seit der Frühstückszeit wies ein nicht zu übersehendes hellgrünes DIN A4-Blatt darauf hin, dass wetterbedingt heute wieder, wie meist am dritten Montag des Monates, die rekreierende Mönchswanderung stattfinde. Treffen um 10.30 Uhr an der Pforte. Bitte mit entsprechendem Schuhwerk.

Die Teilnahme an diesen meist zwei- bis dreistündigen Wanderungen bergauf und bergab auf den nicht immer ebenen Wegen des Eifelurwaldes setzte die entsprechende körperliche Belastbarkeit voraus. Bruder Florian hatte mit Begeisterung an allen bisherigen Wanderungen teilgenommen.

Die meisten der Ordensleute waren hochbetagt und trauten sich eine Teilnahme an den Waldspaziergängen nicht mehr zu. Das hatte zur Folge, dass die Gruppe der wandernden Trappisten nur vier oder fünf Mann zählte.

Abt Johannes, der regelmäßig teilnehmende Novize Bruder Florian, der 70 jährige gertenschlanke, fast zwei Meter große Pater Kunibert, der für Einkäufe und Behördenbesuche zuständige Pater Gerhard und der kleine, etwas dickliche wirkende Pater Rainhard, der nur unregelmäßig teilnahm.
Auch heute war Pater Rainhard, das soviel wie reines Herz bedeutete, nicht mit von der Partie. Er hütete seit einer Woche mit einer fiebrigen Grippe und einer bakteriellen Bronchitis das Bett.

Die saubere, frische, sauerstoffreiche und aromatische Waldluft erwies sich als Hochgenuss für die hungrigen Lungen der Abteibewohner. Das gedämpfte grünbraune Licht unter den dichten Wipfeln des Hochwaldes schien ausgleichend und beruhigend auf Seele und Körper zu wirken. Die stundenlange Ausdauerbewegung mit lediglich zwei fünfminütigen Sitzpausen auf umgestürzten Baumstämmen hatte die Wirkung einer alle Lebensgeister antreibenden Tankfüllung. All das wurde begleitet von der dem Wald eigenen Musik, - dem Zwitschern der Vögel, dem Rasseln und Rauschen des Windes im Blattwerk. Ab und zu plätscherte oder murmelte ein Bächlein vorüber. Bisweilen unterbrach das Knacken eines Astes die Idylle.
Die Mönche genossen und schwiegen.

Für den letzten Teil des Rückweges wählten sie auch dieses Mal die gleiche, ihnen bekannte Strecke. Dabei mussten sie die L 249 überqueren. Eine Landesstraße, die nach gut drei Kilometer am Kloster vorbei führte und später in das von Touristen sehr beliebte Städtchen Heimbach einmündete.

Der auf der gegenüberliegenden Seite der Strasse weiterführende Fußweg wurde fast komplett von einem parkenden Kleinwagen zugestellt.

Die vier Wanderer, drei in Mönchskleidung, einer im Novizenhabit, brachten ihr Missfallen über den rücksichtslosen Autofahrer durch entsprechende Gesten und Blicke zum Ausdruck, verkniffen sich aber die passenden Worte. Sie schauten links, sie hörten rechts. Kein herankommendes Fahrzeug zu hören oder zu sehen.
Bruder Florian wollte als erster die Fahrbahn überqueren.
Doch er und seine Begleiter blieben wie angewurzelt stehen. Sie trauten ihren Augen nicht. Was sie erblickten überforderte ihr Realitätsverständnis.
Die Fahrertür des Kleinwagens wurde aufgestoßen und die Person, die da eilig ausstieg, war niemand anderes als Pater Rainhard.
Bruder Florian ebenso wie seine Mitbrüder schauten, Erklärung suchend ihren Abt an. Der aber sah völlig ratlos aus. Er hatte den Mund geöffnet, es kam kein Wort über seine Lippen.
Doch im nächsten Augenblick wurde die Überraschung von Entsetzen verdrängt und die Vier am Straßenrand waren für den Augenblick zu keiner Reaktion fähig.
Pater Rainhard hatte seine rechte Hand aus der Tasche seines schwarzen Skapuliers gezogen. Die Faust umschloss den Griff einer Pistole, und diese zielte auf den ersten Mann in der Vierergruppe, auf Bruder Florian.
Ein schallgedämpfter Knall.

Immer noch standen die Mönche wie zu Stein erstarrt.
Drei staunende Augenpaare sahen ihren Ordensbruder Pater Rainhard ungläubig an. Dieser wandte sich ab, stieg gemächlich in seinen Wagen und fuhr in Richtung Kloster davon.

Sie fingen den in sich zusammensinkenden Bruder Florian auf und legten ihn behutsam zu Boden. Entsetzt bemerkten sie ein kleines Loch in seinem hellgrauen Gewand, genau in Höhe des Herzens. Langsam färbte sich die Einschussstelle rot. Der tödlich Verletzte hob in diesem Moment mühsam die Augenlider an und flüsterte: „Er nimmt mich mit." Ein Lächeln erschien auf seinem verblassenden Gesicht.

Der Abt fand als Erster zu sich. Seine intensiven Reanimationsversuche blieben erfolglos.

Der nach zwanzig Minuten eintreffende Notarzt konnte nur noch den Tod bestätigen. Pater Gerhard hatte das mitgeführte Handy gezückt und den Polizei-Notruf gewählt.
Die Maschinerie eines großen Polizeiaufgebotes begann ihre Arbeit. Großräumige Tatortabsperrung, akribische Spurensuche und die hoffnungslose Fahndung nach einem dunklen Kleinwagen dessen Kennzeichen oder Marke nicht beachtet worden war.

Die Schockwirkung des unfassbaren Geschehens verhinderte ein logisches Denken bei den drei Tatzeugen. So schwiegen sie zunächst über die ungeheuerliche Tatsache, dass einer ihrer Ordensbrüder, dass der liebens- und ehrenwerte und zur Zeit grippekranke Pater Rainhard dieses unfassbare Verbrechen begangen hatte. Konnten oder wollten sie nicht darüber reden, weil nicht sein durfte, was nicht Realität sein konnte. Nein, so etwas Unrealistisches, so etwas Unmenschliches konnte und durfte im einzigen deutschen Trappistenklosters nicht geschehen sein.

Drei Kollegen unterstützten den Kommissar bei der vorgesehenen Befragung der Klosterbewohner und der Laienarbeiter. Von dieser breit angelegten Befragung versprach sich der verantwortliche Kommissar ein wenig Licht in das völlige Dunkel dieses unbegreiflichen Mordfalles zu bringen. Doch dieses Ermittlungsprozedere wurde abgebrochen bevor es begonnen hatte.
Abt Johannes hatte den Kommissar vor dem Beginn der allgemeinen Befragung um ein Gespräch gebeten. „Herr Hauptkommissar Wendel, verzeihen Sie, aber ich glaube, ich kann eine Aussage machen, die alle weiteren Bemühungen überflüssig macht. Kommen Sie, gehen wir in den Besucherraum. Dort sind wir ungestört."
Als sie Platz genommen hatten, schaute Kommissar Wendel den Abt herausfordernd und erwartungsvoll an. Der Beamte legte sein Smartphon auf den Tisch: „Wenn Sie nichts dagegen haben, nehme ich unser Gespräch gleich auf."
„Ich bin einverstanden", reagierte der Abt, „aber nur unter der Bedingung, dass es nicht der Öffentlichkeit bekannt wird."
„Okay, dann schießen Sie los."

„Zunächst bitte ich noch mal um Verzeihung, dass wir am Tatort draußen, aus welchem Grund auch immer, geschwiegen haben. Sie müssen mir glauben, ich werde jetzt eine Aussage machen, die mir äußerst schwer fällt. Aber ich weiß, dass diese Wahrheit in einem solchen Fall nicht verschwiegen werden darf."
Kommissar Wendel, von der Dramatik der Situation erfasst, schob das Aufnahmegerät einen Zentimeter weiter vor.
„Herr Kommissar", fuhr der Abt fort, „meine beiden Mitbrüder und ich kennen den Todesschützen. Es gibt gar keinen Zweifel…", Hauptkommissar Wendel hielt es nicht länger auf seinem Stuhl.
 Er war aufgesprungen, stützte sich mit beiden Armen auf der Tischplatte ab und zischte beschwörend: „Nun raus mit der Sprache!" Auch der Abt hatte seinen Sitzplatz aufgegeben und begann: „Fünfundzwanzig Jahre Leben in einem Trappistenkloster und dann noch das hohe Fieber. Es gibt für mich nur eine Erklärung. Es muss sich um einen akuten Schub einer geistigen Störung handeln. Eine andere Erklärung ist unvorstellbar."

Der Kommissar ließ sich erschöpft wieder auf seinen Stuhl fallen und bat: "Einen Namen bitte. Sie haben doch gesagt, dass Sie den Schützen erkannt haben."
Der Abt trat jetzt nahe an den Kommissar heran und flüsterte, als dürfe niemand mithören: „Sie werden es mir nicht glauben oder Sie halten mich für unzurechnungsfähig, aber unser Pater Rainhard ist der Täter."

Kommissar Wendel schaute Abt Johannes jetzt misstrauisch mit einem Blick an, als wolle er ein Kaninchen hypnotisieren. „Sind Sie sich da wirklich sicher?" Der Abt ergänzte mit matter Stimme seine Aussage: „Pater Kunibert und Pater Gerhard werden das bestätigen. Ach Herr Kommissar, die jetzt fällige Frage nach einem Tatmotiv können Sie sich sparen. Ich habe absolut keine Erklärung für derart Ungeheuerliches. Eine Begründung für diese abartige Tat kann nur, wie ich bereits vermutet habe, von einem Psychiater gegeben werden."
„Ich nehme an", warf der Ermittler ein, „ Sie haben nichts dagegen, wenn ich mir jetzt mit einigen Leuten von der Spurensicherung die Zelle von Pater Rainhard ansehe."
„Natürlich nicht, darf ich mitkommen?"
„Ich bitte sogar darum."

Abt Johannes drängte sich vor und klopfte an die Holztür vom Pater Rainhards Zelle. Gleichzeitig versuchte, er diese aufzustoßen.
Zu aller Überraschung vernahmen sie hinter der Tür eine Stimme. „Nicht so laut, bitte nicht stören. Moment."
In der Türspalte erschien ein Kopf mit dichtem grauen Haar und einer kleinen Nickelbrille auf der leicht geröteten Nase.
„Dr. Frantzen, Sie? Was machen Sie denn hier?" staunte der Klostervorsteher. „Was soll ich hier schon machen", reagierte der Hausarzt des Klosters etwas ungehalten. „Ich mache mir Sorgen um Pater Rainhard. Den hat's ganz schön erwischt. Und er ist nicht mehr der Jüngste."

Kommissar Wendel verlor die Geduld. Er drängte den Abt zur Seite, „pardon, aber ich will jetzt wissen, was hier gespielt wird." Er stieß die Tür samt Doktor zur Seite und trat in die Zelle. Wie angewurzelt blieb er stehen und zeigte auf das Bett. „Wer ist das?" Abt Johannes war ebenfalls eingetreten und starrte zunächst den schlafenden Mann im Bett an, dann Dr. Frantzen. „Meine Herren," entrüstete sich der Kommissar, „kann mich einer aufklären?" „Ich wiederhole mich, wer ist der Mann im Bett?"

Dr. Frantzen zeigte sich jetzt ein wenig verärgert: „Das ist Pater Rainhard, der seit über einer Woche wegen einer ausgewachsenen fieberhaften Grippe-Bronchitis das Bett hütet. So, jetzt raus mit euch. Mein Patient befindet sich in einer kritischen Phase. Er benötigt absolute Ruhe."

Der Abt, der Kommissar und die Leute der Spurensicherung begaben sich wieder ins Besprechungszimmer.

Der Hauptkommissar wirkte ratlos. „Sie, Abt Johannes haben den Täter vor Ort eindeutig als Pater Rainhard identifiziert. Pater Rainhard ist aber zur Zeit, also auch zur Tatzeit nicht in der Lage gewesen sein Bett zu verlassen, ein Auto zu besteigen und jemanden zu erschießen. Im Moment reicht es mir. Aber ich komme Morgen wieder. Und dann werde ich Sie noch mal fragen, was und vor allem, wen Sie da draußen gesehen haben. Hier in Ihrem heiligen Kloster stinkt etwas ganz erheblich zum Himmel"

Aber auch der folgende Tag brachte keinen Schimmer ins absolute Dunkel dieses Mordfalles.

Nur noch eine vage Auskunft erhielt der verzweifelnde Kommissar am folgenden Tag von Alfred Nettersheim dem Verwaltungsleiter. „Bruder Florian, alias Friedrich Freiherr von Kanterstett hat bei seinem Einstellungsgespräch angegeben, dass seine 81 jährige Mutter noch lebe. Zumindest damals", schob der Verwaltungsleiter nach. „Geschwister oder andere Verwandte habe er nicht. Seine Mutter werde in einem Seniorenstift in Bayern seit Jahren gepflegt." Er nannte dem Kriminalbeamten die Adresse des Pflegeheimes.
Auf der halbstündigen Heimfahrt von Mariawald nach Düren murmelte der Kommissar mehrmals vor sich hin. „Eindeutige Identifikation des Täters durch drei glaubwürdige Tatzeugen." Er schüttelte den Kopf: „Ebenso eindeutig das wasserdichte Alibi des Tatverdächtigen." Er murmelte fort: „Die Mutter müsste mittlerweile über 83 Jahre alt sein. Wenn sie überhaupt noch lebt. Vielleicht ist sie auch geistig nicht mehr in der Lage, Fragen zu beantworten."
Aber auch diese vage Spur endete in einer Sackgasse.

„Kaiser-Residenz Furth im Wald", meldete sich eine freundliche Damenstimme am Telefon, „was kann ich für Sie tun?"
„Hauptkommissar Wendel, Kommissariat 1 in Düren. In ihrem Haus lebt eine ältere Dame, eine Frau von Kanterstett? Wäre es möglich, diese Dame zu sprechen?"
„Sind Sie wirklich ein Kommissar von der Kriminalpolizei", fragte die Dame den überraschten Wendel. „Sie wissen, Datenschutz und so weiter."

„Verstehe", antwortete Wendel, „Sie haben ja Recht, aber ich bin wirklich ein echter Kommissar bei der Mordkommission Düren."
„Okay", meinte die Dame am Telefon, „ist ja letztlich kein Geheimnis. Ich muss Ihnen leider mitteilen, dass Frau von Kanterstett vorgestern verstorben ist. Herzversagen.

4

Vor Jahren hatte Knud Rasmussen, Inhaber des noblen Seniorenwohnheims Kaiser-Residenz in Furth im Wald, seinen Neffen Jean um einen Gefallen gebeten.

Ein älteres Ehepaar, das schon seit geraumer Zeit in der Kaiser-Residenz lebte, hatte Knud Rasmussen eine Bitte vorgetragen, die er ihnen gern erfüllen wollte.

Ihr sehnlicher Wusch war es, die ‚Perle des Böhmerwaldes', das historische Städtchen Cesky Krumlov, auf deutsch Krumau, persönlich kennenzulernen. Der 13.000 Einwohner zählende Ort liegt zu beiden Seiten der Moldau. Die bewunderte Altstadt wird von dem Fluss, der hier eine Schleife bildet, umrahmt.
Die historischen Wurzeln dieses Stadtkerns reichen bis ins dreizehnte Jahrhundert. Die Zeit schien dort stehengeblieben zu sein.

Mitten im Stadtkern erhebt sich auf einer felsigen Anhöhe das um Zwölfhundert erbaute Krumauer Schloss.

„Jean, du kannst mir einen großen Gefallen tun. Du kennst dich doch hier, diesseits und jenseits der Grenze, gut aus. Ich wäre Dir sehr dankbar, wenn du zwei Gäste unseres Hauses, ein nettes Ehepaar, nach Cesky Krumov begleiten würdest. Sie sind sehr wohlhabend. Ihnen gehörte ein umsatzstarkes Textil verarbeitendes Unternehmen in Bielefeld.

„Mit meinem Wagen bist du in gut zwei Stunden da. Das ist eine schöne Strecke entlang des Böhmerwaldes. Erzähle ihnen etwas über die Altstadt, lade sie zum Mittagessen ein. Später, wenn nach Kaffee und Kuchen noch Zeit und Interesse vorhanden sind, besuche mit ihnen das historische Schloss. Vergiss auf keinen Fall den Maskensaal. Der ist sehr beeindruckend."
Jean sagte aus zwei Gründen sofort zu.
Es konnte nicht schaden, wenn er aktiv Interesse am Unternehmen Kaiser-Residenz zeigte, zumal er damit rechnete, in absehbarer Zeit als Alleinerbe eingesetzt zu werden. Außerdem könnte er während der Reise vielleicht erfahren, ob das Ehepaar erbberechtigte Verwandte hatte. ‚Man weiß ja nie. Es ist ja schon vorgekommen, dass Bewohner der Residenz ihr Vermögen ihrem neuen zuhause vererbt hatten...'

Nahe einer aus Natursteinen bestehenden Fußgängerbrücke, die direkt in die Altstadt führte, stellten sie ihren Wagen auf einem bewachten Parkplatz ab. Die beiden alten Leute waren begeistert.
„Das ist ja hier wie im Mittelalter. Das holprige Kopfsteinpflaster der verwinkelten Gassen. Die hölzernen Balkone mit den vielen Blumen. Die uralten Häuser, die romantischen Cafes, die gemütlichen Biergärten und Restaurants … einfach traumhaft."
„Wer diese ‚Moldauperle' einmal gesehen hat", fügte Jean hinzu, „der versteht, warum die UNESCO die gesamte Altstadt auf Platz zwei der zu schützenden Kulturdenkmäler Tschechiens gesetzt hat, ein einzigartiges Beispiel für mittelalterliche Stadtentwicklung."

Nach dem Mittagessen schlenderten sie an der Reitschule vorbei, durch einen im Spätbarock angelegten Park mit dem berühmten, im achtzehnten Jahrhundert erbauten Kaskadenbrunnen. Im Cafe des Lustschlosses Bellaria gönnten sie sich eine Pause. Letzte Station an diesem ereignisreichen Tag war das Krumauer Schloss.
Hier wurde ihre Aufmerksamkeit, die sich nach der ständigen Reizüberflutung des Tages in Müdigkeit verwandelt hatte, schlagartig wiedererweckt. Rasmussen hatte sie in den prunkvollen Maskensaal des Schlosses geführt, der über die Grenzen Tschechiens hinaus bekannt war.

Ein Spitzenwerk aus der Zeit des Rokoko. Hier gab es etwas, dass die Blicke der Besucher magisch anzog. Wänden und Decken des einmaligen Saales

zeigten großflächige Gemälde, die das bunte Leben jener Zeit darstellten.
Das Außergewöhnliche bestand darin, dass alle Personen verkleidet waren und ihre Gesichter hinter eigenwilligen, gruseligen oder bizarren Masken versteckten. Die Bilder erinnerten an den historischen Karneval der italienischen Fürstenhäuser in Venedig. Eine Ecke des Raumes war mit rotweiß gestreiften Bändern abgesperrt. Auf einer fahrbaren Hebebühne saß ein älterer Mann mit Vollbart und einer Lupenbrille auf der Nase. In der rechten Hand hielt er einen langstieligen Malerpinsel. Er arbeitete an einer furchterregenden, vorwiegend in feurigem Rot gehaltenen Teufelsmaske.

„Offensichtlich sehr aufwendige Restaurationsarbeiten", erklärte Rasmussen seinen Schutzbefohlenen. „Sehen Sie sich bitte noch etwas um. Ich hoffe, Sie haben nichts dagegen, wenn ich noch ein paar Minuten hier verweile. Ich möchte dem Restaurator zuschauen. Bleiben Sie aber in diesem Saal. Ich bin nachher wieder bei Ihnen."

„Hallo", versuchte Rasmussen den Künstler auf der Hebebühne anzusprechen, „darf ich Sie etwas fragen."
In diesem Augenblick stand ein junger Mann in dunkelgrauem Anzug und schwarzer Schirmmütze neben ihm: „Mein Herr, bitte stören Sie den Meister nicht bei der schwierigen Arbeit! Bitte, haben Sie Verständnis dafür."
Rasmussen wollte erst aufbrausen, nahm sich aber dann zusammen: „Seine Arbeit beeindruckt mich.

Kennen Sie den Künstler ... oder besser, könnten Sie mir seine Adresse geben?"
„Könnte ich schon..."
Rasmussen hatte den Wink verstanden, griff in seine Brusttasche und überreichte dem Saaldiener unauffällig einen Geldschein. Der Uniformierte schaute darauf und verbeugte sich tief. „Ein Moment bitte, ich bin gleich wieder bei Ihnen."
Wenig später überreichte er Rasmussen eine Visitenkarte.
„Es wird nicht einfach sein, diesen großen Meister in Ihre Dienste zu nehmen. Er ist berühmt für seine Marionetten- und Maskenmalerei. Auf dem Gebiet ist er weltweit einmalig. Von überall her kommen die Menschen. Weniger gut aussehende Männer und Frauen lassen sich eine lebensechte Maske anfertigen, die sie attraktiv und sympathisch aussehen lassen. Wer weiß, was die damit so alles unternehmen ..."

Rasmussen war von dem, was er da erfuhr, begeistert. Er überreichte dem staunenden Schlossangestellten einen zweiten Schein.
Er wusste, dass er soeben das fehlende Glied in der Kette seiner Geschäftsidee gefunden hatte.

Gut gelaunt eilte er zu dem Ehepaar, legte beiden den Arm um die Schultern: „War das nicht ein herrlicher Tag...? Ich glaube, wir fahren jetzt langsam zurück..."

Als Jean mit den erschöpft wirkenden Ausflüglern die Empfangshalle der Residenz betrat, eilte Rasmussen Senior auf sie zu.

„Hallo, ich sehe, sie sind wohlbehalten zurück. Wie war's, hat sich die Reise gelohnt?"
Er schaute auf seine Taschenuhr.
„Darf ich Sie für einen Moment in mein Büro bitten? Es ist noch reichlich Zeit bis zu Abendessen... Ich möchte doch Näheres über ihren Tagesausflug nach Krumau erfahren. Ihre Beurteilung dieser Tour ist mir wichtig. Wir denken daran, diesen Ausflug in unser Unterhaltungsprogramm aufzunehmen... Darf ich ihnen etwas anbieten?"
„Nein danke, der junge Mann...", die Frau schaut lächelnd Jean Rasmussen an, „hat sich rührend um uns gekümmert. Wenn Sie uns jetzt nicht angesprochen hätten, wären wir morgen Früh auf Sie zugekommen, um uns zu bedanken. Ihr Neffe ist ein fantastischer Reiseleiter und Unterhalter. Ein wunderbares Programm mit perfekter Organisation und sachkundiger Informationen. Und dann dieses Moldaustädtchen Krumau. Ein absolutes Muss für das Freizeitangebot Ihres Hauses."

Nach der Verabschiedung des sehr zufriedenen Ehepaares klopfte Rasmussen seinem Neffen auf die Schulter:
„Ich danke dir für dein Engagement. Gut gemacht mein Junge."
„Danke Onkel Knud, das hat mir richtig Spaß gemacht. Die Arbeit hier im Unternehmen interessiert mich sehr. Wenn du etwas für mich zu tun hast, sag einfach Bescheid."
Knud Rasmussen schüttelte überrascht den Kopf und hob die Schultern, weil er diese Reaktion seines Neffen nicht erwartet hatte.

Jean Rasmussen war nicht erschöpft, er hatte es eilig. Er wollte in seine Wohnung und musste alleine sein. Er warf sich auf sein Bett und starrte die Decke an.
Ein Gedanke hatte von ihm Besitz ergriffen.
‚Okay, er hatte bereits sehr viel Geld von den beiden Alten erhalten, aber seine Ausgaben hatten alles aufgezehrt. Nur der Tatsache, dass er mehrere Häuser besaß und dass ihn ein riesiges Erbe erwartete, war es zu verdanken, dass seine Bank ihm problemlos einen größeren Kredit gewährt hatte. Aber er wusste genau, dass Kredite ein ungeeignetes Mittel waren, sein zukünftiges Leben zu finanzieren.
Ja, seine Zukunft sollte eine einzige immer andauernde Party werden. Die erforderlichen Geldströme durften nie versiegten.
Ein teuflisches Grinsen verunstaltete sein Gesicht.
Er war Gott, Quatsch, er war dem Teufel … nein, er war dem Schicksal dankbar, das ihn nach Krumau geführt hatte. Dort hatte er den passenden Schlüssel seiner zukünftigen Geschäftsstrategie gefunden.

Als er am späten Vormittag erwachte lächelte er zufrieden. So gut und so fest hatte er lange nicht mehr geschlafen. Mitarbeiter und Gäste der Kaiser-Residenz wunderten sich. Derart freundlich, aufgeschlossen und hilfsbereit hatten sie ihren zukünftigen Juniorchef noch nie erlebt.

5

Der energische Ausdruck ihres ebenmäßigen Gesichtes wurde von den streng nach hinten gekämmten und zu einem Knoten zusammengefassten, rotbraunen Haaren unterstrichen.
Frau Dr. pràv Barbora Procházka war seit mehr als zwei Jahrzehnten Geschäftsführerin der Kaiser-Residenz.
Sie bewohnte eine 4 Zimmer Dachgeschosswohnung in dem prunkvollen Gebäude.
Sie hatte einige Semester Betriebswirtschaft an der Ludwig Maximilian Universität in München studiert und schloss das Studium an der Uni Prag mit Staatsexamen und Promotion ab.
Sie stammte aus der tschechischen tausend Seelen Gemeinde Ceska Kubice, böhmisch Kubitze genannt, wenige Kilometer von der deutschen Grenze entfernt.
Obwohl unverheiratet war sie mit ihrem Leben mehr als zufrieden.
Sie fühlte sich nicht alleingelassen oder einsam.
Ganz im Gegenteil, ihr Leben war unterhaltsam, abwechslungsreich und verantwortungsvoll.
Sie hatte damals die Gelegenheit genutzt und sich unmittelbar nach dem Inkrafttreten des Schengener Abkommens für die ausgeschriebene Stelle als Geschäftsführerin der Kaiser-Residenz in Furth im Wald beworben.

Das Studium und die Tatsache, dass sie zweisprachig aufgewachsen war, erwiesen sich als ausschlaggebend dafür, dass sie unter mehreren Bewerbern die Zusage erhielt.
Ihre deutsche Mutter stammte aus Bayerisch Eisenstein. Mit dem Vater, der Dorfschullehrer in Kubitze war, wurde wie selbstverständlich tschechisch, mit der Mutter deutsch gesprochen. Sie beherrschte Deutsch und Tschechisch wie eine Muttersprache.

Die Erinnerungen ließen sie schmunzeln. In einer der ersten Ausgaben der neu erschienenen, deutschsprachigen PZ, der Prager Zeitung war ihr eine Annonce aufgefallen. Neugierig und unternehmungslustig war sie in den Zug gestiegen. Sie beabsichtigte, sich die Kaiser-Residenz in Furth erst einmal von außen anzusehen.

Was sie da an der dem Ort zugewandten Uferseite des Drachensees erblickte, verschlug ihr den Atem. Mitten in einer riesigen Parkanlage, zweihundert Meter vom Ufer entfernt, residierte auf einer leichten Erhebung ein riesiges, viergeschossiges prunkvolles Gebäude im klassischen Jugendstil.
Der begeisternde Standort, der traumhafte Park und die prachtvollen, dem Jugendstil entsprechenden Außendekors dieses architektonischen Meisterwerkes beeindruckten die junge Frau so sehr, dass sie sich entschloss, die Chance zu nutzen und sich sofort vor Ort vorzustellen.

Barbora kehrte von ihrer Erinnerungsreise zurück. Sie schaute auf ihre Armbanduhr. Ja, die Zeit reichte, sie würde pünktlich sein.

Sie runzelte die Stirn. Welchen Anlass mochte es für diese Einladung zu einem Gespräch mit Rasmussen außerhalb der üblichen Konferenztermine geben? War irgendetwas schief gelaufen, gab's vielleicht etwas zu bemängeln?
‚Na warten wir's ab.'
Wie meistens, wenn ihr Ziel im Erdgeschoss lag, verließ sie den Aufzug bereits auf der ersten Etage. Auch nach so vielen Jahren genoss sie es, die breite, geschwungene Treppe zu nutzen, die mit einem roten Teppich ausgelegt war.
Allein das schmiedeeiserne Treppengeländer mit den kunstvollen Ornamenten verschiedener Pflanzen, Blumen und Vögel begeisterte sie immer wieder.
Sie hatte das Gefühl, als schwebe sie hinab in die große, luxuriös ausgestattete Empfangshalle.
Die untere Hälfte der Wände des Treppenhauses und des Erdgeschosses waren mit edlen Holztafeln verkleidet, die nach oben von einer Bordüre aus kunstvollen Schnitzereien abgeschlossen wurden.
Die farbigen großen bleiverglasten Fenster spendeten dem Eingangsbereich ein angenehm warmes Licht.

Barbora Procházka durchquerte die Halle und grüßte freundlich Gäste und Mitarbeiter.
Sie erreichte den weitläufigen Flur, an dessen Ende sich der Privatbereich von Heike und Knud Rasmussen, den Besitzern der Kaiser-Residenz befand.

Sie konnte eine gewisse Unruhe nicht unterdrücken, da sie den Anlass für dieses Gespräch nicht kannte.
Sie betätigte die Türklingel.

Ihre Nervosität legte sich, als Herr Rasmussen mit einem strahlenden Lächeln die Tür öffnete.

„Frau Procházka, meine Liebe, wir sind Ihnen dankbar, dass Sie sich die Zeit nehmen. Wir müssen mit Ihnen über ein Thema reden, was uns sehr am Herzen liegt und uns zunehmend beschäftigt. Kommen Sie, wir setzen uns. Meine Frau hat einen friesischen Butterkuchen mit gezuckerten und rumgetränkten Mandelblättchen gebacken. Ich schau mal eben in der Küche nach, ob ich ihr helfen kann. Bitte, nehmen schon Sie hier im Wohnzimmer Platz."

Sie bewunderte ihn. Er war trotz seines Alters von 85 Jahren immer noch eine eindrucksvolle Erscheinung mit seiner Größe von einem Meter neunzig, vollem schneeweißem Haar, seinen klaren, stahlblauen Augen und vor allem seiner aufrechten Haltung. Er trug eine schwarze Hose und eine dunkelblaue Strickjacke über einem hellblauen Hemd. Dazu passte ein silbern und weiss karierter Seidenschal.

Wenige Minuten später erschien Frau Rasmussen, das absolute Gegenteil zu ihrem Mann. Sie war klein, eher rundlich und schien mit ihren 81 Jahren weniger belastbar zu sein als ihr Mann.
Aber ihre ebenfalls blauen Augen strahlten ihren Gast an. Sie ging lächelnd auf Barbora zu und streichelte ihr über das Haar. „Schön, dass Sie kommen konnten. Wir brauchen ihre Meinung und Ihren Rat."

Der alte Herr hatte inzwischen Kaffee eingegossen und jedem ein Stück Kuchen auf den Teller gelegt.

Beide nahmen ihr gegenüber Platz und betrachteten sie erwartungsvoll, so als erhofften sie bereits eine Antwort, bevor eine Frage gestellt worden war. Der Kuchen war zur Hälfte verzehrt, als Rasmussen sich räusperte, die Serviette benutzte und die leitende Mitarbeiterin ansah:
„Liebe Frau Prochátzka, wir beide", er legte seinen Arm um seine Frau, „ja, wir beide schätzen Sie als Mensch und als Geschäftsführerin unseres Unternehmens sehr. Der Erfolg unseres Hauses ist weitgehend Ihrem Fleiß und Ihrem Fachwissen zu verdanken.
Ohne Sie hätte unser Haus nicht dieses hohe Ansehen und bekäme nicht seit vielen Jahren die Höchstbewertungen unter allen Seniorenheimen. Die guten Gewinne dieses Unternehmens haben wir im Wesentlichen Ihnen zu verdanken."

Herr Rasmussen brachte das Gedeck und den restlichen Kuchen in die Küche. „Denk dran", rief seine Frau ihm hinterher. Als er zurückkam erhielt jeder eine aus hauchdünnem weißen Porzellan bestehende Miniaturteetasse.

„Ich glaube, wir könnten jetzt eine Friesische Bohnensuppe vertragen. Übrigens eine Geheimwaffe, um die Gehirnwindungen anzuregen und die Zunge zu lockern. Frau Prochátzka, Sie müssen wissen, unsere Vorfahren stammen von den Inseln vor der deutschen Nordseeküste. Dort ist dieser Tropfen unter dem Namen Sinbohntjesopp bekannt. Die Zutaten, Rosinen, Kluntje-Zucker und der spezielle Ostfreeske Brantwein werden für mehrere Wochen in einem Tongefäß angesetzt."

Mit einem kleinen Schöpflöffel entnahm er aus einem topfähnlichen Gefäß das ihr unbekannte Getränk und gab die Branntwienkopjes dazu. „Die Teelöffel", klärte er auf, „sind für die beschwipsten Rosinen."

Frau Rasmussen schaute Barbora offen an: „Kommen wir zu unserem Anliegen. Sie kennen unseren Neffen Jean. Er ist unser einziger noch lebender Verwandter. Seine Eltern, das heißt, der Bruder meines Mannes und dessen Frau sind gestorben, da war der Junge erst zwei Jahre alt. Es hieß damals, sie seien beide an den Folgen von Zeckenbissen, die sie sich bei einem Jagdausflug mit Picknick im Grünen zugezogen hatten, zu Tode gekommen. Es war furchtbar.
Wir beide haben alles getan, um dem Jungen eine gute Erziehung zu Teil werden zu lassen. Aber leider konnten wir uns selber kaum um das Kind kümmern. Die Geschäfte! Wir haben uns deswegen oft genug Vorwürfe gemacht."

„Nun ist Jean unser einziger Erbe", warf ihr Mann ein. „Frau Procházka, Sie kennen den Jungen seit Jahren.
Uns ist aufgefallen, dass er Sie in letzter Zeit mehrmals konsultiert hat. Dürfen wir daraus schließen, dass er zunehmend Interesse an unserem Unternehmen zeigt? Jedenfalls hat er uns das so gesagt."
Es entstand eine Pause.
‚Für das Unternehmen weniger als vielmehr für die Umsätze', dachte die Geschäftsführerin, sagte aber:

„Ja, er hatte viele Fragen und wollte eine Menge wissen."

„Frau Procházka", erklärte Rasmussen: „Sie müssen wissen, dass wir von unserem Notar seit Jahren bedrängt werden, ein Testament zu machen. Der Mann hat ja Recht, wir werden nun mal nicht mehr jünger. Wir beide sind in einem Alter, wo jederzeit etwas passieren kann. Wir sollten unsere Erbangelegenheiten umgehend regeln. Frau Procházka, Sie sind nicht nur unsere Geschäftsführerin sondern verwalten ja auch unser privates Vermögen. Sie wissen, dass wir unserem Neffen zu seinem fünfundzwanzigsten Geburtstag schon einmal mit einem größeren Geldbetrag und mit der Schenkung von zwei Mehrfamilienhäusern in München unter die Arme gegriffen haben. Was ich Ihnen jetzt verrate, muss ein Geheimnis zwischen uns bleiben."
Er schaute sie fragend an. Nach ihrem „ist doch selbstverständlich" fuhr er fort: „Wir haben vor zwei Jahren einen Privatdetektiv beauftragt, unseren Neffen über ein halbes Jahr zu beobachten. Praktisch jeden seiner Schritte zu verfolgen. Ob Sie es nun glauben oder nicht, aber das Ergebnis war für uns beide niederschmetternd.
Unser braver Jean hat sich in der Szene bereits einen Namen als wohlhabender Playboy erworben. Er geht mit seinem Geld leichtfertig um. Mädchen, Autos, Galopprennen und Spielbanken."
Frau Rasmussen fuhr fort:
„Aber wenn er hier ist, gibt er sich lieb, nett und zuvorkommend uns gegenüber. Ich bin sicher, er hat inzwischen auch bei den Gesprächen mit Ihnen in

Erfahrung gebracht, dass unsere Firma eine wahre Goldgrube ist."
„Das kann ich bestätigen. Er hat sehr genau hingeschaut, wenn es um die Größenordnung der Tagessätze der Residenzbewohner ging, - und dass alle hier betreuten Seniorinnen und Senioren sehr vermögend sind. Ich habe noch seine Äußerungen ‚sensationell, exorbitant oder phänomenal' in Erinnerung als er erfuhr, dass zwei ehemalige Hausgäste, die keine Verwandten mehr hatten, nach dem Tod ihr Vermögen der Kaiser-Residenz vererbt hatten. Soweit mir ein Urteil über Ihren Neffen zusteht, möchte ich sagen, dass er sich große Chance erhofft, seine wirtschaftlichen Verhältnisse auf hohem Niveau zu stabilisieren."
Alle drei nahmen jetzt einen Schluck aus den Miniteetassen. „Aber eines muss ich ihm zu Gute halten", fügte sie hinzu, „der Junge ist clever. Er weiß ganz genau, dass diese Geldquelle hier nur dann weiter sprudelt, wenn der bisherige, sehr hohe Leistungsstandard beibehalten wird.
Was ich Ihnen jetzt verrate, ist zwar für mich sehr schmeichelhaft, es könnte aber für ihre Entscheidung sehr wichtig sein.
Wörtlich hat er sich geäußert: ‚Sollte ich dieses Haus eines Tages erben, dann müssen Sie Frau Dr. Procházka die Geschäfte weiterführen. Versprechen Sie mir das? Eine lukrative Gehaltserhöhung steht außer Frage."
„Liebe Frau Procházka, wir danken Ihnen für diese aufrichtigen und aufschlussreichen Worte."
Knud Rasmussen schaute seine Geschäftsführerin offen an:

„Sie wissen bisher nur, dass wir im Besitz eines ansehnlichen Vermögens sind. Aber wo kommt es her? Erworben haben es meine Vorfahren, die um 1850 mit einer kleinen Werft in der Nähe von Bremen angefangen haben. Sie waren in Deutschland die ersten, die zunächst kleine und später immer größere Schiffe mit Schraubenantrieb gebaut haben. Diese Entwicklung erwies sich im Gegensatz zu den bisher üblichen Schaufelrädern als so vorteilhaft für die gesamte Schifffahrt, dass die Auftragslage der Rasmussenwerft aus allen Nähten platzte. Sie konnten sich die Rosinen unter den Bestellungen aussuchen. Als die Unternehmensgründer in die Jahre kamen, führte ihr Sohn Georg die Geschäfte mit ebenso großem Erfolg weiter."

„Aber dann", übernahm Frau Rasmussen jetzt das Wort, „machten sich bald die Folgen der Weltwirtschaftskrise von 1873 bis 1896 bemerkbar. Von heute auf morgen blieben die Aufträge aus. Das Schreckgespenst der großen Deflation tat sein Übriges. Georg Rasmussen verkaufte die Werft für einen Schleuderpreis an Lloyd. Aber der Junge war clever gewesen. Er hatte den größten Teil des gewaltigen Vermögens in Immobilien angelegt."

Der alte Herr erzählte weiter: „Als er älter wurde war er sehr bemüht, seine angeschlagene Gesundheit behandeln zu lassen. So lernte er Furth im Wald kennen und schätzen.

Er besuchte diesen Ort nahe der tschechischen Grenze mehrere Male und war von der Heilwirkung der urwüchsigen Natur des Bayerischen Waldes überzeugt. Er empfand diese Region, in der es noch Urwald gab, als ein Erholungsparadies für Leib und Seele. Hier reifte der Entschluss, ein modernes Sa-

natorium für Heilungssuchende aus der Oberschicht der Gesellschaft zu bauen. Natürlich in dem modernen Stil der Jahrhundertwende, im Jugendstil.
Nach kurzer Pause:
„So, meine Liebe, das ist in Kürze die Entstehungsgeschichte dieses Hauses. Sie haben wesentlich dazu beigetragen, dass aus einem wunderbar gelegenen Sanatorium eine Senioren-Residenz der absoluten Spitzenklasse wurde."
Als er seine Frau fragend anschaute, nickte diese ihm zu.
„Und nun zu einem anderen Thema, dass wir mit Ihnen besprechen möchten.
Wir hatten ursprünglich vor, Sie testamentarisch über unseren Tod hinaus an dieses Haus zu binden. Wir haben davon aber Abstand genommen, weil nicht sicher ist, ob Sie bereit sind, mit unserem Nachfolger, sprich mit unserem Neffen, zusammenzuarbeiten. Aus diesem Grund werden wir anderweitig in unserem letzten Willen an Sie denken. Aber Sie können uns glauben, Sie werden zufrieden damit sein."
„Dieses Angebot ehrt mich, herzlichen Dank. Sie wissen, dass ich für meine Arbeit hier bei Ihnen lebe oder besser gesagt, dieser mein Beruf ist mein Leben. Was soll ich sagen? Ich bin mit allem mehr als zufrieden."
Sie zögerte einen Moment und schaute die beiden mit einem offenen Blick an:
„Wenn ich Sie richtig verstanden habe, möchten Se von mir wissen, ob ich Ihren Neffen für würdig halte, das Erbe Ihres ganzen Vermögens und auch dieses Hauses anzutreten. Ich will Ihnen gerne antworten. Erwarten Sie aber bitte kein Gutachten.

Das, was ich dazu zu sagen habe, ist ausschließlich meine laienhafte subjektive Meinung."

Knud Rasmussen hatte sich erhoben, stellte sich neben Frau Procházka und legte vertrauensvoll die Hand auf ihre Schulter: „Egal, meine Liebe, welches Urteil Sie auch immer abgeben, wir werden es ernsthaft in unsere Erwägungen einbeziehen. Darf ich ehrlich sein", warf er ein und schaute beide Damen herausfordernd an. „Ich glaube jedenfalls daran, dass Blut dicker ist als Wasser."
Er nahm wieder Platz und sah seinen Gast an.
„Bitte, wir sind ganz Ohr. Und, da dürfen Sie absolut sicher sein, dass das, was hier gesprochen wird, unter uns bleibt."

Barbora Procházka beugte sich noch vorne, legte ihre Hände zusammen und stützte sich mit den Unterarmen auf ihren Oberschenkel ab.
„Ich habe Ihren Neffen als sehr aufgeschlossenen, intelligenten und gebildeten jungen Mann kennengelernt. Dass die Damenwelt keine Gelegenheit auslässt, ihn zu verwöhnen, ist sicherlich seinem guten Aussehen und seinen Vermögensverhältnissen zu verdanken. Etwas mehr Bescheidenheit wäre hier angesagt. Hinzu kommt, dass aus Verführung bald Verfehlung werden kann.
Es tut mir leid, aber wenn ich aufrichtig meine Meinung vertreten soll, dann bitte ich um Verzeihung, aber das, was ich noch zu sagen habe, könnte Ihnen wehtun."
Sie schaute beide mit fragendem Blick an.
„Nur Mut, Sie wissen selber, dass es manchmal ohne harte Bandagen nicht geht."

„Ich erwähnte bereits, dass ich mit Ihrem Neffen in letzter Zeit öfter über die Wirtschaftlichkeit dieser Residenz gesprochen habe. Er wollte es so, es war sein Wunsch. Oft hat er sich nach den Vermögensverhältnissen der Bewohner des Hauses erkundigt. Einmal hat er mich gefragt, was mit dem Hab und Gut von Baronin Winterberg nach deren Ableben passieren würde.

Er hatte in den Unterlagen festgestellt, dass diese Dame keine erbberechtigten Verwandten besaß. Dann hat er ein paar Dinge gesagt, die mir nicht so gut gefallen haben. Einmal meinte er, man solle bei Neuaufnahmen darauf achten, dass sie sehr reich und ohne Erbberechtigte sein sollten. Weiter meinte er, dass wir trotz des überdurchschnittlichen Betreuungsaufwandes, speziell diejenigen mit persönlicher, liebevoller Aufmerksamkeit überschütten sollten, auf deren Vermögen kein direkter Erbe warte. Ich meine, so fuhr er fort, dass diese zusätzliche Goldmine bisher zu wenig beachtet wurde."

Die Geschäftsführerin atmete tief durch und lehnte sich zurück und erklärte: „Sie können mir glauben, es ist mir nicht leicht gefallen, Ihnen dies mitzuteilen. Ich weiß auch nicht, ob Ihr Neffe all das, was er mir sagte, ernst gemeint hat. Vielleicht hat er sich auch nur einen Scherz erlaubt. Oder er wollte testen, wie ich reagiere. Frau Rasmussen, Herr Rasmussen, bitte haben Sie Verständnis dafür, dass ich mir über Ihren Neffen kein Werturteil erlaube. Sie dürfen sicher sein, dass ich in jedem Falle Ihre Ent-

scheidungen respektieren werde. Egal wie diese ausfallen."
„Dürfen wir das so verstehen", fragte Herr Rasmussen, „dass Sie bereit sind, die Geschäfte weiter zu führen, auch dann, wenn unser Neffe an unsere Stelle tritt?"
„Selbstverständlich gerne, aber nur unter der Bedingung, dass ich so weiterarbeiten kann wie bisher."
„Haben Sie vielen Dank für Ihre offenen Worte", verabschiedete sich Rasmussen. Und seine Frau fügte hinzu, „wollen wir hoffen, dass der liebe Gott uns noch ein bisschen Zeit lässt..."

6

Barbora war bester Laune. Heute hatte sie Geburtstag und wollte gemeinsam mit ihren Eltern feiern. Nur mit Mühe hatte sie sich überreden können, zwei Tage frei zu nehmen. Sie hätte lieber gearbeitet.
Aber sie hing sehr an ihren Eltern.
Die Eltern hatten für die paar Tage ein Gästezimmer im Haus bezogen. Sie waren beide über 70 Jahre alt und körperlich und geistig fit.
Am Morgen von Barboras Geburtstag saßen sie gemeinsam an Frühstückstisch auf der Dachterrasse von Barboras Appartement. Sie genossen die gute Luft und den Ausblick auf die sanft ansteigenden Hänge des Bayerischen Waldes.
Vater Prochazka wies auf die höchste Erhebung hin: „Schaut mal, das ist der Hohe Bogen. Mutter und ich sind, als wir jung waren, öfters dort oben gewesen." „Ach Barbora", übernahm ihre Mutter das

Wort, „wir wollten uns bedanken für den wunderschönen Tag gestern. Der Drachensee und die Drachenhöhle, das war ein wunderbares Erlebnis. Wir hatten ja schon von dem riesigen Drachenmonster gehört. Aber dass er wirklich so groß ist, hat uns sehr überrascht." „Ja", bestätigte Barbora. Sie stand auf und nahm ein Prospekt vom Sideboard. „Hier habe ich eine Beschreibung.
Das Monster ist ein High-Tech-Kunstwerk, das 2010 gebaut wurde. Es ist 4 Meter 50 hoch, 15 Meter 50 lang und wiegt sage und schreibe 11 Tonnen. Das Besondere ist, dass dieser Drache voll beweglich ist. Es kann sich auf seinen vier Beinen fortbewegen, mit dem riesigen Schwanzteil schlagen, seine Flügel spreizen, die 12 Meter breit sind und den Kopf schlenkert er hin und her. Es faucht, brüllt und speit Feuer und Rauch. Es steht sogar im Guinessbuch der Rekorde als weltweit größter sich bewegender Drachenroboter."
Barbora umfasst die Hand ihrer Mutter. „Ihr müsst unbedingt nächstes Jahr Mitte August für ein paar Tage nach Furth kommen. Da findet das älteste deutsche Volksschauspiel, der Drachenstich statt. Das müsst Ihr gesehen haben. Die Festwoche ist ein riesiges Spektakel mit über tausend Mitwirkenden in Originalkostümen, mit Hunderten von Pferden und es kommen immer mehr Zuschauer aus der ganzen Welt. Der Höhepunkt ist die Tötung des Drachens, natürlich durch einen mutigen und edlen Ritter. Ein Symbol für den Sieg des Guten über das Böse."
„Meine liebe Barbora", sagte der Vater und strich ihr über das Haar, „sofern wir gesundheitlich noch dazu in der Lage sind, kommen wir sehr gern."

Sie zögerte einen Moment, schmunzelte dann: „Da wir gerade beim „Thema" sind, ich muss heute noch zum Friedhof. Ich muss das Grab der Rasmussens besuchen. Ich bin seit über einem halben Jahr nicht mehr dort gewesen und will unbedingt ein paar Blumen aufs Grab legen. Ihr könntet mitgehen. Ihr wisst, wie sehr ich die beiden gemocht habe. Ich hab ihnen so viel zu verdanken. Was haltet Ihr von meinem Vorschlag?"
Nach einem kurzen Blick der Verständigung stimmte der Vater zu. „Natürlich kommen wir mit. Wir sind öfter auf dem Friedhof von Kubitze und mögen die Atmosphäre dort. Die Ruhe erinnert mich an den ewigen Frieden!" „Na so was", lachte sie. „Ich wusste gar nicht, dass Ihr im Alter unter die Philosophen gegangen seid."
Wieder ernster fuhr sie fort: „Ihr wisst ja, was ich an den Rasmussens bewundert habe. Obwohl sie so viel Geld hatten, haben sie immer schlicht und einfach gelebt. Vor allem zollten sie ehrlichen Respekt gegenüber anderen Menschen . Hinzu kam, was die meisten gar nicht wussten, sie waren tief religiös.
Oft habe ich sie abends in der Hauskapelle sitzen und beten sehen. Und immer standen frische Blumen vor der Holzfigur des Heiligen Jodok, den sie sehr verehrten. Wofür dieser Heilige zuständig war, kann ich gar nicht genau sagen. Knud Rasmussen hat einmal gesagt, dass St. Jodok der Schutzheilige gegen Seuchen sei. Er sollte die Schiffe, die in den Rasmussen-Werften vom Stapel liefen, vor Seuchen, insbesondere vor der Pest bewahren.
Als die drei ein wenig später vor dem schlichten Doppelgrab der Familie Rasmussen standen, meinte

Barbora: "Schaut mal, Knud Rasmussen ist vor zwei Jahren, fast genau ein Jahr nach dem Tod seiner Frau gestorben. Sie wollten unbedingt hier beerdigt werden und nicht in der Familiengruft bzw. dem Mausoleum der Familie Rasmussen auf dem Bremer Prominentenfriedhof Riensberg. Das haben sie sogar in ihrem Testament festgelegt."
„Da du gerade das Testament der Rasmussens erwähnst", wollte ihr Vater wissen, „sie haben doch ihr gesamtes Vermögen einschließlich der Kaiser-Residenz ihrem Neffen vermacht. Wie kommst du mit deinem neuen Chef zurecht."
„Zwei Worte reichen", antwortete sie mit ernster Stimme, „mehr Licht, aber auch mehr Schatten. Ihr habt den noch nicht so richtig kennengelernt, den Jean Rasmussen. Ich werde einfach nicht schlau aus ihm. Das Gute an der jetzigen Situation ist nur, dass ich alleine das Sagen habe, was die Kaiser-Residenz angeht. Aber es gibt eine Ausnahme. Früher wurde die Entscheidung über eine Neuaufnahme gemeinsam von den Rasmussens und mir getroffen.
Der junge Rasmussen hat das grundlegend geändert. Er entscheidet allein und führt auch das Vorstellungsgespräch mit den Bewerbern oder deren Angehörigen. Sonst ist er oft wochenlang irgendwo in der Weltgeschichte unterwegs und wenn er dann wieder da ist, stehen zwei Dinge auf dem Programm. An erster Stelle die Bilanzen. Sehr viel Zeit widmet er den Hausgästen. Er spricht mit ihnen über alles, diskutiert, fachsimpelt und lacht mit ihnen. Hat einer der Gäste einen Wunsch, wird der sofort erfüllt. Er will sich bei den Leuten beliebt machen und das gelingt ihm. Er sieht blendend aus,

hat gute Manieren, ist unterhaltsam und sehr charmant.
Ich glaube, dass viele unserer Gäste diesen Blender in ihr Herz geschlossen haben."
„Wieso sagst du „Blender"…, wollte ihre Mutter erstaunt wissen.
„Vielleicht ist die Bezeichnung nicht ganz zutreffend. Aber ich glaube, dass einzige, das Jean Rasmussen meiner Meinung nach an diesem Haus interessiert ist das Geld oder besser gesagt, die Gewinne. Ich habe in den Jahren hier sehr viele Menschen kennengelernt. Aber wenn ich Rasmussen begegne, verspüre ich nur Unbehagen, obwohl er mich mit Freundlichkeit, Lob und Anerkennung überschüttet. Ich weiß nicht, warum das so ist. Vielleicht liege ich ja auch falsch."
Sie lehnte sich zurück, „nun schaut nicht so besorgt. Es ist alles in Ordnung mit der Arbeit hier. Ich kann schalten und walten, so wie ich es für richtig halte. Ihr könnt also ganz beruhigt nach Haus fahren. Einen besseren Arbeitsplatz kann man sich nicht wünschen und das Geld stimmt auch.
„Na ja", tröstete die Mutter, „du bist ja nicht mit ihm verheiratet."
„Nein", reagierte ihre Tochter, „aber mit diesem Haus und den Menschen, die hier leben.

7

Wenige Wochen, nachdem Jean Rasmussen das Erbe angetreten hatte, unternahm er den ersten wichtigen Schritt auf dem Weg zu seinem großen Ziel.

Er fuhr mit seinen neuen Wagen, einem cremefarbigen Roadster, der alle Blicke auf sich zog, durch Oldenburg. Sein Navigationssystem leitete ihn zu der vorgesehen Adresse.
Die Gegend machte keinen Vertrauen erweckenden Eindruck. Rasmussen stieg aus, bediente die Fernverriegelung und überquerte die Straße. Das schmale, vierstöckige Gebäude wirkte vernachlässigt. Die Wohnung im Parterre schien leer zustehen. Der Lack an der Haustür splitterte ab und die Scheibe wies einen Riss auf.
Er klingelte am obersten der sechs Klingelschilder, auf dem – kaum lesbar – der Name „Andreas Störmann" stand. Nach dem zweiten Versuch summte der Türöffner. Rasmussen trat zögernd in einen dunklen muffigen Hausflur.
Störmann wohnte im dritten Stock. Einen Aufzug gab es natürlich nicht - also stieg Rasmussen die ausgetretenen und knirschenden Holztreppen hoch. Dann stand er vor einer einfachen Holztüre und klopfte an.
Von innen ertönte eine unerwartet forsche Stimme. „Moment!"
Ehe er Schritte hörte, vergingen mindestens zwei Minuten. Jean schaute auf seine Armbanduhr …. Viertel vor Zwölf … für den da drinnen sicherlich kurz nach Mitternacht. Er konnte sich gut vorstellen, wie Störmann hinter der Tür krampfhaft versuchte, Ordnung in das Chaos zu bringen. Dann wurde die Tür, die mit einer Sicherheitskette versehen war, einen Spalt geöffnet.
Rasmussen war überrascht. Er hatte einen Penner erwartet mit ungepflegtem Bart, schlechten Zähnen und geröteten Augen. Stattdessen blickten ihn zwei

hellwache Augen aus einem schmalen, sympathischen und frischrasierten Männergesicht an.
„Entschuldigen Sie, Herr Störmann, dass ich Sie unangemeldet überfalle. Aber ich habe keine Telefon- oder Handynummer von Ihnen finden können …"
„Guten Morgen", grüßte Störmann durch den Türspalt, „sind Sie sicher, dass Sie zu mir wollen…?"
„Wenn Sie Andreas Störmann sind, bin ich richtig. Und was ich von Ihnen will, würde ich Ihnen gern erläutern, aber nicht hier im Treppenhaus."
„Pardon", er nahm die Sicherheitskette von der Tür und öffnete sie.
Rasmussen trat ein und reichte dem überraschten Störmann die Hand.
„Ich bin Jean Rasmussen. Sie wurden mir empfohlen und ich bin mir sicher, dass Sie mir helfen können.
„Kommen Sie bitte herein. Aber Vorsicht, alles ist ein bisschen eng und niedrig. Augenblick… " er nahm einige abgelegte Kleidungsstücke von einem Sessel, … „hier können sie Platz nehmen. Ich würde Ihnen gern etwas anbieten, aber mein Kühlschrank hat heute frei." Er sah, wie Rasmussen die Nase rümpfte… „Verzeihung." Störmann versucht, das Dachfenster zu öffnen. Das gelang ihm beim zweiten Versuch.
„Danke, machen Sie sich keine Mühe", winkte Rasmussen ab und beobachtete Störmann. Ein ganz normaler, vernünftig wirkender Mann, der durch besondere Umstände aus dem geregelten Lebensrhythmus geraten war.
Störmann ließ sich in den Sessel gegenüber fallen und schaute seinen Besucher fragend an. „Nun, was

wollen Sie von mir und von wem haben Sie meine Adresse? Sie müssen offen und ehrlich zu mir sein."
„Okay ...", erwiderte Rasmussen. „Meinen Namen kennen Sie bereits, ich bin Geschäftsmann und habe ein großes Vermögen geerbt. Die zweite Frage kann ich nur unverbindlich beantworten. Ich habe viele Freunde und gute Beziehungen in alle Richtungen. Und wenn der Preis stimmt, kann man sich alles kaufen!". Störmann runzelte die Stirn.
Rasmussen bemerkte es, „bitte verstehen Sie mich nicht falsch, ich will meine Quelle nicht verraten. Und jetzt sage ich Ihnen, worum es geht."
Er machte eine kleine Pause, um Störmanns Interesse zu wecken.
„Ich suche Jemanden, der detektivische Fähigkeiten besitzt und gleichzeitig technische Spezialkenntnisse hat.
In diesem Fall sollte sich dieser Jemand mit der digitalen High-Tech-Fotografie auskennen. Ich habe von meinem Informanten erfahren, dass Sie als ehemaliger KTU-Fachmann einiges auf diesen Gebieten beherrschen, speziell was mit moderner Fototechnik zu tun hat."
„Na gut, soweit in Ordnung. Aber ich weiß immer noch nicht, was Sie von mir wollen."
Störmann überlegte, dann sagte er: „Ich nehme an, dass Sie genau über mich Bescheid wissen. Ich bin unehrenhaft aus dem Polizeidienst ausgeschieden. Ich habe mich dazu verleiten lassen – für sehr viel Geld – eine beweiskräftige DNA-Probe verschwinden zu lassen. Das bereue ich bis heute und ich habe meine Dummheit teuer bezahlt. Ich habe nicht nur meine Familie verloren, sondern auch meine Beam-

tenpension und lebe von Hartz 4. Aber das wissen Sie ja alles.
Rasmussen sah ihn an.
„Sie haben Recht, ich weiß über Sie Bescheid. Aber die Vergangenheit interessiert mich nicht.
Ihre speziellen Fähigkeiten interessieren mich. Ich mache Ihnen einen Vorschlag. Sie hören sich mein Angebot an und
entscheiden. Ich kann Ihnen versichern, dass alles, was Sie für mich tun werden, gesetzmäßig und legal ist."
„Ihre erste Aufgabe wäre, dass Sie sich eine moderne Kameraausrüstung für 3-dimensionale Bilder von höchster Qualität besorgen. Die aufgenommenen Bilder werden über einem 3-D-Drucker zugeführt. Über weitere technische Details könnte wir nachher reden."
Rasmussen stellte mit Genugtuung fest, dass der ehemalige Polizeibeamte mit Aufmerksamkeit zuhörte.
„Nun zu Ihrer eigentlichen Aufgabe.
Bei den zu fotografierenden Objekten handelt es sich ausschließlich um menschliche Gesichter und Köpfe. Das Entscheidende bei dieser Sache ist, dass die Zielperson nichts bemerkt. Deswegen sind entsprechende Tele- und Zoomobjektive erforderlich. Da Sie nicht mit Licht arbeiten können, sollten Sie zumindest ein Infrarot-Stereokamerasystem zur Verfügung haben. Und bitte, - nicht vergessen", betonte Rasmussen, „nur das Modernste und Beste. Sollten wir uns einig werden, bekommen Sie gleich einen Briefumschlag mit dem nötigen ‚Kleingeld'."
Er lachte. „Falls man hunderttausend Euro als Kleingeld bezeichnen kann."

Der interessierte Gesichtsausdruck Störmanns bekam eine misstrauische Beinote.
„Ein paar Details noch", fuhr Rasmussen fort, „Sie finden zu gegebener Zeit einen Briefumschlag in Ihrem Postfach, in dem Name und Anschrift einer Person enthalten sind. Der Kopf dieser Person, vor allem ihr Gesicht, ist das Zielobjekt, das Sie fotografieren sollen. Je größer die Zahl der Blickwinkel, umso effektiver wird das Ergebnis. Ich betone es noch einmal, die betreffende Person darf auf keinen Fall etwas merken. Das heißt Sie müssen unbedingt im Verborgenen bleiben. Sie haben für einen Auftrag drei Monate Zeit. Dann schicken Sie die SD-Karte an eine Adresse, die Ihnen über Ihr Postfach jeweils mitgeteilt wird.
Störmann wollte eine Frage loswerden, aber Rasmussen hob abwehrend die Hand. „Noch was, ein wichtiger Punkt!"
Störmann nickte zustimmend.
„Für jeden perfekt durchgeführten Auftrag erhalten Sie zehntausend Euro und – solange Sie in meinen Diensten stehen – finden sie jeden Monat in Ihrem Postfach ein Kuvert mit einem Geldbetrag, der Ihrem letzten monatlichen Beamtengehalt entspricht. Auch dann, wenn kein Auftrag ansteht."
Rasmussen fixierte Störmanns Gesicht. „Wäre das eine Basis für eine Zusammenarbeit, - was meinen Sie?"
Der ehemalige Polizist Störmann kam sich vor wie ein Ertrinkender, dem man einen Rettungsring zugeworfen hat. Gleichzeitig hatte er Angst, der Rettungsring könne ihn am Kopf treffen. Instinktiv drängten sich Zweifel und Misstrauen auf. Bei sei-

nem Pech in den letzten Jahren musste er jetzt vorsichtig sein.
„Entschuldigen Sie, Herr Rasmussen, auch wenn ich Ihren Namen weiß, kenne ich Sie nicht. Bitte haben Sie Verständnis, dass ich misstrauisch bin. Ich denke nicht, dass Sie unsere Zusammenarbeit vertraglich regeln wollen."
„Herr Störmann, ein gesunderes Misstrauen ist immer richtig. Sie haben recht, ein Vertrag ist nicht in meinem Sinn. Bitte vertrauen Sie mir einfach.
Sie haben nichts zu verlieren. Ich habe auch nichts dagegen, wenn Sie neben meinen Aufträgen noch anderen Beschäftigungen nachgehen. Natürlich vorausgesetzt, dass meine Aufträge dadurch nicht benachteiligt werden."
„Also einverstanden, Herr Rasmussen, versuchen wir es miteinander, hört sich auf den ersten Blick nicht schlecht an. Wann soll es losgehen?"
Plötzlich hielt der Auftraggeber einen prallgefüllten Briefumschlag in der Hand und platzierte diesen auf eine freie Stelle des Tisches.
„Sie brauchen nicht nachzählen, es wird sich gut anfühlen.
„Zuerst besorgen Sie sich die Ausrüstung. Ich brauche keine Quittungen oder Kaufverträge. Was Sie mit dem Geld machen, ist Ihre Sache. Mir reichen gute Ergebnisse."
Er überlegte: „Ich kann Ihnen jetzt noch nicht sagen, wann Ihr erster Einsatz ist. Sie werden rechtzeitig benachrichtigt. Eine Bitte habe ich allerdings noch. Ersparen Sie sich die Mühe, über mich zu recherchieren oder Nachforschungen über die Zielpersonen anzustellen. Ich will von Ihnen perfekte Arbeit und absolute Verschwiegenheit."

Rasmussen stand abrupt auf, trat zu Störmann hin, der sich ebenfalls erhoben hatte und reichte ihm die Hand.
„Wenn Sie sich an meine Vorgaben halten, soll das Ihr Schaden nicht sein. Denken Sie an Ihre Vergangenheit und an Ihre Zukunft. Wenn ich mit Ihrer Arbeit zufrieden bin, könnte das ein Job fürs Leben werden. Ich wiederhole mich noch mal: Qualität, Loyalität und Diskretion sind unabdingbar!"
Die letzten Worte Rasmussens hörten sich an wie eine Drohung. Eine Schauder rieselte Störmann über den Rücken.
Als der seltsame Gast die Wohnung verlassen hatte, machte Störmann seinem Eindruck Luft: „Vorsicht, alter Junge. Ein rettender Schutzengel und ein Wolf im Schafspelz!"

8

In der Kaiser-Residenz fanden regelmäßig interessante, lehrreiche und unterhaltsame Informations- und Diskussionsabende statt, die bei den Hausgästen äußerst beliebt waren.

Eine kleine Gruppe der Bewohner des dritten Stockwerkes hatte sich bei den Aufzügen eingefunden und studierte in einem beleuchteten Aushang das Unterhaltungsprogramm der kommenden Woche.

„Wilfried, diesen Vortrag hier am Mittwochabend", sie wies mit ihrem Zeigefinger auf die entsprechende Zeile, „dürfen wir auf keinen Fall verpassen."
Ihr Mann nahm die Brille ab, trat näher heran, kniff die Augen zusammen und las:
‚*Das ewige ICH*'. Referent, Professor Dr. Stephan D'Aubert, Theologe und Naturwissenschaftler."
Ein wenig überrascht schaute er seine Frau an. „Eigenwilliges Thema. Bin gespannt. Möchtest du, mein Schatz", fragte er augenzwinkernd, „dass ich ewig lebe?"
Er legte seinen Arm um die Schultern seiner Frau und drückte sie an sich.
Sie schaute ihn schelmisch an: „Kannst du mich nicht etwas Einfacheres fragen? 19.30 Uhr … da sollten wir pünktlich sein, wir müssen vorn sitzen. Du weißt, wegen deiner Ohren. …"
„Ein guter Mann, dieser Professor D'Aubert", wandte er sich an alle. „Ich habe letztens einen Artikel von ihm in einer Wochenzeitschrift gelesen. Eine Abhandlung über ‚Das unbekannte Phänomen der Erdanziehung'. Dieser D'Aubert ist durch die sensationelle Entdeckung bekannt geworden, dass die Materie aus winzigen rotierenden Energiebündeln besteht.
Von ihm stammt auch die These, dass fremde Religionen, genau wie fremde Sprachen, die man nicht genau kennt und versteht, zu Missverständnissen führen, nicht selten mit verheerenden Folgen für die gesamte Menschheit."
„Da bin ich aber gespannt", rief eine ältere Dame aus der Runde, „sicher wieder so ein uralter, verknöcherter Professor, der alles weiß, aber nichts

kann. Diese Schreibtischhocker erforschen das Weltall, sind aber selber weltfremd."
„Urteilen Sie nicht zu schnell, gnädige Frau", entgegnete der ‚D'Aubert-Kenner' brüskiert, „Sie werden sich noch..."
Die Türhälften des angekommenen Aufzuges öffneten sich.

„Sekretariat Professor D'Aubert, Jutta Hainbach. Ich grüße Sie, Frau Procházka, der Chef lässt Ihnen ausrichten, dass er Ihr Angebot gern annimmt ... Also zwei Übernachtungen in Ihrem Hause ... Er wird am frühen Mittwochnachmittag anreisen, sich noch etwas ausruhen und abends Ihren Gästen zur Verfügung stehen. Am folgenden Tag möchte er einige Orte in Tschechien besuchen und sich vor allem den Böhmer Wald anschauen."
„Danke für Ihren Anruf ... Geht alles in Ordnung ... Richten Sie dem Professor liebe Grüße aus ... Wir wünschen ihm eine gute Anreise. Wir freuen uns sehr."
Bereits um 19.30 Uhr waren sämtliche Plätze besetzt, so dass noch zusätzliche Stühle herbeigeschafft werden mussten. Der schwerhörige Ehemann Wilfried und seine Gemahlin hatten Plätze in der zweiten Reihe ergattert.

Die ältere Dame mit ihrer speziellen Meinung über Professoren saß neben ihnen. Sie konnte es nicht lassen: „Wo bleibt er denn... Würde mich nicht wundern, wenn der zerstreute Professor seinen Vortrag heute Abend vergessen hätte..."

Jean Rasmussen, heute gestylt als Muster eines freundlichen Gentlemans, verkörperte den eleganten Gastgeber. Er hatte in der ersten Reihe Platz genommen. Pünktlich um 19.30 Uhr erhob er sich und trat zu dem auf einem Podest stehenden Rednerpult.
„Als erstes begrüße ich Sie, meine liebe Residenz-Familie! Und ich danke Ihnen für ihr Interesse an dieser Veranstaltung.
Es ist mir eine ganz besondere Ehre, auch Mitglieder der Stadtverwaltung begrüßen zu dürfen... Zuerst den Herrn Bürgermeister Kesselborn und natürlich den Stadtdirektor Dr. Hinzen sowie die beiden Herren vom Wohnungsamt ... beziehungsweise Standesamt ... Herzlich willkommen!
Und jetzt freue ich mich, ihnen den Mann vorzustellen, der sowohl die Mikro- also auch die Makrophysik revolutioniert hat und der unermüdlich bestrebt ist, den übernatürlich intelligenten Naturgesetzen Schritt für Schritt ein wenig näher zu kommen."
Rasmussen unterbrach sich selbst, „gnädige Frau, darf ich Sie bitten, Ihren Platz zu behalten. Suchen Sie jemanden, kann ich Ihnen helfen?" „Bitte, entschuldigen Sie", reagierte diese verunsichert. „Aber ich kann von meinem Platz aus den Professor nicht sehen." Leise murmelte sie vor sich hin, „der ist sicherlich noch kleiner als ich dachte..."
Jean Rasmussen hatte es gehört und lächelte wohlwollend. „Liebe Frau Buchwald, da muss ich Sie enttäuschen!"
Er verließ das Rednerpult und ging auf den Mann zu, der unmittelbar vor Frau Buchwald saß und reichte diesem die Hand.

„Herr Professor D'Aubert, herzlich willkommen und Danke, dass Sie heute Abend bei uns sind. Ich übergebe Ihnen das Wort."
Er wandte sich an Frau Buchwald und erklärte: „Der Herr, gnädige Frau, den Sie suchten, sitzt direkt vor Ihnen!"
Die Angesprochene starrte ungläubig den Mann an, der jetzt zum Pult trat, schüttelte den Kopf und hielt sich mit beiden Händen ihren Mund zu. Der da vor ihnen stand, entsprach ganz und gar nicht ihrem Bild von einem Professor. Er war mittleren Alters, schlank, sehr groß und ausgesprochen sympathisch.

„Das ewige ICH",

stellte er mit klarer, selbstsicherer Stimme das Thema des heutigen Abends vor.

„Jedes menschliche Leben empfindet sich als ein ICH. Der Mensch ist sich dieses ICH´s bewusst. In welchem Alter haben Sie, meine lieben Gäste, dieses ICH zum ersten Mal wahrgenommen?"
Er ließ ihnen eine kleine Pause zu Nachdenken.
„Schätzungsweise so mit vier oder fünf…
Doch zunächst ein paar andere Gedanken.

Der Mensch ist eine untrennbare Einheit aus Körper, Verstand und Gefühl.
Aber, meine Damen und Herren, das wäre eine unwürdige, da unzulängliche Definition des Menschen."
Er beobachtete die Aufmerksamkeit seiner Gäste.
„Das Kreuz erweist sich als ein ideales Symbol des komplexen Menschen.

Das Kreuzzeichen, bereits eingeritzt in Wände von Felshöhlen, ist seit der frühesten Menschheitsgeschichte bekannt. Als Symbol des Christentums wurde es erst im Jahre 431 n. Chr. durch das Konzil von Ephesos offiziell eingeführt.

Der nach unten gerichtete, oft in die Erde eingelassene Teil des Kreuzes steht für das Leibliche, für das Vergängliche.
Der rechte horizontale Balken wird dem Verstand, der Vernunft und der Weisheit zugeschrieben. Ich weise an dieser Stelle darauf hin, dass dies alles Funktionen des Gehirns, also eines leiblichen Organs sind.
Die linke Horizontale verkörpert die Welt unserer Gefühle.

Der obere, senkrechte, der zum Himmel zeigende Balken des Kreuzes symbolisiert die spirituelle, die transzendente, also die göttliche Dimension des Menschen. Ja, Sie haben richtig gehört, eine göttliche Dimension ist phänotypisch für den Menschen. Es ist die Dimension der Gottverbundenheit."

D'Aubert legte eine Pause ein, um die letzten Worte wirken zu lassen. Er nahm einen Schluck aus dem vor ihm stehenden Wasserglas.
„Ob ich das beweisen kann? Direkt nein, indirekt ja.

Ich habe das religiöse Verhalten der Menschen erforscht bis in seine prähistorischen Anfänge. Ich habe sein religiöses Verhalten an allen Plätzen der Welt beobachtet, ich habe das Religiöse in den verschiedensten Gesellschaftsformen überprüft, in klei-

nen Familien, in Gruppen, in Stämmen oder Sippen, in kleinen und großen Staaten. Zu jeder Zeit, an jedem Ort und in den unterschiedlichsten Formen des Zusammenlebens. Das für mich nicht überraschende Ergebnis:
Religiosität ist allgegenwärtig. Ich jedenfalls sehe darin einen wissenschaftlichen Beweis für die Existenz einer göttlichen Dimension des Menschen.
Mir ist noch nie ein Mensch oder eine Menschengemeinschaft begegnet, die völlig ohne einen Gott gelebt hat. Mir ist darüber hinaus kein Mensch bekannt, der noch nie gebetet hat. Selbst der überzeugte Atheist erlebt Situationen, in denen er den göttlichen Beistand sucht.
Liebe Zuhörer, wir Menschen sind nicht nur von dieser Welt, wir tragen einen Fingerabdruck Gottes in uns. Man könnte es so formulieren: Zwischen Gott und dem Menschen besteht ein verwandtschaftliches Verhältnis, eine verwandtschaftlich vertrauensvolle Verbundenheit. Eine Art Mutter-Kind- Beziehung."
D'Aubert schaute auf seine Armbanduhr. Er lächelte verständnisvoll: „Es wird Zeit zur Ausgangsfrage zurückzukehren.

‚Das ewige ICH'.

Fragen wir uns zunächst, was ist das ICH.
Meine Damen, meine Herren, Sie alle nehmen, solange Sie leben, dieses ihr ICH in Anspruch.
Ihr ICH hat Sie in keinem einzigen Augenblick Ihres Seins verlassen. Es…"
Frau Buchwald erhob sich: „Herr Professor, da bin ich anderer Meinung. Ich habe nach einem Ver-

kehrsunfall vor vielen Jahren zwei Tage im Koma gelegen, da war von einem ICH nichts zu spüren. Auch, wenn ich schlafe nicht."

D'Aubert lächelte verständnisvoll, „Wo war Ihr ICH in Ihrer frühesten Kindheit, bevor Sie es zum ersten mal bewusst wahrnahmen? Gnädige Frau, ich bin Ihnen für den Einwand an dieser Stelle dankbar.
Ich versuche es mal auf einem Umweg.
Wer mit Tieren zusammengelebt hat, wird mir Recht geben, wenn ich sage, dass auch Tiere eine eigene Persönlichkeit besitzen. Auch Tiere, so könnte man sagen, besitzen ein ICH. Im Unterschied zum Menschen sind aber Tiere nicht fähig, sich dieses ICH´s bewusst zu werden. Der Mensch aber ist in der luxuriösen Lage, dank seines Verstandes, sein ICH wahr zu nehmen. Schalten Sie die Wahrnehmungsfähigkeit des Verstandes aus, wie das bei Bewusstlosigkeit oder im Schlaf der Fall ist, so ist keinerlei Erkenntnis möglich, auch die ICH-Erkenntnis nicht. Trotzdem hat Ihr ICH Sie nicht verlassen.
Ich darf hier darauf hinweisen, dass gelegentlich Wissenschaftler und Philosophen das ICH mit dem Selbstbewusstsein verwechselt haben. Dabei wissen Sie alle, meine lieben Zuhörer, dass das Selbstbewusstsein oder das Selbstwertgefühl von subjektiven Bewertungen ihrer Erlebnisse abhängig ist.
Wir legen jetzt mal eine Schweigeminute ein, die Sie bitte nutzen, ihr ICH zu erleben. Die Begegnung mit ihrem ICH ist im Prinzip sehr einfach, denn es ist Ihnen von Kindes Beinen an vertraut. Suchen Sie also nicht nach einem fremden, unbekannten Etwas, sondern nur nach dem Ihnen vertrauten ICH."

Nach der abgelaufenen Zeit schauten alle gespannt auf D'Aubert. Dieser schmunzelte.

„Ich bin sicher, der Besuch bei ihrem ICH ist für alle enttäuschend ausgefallen. Okay, Sie haben ihr ICH gefunden. Aber das war keine strahlende Erscheinung, kein gebildeter, stolzer Herr oder eine elegante, selbstbewusste Dame, da war kein millionenschwerer Krösus, keine Schönheitskönigin oder ein Adonis, nein, da ist Ihnen kein hochgelehrter Wissenschaftler und kein herrschender Ministerpräsident oder Feldherr begegnet. Sie alle haben nur Ihr pures ICH gefunden. Ein ICH ohne Gestalt, ohne Aussehen."

Eine weitere kleine Pause sollte der Konzentration der Zuhörer auf ein Experiment dienen.

„In der folgenden Minute fragen Sie sich, ob sich Ihr ICH im Laufe Ihres Lebens verändert hat. Verwechseln Sie dabei bitte nicht das ICH mit Ihrem Selbstwertbewusstsein."

Die vorgesehene Zeit war noch nicht ganz abgelaufen, als sich ein Herr aus der vorletzten Reihe zu Wort meldete.

„Entschuldigen Sie Herr Professor D'Aubert, aber ich glaube, ich bin für diesen Versuch ungeeignet. Ich sage Ihnen warum.

Ich bin leicht an mein ICH herangekommen. Aber ohne Ergebnis. Das ICH in meiner Kindheit, meiner Jugend, das ICH nach meinem Studium, in meiner Ehe, nach dem Tod unseres einzigen Sohnes, nach meiner beruflichen Karriere und nach meiner Pensionierung war immer das gleiche gegenstandslose, gestaltlose Etwas.

Ich konnte einfach nicht erkennen, dass das Leben irgendetwas an meinem ICH bewirkt, entwickelt

oder verändert hat. Ich bin gespannt, wie es den anderen hier im Raum ergangen ist. Ist mein abwechslungsreiches Leben an meinem ICH vorbeigelaufen? Tut mir leid. Verbuchen Sie mich einfach als untaugliches Versuchsobjekt."
Enttäuscht lehnte er sich zurück.
D'Aubert zeigte ein auffallend zufriedenes Lächeln: „Ein wunderbares Beispiel dafür, dass man mit Ehrlichkeit sehr weit kommt. Entschuldigen Sie, mein Herr, wenn ich diese Bemerkung erst einmal kommentarlos in den Raum stelle. Ich möchte mir zuerst die Beobachtungen anderer anhören."
Es entstand eine längere, fast unangenehm wirkende Pause.
„Na, es dürfte doch nicht so schwer sein, sein eigenes ICH zu finden. Wer möchte uns die Entwicklung seines ICH´s beschreiben?"

Eine übergewichtige Dame aus der vierten Reihe hob schüchtern den Zeigefinger.
„Haben Sie vielen Dank, gnädige Frau, wir hören Ihnen gerne zu."
Sie drehte sich mühsam nach hinten um und suchte mit Blicken nach dem Herrn, der sich soeben geoutet hatte.
Dann schaute sie D'Aubert an:
„Ich will sie nicht mit den Höhen und Tiefen meines Lebens langweilen. Aber ich muss gestehen, mir ist es genau so ergangen, wie dem Herrn eben. Das ICH von heute ist genau das gleiche wie vor 75 Jahren. Mein Selbstwert hat das Rauf und Runter meines Lebens mitgemacht, aber mein ICH ist, Gott sei Dank, mein mir von Kindheit an vertrautes ICH geblieben. Und noch etwas. Ihr seht alle, wie alt ich

bin. Meine Knie wollen nicht mehr so richtig. Meine Augen lassen nach, Mein Schlaf lässt zu wünschen übrig und so weiter und so weiter. Aber", sie holte tief Luft, „wenn ich ehrlich bin, ich glaube mein ICH ist heute genauso alt wie vor 70 Jahren. Mein ICH war nie ein Kind und es ist heute keine alte Frau. Es scheint mir, dass mein ICH kein Aussehen und vor allem kein Alter hat. So, das war´s.
Tut mir leid, Herr Professor, wenn auch ich Sie enttäuscht habe. Aber das ist spontan genau das, was ich empfinde."
Sie schaute D'Aubert herausfordernd an.

D'Auberts Mimik signalisierte Zufriedenheit.
„Ein paar Reiseerlebnisse brauche ich noch. Mit zwei ICH-Begegnungen gebe ich mich noch nicht zufrieden."
Er zeigte auf einen Heimbewohner, einen älteren Herrn, klein, schmächtig, mit hoher Stirnglatze und einer zu langen und spitzen Nase. Dieser stand auf und tat einen Schritt zur Seite:
„Peter Poth, ich bin Volkswirt und war viele Jahr im Aufsichtsrat einer großen und bekannten Automarke. „Ich bin in der Welt viel herum gekommen. Man kann mich als Weltenbummler bezeichnen. Herr Professor D'Aubert, ich muss Ihnen ein Kompliment machen. Das von Ihnen vorgegebene Reiseziel habe ich in meinem ganzen Leben noch nie bewusst besucht. Ich muss sagen, eine einzigartige Erfahrung. Ich bin Ihnen äußerst dankbar, denn ohne diesen Abend hätte ich mein eigenes ICH nie im Leben bewusst kennengelernt. Sie können mir glauben, ich habe jetzt auf Ihre Frage hin versucht,

mein ICH in sämtlichen Lebensabschnitten genau zu beobachten.
Und dabei habe ich eine verblüffende Entdeckung gemacht. Soll ich es Ihnen verraten?"
Er schaute sich in der Runde um, kramte etwas umständlich ein nicht mehr ganz frisches Taschentuch aus der Hosentasche. „Pardon" entschuldigte er sich laut und wischte sich einige Schweißtropfen ab.
Dann lüftete er das Geheimnis seiner Entdeckung: „Das Gleiche wie eben bei den beiden. Auch ich bin zu dem Schluss gekommen, das ICH bleibt von allem Irdischen unbeeinflusst."
„Ich bin Ihnen sehr dankbar für diese exakte und überzeugende Analyse ihrer ICH-Begegnung", reagierte D'Aubert und trat an die vordere Kante des Podestes.
„Hat jemand sein EGO, wie die Lateiner sagen würden, nicht gefunden?" Keine Reaktion. „Oder hat vielleicht einer der Anwesenden etwas ganz anderes von seinem EGO-Trip zu berichten?"

„Ja, bitte, die Dame dort hinten."

„Mir ist es leider nicht gelungen, ihren Rat umzusetzen, das ICH nicht mit dem Selbstwertempfinden zu verbinden. Als Kind wurde ich fürchterlich von meinen Schulkameraden gehänselt, verspottet und ausgegrenzt, nur weil ich zu dick war. Wenn ich mich in diese grausame Zeit zurückversetze, muss ich feststellen, dass mein ICH in dieser Zeit am Boden zerstört war.
Später habe ich meine Ernährung umgestellt und viel Sport betrieben. In dieser Zeit nahm ich ab und war beruflich sehr erfolgreich. Man hielt mich sogar

für attraktiv. Mein ICH befand sich auf Höhenflügen. Ich blicke heute mit Wehmut auf mein kindliches ICH zurück und heute im Alter bin ich stolz auf mein erfolgreiches ICH. Ja, so war's bei mir."

„Ich kann Sie gut verstehen. Sie sind nicht alleine mit einer solchen Fehlinterpretation. Das was Sie beschrieben haben, hat erst Ihr übergewichtiger und dann ihr durchtrainierter Körper erlebt und ein körperliches Organ, Ihr Gehirn, hat eine Bewertung dazu vorgenommen. Und entsprechend haben Sie sich gefühlt. Genau das nennt man Selbstwerteinschätzung. Es ist nicht ganz einfach, das eigene Wertgefühl vom ICH zu unterscheiden."
Da niemand sich mehr zu Wort meldete, fuhr D'Aubert fort:
„Ich darf ihnen eine interessante Mitteilung machen. Das, was die meisten von Ihnen hier bei der Suche nach ihrem eigenen ICH erlebt haben, entspricht haargenau den Ergebnissen der aktuellen Forschung und der Realität.
Und diese Realität besagt, dass sich unser ICH im Laufe des Lebens nicht ändert. Unser ICH ist von Ereignissen, Erlebnissen, Lebensumständen oder jedweden Vorkommnissen nicht beeinflussbar. Egal, ob sie ihr Aussehen geändert haben, egal, ob sie groß, klein, dick oder dünn waren, ganz gleichgültig, ob sie erfolgreich waren, welche Freunde sie hatten oder mit wem sie verheiratet waren oder noch sind, all das hat ihr ICH weder beeinflusst noch verändert. Es ist so, dass das ICH nichts mit irdischen Abläufen zu tun hat. Das ICH kann von irdischen Ereignissen und Erlebnissen nicht beeinflusst werden."

D'Aubert ging einige Schritte auf und ab. Er machte den Eindruck, als wolle er sich auf etwas Wichtiges konzentrieren. Er blieb wieder an der Vorderkante des Podestes stehen.
„Hier noch eine weitere Überlegung. Horchen sie bei Gelegenheit noch mal genau in sich hinein. Das ICH mit fünf ist genau das gleiche wie mit siebzig Jahren. Daraus kann man schließen, dass das menschliche ICH von Zeitabläufen nicht beeinflusst wird. Das bedeutet doch, dass unser ICH zeitlich unabhängig ist, also nicht altern kann. Ich fasse zusammen:
Das ICH in uns wird weder vom irdischen Leben noch von der Zeit beeinflusst."
D'Aubert unterstrich seine letzten Sätze erneut mit einer kurzen Pause. Er wartete auf Zustimmung oder Widerspruch.
„Okay", sprach er weiter, „und nun müssen Sie auch noch die logische Schlussfolgerung des bisher Gesagten annehmen. Wenn unser ICH von allem, was unser irdisches Leben ausmacht, also auch von zeitlichen Abläufen nicht erreicht wird, dann kann das ICH kein zeitliches Ende finden. Meine Damen und Herren, die logische Folge:
Unser ICH ist nicht von dieser Welt, unser ICH ist unsterblich. Das Ihnen von Gott geschenkte ICH ist ein ewiges ICH."
D'Aubert versuchte in den Gesichtern seiner Zuhörer zu lesen.
Er trat ans Rednerpult, legte einige Blätter um und fuhr fort:
„Als mit der Zeugung das diesseitige Leben begann, wurde uns gleichzeitig ein Funke des jenseitigen,

ewigen und göttlichen Seins mit auf den Weg gegeben. Dieser göttliche Funke ist dein ICH. Mag man es anderswo auch Seele, Geist oder EGO nennen. Liebe Freunde, die diesseitigen Dimensionen des Menschen werden ein Ende haben, seine jenseitige Dimension, das ICH nicht. Dein dir vertrautes ICH wird in seiner endgültigen Heimat weiter existieren."

D'Aubert lächelte: „Das war das Wesentliche meines heutigen Anliegens, Das ewige ICH'. Es war eine schwerverdauliche, aber so hoffe ich, dennoch eine schmackhafte Kost."
D'Aubert schaute demonstrativ auf seine Armbanduhr.
„Ich hätte noch ein wenig Zeit für ein paar Fragen, sofern Sie das wünschen."

Jean Rasmussen erhob sich von seinem Platz in der ersten Reihe und wandte sich den Gästen zu.
„Ich glaube es ist in ihrem Sinne, wenn ich Herrn Professor D'Aubert für diese philosophisch-theologische Offenbarung ganz herzlich danke."
Jetzt schaute er zum Referenten hin: „Sie haben vielen von uns aus der Seele gesprochen. Dennoch bin ich davon überzeugt, dass einige von uns große Fragezeichen hinter Ihren Thesen sehen. Darf ich eine erste Frage an Sie richten?"
„Sie sind der Boss", reagierte D'Aubert lächelnd, „Ihnen steht die erste Frage zu. Bitte."
„Hätte der Mensch nicht auch", frage ich Sie, „ohne die von Ihnen beschriebene göttliche Dimension leben können?" Ich gehe davon aus, dass jeder Mensch eine angeborene Veranlagung für Mitgefühl und Nächstenliebe besitzt."

Rasmussen nahm wieder Platz. Es war mäuschenstill im Raum. Alle starrten den Mann auf der kleinen Bühne an.
„Herr Rasmussen, ich danke Ihnen dafür, dass Sie die Diskussion eröffnet haben. Ich danke Ihnen aber noch mehr für diese spezielle Frage."
Er wandte sich wieder den Gästen zu.
„Verehrte Zuhörer, ich versuche auf diese überaus wertvolle Frage eine Antwort zu finden. Ich lehne es allerdings entschieden ab, dieses Thema im atheistischen Raum zu diskutieren.

D'Aubert nahm das gespannte Interesse der Zuhörer wahr. Rasmussen dagegen spielte die Rolle des Gelangweilten, so als wäre die zu erwartende Antwort des Professors für ihn bedeutungslos.

„Im Gegensatz zu allen anderen Lebewesen", fuhr D'Aubert fort, „ist der Mensch mit einem feinfühligen Bewertungssystem ausgestattet. Der Mensch kann zwischen Gut und Böse unterscheiden. Ich erinnere an die Zehn Gebote, an Dharma, die hinduistische Ethik, an die Lebensregeln von Mohammed im Islam, an die Verhaltensregeln des Buddhismus und selbst Walter Ulbricht hat 1958 die zehn Gebote des neuen sozialistischen Menschen verkündet.
Das Folgende beruht nicht auf signifikanten, wissenschaftlichen Daten. Denn unsere irdischen Forschungsmethoden sind absolut blind für Erkenntnisse im Überirdischen. Dennoch sind meine theologisch-naturwissenschaftlichen Erfahrungen wertvolle Wegweiser in die richtige Richtung."

D'Aubert drehte langsam eine Runde auf dem Podest. Nachdenklich stützte er sein Kinn auf die Faust seines angewinkelten linken Armes.
„Liebe Gäste, unser Leben hier auf Erden ist mehr als ein unterschiedlich gelungener Balanceakt zwischen Gut und Böse."
D'Auberts Blick suchte Jean Rasmussen.
Der Mensch spielt nicht nur in der irdischen, in der vergänglichen Liga. Er ist dank seiner jenseitigen Dimension in einer weitaus höheren Spielklasse angesiedelt.
Meine Damen und Herren, es ist Gottes Wille, dass unser irdisches Leben als ein Bewährungs- und Qualifikationsprozess für unser Sein in Gottes ewigem Reich zu verstehen ist. Mit anderen Worten, Gott gibt uns die Chance, auf Erden den Himmel zu verdienen."
D'Aubert nahm einen Schluck aus dem Wasserglas.

„Meine Damen und Herren, ich glaube nicht an das Jüngste Gerichtes, das uns aus vielen klassischen Gemälden bekannt ist. Ich glaube auch nicht an ein Fegefeuer und an die ewige Verdammnis in der Glut der Hölle. Ich sehe es anders. Der irdische Tod ist die Geburt des ICHs ins ewige Sein. Derjenige, der viel Gutes auf Erden getan, wird dafür in Ewigkeit belohnt werden.
Wer aber Gottes Werte auf Erden mit den Füßen getreten hat, den wird in Ewigkeit ein schlechtes Gewissen quälen. Das, meine Damen und Herren, ist die unfehlbare individuelle göttliche Gerechtigkeit."
Er atmete einmal tief durch.

„Der Mensch würde in einem gottlosen Spannungsfeld zwischen Gut und Böse reduziert auf einen Spielball zwischen Stärkeren und Schwächeren."
D'Aubert wurde an dieser Stelle abrupt unterbrochen.

Jean Rasmussen war aufgesprungen und wandte sich seinen Hausbewohnern zu:
„Ich bin der Meinung, das sollte für heute reichen. Ich kann nicht verantworten, dass sie hier überfordert werden, zumal Sie nicht mehr die Jüngsten sind.
Unser lieber Professor scheint den Pfad der relevanten Wissenschaft verlassen zu wollen und ist dabei, einen Weg in die religiöse Phantasie zu bevorzugen."
Rasmussen wandte sich von dem überraschten Publikum ab und schaute D'Aubert herausfordernd an:

„Verehrter Herr Professor, bei aller Hochachtung vor Ihren Leistungen auf dem Gebiet der Naturwissenschaft und der Theologie, erscheinen mir Ihre Deutungen vom Leben nach dem Tod, von Himmel, Hölle und dem Jüngsten Gericht ein gehöriges Stück von der christlich Lehre abzuweichen,"
Er wurde nervös und schaute erneut die Zuhörer an.
„Wir danken Herrn Professor D'Aubert für die Vorstellung seiner persönlichen Meinung. Wir als Zuhörer sollten diesen Vortrag als Anregung zur kritischen Hinterfragung der eigenen Position in entsprechenden Glaubensangelegenheiten nutzen."
Er sprang auf die Podiumsfläche. „Ich habe noch nirgendwo gelesen, dass die Seligen im Himmel auf ewig von einem schlechten Gewissen gequält wer-

den. Ist es nicht gewagt, den in der Kirche fest installierten Begriff der Hölle mit einem schlechten Gewissen zu verwechseln?
Und noch etwas Anderes, Herr Professor. Sind Sie sicher, dass Menschen für ihre Taten immer zur Verantwortung gezogen werden? Zu allen Zeiten haben Menschen, objektiv betrachtet, Verbrechen begangen, obwohl sie selber der Überzeugung waren, das Richtige oder sogar etwas Gutes zu tun. Was ist mit denen, die in ein Unterweltmilieu hineingeboren wurden. Hat der Sohn des Verbrechers die gleiche Werteempfindung wie der Sprössling des Dorfpfarrers? Und nun Herr Professor D'Aubert möchte ich Ihnen noch meine eigene Meinung sagen. Für mich gibt es nur ein einziges Gebot.
Und dieses Gebot besagt, dass der Mensch sein kurzes und einziges Leben hier auf Erden optimal genießen soll.
Aber lassen wir das. Eine Fortsetzung der Diskussion würde an dieser Stelle nicht weiter helfen und sicherlich widersprüchliche Meinungen hervorbringen."

Rasmussen hatte wieder sein gewinnendes Lächeln aufgesetzt und ging strahlend auf D'Aubert zu: „Ich darf mich im Namen des Hauses recht herzlich für Ihre interessanten Äußerungen bedanken. Ich bedaure es aufrichtig, dass wir wegen der vorgerückten Stunde die Diskussion nicht weiterführen konnten."
Der Applaus war trotz der aufgekommenen Spannung überwältigend. Rasmussen hatte den Raum als Erster verlassen.

Eine ältere Dame ging auf D'Aubert zu, der es offensichtlich nicht so eilig hatte, hinaus zu gelangen.
„Darf ich Sie etwas fragen?"
„Aber bitte meine Dame, gerne."
„Entschuldigen Sie Herr Professor, wenn ich Ihnen sage, dass ich diesen Rasmussen absolut nicht leiden mag. Dieser junge Bursche ist leider das genaue Gegenteil von seinem Onkel, den ich noch gut gekannt habe. Eine bodenlose Unverschämtheit, wie dieser Widerling versucht hat, Ihnen zu widersprechen. Das, was Sie uns vorgetragen haben, war für mich eine heilige Offenbarung. Ich bin eine aktive aber auch kritische Katholikin. Wie kann dieser Schnösel es wagen, Ihnen zu widersprechen. Ihre Worte sprechen mir aus der Seele und Sie haben mir damit sehr geholfen. Nochmals danke."
Sie ergriff seine Hand.
„Ich würde Ihnen jetzt gerne einen Kuss geben, wenn Sie nicht so groß wären…."
D'Aubert schmunzelte.

9

„Eine noble Adresse, diese Kaiser-Residenz… Aber wer kann sich diesen Luxus schon leisten? Muss ein Vermögen kosten den Lebensabend first class zu genießen."
D'Aubert studierte die Speisekarte und staunte über die freie Auswahl eines Gourmet-Angebotes, das jedem Sternerestaurant Ehre bereitet hätte.

Er hatte gut und reichhaltig gefrühstückt und las nun in aller Ruhe in einer der verschiedenen Tageszeitungen, die im Frühstücksraum jeden Morgen angeboten wurden.
Die unangenehme Auseinandersetzung mit Rasmussen hatte er abgehakt. Für ihn war ab jetzt wichtig, die kurze Zeit an diesem schönen Ort in vollen Zügen zu genießen.
Die Annehmlichkeiten der Kaiser-Residenz, der Zauber des wildromantischen Böhmerwaldes und die Attraktivität der grenznahen tschechischen Dörfer und Städtchen hatten ihn dazu bewogen, seinen Aufenthalt um einen Tag zu verlängern.
Er hatte gestern Abend noch bei der Geschäftsführerin Procházka wegen einer zusätzlichen Übernachtung vorgesprochen.

„Natürlich sind Sie unser Gast, so lange Sie möchten. Bei dieser Gelegenheit darf ich Ihnen gratulieren. Ihr Vortrag war ein großer Erfolg und ist heute das Thema im Haus."

Barbora Prochazka hatte ihm empfohlen, sich das historische Städtchen Krumau anzuschauen und vor allem der aus dem frühen Mittelalter stammenden Burg einen Besuch abzustatten.
D'Aubert beschloss, sich vor der etwas längeren Autofahrt noch ein wenig die Beine zu vertreten und machte einen kleinen Spaziergang in den kunstvoll gestalteten Parkanlagen rund um die Residenz.

In der Tiefgarage, auf dem Weg zu seinem alten Mercedes Benz schreckte ihn das plötzliche Dröhnen eines äußerst PS-starken Motors auf. Ein cremefar-

benes Sportcoupè donnerte an ihm vorbei in Richtung Ausfahrt. D'Aubert schüttelte den Kopf. Er hatte Jean Rasmussen erkannt.
‚Angeberisch, rücksichtslos und brutal. Das passt zu dem Kerl. Attraktive Erscheinung und im Besitz eines riesigen Vermögens. Beides unverdiente Geschenke von der launigen Göttin des Schicksals. Es kommt nicht selten vor, dass überreich beschenkte an einem unaufhaltsamen Schwund ihrer moralischen Substanz leiden.'

Es war noch früh am Tag. Er empfand es als Wohltat, einmal keinen Zeitdruck zu haben und freute sich auf eine gemütliche Fahrt durch den Böhmerwald nach Krumau.
Bei der ersten Abzweigung entschied sich D'Aubert für die Ausfahrt mit dem Hinweisschild „Neukirchen beim Heiligen Blut", ein Markt im Oberpfälzer Landkreis Cham.

Wehende Fahnen und große Transparentbänder wiesen auf eine sehenswerte Ausstellung im Wallfahrtsmuseum hin. ‚Warum sollte man sich das entgehen lassen?'
Er stellte seinen Wagen ab und begab sich zum Eingang des Museumsgebäudes, dessen Türflügel einladend offen standen.
Beim Motto der Ausstellung musste er schmunzeln: ‚Faszination Universum - Eine Reise durch Raum und Zeit -'.
‚Schade', er lächelte er enttäuscht, ‚Ausgerechnet Astronomie, eines seiner Spezialgebiete. Er verzichtete auf den Besuch.

Auf einem Tisch neben dem Eingang wurden verschiedene Informationsblätter angeboten. Er entschied sich für eine Broschüre über Neukirchen beim Heiligen Blut.
Auf dem Weg zu seinem Wagen warf er einen Blick hinein: ‚Um 1420 trennte ein Hussitenführer in einer Kapelle der Statue der Mutter Gottes mit seinem Schwert den Kopf ab. Die Legende besagt, dass aus dem abgetrennten Kopf Blut floss. Neukirchen entwickelte sich seit her zu einem beliebten Wallfahrtsort und hieß von nun an Neukirchen beim Heiligen Blut.'

Bei dem kleinem Ort Lam überquerte er die Grenze. Das erste tschechische Städtchen, das er durchfuhr, war Zelezná Ruda. Auch der deutsche Name war auf dem Ortsschild angegeben - Markt Eisenstein -.

Vorbei ging es an der barocken Pfarrkirche Maria Hilf vom Stern, dem Wahrzeichen des 820 m hoch gelegenen Ortes.
Bald führte die Straße am waldumsäumten Schwarzsee und Teufelssee entlang.
Wenig später durchquerte er Bergreichenstein, mit dem tschechischen Namen Kasperské Hory.
D'Aubert genoss die Fahrt mitten durch das dunkle Grün der großen Wälder.
Vorbei ging es an dem Dörfchen Kvilda, unmittelbar an der Quelle der Warmen Moldau gelegen, einem der drei Quellflüsse der Moldau.
Nach ca. zweieinhalb Stunden erreichte er den riesigen Moldaustausee und das am nördlichen Ufer gelegene Städtchen Homi Plana.

Das Flair der durchfahrenen Dörfer und die Schönheit der waldreichen Landschaft hatten die Fahrt zu einem kurzweiligen Erlebnis werden lassen.
Das Ziel seiner Reise, das mittelalterlichen Städtchen Krumau mit seiner Burg war erreicht.

In einem kleinen, gemütlichen Cafe ließ er sich von der Spezialität des Hauses, einer riesigen Portion Buchteln mit Quark-Kirsch-Füllung verführen.

Kurz nach 17 Uhr trat er die Heimreise an. Er hatte sich vorgenommen, die Heimfahrt zügig zu gestalten. Doch unmittelbar hinter dem Ortsende von Krumau bremste er plötzlich und hielt am Straßenrand an.
Er stieg aus, blieb aber an seinem Wagen stehen. Er schaute genau hin und staunte. Kein Irrtum. In der Zufahrt einer für dortige Verhältnisse attraktiven Villa parkte der protzige Sportwagen von Jean Rasmussen. Er ging näher heran, und schüttelte den Kopf, „es wäre ja möglich, dass Rasmussen der Besitzer ist, aber wieso stand auf dem Messingschild, das an dem linken Mauerpfeiler des schmiedeeisernen Tores angebracht war, ein tschechischer Name?"

Er stieg wieder ein und setzte seine Heimfahrt fort.
‚Was sollte er über Dinge nachdenken, die ihn überhaupt nichts angingen.'
Er war nicht traurig darüber, dass er an diesem eindrucksvollen Tag das Abendessen verpasst hatte und beschloss, noch ein Glas Wein in der auch heute wieder gut besuchten Weintraube zu trinken. Dieses gemütliche Weinlokal zählte zu den Edelsteinen

der Kaiser-Residenz. Hier gab es vieles, was ältere Menschen oft vermissen.
Hier war man in den Abendstunden nicht alleine, hier gehörte man zu einer unterhaltsamen und meist heiteren Gesellschaft. Hier hatten Einsamkeit und Schwermut keinen Zutritt. Hier fanden die alten Menschen die Beschwingtheit, die ihnen das Hineingleiten in die Welt der Träume erleichterte.

D´Aubert fand einen Platz in der bei den Hausbewohnern beliebten und auch heute wieder gut besetzten Weintraube, einem gemütlichen und geschmackvoll eingerichteten Weinlokal, das sich direkt an den Speisesaal der Kaiser-Residenz anschloss.
D´Aubert trank einen dunkelroten Svatovavrineché, ein Wein von einer Traube, die es nur in den Steilhängen an den Ufern der Thaya gab.
Aber es blieb bei einem Glas. Die Müdigkeit eines mit vielen schönen Eindrücken angefüllten Tages stellte sich ein.
Bevor er jedoch einschlief, zogen einige Bilder an seinem geistigen Auge vorüber.
Das letzte dieser Bilder zeigte einen luxuriösen Sportwagen vor einer tschechischen Villa.

10

23 Monate später.

Das Westend liegt nordwestlich von der Innenstadt der Mainmetropole Frankfurt. Die Gegend zählt zu den exklusivsten und teuersten Wohnvierteln.
Dr. Anton Welsch stellte seinen geliebten Wagen vor der Doppelgarage ab, die sich auf der Rückseite seiner im klassizistischen Stil erbauten, eindrucksvollen Villa befand. Auf dem Weg ins Haus blieb er noch einmal stehen, drehte sich um und genoss den immer wieder atemberaubenden Anblick seines metallic roten, elegant wirkenden Cabriolets.
Dieser Aston Martin Vanquish Volante hatte es ihm im vergangenen Jahr auf der North American international Auto Show in Detroit derart angetan, dass er ihn vom Fleck weg kaufte.
„Hallo Chef", grüßte ihn Mario, der soeben herbeigeeilt war, mit einer leichten Verbeugung.
„Hallo Mario, alles in Ordnung? Fahr ihn nicht in die Garage. Ich muss am Abend noch einmal weg. Danke."
Mario Rossi bewohnte seit 38 Jahren mit seiner Frau Giulia eine 6-Zimmerwohnung in der zweiten Etage der Villa.

Beide hatten sich unmittelbar nach ihrer Hochzeit vor… …. Jahren entschlossen, das Dörfchen Faella in der Toscana zu verlassen und nach Deutschland auszuwandern.
Die Rossis waren unendlich dankbar, dass eine Vielzahl glücklicher Umstände ihnen den Weg in die Villa Welsch gewiesen hatte.
Antons Großeltern wohnten damals im Erdgeschoss und seine noch sehr jungen Eltern in der ersten Etage. Als Antons Mutter schwanger wurde, hatte der Familienrat beschlossen, ein junges Ehepaar ins Haus zu nehmen und ihm die Hausmeister- und Bedienstetenaufgaben zu übertragen.
Mario und Giulia Rossi entsprachen voll und ganz den Erwartungen.
Das Glück der steinreichen Familie Welsch schien vollendet zu sein. Anton erblickte das Licht der mehr als heilen Welt. Der ersehnte Stammhalter wurde verhätschelt und vertätschelt und eroberte sich die Herzen nicht nur der Eltern und Großeltern sondern auch die der beiden Rossis.
Antons Eltern wussten ihren Sohn bei seinen Großeltern und den Rossis immer in guten Händen.
Sie hatten sich für einen 4- wöchigen Abenteuerurlaub in der afrikanischen Sahelzone entschieden. Jener 100 bis 200 Kilometer breite semiaride Übergangsstreifen zwischen der Wüste und dem südlicher gelegenen Teil Afrikas.
In dieser Zeit bewohnten sie eine Suite im Gaweye Hotel in Niamey, der Hauptstadt von Niger, einer der ärmsten Staaten Afrikas.

Das Schicksal schreckte vor ihrem Reichtum nicht zurück.

In der zweiten Woche ihres Aufenthaltes stellte sich bei beiden eine hochfiebrige Erkrankung ein. Sie litten zunehmend unter Kopf-, Gliederschmerzen und Schüttelfrost. Irrtümlicherweise hielten die Welschens das Ganze für einen grippalen Infekt und behandelten sich mit den üblichen salizylsäurehaltigen Grippemitteln, die sie im Gepäck hatten. Am achten Tag der Erkrankung fühlten sie sich besser.
Sie bestiegen ihren Allrad-Jeep und fuhren auf unbefestigten, holprigen Wegen tief in den Sahel hinein.
Doch bald fühlten sich beide so elend, dass sie ihre Fahrt nicht fortsetzen konnten. Auch die Rückfahrt war ausgeschlossen.
Bei Welsch stellte sich Nasenbluten ein und bei seiner jungen Frau begann das Zahnfleisch zu bluten. Unterstützt von der die Blutgerinnung hemmenden Nebenwirkung der eingenommenen Grippe-Medikamente verlief die Krankheit bei beiden dramatisch. Sie verbluteten innerlich und fanden draußen im erbarmungslos heiß-schwülen Niemandsland Afrikas einen elenden Tod.
Wie sich später herausstellte, hatten sich beide mit der hämorrhargischen Form des Denguefiebers infiziert.

Mario, Giulia und vor allem die Großeltern versuchten die Lücke, die der Tod der Eltern gerissen hatte, auszufüllen. Sie lasen ihm jeden Wunsch von den Lippen ab und überschütteten ihn mit Geschenken und Aufmerksamkeit.

Diese Überversorgung war bestimmend für seine Entwicklung. Die Fehlerziehung hatte für sein Erscheinungsbild eine Reihe negativer Folgen.
Der junge Mann Anton Welsch war bei geringer Körpergröße auffallend übergewichtig. Er wirkte schwerfällig und unbeholfen und zu allem Überfluss entwickelte sich in den frühen zwanziger Jahren eine Glatze.
Seinen kugelrunden Kopf zierten zwei übergroße Ohren und eine kleine Nickelbrille.
Die Schulzeit wurde wegen seines Aussehens zu einem Spießrutenlaufen. Noch mehr litt Anton als junger Mann an der unverhohlenen Missachtung durch das weibliche Geschlecht.
Doch sein Selbstwertgefühl konnte sich auf zwei starke Säulen stützen. Zum einen war er überdurchschnittlich intelligent und zum anderen besaß er ein immenses Vermögen.
Das hohe Ansehen, das die so genannten Götter in Weiß immer noch genossen, war ein wesentlicher Motivationsgrund dafür, dass er sich für ein Medizinstudium an der Albertus Magnus Universität in Köln entschloss. Staatsexamen und Promotion absolvierte er mit Bestnoten.

Anton bestellte die dritte Runde Kölsch. Er hatte seinen Studienfreund Robert Hohenfried in eine typisch kölsche Kneipe in der Altstadt eingeladen. Sie wollten den erfolgreichen Abschluss des Studiums gebührend feiern.

Robert hob die frischgezapfte Stange und stieß mit Anton an. „Mensch, was ist bloß los mit Dir? Wir wollten doch heute Abend so richtig die Sau rauslassen und du sitzt hier mit einem Gesicht, als hättest du statt Gerstensaft Zitronensaft getrunken. Schau dich doch mal um ... siehst Du einen Einzigen, der so mies drauf ist wie du, du frisch gebackener Dr. med...?"

Anton trank sein Glas in einem Zug leer. „Ach, Robert, du hast gut reden. Schau mich doch an... Du siehst gut aus, bist groß, schlank und sportlich. Du hast eine hübsche Freundin."

„Ach ja", ein tiefer Atemzug entsprach seinem Selbstmitleid, „glaubst du wirklich, dass irgendeine schöne Frau, die es ehrlich meint, einen glatzköpfigen kurzsichtigen Fettklops lieben könnte, auch wenn dieser millionenschwer ist und den Doktortitel hat? Nein, Robert", er schüttelte den Kopf, „ich kann und will mir nicht vorstellen, dass ich mich jemals mit einer Frau zufrieden gebe, die mich nur deswegen will, weil sie selber nichts Besseres abbekommt.

Weißt du, was noch schlimmer wäre?" Er wischte sich mit einer Hand übers Gesicht und schaute seinen Freund überzeugend an.

Ich sag´s Dir. Irgendwann kommt so ein hübsches Ding und tut so, als würde ich ihr gefallen. Bei mir würden doch sofort alle Alarmglocken läuten, dass sie es in Wirklichkeit nur auf mein Geld abgesehen hat."

Anton schaute seinen Freund herausfordernd an, als wolle er ihm widersprechen.

„Komm, versuch es erst gar nicht. In Wirklichkeit gibst du mir Recht.

Ja, ich bin in einem Stimmungstief. Ich bin mir Klaren darüber, dass ich trotz Doktortitel und Geld nie im Leben eine Frau an meiner Seite haben werde, die mich um meiner selbst willen liebt und die ich liebe. Nie im Leben werde ich das genießen können, was man eine intakte Familie nennt. Ich bin nicht nur ein unansehnlicher sondern auch ein einsamer Fettkloß."

Der Köbes hatte die erhobene Hand mit den zwei ausgestreckten Fingern gesehen und stellte die beschlagenen Gläser auf die beiden Bierdeckel.

„Robert, du musst nicht mir zu liebe jetzt auch noch eine Leichenbittermine aufsetzen. Du wirst sehen, ein Glas noch und ich habe mein seelisches Schlagloch überwunden.! Hör mal zu, ich muss dir was erzählen."

Anton nahm einen tiefen Schluck.

„Nicht eine glückliche Familie mit Ehefrau und einer Schar von Kindern werden der Mittelpunkt meines Lebens sein…" Zum ersten Mal lächelte Anton.

„..Ich habe ein Lebensziel gefunden, das zum Dreh- und Angelpunkt meines Dasein werden soll und dem ich mich voll und ganz widmen werde. Und das vor allem meinem verkümmerten Selbstwertgefühl gut tun wird."

Robert schaute seinen Freund überrascht an: „Jetzt fällt mir aber ein Stein vom Herzen. Ich habe mir schon Sorgen gemacht und wollte Dir soeben vorschlagen, einen Psychiater aufzusuchen. Das hört sich gut an. Aber bevor du mir alles erzählst, möchte ich Dir noch etwas sagen."

„Schieß los."

„Anton, wir haben in den letzten Jahren alles zusammen gemacht: wir haben gemeinsam unsere Doktorarbeiten geschrieben und vieles unternommen. Du bist nicht nur mein Studienkollege, sondern auch mein bester Freund. Ich sage Dir das, da-

mit du weißt, dass dein äußeres Erscheinungsbild dabei überhaupt keine Rolle gespielt hat. Und auch dein Geld nicht."
Anton schaute Robert erstaunt an. Aber eine verbale Reaktion blieb aus.
Der Köbes nahm die leeren Gläser vom Tisch und platzierte die frischen mit einem routinierten ‚Zum Wohl'.
„So", forderte Robert, „nun erzähl mir von deinem großen Plan…"
Anton tat einen kräftigen Schluck und wischte sich mit dem Handrücken den Schaum vom Mund.
„Vielleicht liegt der Grund für meine Perspektiven darin, dass mir das fehlt, was man Schönheit nennt. Gutes Aussehen nahm in meiner Phantasie einen immer wichtigeren Platz ein. Die extrem übertriebene Fürsorge und die überzogenen Zuwendungen von meinen Großeltern aber auch den Rossis, man kann eindeutig von Overprotection sprechen, haben zu der Fehlentwicklung geführt, die jetzt hier neben Dir sitzt.
Und verdammt, man hat als Kind Null Chancen, sich dagegen zu wehren. Die ahnungslosen Erzieher meinen es gut und als Kind erlebt man diese Überversorgung als etwas Selbstverständliches.
Aus gut gemeinter Ahnungslosigkeit wird eine lebenslange Katastrophe."
Anton trank erneut.
„Ich will den Menschen Aufklärung anbieten. Dabei setze ich auf Prävention und so weit wie möglich, auch auf Reparation."
Mit einem schnellen Zug leerte er das Glas und fuhr fort:

„Ich werde auf meinem Grundstück im Westend ein Forschungs- und Lehrinstitut errichten. Platz habe ich genug. Das große Thema lautet: ‚Kinder-Erziehung'.
Eltern werden Seminare und Lehrgänge angeboten, in denen sie lernen können, wie man Kinder richtig erzieht. Robert, ich verspreche mir viel davon. Ich habe es recherchiert. Man muss lange suchen und man wird vergeblich suchen, irgendwo auf der Welt etwas Vergleichbares zu finden. Man kann alles studieren und lernen. Es gibt Lehranstalten, Seminare, Kurse und Anleitungen für alles Mögliche. Aber ein praktikables Lehrprogramm oder erst eine Schule für die Erziehung der eigenen Kinder, wirst du vergeblich suchen. Hier werde ich einsteigen und viel Geld investieren."
Er erhob erneut sein Kölschglas und prostete seinem Freund zu. „Du kannst mir glauben, ich habe es am eigenen Leibe erfahren, in den ersten zehn oder zwölf Jahren prägen die Eltern das ganze Leben ihres Kindes."
Anton legte seinen Arm um die Schultern seines Freundes. „Robert, du bist der erste, mit dem ich darüber rede. Bevor du jetzt darauf reagierst, möchte ich dir noch verraten, was ich mir wünschen würde …"
Er nahm seinen Arm wieder zurück und schaute seinen Freund direkt an.
„Kannst du dir vorstellen, bei meinem Plan mitzumachen … ich glaube, es würde sich für Dich lohnen."
Robert war sehr verblüfft von dieser Offenbarung und suchte nach passenden Worten.

„Danke, Anton. Du hast mir da etwas aufgetischt, was ich nicht erwartet habe und was ich im Moment auch nicht überblicken kann. Das hört sich großartig und verlockend an. Aber solch wichtige Entscheidungen müssen mit klarem Kopf und etwas Abstand getroffen werden. Ich habe Medizin studiert, um als Arzt tätig zu werden. Ich kann jetzt mit dem besten Willen keine Entscheidung treffen, erst recht nicht nach dem sechsten Bier. Aber ich danke Dir von ganzen Herzen für dein Vertrauen. Lass uns morgen darüber reden."
„Einverstanden. Ich sehe das genau so. Lass Dir Zeit. Es kommt nicht an auf ein paar Tage ..."
Er klopfte Robert kräftig auf die Schulter.
„Was hältst du davon, wenn wir uns jetzt ein Taxi bestellen. Du weißt ja, wenn's am schönsten ist, sollte man aufhören.
Herr Ober, bitte zahlen!"

„Zuerst zu mir", gab Anton das Fahrziel an, „Berrenrather Straße 277 und dann Berrenrather Straße 293."
„Aha, Studenten", bemerkte der Fahrer, „Sülz, Höhe Nikolaus Kirche."
Der Taxifahrer schaute immer wieder in den Rückspiegel. Von der Innenstadt an wurde er von immer denselben Autoscheinwerfern verfolgt. Auch die langgezogene Berrenrather Straße hinauf blieb das Verfolgerauto in unterschiedlichem Abstand hinter ihm. ‚Ich bin gespannt, ob der weiterfährt, wenn ich jetzt
anhalte ...'
Er sollte sich geirrt haben.
„Erstes Ziel erreicht meine Herren. Wer zahlt?"

Anton stieß die Tür zur Straßenseite auf. Bevor er ausstieg reichte er dem Fahrer einen Schein.
„Stimmt so. Vielen Dank."
Robert war ebenfalls ausgestiegen, um sich von seinem Freund zu verabschieden.
In diesem Moment hielt das Verfolgerauto unmittelbar neben dem Taxi. Die Tür flog auf, der Fahrer stieg aus.
„Professor Merzenich, Sie! Suchen Sie uns? Anton und Robert waren maßlos überrascht, dem Leiter des pharmakologischen Institutes, ihrem Doktorvater zu dieser Zeit zu begegnen. Offensichtlich hatte er dieses Treffen geplant.
Nein, das war kein Zufall. Beide warteten auf eine Erklärung von ihm.
Doch plötzlich stand das blanke Entsetzen in ihren Augen.
„Was soll das", schrie Robert. Professor Merzenich hatte einen Revolver in seiner rechten Faust und bevor irgend jemand reagieren konnte, schoss eine kaum wahrnehmbare bläulichweiße Stichflamme aus der Mündung.
Anton brach mit einem hässlichen Loch mitten in seiner Stirn tödlich getroffen zusammen. Der Professor stieg rasch ein und der Wagen raste mit quietschenden Reifen davon.
Robert und der Taxifahrer erkannten sofort, dass erste Hilfe erfolglos sein würde.
Beide fanden keine Worte, doch dann informierte der Taxifahrer seine Zentrale. Von dort aus erfolgte der Notruf an die Polizei.

Die Mordkommission Köln-Süd tat routiniert, gewissenhaft und präzise ihre Arbeit. Der vom Taxi-

fahrer beschriebene Wagen des Mörders konnte am Ende der nächsten Seitenstraße sichergestellt werden. Der Besitzer des Tatfahrzeuges hatte den Diebstahl noch nicht gemeldet.
Die Befragung von Robert Hohenfried versetzte den Kommissar in ungläubiges Staunen.
„Ja", wiederholte der Tatzeuge, „ich habe den Täter zweifelsfrei erkannt. Es war unser, das heißt, es war der Doktorvater von meinem Freund und mir. Ehe Sie mich jetzt fragen, ob ich eine Vorstellung von einem Motiv hätte, darf ich Ihnen versichern, dass ich keine Erklärung für dieses unbegreifliche Verbrechen habe. Im Gegenteil, mein Freund und ich hatten ein gutes Verhältnis zu Professor Merzenich. Er hat sich sehr um uns und unsere Arbeit gekümmert. Da gibt es absolut nichts, das diese Tat erklären könnte.

Das Ermittlungsergebnis war gleich Null. Dr. Robert Hohenfried und auch die beiden Bediensteten der Villa Welsch in Frankfurt gaben zu Protokoll, dass die Großeltern des Ermordeten vor gut zwei Jahren von Frankfurt nach Furth im Wald umgesiedelt seien. Sie hätten ein Appartement in einem Seniorenstift der Luxusklasse mit Namen Kaiser-Residenz bezogen.

Hausmeister Rossi erwies sich bei der Befragung als sehr ungehalten über diesen Schritt der beiden Alten. Er hielt mit seiner Meinung nicht zurück. „Ich bin sicher", hatte er behauptet, „wenn die beiden bei uns geblieben wären, würde Frau Welsch noch leben und auch der alte Herr wäre gesundheitlich besser dran. Die alte Dame ist trotz optimaler Betreuung und ärztlicher Versorgung vor etwa einem halben Jahr an den Folgen eines Schlaganfalles verstorben."

Conny Koch ein junger Kommissar der Mordkommission Köln-Süd, war nach Bayern beordert worden, um mit Welsch Senior zu sprechen und ihm die Nachricht vom unnatürlichen Tod seines Enkels zu überbringen. Es war der letzte Versuch, auf eine Spur oder ein Motiv zu stoßen.

„Was geschieht denn jetzt mit dem Haus in Frankfurt", hatte der Kommissar den alten Herrn gefragt.
„Das weiß ich im Moment selber nicht", resignierte Welsch, „ich bin im Moment nicht in der Lage, das alles zu begreifen, ich fühle mich wie gelähmt und empfinde nichts. Herr Kommissar, ich möchte jetzt alleine sein. Bitte haben Sie Verständnis dafür."
Welsch hob plötzlich den Kopf. In seine Mimik war wieder Leben eingekehrt.

„Moment Herr Kommissar. Was ist mit dem Mörder, mit diesem irren Professor Merzenich. Auf den wartet doch sicher Lebenslänglich im Zuchthaus oder in der geschlossenen Psychiatrie?"

Koch schaute überrascht auf. „Klar, das können Sie ja gar nicht wissen. Der Doktorvater ihres Enkels, dieser Professor Merzenich hat ein glasklares, unanzweifelbare Alibi. Zur Tatzeit war er beim 60ten Geburstag seines älteren Bruders. Über zehn Verwandte und Bekannte konnten das bezeugen.
Wir stehen vor einem unlösbaren Rätsel. Die Ermittlungen gehen weiter. Mehr kann ich Ihnen zu diesem Zeitpunkt leider nicht mitteilen."

Kommissar Koch hatte noch am Abend seinen Chef informiert. „Das Einzige, was mir aufgefallen ist, hat

nichts mit unserem Fall zu tun. Die Bewohner dieser Kaiser-Residenz sind hier optimal versorgt. Ich glaube nicht, dass es etwas Vergleichbares auf der Welt gibt.
Alle hier sind voll des Lobes über das Personal, die pflegerische und medizinische Versorgung, die Räumlichkeiten, die Verpflegung und das Unterhaltungs- und Freizeitprogramm.
Vor allem der Besitzer dieses Unternehmens, Jean Rasmussen, steht bei den Bewohnern ganz hoch im Kurs.
Chef, hier ist die Welt mehr als in Ordnung. Dennoch habe ich mir ein paar Gedanken gemacht."
„Okay, mein Junge, dann lass mal hören, aber mach's kurz."
„Der außergewöhnliche Betreuungsaufwand, der in diesem Seniorenwohnheim betrieben wird, lässt den Schluss zu, dass die Leute, die hier wohnen, über Geldmittel verfügen, von denen Unsereins nur träumen kann. Das heißt doch, dass irgendjemand in deren Verwandtschaft sehnsüchtig auf ein dickes Erbe wartet."
„Conny, nur in diesem Fall ist nicht der Erblasser, sondern der Erbnehmer das Mordopfer geworden. Wie passt denn das in deine Theorie? Und wie wir feststellen konnten, war der Ermordete der einzige Verwandte. Komm morgen zurück. Hier gibt's viel zu tun."

In der Kaiser-Residenz gab es Frühstück ab 8 Uhr. Koch hatte sich erkundigt. Auf Wunsch konnte dieses auch früher eingenommen werden.

An nächsten Morgen um 6.45 Uhr goss er sich bereits den duftenden Kaffee ein.

‚Wenn er rechtzeitig um 8 Uhr losfuhr, würde er am Nachmittag noch vor dem offiziellen Dienstschluss das Kommissariat in der Südstadt erreichen. Die knapp 600 Kilometer bis Köln waren mit zwei kurzen Pausen zu bewältigen.'

Koch hatte soeben den letzten Schluck Kaffee genommen.

„Darf ich einen Augenblick Platz nehmen?" wurde er von einem Herrn überrascht, der an seinen Tisch getreten war.

„Ich habe erfahren, dass Sie heute abreisen. Mein Name ist Rasmussen, Jean Rasmussen. Ich bin der Verantwortliche für das Wohl unserer Mitbewohner und Gäste. Ich bin viel unterwegs und hatte leider bisher keine Gelegenheit, Sie kennenzulernen. Die letzte Chance dazu wollte ich mir nicht entgehen lassen. Entschuldigen Sie, dass ich Sie beim Frühstück störe."

Strahlend freundlich und wie aus dem Ei gepellt, nahm Rasmussen die einladende Handbewegung wahr.

„Es ist mir wichtig zu erfahren, ob es Ihnen bei uns gefallen hat und ob Sie erfolgreich waren."

Er schaute den jungen Kriminalbeamten freundlich fragend an.

„Sie hatten Gelegenheit, wie ich hörte, mit dem armen Herrn Welsch zu reden. War er in der Lage, mit Ihnen über den grausamen Mord an seinem Enkel zu sprechen?

Ergaben sich Anhaltspunkte für ein Tatmotiv? Unvorstellbar, was dieser alte Mann noch alles mitmachen muss. Er hat erst vor kurzem seine Frau verlo-

ren und nun das. Der Mann tut mir leid. Wir werden uns sehr um ihn kümmern müssen. Wer tut so was und was steckt hinter diesem brutalem Mord?"
„Tut mir leid", entschuldigte sich Koch, „ich darf Ihnen leider nichts sagen. Aber der kurze Aufenthalt hier hat mir gut gefallen und ich könnte noch Wochen bleiben."
„Sollten Sie Fragen haben, wenden Sie sich gerne an mich. Ich stehe Ihnen jederzeit zur Verfügung."
Er überreichte Koch seine Visitenkarte.
Als Rasmussen sich erhob und Koch zum Abschied die Hand reichte, zeigte sich auf seinem Gesicht ein zufriedenes Lächeln.
Nach den ersten Schritten blieb er stehen und wandte sich Koch zu: „Dürfen wir Ihnen etwas Verpflegung für die Reise einpacken?"
„Danke nicht nötig."
Koch war mit dem Ergebnis seiner Dienstreise nicht zufrieden. Er kehrte mit leeren Händen zurück.
‚Verdammt, ich werde das Gefühl nicht los, irgendetwas übersehen zu haben.'

Er hatte eine heile Welt und einen traurigen alten Mann angetroffen. Als Fazit würde in seinem Bericht zu lesen sein:
‚In der heilen Welt der Kaiser-Residenz keinerlei Hinweise auf Tatmotiv oder Täter.'

11

Jutta Hainbach, Professor D'Auberts langjährige Sekretärin klopfte zaghaft an und öffnete einen Spalt die Tür zum Büro des Chefs, "die Post von heute."
"Danke, legen Sie sie bitte hier auf meinen Schreibtisch."
D'Aubert fischte einen der Briefe heraus. Er drehte ihn hin und her und schmunzelte.
‚Hätte nicht erwartet, von dort noch mal etwas zu hören. Da bin ich aber gespannt'.
Er öffnete den Brief und überflog die Zeilen.
Erfreut griff er zum Telefon.
"Hallo Maria, eine schöne Nachricht... Du erinnerst Dich an meine Reise nach Furth im Wald? Ich hatte dort in der Kaiser-Residenz einen Vortrag."
"Natürlich, es hatte Dir doch so gut gefallen..."
".. Frau Procházka, die Geschäftsführerin hat mir geschrieben.
Sie fragt an, ob ich bereit wäre, einen weiteren Vortrag in ihrem Hause zu halten. Neben einem satten Honorar bieten sie mir einen einwöchigen kostenlosen Aufenthalt in ihrem Hause an. Und nun kommt das Beste ... hör zu, hier steht wörtlich, ‚wir hätten nichts dagegen, wenn Sie in Begleitung Ihrer Frau Gemahlin und Ihrer Kinder kämen. Natürlich auch als unsere Gäste.'
Was hältst du davon?"
"Ein verlockendes Angebot. Voraussetzung wäre allerdings, dass du diese Reise mit deinen beruflichen

Verpflichtungen in Einklang bringen kannst. Aber denk dran: Wir könnten nur in den Schulferien ...!"
„Ja, natürlich. Alles Weitere besprechen wir heute Abend zu Hause."

Barbora Procházka informierte ihren Chef per Haustelefon: „Pofessor D'Aubert hat zugesagt. Er hat sich wegen seiner schulpflichtigen Kinder für die Zeit der Herbstferien entschieden. Das wäre in diesem Jahr in Nordrheinwestfalen die erste Oktoberwoche.

Das Thema:

‚Der Liebe Gott ist ganz einfach'.

Ich bin froh, dass wir diesen Mann noch mal für uns gewinnen konnten. Keiner unserer Gäste wird dieses interessante Thema versäumen wollen. Sogar einige unserer Nesthäkchen haben den Wunsch geäußert, per Rollstuhl oder über die hausinterne Fernsehanlage den Vortrag von Professor D'Aubert mitzuerleben."
„Okay, liebe Frau Geschäftsführerin, was unsere Hausbewohner angeht, gebe ich Ihnen Recht. Tun Sie alles, dass es der Professorenfamilie bei uns gefällt."
„Chef, sind Sie noch da?" fragte sie, da am anderen Ende der Leitung Stille eingetreten war.
„Ja, pardon, ich habe gerade in meinen Terminkalender geschaut... Tut mir leid. In den Herbstferien bin ich mit meinen Freunden beim Tauchen auf den Malediven. Nur in dieser Zeit kann man dort den

großartigen Mantas und den größten Lebewesen der Welt, den Walhaien beggenen.
Aber das ist ja kein Problem. Sie kümmern sich um diesen Prediger und seine Familie. Die sind bei Ihnen in besten Händen."

Barbora fühlte sich durch die Abwesendheit des Chefs in dieser Zeit erleichtert. So wurde alles einfacher, - sie hatte nämlich bemerkt, dass zwischen Rasmussen und dem Professor die Chemie nicht stimmte.
Maxl Hintermeier, angestellter Fahrer der Kaiser-Residenz, freute sich auf die Jungfernfahrt mit dem neuen Mercedes Vito Toure, der gestern angeliefert worden war. Er hatte den Auftrag, Familie D'Aubert am Bahnhof abzuholen.
Die D'Auberts waren mit der Bahn von Köln aus angereist. Das war bequemer als eine anstrengende Fahrt über volle und verstaute Autobahnen.

Der von Nürnberg kommende Interregio-Zug lief pünktlich um 21.59 Uhr ein. Die Fahrt zur Residenz dauerte nur wenige Minuten.
Barbara Procházka ließ es sich nicht nehmen, den Professor mit seiner Frau und den zwei Kindern persönlich willkommen zu heißen.
„Herzlich willkommen. Ich hoffe, Sie hatten eine gute Reise."
Sie strahlte die attraktive Frau des Professors an.
„Ich freue mich, Sie kennenzulernen."
Den Kindern wuschelte sie übers Haar, „und das sind René und Corinna."
Zwei Mitarbeiter nahmen das Gepäck.

„Kommen sie", ging die Geschäftsführerin voran, „ich begleite sie hinauf zu ihrem Appartement. Was halten Sie davon, wenn wir Ihnen noch ein Abendessen hier oben servieren, auch wenn es schon so spät ist …"
„Maria D'Aubert winkte entschieden ab. „Vielen Dank für das nette Angebot, aber wir haben kurz vor Nürnberg im Speisewagen zu Abend gegessen. Umso mehr freuen wir uns auf das Frühstück in der Kaiser-Residenz, von dem mein Mann so geschwärmt hat."

„Herr Professor", entschuldigte sich Frau Procházka, „können wir noch kurz über Ihren Wochenplan reden… Es ist alles so geblieben, wie wir das am Telefon abgestimmt hatten. Morgen um 14 Uhr der Vortrag und dann jeden Tag, außer Donnerstag, von 9 bis 11.30 Uhr Einzelgespräche. Die übrige Zeit steht zu Ihrer freien Verfügung. Eine wunderbare Gelegenheit, die einmalige Schönheit der Grenzregion Bayern -Tschechien mit der ganzen Familie zu genießen. Pardon, ganze Familie ist ja nicht korrekt."
„Nein", lächelte D'Aubert, „unser Dreijähriger … Marcel – ist für die eine Woche bei Opa und Oma untergebracht."

Am nächsten Morgen saßen die Vier schon zeitig im Frühstücksraum und ließen" sich das reichhaltige Frühstück schmecken.
„Mama, warum schaut der alte Mann, der da drüben alleine an dem Tisch sitzt, immer zu uns herüber?"

„Und du guckst ständig zu dem Mann hin. Corinna, lass das! Wenn er von uns etwas will, wird er sich schon melden."

„Papa", wollte René jetzt wissen, „was machen wir heute Nachmittag?"

„Moment René." D'Aubert richtete seine Aufmerksamkeit auf den Herrn, der mit Hilfe eines Rollators jetzt ihren Tisch ansteuerte.

„Entschuldigen Sie, wenn ich Sie beim Frühstück störe... Sie sind Professor D'Aubert? ... Von mehreren Mitbewohnern habe ich erfahren, dass Sie schon mal hier im Hause einen Vortrag über das ‚ewige ICH' gehalten haben.

Einige der damaligen Zuhörer haben mir davon erzählt. Es hat mich sehr beeindruckt... Leider habe ich jetzt keinen Termin mehr für ein Einzelgespräch mit Ihnen bekommen. Die waren alle schon vergeben. Ich wäre Ihnen so dankbar, wenn es noch eine Möglichkeit für ein kurzes Gespräch mit Ihnen gäbe. Meine Frau ist vor kurzem gestorben und mein einziger noch lebender Verwandter, mein Enkel Anton, den meine Frau und ich wie ein eigenes Kind großgezogen haben, wurde ermordet. Es ist völlig unklar, warum.

Ich werde hier psychologisch gut betreut. Aber das, was ich vor allem brauche, ist ein Gespräch mit einem Theologen über den Trost, den uns die Ewigkeit zu bieten hat." Er schaute D'Aubert mit flehenden Augen an und fuhr fort.

„Verzeihung, ich habe mich noch nicht vorgestellt. Mein Name ist Welsch, Jacob Welsch."

D'Aubert reichte dem bedauernswerten alten Mann die Hand. „Das sollten wir doch schaffen... Heute

Abend, direkt nach dem Abendessen, ja, das ließe sich einrichten. Was halten Sie davon?"
Die Augen des alten Mannes strahlten. „Vielen, vielen Dank. Sie können sich nicht vorstellen, wie wichtig mir das ist."
„Herr Welsch, wenn Sie nichts dagegen haben, komme ich zu Ihnen. In Ihrem Appartement sind wir ungestört."
„Können Sie Gedanken lesen ... ich wollte Ihnen genau das vorschlagen."
„Stephan, kein Problem", gab Maria ihrem Mann zu verstehen. „Mach Dir keine Gedanken um uns. Die Umstellungen und all die vielen neuen Eindrücke. René und Corinna werden glücklich sein, wenn sie heute Abend früh in ihre kuscheligen Betten kriechen können. Und Stephan, ich gebe zu, mir geht es nicht viel anders."

Ein Spiritusbrenner brachte das Wasser in der Glaskugel zum Sieden. Dank der Hitzeausdehnung wurde das heiße Wasser durch eine schmale, röhrenartige Verbindung in eine obere Glaskugel gepresst, in der sich das edle Mokka-Mehl befand. Hier entstand der Zaubertrank. Die Flamme wurde entfernt, die untere Kugel kühlte ab. Der so entstandene Unterdruck sog das fertige Mokkagetränk gefiltert aus dem oberen Behälter hinab, wieder in die untere Kugel.
Stolz zelebrierte der alte Welsch diese feierliche Zeremonie seinem Gast.
„Diese Mokkamaschine, ein Lieblingsgerät meiner Frau, ist ein Überbleibsel von früher, unserer glücklichen Zeit.

Einen besseren Mokka werden Sie noch nicht getrunken haben."
„Ich bin beeindruckt, vielen herzlichen Dank. Ein fantastischer Duft."
Das köstliche Getränk genussvoll schlürfend, tasteten sie sich zum Kernpunkt ihres Gespräches vor.

„Herr Welsch, Sie suchen, so habe ich Sie jedenfalls verstanden, nach dem Trost, den Ihnen der Glaube an Gott bieten könnte. Ich bin Naturwissenschaftler und Theologe zugleich. Im Allgemeinen stehen meine Aussagen immer auf wissenschaftlich abgesicherten Fundamenten. Doch auch mit modernster Technik wird der Mensch nie in der Lage sein, einen erkennenden Blick in jene Welt zu werfen, die, wie man sagt, nicht von dieser Welt ist. Doch mit an wissenschaftliche Sicherheit grenzender Überzeugung, behaupte ich jetzt etwas, das ich in meinem letzten Vortrag hier im Hause näher begründet hatte und das für Sie Herr Welsch von Bedeutung ist. Sie sagten, Sie hätten mit Hausbewohnern über meinen ersten Vortrag hier im Haus gesprochen. Ich wäre glücklich, Herr Welsch, wenn die Botschaft meines damaligen Vortrags Ihnen helfen könnte, ihre Trauer über den Verlust Ihrer lieben Frau zu linder. Und diese Botschaft lautet:
Das jedem Menschen eigene ICH wird nach dem irdischen Tod hinüberwechseln in das zeitlose Reich der göttlichen Liebe."

Der alte Mann verfolgte gebannt die Worte D'Auberts.

„Und", fuhr D'Aubert fort, „warum sollte mein ICH im Reich der ewigen Liebe, nicht wiedervereint sein mit den ICHs meiner Liebsten."
D'Aubert nahm einen kleinen Schluck aus der wertvollen Mokkatasse.
„Darf ich Sie einladen zu meinem morgigen Vortrag? Ich werde versuchen, einige Zeichen, die auf das Leben nach dem Tod hinweisen, zu deuten. Ich hoffe, dass sie dort Antworten auf weitere Fragen finden werden."

Der alte Mann stemmte sich aus seinem Sessel hoch, ging auf D'Aubert zu, umarmte ihn und küsste ihn auf die Wange.
„Ich bin Ihnen unendlich dankbar. Sie haben mir sehr geholfen. Ja, ich fühle, dass sich die dunklen Wolken meiner zerstörerischen Trauer beginnen zu verziehen … "
D'Aubert wollte sich verabschieden. „Wir sehen uns…." Doch Welsch hielt ihn am Arm zurück.
„Darf ich Ihnen noch eine kurze Frage stellen, die eigentlich nichts mit unserem Thema zu tun hat. Aber ich brauche in einer Sache einen Rat, weil ich selber bisher keine Lösung gefunden habe."
„Wenn ich helfen kann, sehr gerne."
„Kommen Sie, nehmen wir noch für eine Minute Platz. Sie wissen ja, meine liebe Frau ist gestorben und mein Enkel, mein einzig lebender Verwandter, ist vor kurzem einem Verbrechen zum Opfer gefallen. Es gibt keinen einzigen Verwandten und damit keinen natürlichen Erben mehr.
Aber ich habe sehr, sehr viel zu vererben. Und es fällt mir schwer, das, was meine Vorfahren, sowie meine Frau und ich mit viel Fleiß erarbeitet haben,

einfach in fremde Hände zu geben. Sei es eine Stiftung, die Kirche oder eine Gemeinde. Herr Professor, können Sie mir einen Rat geben?"
„Ich könnte schon", reagierte D'Aubert spontan, „aber ich tue es nicht, weil das Ihren Vorstellungen widersprechen würde. Diese Entscheidung müssen Sie alleine finden. Ich bin sicher, Sie werden die richtige Wahl treffen. Aber ich kann Sie auf zwei Dinge aufmerksam machen, die Sie dabei berücksichtigen sollten. Erstens, achten Sie darauf, dass Ihr Lebensunterhalt standesgemäß gesichert bleibt. Zweitens sollte es so sein, dass ihr Verstand nicht alleine bestimmt, wohin die Erbmasse fließt. Lassen Sie Ihr Herz mit entscheiden. Sie sollten immer zufrieden sein mit Ihrer Entscheidung. Ideal wäre es, wenn Sie verfolgen könnten, wie viele Menschen durch Ihr Erbe glücklich gemacht werden."
Jetzt glättete ein Lächeln ein wenig die Falten im Gesicht des alten Mannes.
„Ob Sie es nun glauben oder nicht, aber Sie haben mir mit Ihrem klugen Rat sehr geholfen. Das, was mir vorschwebte, wurde durch Sie klar bestätigt"

Als D'Aubert sich verabschiedet hatte, trat Welsch vor den Toilettenspiegel und betrachtete sich mit zufriedener Miene:
‚Hier in der Kaiser-Residenz habe ich ein wunderbares neues Zuhause gefunden, hier fühle ich mich wohl. Hier möchte ich bleiben, solange es Gott gefällt. Diesem Rasmussen muss ich bei nächster Gelegenheit unbedingt meinen Dank aussprechen. Seit heute weiß ich, welche Entscheidung ich zu treffen habe. Wie man sich doch irren kann. Auf den ersten Blick hätte ich diesen jungen Mann, diesen

Jean Rasmussen für einen selbstgefälligen Playboy und eiskalten Geschäftsmann gehalten.
Aber was er hier für die alten und kranken Menschen tut, das zeigt, dass er ein gutes Herz haben muss.'

12

Die nette alte Dame wunderte sich an diesem Morgen sehr über ihren Tischnachbarn.
Depressive Traurigkeit und schweigende Antriebslosigkeit hatten in letzter Zeit von Jacob Welsch Besitz ergriffen.
Er hatte ihr sehr leid getan, aber all ihre Versuche, ihn aufzuheitern, waren fehlgeschlagen.
Heute war er lächelnd an den Tisch getreten, hatte ihr die Hand gereicht und einen Handkuss angedeutet. „Schönen guten Morgen, gnädige Frau, ich hoffe, Sie hatten eine angenehme Nacht. Ich habe durchgeschlafen bis der Wecker klingelte. Und jetzt freue ich mich auf das Frühstück. Wenn ich ehrlich bin, ich habe einen unbändigen Hunger und kann es kaum erwarten, den ersten Schluck des guten Kaffees zu genießen."

Auf Frau Saarstätten schien die gute Stimmung ansteckend zu wirken.
„Herr Welsch", scherzte sie, „welche Tabletten haben Sie heute Morgen genommen?" Sie lachte. „Ich kenne Sie ja nicht wieder! Gestern waren Sie noch

ein trauriger Griesgram und heute ein netter, charmanter Mann!"
Sie schaute ihn erwartungsvoll an und war neugierig zu erfahren, was diesen Stimmungswandel ausgelöst hatte.
„Sie sind eine gute Beobachterin. Ja, Sie haben Recht. Ich bin sozusagen über Nacht mit mir ins Reine gekommen. Und, warum soll ich es Ihnen nicht verraten. Schuld daran ist Professor D'Aubert. Ich hatte gestern ein sehr gutes Gespräch mit diesem Mann. Und dieses Gespräch hat mir den richtigen Weg gezeigt, den ich glücklich und zufrieden bis an das Ende meiner Tage gehen werde, was noch hoffentlich sehr lange dauern wird..."
Frau Saarstätten und Herr Welsch bildeten heute eine harmonische Tischgemeinschaft. Der Stoff für die Unterhaltung schien nicht zu versiegen.

Frau Saarstätten brachte nicht die Geduld auf, das Ende des Frühstücks abzuwarten.

„Sie haben sich ja auch gestern den Vortrag des Professors angehört. Ich habe Sie gesehen.
Wie hat Ihnen das gefallen, was er gesagt hat? Ich jedenfalls war sehr beeindruckt. Sein unerwartetes und provokativ vereinfachendes Gottes- und Glaubensbild hat mich außerordentlich beeindruckt. Ich konnte nicht einschlafen, habe noch lange intensiv über all das nachdenken müssen. Ich weiß nicht, wie es Ihnen ergangen ist."
„Ich glaube schon", entgegnete Welsch, „dass er recht hat. Wissen Sie, was mich am meisten beeindruckt hat?"
„Sie sagen es mir gleich."

„Ja, neben dem bemerkenswerten Thema des Vortrags ‚Der Liebe Gott ist ganz einfach', hat mich die provozierende Aussage beeindruckt, dass Gott keiner Religion angehört."
„Und dann das, was folgte", fuhr sie fort. „ ‚Gott ist Gott aller Menschen.' Und weiter, wenn ich mich noch recht erinnere: ‚Sämtliche Religionen, auch die Weltreligionen, sind nicht das Werk Gottes sondern ausschließlich von Menschen gemacht.'
Und die Klarstellung, dass die Religionen in ihrer Entstehung vergleichbar seien mit der Entwicklung regional unterschiedlicher Kulturen und Sprachen. ‚So, wie man die eigene Sprache versteht, so könne man auch nur Verständnis aufbringen für die eigene Religion'."
Welsch nickte zustimmend, „wie recht dieser Mann doch hat, als er feststellte, dass das größte Übel der Menschheit darin bestehe, die eigene Religion toleranzlos für die einzig wahre und die einzige von Gott gewollte zu halten und Andersgläubige als Ungläubige zu bekämpfen und zu vernichten, und das sogar im Namen Gottes."
„Wie hat der Professor gesagt, hoffentlich kann ich es noch einigermaßen wörtlich zitieren. Aber das hat mich sehr beeindruckt", eiferte sich Frau Saarstätten: ‚Die Kirchenoberen haben sich selbstherrlich auf den Thron Gottes gesetzt und versucht, ihre Anhänger zu regieren und zu manipulieren. Und wer nicht diente und gehorchte, der wurde im Namen Gottes an den Pranger gestellt, wurde bedroht, gedemütigt, bespuckt, bestraft und mit dem Kirchenbann geächtet oder, auch das gab es, auf dem Scheiterhaufen bei lebendigem Leib verbrannt. Die Kirchen hatten keine Hemmungen, das Bild Gottes

zu verzerren. Sie missbrauchten Gott als gnadenlosen Rächer und Scharfrichter, der den Menschen mit Feuer und Schwert, mit der ewigen Verdammnis und den Qualen der Hölle drohte. Die Kirchenfürsten haben Gott vor ihren eigenen Karren gespannt. Sie haben Gott zu einer Waffe degradiert, mit der sie ihre macht- und geldgierigen Ziele erzwingen konnten.'
„Ich zitiere weiter", übernahm Welsch das Wort. ‚Und damit haben sie uns Gott entfremdet. Sie haben den liebsten Vertrauten aus unserem Herzen gerissen. Sie haben uns vorgeschrieben, wie, was und wann wir zu beten haben. Das hat dazu beigetragen, dass das unmittelbare, einfache und vertraute Gespräch mit Gott in uns aus dem alltäglichen Leben verdrängt wurde. Dein engster Freund in dir, mit dem du nach Belieben über alles plaudern konntest, dem dein blindes Vertrauen gehörte, mit dem du auch über all das reden konntest, dass keinen anderen Menschen etwas anging. Ja, die Kirchen haben erfolgreich versucht, die Einheit aus deinem ICH und deinem Gott in dir zu zerstören.' Unglaublich aber wahr."
Frau Saarstätten unterstrich das Gesagte, „diese Worte des Professors haben sich in mir fast verewigt. Sie werden ganz wesentlich meine Religiosität verändern."
Welsch legte wie bestätigend seine Hand auf ihre. „Genau so habe ich den Professor auch verstanden. Und soll ich Ihnen was verraten? Ich stimme ihm voll und ganz zu."
Die alte Dame schaute ihr Gegenüber jetzt liebevoll an:

„Und dann war da noch eine Stelle in dem Vortrag, die mich ebenfalls tief beeindruckt hat. Ich kann mich noch ziemlich genau an die Worte des Professors erinnern."

‚Die Kirchen haben ihre Gläubigen mit zigfachen Geboten, Verboten, mit Kirchengesetzen, mit Glaubensregeln, mit Erlassen, Lehrsätzen und Dogmen geradezu an ihre Kandare gelegt. Extreme unmenschliche Auswüchse der kirchlichen Fremdbestimmung des Menschen findet man in den Ordensregeln zahlreicher Klöster. Denken sie beispielsweise nur an das extreme Ordensleben der Trappisten. Von Gott gegebene Bestimmungen des menschlichen Lebens, wie die Fortpflanzung oder die verbale Verständigung werden per Zölibat beziehungsweise Schweigegelübde weggeleugnet.

Die Kirchen haben ihren Anhängern das Leben auf vielfältige Weise vermiest. Die Schäfchen hatten es schwer, ihren sogenannten Hirten zu gehorchen. Die selbstgefälligen Glaubenshüter haben Gott aus den Herzen der Menschen entfernt und in ihre Altäre eingesperrt. Es entstand ein Graben zwischen Geistlichkeit und dem Volk.'"

Welsch schüttelte den Kopf, „kaum zu glauben, was wir da erfahren haben. Dieser Mann, ein Theologe, - hat keine Angst vor der Wahrheit. Ehrlich gesagt", betonte Welsch, „ich muss D'Aubert dankbar sein dafür, dass er mich aus meinem unkritischen Dornröschenschlaf wachgerüttelt hat.

Frau Saarstätten, darf ich Ihnen etwas gestehen? Erst jetzt ist mir bewusst geworden, dass mein bisheriges Verhältnis zur Kirche nicht in Ordnung war. Ich möchte es mit einem Anzug vergleichen, der

nicht sitzt, der mich einengt, der mir nicht gefällt und den ich deswegen nicht mehr getragen habe. In den letzten Jahren habe ich den Kontakt zur Kirche zunehmend verloren, nein besser gesagt, vermieden. Ich bin sicher, dass es vielen Menschen ähnlich geht. Nicht ohne Grund nimmt die Zahl der Menschen, die sich von der Kirche distanzieren, rapide zu."
Welsch atmete tief durch.
„Und jetzt geht es mir wieder gut. Ich fühle mich wie von einer schweren Last befreit. Ich bin nicht mehr einsam, mein bester Freund hat mich wieder an die Hand genommen. Ich habe meinen Gott in mir wieder entdeckt. Auch wenn es drastisch klingt, aber die Kirche wurde mir zur Last."
Er schien nach den passenden Worten zu suchen.
„Ich sage Ihnen, was ich empfinde.
Ich habe die Kirche verloren aber Gott wieder gefunden.
Kirche nein, Gott ja."

„Aber Herr Welsch, so engagiert habe ich Sie ja noch nie erlebt. Es scheint mir, als hätten Sie reinen Tisch gemacht. Ich gratuliere Ihnen. Mir ist es nicht viel anders ergangen. Glauben Sie nur nicht, dass die Worte des Professors an mir spurlos vorüber gegangen sind. Ich sehe das genauso wie Sie."
Welsch strahlte seine Tischnachbarin an, „was halten Sie von seiner Meinung, die kirchlichen Gebote, Verbote und Gesetze in die Dunkelkammer zu stellen und nach dem göttlichen Wertemaßstab in uns zu leben. Und diese göttliche Wertevorgabe wird bestimmt von der Liebe, … von der Nächstenliebe."

Frau Saarstätten legte zufrieden lächelnd ihre Hand auf Welschs Unterarm: „Ich glaube, ich werde meine Möglichkeiten nutzen, um noch viel Gutes zu tun."
Welsch nickte zustimmend und atmete zufrieden durch:
„Wie schön, dass Gott so einfach ist."

13

Die freien Nachmittage in Furth im Wald hatte D'Aubert genutzt, seiner Frau und den beiden Kindern all die Schönheiten und Sehenswürdigkeiten der Regionen diesseits und jenseits der tschechisch-deutschen Grenze zu zeigen. Er hatte sich den Höhepunkt für den letzten Tag aufgespart.

Da heute keine Vormittagssprechstunde mehr eingeplant war, brachen die vier unmittelbar nach dem Frühstück auf.

Über Bad Kötzting, Regen, Grafenau erreichten sie Philippsreut, und nutzten den dortigen Grenzübergang. Kurz vor Strazny, dem ersten tschechischen Ort, steuerte D'Aubert einen großen, gut besuchten Parkplatz an.
„So, nun mal raus, die Beine vertreten. Wir schließen uns ganz einfach den anderen Leuten an. Ihr werdet staunen."

Sie mussten mit einem unbefestigten, holprigen Weg vorlieb nehmen, der an einem Kiefernwald vorbei führte.

Als sie das Ende der Waldstrecke erreicht hatten, bog der Weg nach links ab.
Was sie da in hundert Meter Entfernung erblickten erweckte ihre Neugier.
Unzählig viele Menschen schoben sich in Zeitlupentempo entlang einer unüberschaubaren Menge bunt dekorierter verlockend wirkender Verkaufsstände.

„Wenigstens einen der vielen grenznahen ‚Tschechenmärkte' müsst ihr erlebt haben. Es gibt nichts, was man da nicht sehen oder günstig kaufen kann. Alles, was das Herz begehrt. Bei den Leuten hier heißen sie Fiji-Märkte, wohl weil die Händler zum Größten Teil aus Asien stammen."

Wenige Meter vor dem ersten Verkaufstand erklärte D'Aubert: „Es gibt bei diesen Märkten ein großes Problem. Die Jagd nach sogenannten Schnäppchen öffnet der Produktpiraterie Tür und Tor."

Von einem großen Stand, den zahlreiche Interessenten umlagerten, war Corinna hellauf begeistert. Hier wurde traditionelles tschechisches Kunsthandwerk gezeigt. Es wurden Puppen und Marionettenfiguren angeboten, eine schöner als die andere. Eine Wandfläche war angefüllt mit künstlerisch hochwertigen Gesichtsmasken. Masken, die die Gesichtzüge prominenter und weltbekannter Persönlichkeiten zum Verwechseln ähnlich nachempfanden.

Andere Masken zeigten in meisterlicher Fertigkeit typische Gesichtszüge aller erdenklicher Charaktere.

Auf einem kleinen Schild in Mitten der ausgestellten Kunstwerke war in deutscher, englischer und tschechischer Sprache zu lesen, dass Masken beliebigen Aussehens in Auftrag gegeben werden könnten. Darunter stand eine Telefonnummer und eine Adresse.

Sie setzten ihre Fahrt fort. Die Straße folgte jetzt dem Ufer des bizarr geformten Lipano Stau-Sees. Nach einer Stunde machten sie erneut Pause an einem schönen Rastplatz direkt an der Uferböschung. Dort lockte eine Sitzgruppe aus grob gezimmerten Holzbänken und einem Tisch. Sie setzen sich und packten den Flechtkorb mit Reiseproviant aus, den die Küche der Residenz ihnen mitgegeben hatte.

Nach der Pause ging es weiter nach Krumau. „Genauso", erklärte D'Aubert, als sie durch die Altstadt bummelten, „muss es hier vor einigen hundert Jahren ausgesehen haben. Meine Hochachtung, dass die Verantwortlichen die historische Substanz des Stadtkerns bewahrt haben."
Das letzte Ziel und gleichzeitig der Höhepunkt des Tages war das frühmittelalterliche Schloss Krumau und vor allem der Maskensaal. Corinna und René waren begeistert.

Unmittelbar vor dem Ausgang blieb René stehen und zupfte seinen Vater am Ärmel. Er wies auf ein Messingschild an der Wand mit der Überschrift – Restaurator -. „Guck mal, die gleiche Adresse wie

auf dem Schild heute auf dem Markt. Erinnerst du dich, der Stand mit den Puppen und Masken."
„Das hast du dir gemerkt? Da hast du wirklich gut aufgepasst!"
D'Aubert maß der Feststellung seines Sohnes im Moment keine weitere Bedeutung zu.

Früh am Montagmorgen klingelte das Haustelefon auf dem Schreibtisch der Geschäftsführerin.
„Frau Procházka, guten Morgen, ich hoffe Sie hatten ein erholsames Wochenende. Hätten Sie etwas Zeit für mich?"
Sie hatte Rasmussen an der Stimme erkannt.
Sie ärgerte sich im Stillen über seine selbstgefällige Unfreundlichkeit.
Wenn er anrief, meldete er sich nie mit seinem Namen und wenn er fragte, ob sie Zeit für ihn habe, wartete er trotz Anfrage nicht auf eine bestätigende oder entschuldigende Antwort.
„Bemühen Sie sich nicht, ich komme zu Ihnen hoch."
Wenige Minuten später flog die Tür zu ihrem Arbeitszimmer ohne Anklopfen auf. Im Türrahmen stand, wie aus dem Ei gepellt und mit einem strahlenden Lächeln Rasmussen. Er eilte auf sie zu, erfasste mit ausgestreckten Armen ihre Schultern und musterte sie von oben bis unten.

„Frau Procháska, Sie sehen blendend aus, behalten Sie bitte Platz, ich wollte mich nur nach der vergangen Woche erkundigen. Gab es irgendwelche Probleme und vor allem, wie ist es Familie D'Aubert ergangen?"

Rasmussen hatte währenddessen eine Runde durch ihr Büro gedreht und räkelte sich jetzt lässig in einem Sessel vor ihrem Schreibtisch.
„Auch Ihnen einen schönen guten Morgen. Nach ihrer Gesichtsfarbe zu urteilen, haben Sie eine sonnige Woche erlebt. Na dann, herzlich willkommen zu Hause." Sie ließ ihn erst gar nicht wieder zu Wort kommen.
„Sie können ganz beruhigt sein, es ist alles bestens gelaufen. Keine Probleme mit unseren Bewohnern. Keine Ausfälle bei den Mitarbeitern und keine technische Schwierigkeiten.
Was die Familie D'Auberts angeht, so kann ich Sie beruhigen. Ihnen, besonders den Kindern, hat es offensichtlich gut gefallen. Und dann der Vortrag des Professors. Ich habe mir seine Ausführungen nicht entgehen lassen. Ich muss sagen sensationell und revolutionär. Da haben Sie was verpasst. Und ich kann Ihnen versichern. Alle unsere Gäste, auch die Bettlägrigen, waren dank der Hausübertragung sehr beeindruckt.
Professor D'Aubert hat sich freundlicherweise bereit erklärt, vormittags von Dienstag bis Freitag für Einzelgespräche zur Verfügung zu stehen. Ich kann Ihnen versichern, von diesem Angebot wurde intensiv Gebrauch gemacht.
Ich kann vermelden, dass die Einladung der Professorenfamilie ein voller Erfolg war."

Die Geschäftsführerin stutzte. Statt der erwartete Zufriedenheit und Dankbarkeit bemerkte sie, dass sich die Gesichtszüge Rasmussens verfinsterten.
„Sie sagten, dass dieser Professor mit zahlreichen Bewohnern ins Gespräch gekommen sei. Frau Pro-

cházka, diese Einzelaudienzen waren nicht mit mir abgesprochen. Und merken Sie sich ein für allemal, was nicht von mir genehmigt wurde, wird auch nicht stattfinden. Haben wir uns verstanden?"
Rasmussen wartete eine Reaktion seiner Geschäftsführerin nicht ab. Er verschwand, ohne ein Wort zu verlieren und schlug beim Verlassen des Raumes die Tür mit heftigem Schlag zu.
Er ließ eine geschockte Geschäftsführerin zurück.
‚Was war das denn? Habe ich etwas Falsches gesagt? Wieso reagiert dieser Flegel so unverschämt? Hätte ich ihm sagen müssen, dass diese Einzeltermine von D'Aubert nicht in Rechnung gestellt wurden?'
Sie nahm sich vor, dies bei nächster Gelegenheit nachzuholen, schüttelte verwundert den Kopf und bestellte bei ihrer Sekretärin einen Cappuccino.

Rasmussen saß an diesem Morgen noch lange grübelnd hinter seinem Schreibtisch.
‚Man konnte davon ausgehen, dass die Bewohner diesem Mann ihr Herz ausgeschüttet hatten, um Trost und Erleichterung zu erfahren. Verdammte Situation.'
Rasmussen beschloss, bei den in Frage kommenden Hausgästen vorsichtig auf den Busch zu klopfen. Er musste auf jeden Fall erfahren, über was sie mit dem Professor geplaudert hatten. Im schlimmsten Fall würde er sich um diesen Himmelsakrobaten „kümmern" müssen.'

14

Ein unscheinbares, älteres Ehepaar, saß in den bequemen Sesseln in Jean Rasmussens Empfangssalon.
Vor ihnen, auf dem reichhaltig verzierten Jugendstilschreibtisch mit einer Platte aus reinweißem Thassos-Marmor, perlte ein kupfergold schimmernder Champagner in zwei Diamondsgläsern, in deren Stiel ein Diamant eingeschmolzen war.
Jean Rasmussen saß den beiden gegenüber, erhob mit zuvorkommender Miene sein Glas. „Gnädige Frau Weihertal, sehr geehrter Herr Dr. Weihertal, ich darf Sie herzlich willkommen heißen. Ich hoffe, Sie hatten eine gute Anreise."

Er schaute zur Fensterfront hinaus und lächelte bewundernd. „Wie ich sehe, ein Rolls-Roys Phantom Model 2003 mit verlängertem Radstand. Alle Achtung, dann muss die Reise ein Vergnügen gewesen sein."
Rasmussen griff zum Telefon, „Lilli, draußen neben dem Royce steht der Fahrer meines Besuches, bitten Sie den Herrn in die Cafeteria und fragen Sie nach seinen Wünschen. Danke."
Er wandte sich wieder seinem Besuch zu, „Verzeihung, ich nehme an, es war in ihrem Sinne."
„Vielen Dank", entgegnete Herr Weihertal, „sehr zuvorkommend."

Frau Weihertal ergriff das Wort: „Zunächst möchten wir Ihnen danken, dass Sie uns zu diesem Informationsbesuch eingeladen haben."
Sie schaute fragend ihren Mann an. Der nickte und sie übernahm das Wort:
„Wir beide haben unsere besten Jahre unserem Betrieb gewidmet. Das soll nicht heißen, dass wir das nicht gerne gemacht hätten. Wir haben gearbeitet, funktioniert, Probleme bewältigt und sind allen Verpflichtungen nachgekommen. So, wie man das von einem erfolgreichen Unternehmerehepaar erwartet. Aber trotz all dieser Aufgaben stand unsere Tochter immer im Vordergrund. Na ja, wir haben uns zumindest alle Mühe gegeben, unserem einzigen Kind ein vorbildliches Elternhaus zu bieten."
Sie machte eine Pause, zupfte aus ihrer Handtasche ein weißes Taschentuch und tupfte eine Träne von der linken Wange.
Fragend schaute sie wieder ihren Mann an. Er nickte wieder und sie fuhr fort:
„Einige Jahre hatte unsere Familie in jeder Hinsicht das große Los gezogen. Aus unserer kleinen Dalila wurde eine attraktive junge Frau. Unmittelbar nach ihrem Staatsexamen, sie hatte Volkswirtschaft studiert, heiratete sie ihre erste große Liebe. Einen jungen Professor, den sie während ihrer Promotionsvorbereitungen kennengelernt hatte. Ein knappes Jahr später wurde sie Mutter eines süßen Mädchens, von dem mein Mann behauptete, dass es ihm ähnlich sehe. Gegen unseren Willen wurde unsere Enkelin auf den Namen Delilah getauft. Mutter Dalila und Tochter Delilah. Da musste es doch Verwechslungen geben. Aber nein, unsere Tochter lieb-

te ihren eigenen Namen so sehr, dass der ihre Tochter so ähnlich klingen musste.
Übrigens Dalila war die Frau, die, wie im Alten Testament überliefert, dazu beitrug, dass der als unbesiegbar geltende Samson den Feinden ausgeliefert wurde.
Ja, ja unsere Dalila", trotz feuchter Augen zog ein kurzes wehmütiges Lächeln über ihr Gesicht. „Dalila soll im hebräischen so viel bedeuten wie ‚Flirt'. Ach ja, unsere kleiner Engel konnte flirten, dass jedes Herz dahinschmolz."
Sie schluchzte und schaute jetzt Hilfe suchend ihren Mann an.
Mit krampfhafter Beherrschung ergriff er das Wort: „Vor fast 30 Jahren, es war ein Ostermontag, haben wir beide unser Leben zu Grabe getragen."
Der alte Mann atmete tief durch und zwang sich weiter zu sprechen: „Es geschah während eines Kurzurlaubs in Baden in der Schweiz.
Warum die drei, unsere Tochter, ihr Mann und Delilah sich entschlossen hatten, an diesem Tag von Baden aus mit dem Auto unser Haus in Zermatt zu besuchen, ist unbekannt. Und aus welchem Grund sie eine gebührenpflichtige Strasse in der Nähe von Adelboden gemieden und stattdessen einen schlecht befahrbaren Umweg gewählt hatten, ist nicht nachzuvollziehen. Am Geld konnte es nicht liegen."
Wieder hielt er inne.
„Verzeihung, aber Sie werden uns verstehen. Ich mache es kurz. Es war zu grauenhaft. Der Wagen stürzte einen Abhang hinunter. Vom Hotel in Baden wurden sie nach zwei Tagen als vermisst gemeldet. Am fünften Tag nach dem Unfall entdeckte ein Polizeihubschrauber ein Autowrack in einer unzu-

gänglichen Schlucht. Dem Suchtrupp der Polizei bot sich ein schreckliches Bild."

Es verschlug ihm die Stimme. Vergeblich versuchte er die Tränen zurückzuhalten.

Frau Weihertal hatte sich wieder gefasst, „entschuldigen Sie, wenn wir Sie damit belästigen. Aber wir waren der Meinung, dass Sie als eventueller Begleiter unseres zukünftigen Weges, auch unsere Schwachstellen kennen sollten."

Rasmussen war aufgesprungen, stellte sich hinter seine beiden Gäste, legte seine Hände auf ihre Schultern und erklärte mit einfühlsamer Stimme: „Ich bin froh, dass Sie mir davon erzählt haben. Da gibt es nichts zu entschuldigen, Sie haben genau das Richtige getan. Ich bin sicher, dass Sie das erleichtert."

Er nahm wieder Platz und sein Gesicht strahlte seine Gäste wohlwollend an.

Trotz des Lächelns nahmen seine Augen jetzt einen lauernden Ausdruck an.

„Entschuldigen sie, aber wir benötige aus organisatorischen Gründen eine Information. Sollten sie sich für die Kaiser-Residenz entscheiden, müssen wir die Anschriften ihrer Verwandten kennen."

Frau und Herr Weihertal schauten sich an. Er strich ihr tröstend über die Wange.

„Entschuldigen Sie", seufzte die alte Dame, „ich kann nun mal nichts für die Tränen. Aber seit diesem fürchterlichen Schicksalsschlag sind wir beide die noch einzig Lebenden unserer Familien. Nein. Herr Rasmussen, es gibt keinen einzigen Verwandten mehr, den Sie im Falle eines Falles benachrichtigen müssten."

Rasmussen wirkte aufgeregt. „Auch keine ferneren Verwandten in Ihrer Familie oder in der Ihres Mannes? Denken sie genau nach."

„Herr Rasmussen", erklärte er, „darüber haben meine Frau und ich schon mehrmals nachgedacht. Ich kann Ihnen versichern, da ist weit und breit niemand, der auch nur im Entferntesten zur Familie zu zählen wäre."

Die beiden Weihertals wunderten sich, dass ihr Gegenüber mit seinem Bleistift einen großen Haken auf einem vor ihm liegenden Papier hinterließ und dabei ein kräftiges OK ausatmete.

Rasmussen hatte jetzt ein gewinnendes Strahlen in sein Gesicht gezaubert.

„Sollten Sie sich für die Kaiser-Residenz entscheiden, dürfen Sie sicher sein, dass wir alles tun werden, um Ihnen Ihre schwere Last erträglicher zu machen oder sie zumindest zeitweise vergessen zu lassen. Was halten Sie davon, wenn ich Ihnen jetzt unser Haus und das in Frage kommende Appartement im Zweiten Stock zeige?"

Das Ehepaar war begeistert. Sie standen am Fenster und genossen den Blick über die großzügige Parkanlage und die dicht bewaldeten Hänge des Bayerischen Waldes.

Am frühen Nachmittag saßen sie Rasmussen wieder im Besuchersalon gegenüber. Er hatte Kaffee und Kuchen servieren lassen.

„Darf ich davon ausgehen?" begann er das Gespräch, „dass unsere Residenz und vor allem der Wohnbereich Ihre Zustimmung gefunden hat?"

Weihertal beantwortete lächelnd die Frage mit einer Gegenfrage. „Was könnte uns beiden besseres geschehen. Ja, ein klares Ja.
Welche Bedingungen haben wir zu erfüllen, um, wie soll ich sagen, Familienmitglied dieses prädestinierten Wohnsitzes zu werden?"
Rasmussen setzte eine geschäftliche Miene auf.
„Sie waren und sind noch erfolgreiche Unternehmer. Ich glaube ich kann mir entsprechende Erläuterungen ersparen. Der Aufwand, den wir hier betreiben, hat seinen Preis. Aus diesem Grund müssen wir als verantwortliche Geschäftsleute darauf achten, dass wir mit unseren Gästen kein finanzielles Risiko eingehen. Mit anderen Worten, wir benötigen einen aktuellen Einkommens- und oder Vermögensnachweis."
Die Weihertals schauten sich an und schmunzelten, „da machen Sie sich mal keine Sorgen. Unser Anwalt wird Ihnen in den nächsten Tagen die nötigen Informationen zukommen lassen. Nein, ich bin sicher, er wird persönlich vorbeischauen. Aber", jetzt lächelte Frau Weihertal, „ich kann Ihnen versichern, dass wir, wenn wir wollten, in der Lage wären, die Kaiser-Residenz zu übernehmen. Nein, nein Herr Rasmussen, das war nur ein Scherz. Ich wollte lediglich zu Ausdruck bringen, dass wir keine armen Leute sind.
Wir beide haben unsere Firmen seit dem Tod unseres Kindes weitergeführt.
Natürlich mit tatkräftiger Unterstützung hervorragender Mitarbeiter. Jetzt sind wir müde geworden. Wir haben den Entschluss gefasst, das Leben in der uns verbleibenden Zeit so gut wie möglich zu genießen.

Und noch was haben wir uns vorgenommen.
Wenn wir hier in den nächsten Monaten unsere Wurzel geschlagen haben, werden wir unser Firmenimperium verkaufen. Es ist furchtbar. Wie gerne hätten wir unsere Tochter, ihren Mann oder vielleicht sogar unsere Enkel als Nachfolger gesehen. Aber das Schicksal wollte es anders. Also werden wir verkaufen."

„Darf ich Ihnen einen Vorschlag machen?" bemühte sich Rasmussen geflissentlich, „ich lade Sie ein zu einer Probeübernachtung in Ihrem zukünftigen Zuhause, natürlich auch zum Abendessen und jetzt gleich zu einem zweiten Gläschen Champagner. Was halten Sie davon? Pardon, für Ihren Fahrer wird natürlich auch gesorgt."
Mit freudiger Begeisterung nahmen beide das attraktive Angebot an.
Rasmussen schaute das Ehepaar mit bewusst prüfendem Blick an:
„Verzeihung", er schaute in die vor ihm liegenden Unterlagen. „Sollten sie meinen prüfenden Blick bemerkt haben. Verstehen Sie bitte das, was ich jetzt sage, nicht als plumpes Kompliment.
Aber Sie beide machen auf mich einen geistig wie körperlich sehr guten Eindruck. Ich kann mir nicht vorstellen, dass sie beabsichtigen, die Hände in den Schoß zu legen."
Er beobachtete die Reaktion der beiden.

„Ich möchte ihnen ein spezielles Angebot unseres Hauses vorstellen, von dem Sie vielleicht Gebrauch machen werden…. Wenn Sie ein Hobby haben sollten, egal um was es sich handelt, wir werden Ihnen

die optimalen Bedingungen dafür zur Verfügung stellen....
Und zweitens werden wir jede Reise, die sie unternehmen möchten, perfekt organisieren. Ganz gleich ob es sich um eine Kreuzfahrt auf einem Luxusliner oder einen Besuch auf dem Nürnberger Christkindlesmarkt handelt."

Rasmussen krönte diesen Tag, der optimal seiner Geschäftsstrategie entsprach, mit einer Fahrt in seinem Sportwagen durch das nächtliche Dunkel der Wälder. Immer wieder ließ er für einen kurzen Moment das Lenkrad los, um sich begeistert die Hände zu reiben.

15

Jean Rasmussen hatte soeben die Grenze bei Bayerisch Eisenstein passiert. Er war auf dem Weg in das im Naturschutzgebiet Sumava gelegene böhmische Städtchen Kasperske Hory, mit dem deutschen Namen Bergreichenstein.
Seine Hände umkrampften das Lenkrad des Jaguars xj 220.

Eine nervöse Unruhe hatte von ihm Besitz ergriffen. Er war es gewohnt, schnell zu fahren, aber die Sicht auf die schmale, von dunklem Wald umsäumte Straße war bei strömendem Regen und einsetzen-

der Dämmerung schlecht und man musste mit Wildwechsel rechnen.
Er schaute immer wieder auf die Armaturenuhr.
Mindestens eine viertel Stunde zu spät.

Er hatte sich für 21 Uhr mit Marek Wasitschek in der Schenke der Burg Kasperk verabredet.
Die Burgschenke war bei Einheimischen und Touristen beliebt. Von hier aus hatte man einen faszinierenden Blick über die Berge und Täler des Böhmerwaldes.
Dieses alte Burggemäuer stellte eine von Karl IV. anno 1365 errichtete mächtige Befestigungsanlage dar, die dem Schutz der Goldminen und dem neu gebauten Handelsweg zwischen dem böhmischen und bayerischen Königreich dienen sollte.

Na ja, Wasitschek würde warten. Rasmussen kannte den Mann schon von früher her. Dieser hatte viele Jahre als Hausmeister, oder besser gesagt, als Mädchen für alles bei den alten Rasmussens gearbeitet.
Nach deren Tod hatte sich Wasitschek für den Ruhestand entschieden.
Vorgestern dann der überraschende Anruf.
„Hallo Herr Rasmussen, erinnern Sie sich noch an mich? Als Sie noch ein Junge waren, haben wir uns öfters unterhalten. Ich weiß noch ganz genau, was Sie mir in unserem letzten Gespräch gesagt haben. Ich habe es nicht vergessen, weil ich mich sehr gewundert hatte, welche Gedanken im Kopf eines 14 oder 15 jährigen Knaben herumschwirrten.
Wissen Sie noch, was ich meine?"

„Lieber Herr Wasitschek, das ist ja eine Überraschung. Danke für Ihren Anruf. Schön, von Ihnen zu hören nach so langer Zeit. Ich hoffe, es geht Ihnen gut. Ich muss Sie enttäuschen: Ich weiß beim besten Willen nicht mehr, worüber wir beide uns damals unterhalten haben. Aber Sie werden es mir gleich sagen."

„Ja, natürlich. ‚Wasitschek', sagten Sie, ‚es wird nicht mehr lange dauern, bis das alles hier mir gehört. Dann bin ich steinreich. Aber ich sage Ihnen, dass ich dieses Vermögen nur dazu nutzen werde, es zu vermehren. Ich werde keine Chance auslassen, immer reicher zu werden. Und ich werde keine Skrupel haben, meinen Weg zu gehen.' Genau das hast du mir vor über fünfzehn Jahren als Teenager gesagt. Ich kann bis heute nicht begreifen, dass man in dem Alter schon solche Pläne schmieden konnte. Aber genau diese Erinnerung hat mich veranlasst, Sie anzurufen. Ach verzeihen Sie, wenn ich gelegentlich noch Jean zu Ihnen sage. Aber das war einmal."

„Kein Thema. Aber ich halte es für einfacher, wenn wir jetzt beim ‚Sie' bleiben. Okay, darf ich denn von Ihnen erfahren, um was es geht?"

„Es geht, vielleicht ganz in deinem … pardon, in Ihrem Sinne, um ein riesiges Geschäft. Mehr möchte ich am Telefon nicht sagen. Vielleicht noch soviel, dass es mit den Goldvorkommen hier in der Gegend zusammenhängt."

Jean Rasmussen passierte mit 20-minütiger Verspätung den schmalen Zufahrtsweg zum Burghof. Der Parkplatz war trotz später Stunde voll, also musste noch viel Betrieb in der Schenke sein.

Er erkannte den einstigen Hausmeister der Kaiser-Residenz sofort wieder. Das schmale Gesicht war auffallend faltig geworden, das immer noch üppige Haar schimmerte jetzt silbergrau.
Als Wasitschek sich erhob, fiel auf, dass seine hohe Gestalt fast mager wirkte. Er kam strahlend auf Rasmussen zu. Sie schauten sich an und umarmten sich wie alte Freunde.
Sie prosteten sich mit einem frisch gezapften Pilsener Urquell zu.
„Verzeihen Sie, Wasitschek, dass ich mich verspätet habe. Lag an dem miserablen Wetter. Möchten Sie etwas essen, ich lade Sie ein."
Der ehemalige Hausmeister schüttelte den Kopf, „danke, aber ich habe im Moment keinen Appetit. Es wäre mir lieber, wenn wir erst miteinander reden könnten."
„Da sprechen Sie mir aus der Seele. Also mein Freund, dann in medias res." Rasmussen schaute den alten Mann mit unverhohlener Neugier an.
„Sie erinnern sich, ich sprach von einem enormen Geschäft im Zusammenhang mit dem Goldvorkommen hier in der Region. „Wasitschek," wurde Rasmussen ungeduldig, „nun kommen Sie endlich zur Sache."
„In einem nahe gelegenen Berg soll ein Schatz von über 120 Tonnen Gold verborgen liegen. Man spricht gelegentlich darüber, aber niemand glaubt daran. Es ist bekannt, dass im Böhmerwald seit Jahrhunderten immer wieder mal Gold gefunden wurde. Gegen eine industrielle Goldgewinnung hat sich die hiesige Bevölkerung bisher erfolgreich zur Wehr gesetzt. Man befürchtete eine gewaltige Zer-

störung der Natur und somit auch erhebliche Beeinträchtigungen der Landwirtschaft und der Viehzucht. Seit aber die Goldpreise einen rasanten Aufschwung nahmen, mehren sich wieder die Stimmen, die einen lukrativen Goldabbau befürworten."
Rasmussen unterbrach, „alles schön und gut, aber was habe ich mit der Sache zu tun?"
„Hören Sie zu. Hier in Kasperske Hory, haust, solange ich mich erinnern kann, unter scheinbar ärmlichen Verhältnissen ein Greis, ein Eremit. Man erzählt sich, dass er über hundert Jahre alt sein müsse. Er lebt alleine und zurückgezogen in einem unscheinbaren Holzhaus am Fuße eines kleineren Berges, der direkt in die Berggruppe übergeht, in der die Goldvorkommen vermutet werden.
Es heißt, dass er diesen kleinen Berg von seinem Vater geerbt habe. Er ist also der rechtmäßige Besitzer. Man sagt, dass der Vater einen Stollen in diesen Berg getrieben und dort auch etwas Gold gefunden habe."
Wasitschek hob die Schultern, „keiner weiß etwas Genaues. Und wovon der lebt, kann sich auch niemand erklären. Sein Name ist Branislav Horak. Übrigens, Horak bedeutet soviel wie Bergmann. Obwohl es noch niemand gesehen hat, vermutet man, dass dieser alte Mann seinen sehr bescheidenen Lebensunterhalt mit dem Gold bestreitet, das er sich je nach Bedarf aus dem Stollen holt. Jemand aus der Gegend hier soll Horak in Prag in einem Shop für Goldankäufe gesehen haben."

Rasmussen begann unruhig zu werden. „Schöne Geschichte. Aber nun sagen Sie mir endlich, was Sie mit mir besprechen wollen?"

„Nur nicht so ungeduldig, junger Freund. Ich komme jetzt auf den Punkt. Vor zwei Wochen, es war herrliches Wetter, habe ich mit meiner Frau einen Ausflug ins Grüne unternommen. Wir sind ein Stück mit dem Wagen gefahren, meine Eliska fährt noch ausgezeichnet. Dann sind wir losgewandert. Wir kamen am Häuschen dieses Aussiedlers vorbei. Horak saß auf seiner Holzbank am Haus und rauchte Pfeife. Der einsame Alte schien sich über unser Erscheinen zu freuen. Er winkte uns zu und lud uns ein, ihm Gesellschaft zu leisten."

Der Erzähler nahm sein Bierglas und gönnte sich einen tiefen Schluck.

„Nach einem kleinen Plausch über Gott und die Welt stand er plötzlich auf, bat uns, ihn einen Augenblick zu entschuldigen, ging ins Haus und kam mit einem Klapptischchen, das er vor der Bank aufstellte, zurück.

Der Alte verschwand erneut. Zu unserer Überraschung brachte er drei Gläser und eine Flasche Rotwein mit. Ein Zweigelt.

Lag es an der frischen Luft, lag es an der Wanderung, ich weiß es nicht. Aber an eines kann ich mich genau erinnern. Meine Frau und ich haben noch nie im Leben so einen fantastischen und vermutlich sehr teuren Tropfen genossen wie dort. Entgegen unserer Erwartungen erwies sich dieser Einsiedler als äußerst unterhaltsam. Und nach einer halben Stunde war die Flasche leer. Horak schien die Gesellschaft zu gefallen.

Er ging erneut ins Haus und stellte eine zweite, bereits geöffnete Flasche des gleichen Weines auf den Tisch.

Es überraschte mich schon, als er mich wissen ließ, dass er schon seit einiger Zeit vorgehabt habe, mit mir zu sprechen. ‚Ich wäre in den nächsten Tagen zu Ihnen gekommen', eröffnete er mir. ‚Es gibt da etwas, was ich mit Ihnen besprechen wollte. Dass der Zufall Sie zu mir geführt hat, ist ideal und mir ist unsere unerwartete Begegnung ein oder zwei Fläschchen wert.'
Meine Frau und ich schauten uns verwundert an. Wir wussten natürlich nicht, was dieser Mann mit mir besprechen wolle.
‚Wasitschek', begann der Alte, ‚wenn ich mich recht erinnere, haben Sie früher mal jahrelang drüben in Bayern in einem Altersheim gearbeitet. Ich nehme an, Sie kannten die Familie Rasmussen gut, denen dieses Heim gehörte.
Weiterhin habe ich erfahren, dass diese Rasmussens sehr vermögend waren. Haben Sie eine Ahnung, wie die Dinge dort nach dem Tod von Frau und Herrn Rasmussen stehen.
Gab es da nicht einen Neffen, der das Ganze geerbt hat? Können Sie mir darüber etwas sagen? Ich werde Ihnen gleich verraten, warum ich danach frage.'
Seine Augen schauten mich erwartungsvoll an."
Der ehemalige Hausmeister leerte sein Glas. Jean Rasmussen, der immer ungeduldiger wurde, beeilte sich, Nachschub zu bestellen.
„Da hatte mich dieser Horak", fuhr er eilig fort, „ vor ein Problem gestellt. Durfte ich so ohne weiteres über Interna meines damaligen Arbeitgebers sprechen? Ich schaute ratsuchend meine Frau an. Aber die zuckte nur mit den Achseln.
Horak muss mein Zögern bemerkt haben. Er legte vertrauensvoll seine Hand auf meinen Unterarm,

‚ich verstehe Sie ja. Sie brauchen meine Frage nicht gleich beantworten. Ich sage Ihnen, worauf ich hinaus will. Wie Sie sehen, gehe ich mit Riesenschritten auf die Hundert zu. Das bedeutet, dass meine Erwartungen an das Leben nicht sehr hoch sind. Ich habe keine ausgefallenen Erwartungen mehr an die Zeit, die mir noch bleibt.
Ich verrate Ihnen ein Geheimnis.
Man hält mich für einen armen, einsamen, bedauernswerten und knauserigen Eigenbrödler, dem nichts anderes übrig bleibt, als bescheiden in der Abgeschiedenheit zu vegetieren. Aber', und in dem Moment begannen seine kleinen blauen Augen zu leuchten, ‚ich bin nicht arm, sondern reich, sogar sehr reich. Oft genug habe ich die Rolle des Eremiten abgelegt und bin ohne, dass es jemand bemerkt hat, aufgebrochen in alle möglichen Länder dieser Erde und habe dort das Leben in vollen Zügen genossen. Aber die Zeit ist leider vorbei.'"
Wasitschek unterbrach einen Moment, während das neue Bier auf den Tisch gestellt wurde.
Er fuhr fort: „Ich konnte nicht anders, ich habe gestaunt. ‚Donnerwetter, Herr Horak. An Ihnen ist ja ein perfekter Schauspieler verloren gegangen. Darf ich Sie fragen, woher Ihr Reichtum kommt?'
‚Das', lächelte der alte Mann, ‚hätte ich Ihnen sofort offenbart.' Er atmete tief durch und schien für einen Augenblick in die Vergangenheit zu schauen.
‚Mein Vater hat in seinen letzten Jahren einen Stollen hier in seinen Hügel getrieben. Dabei ist er auf eine ergiebige Goldader gestoßen. Von diesem Fund hat niemand auch nur ein Sterbenswörtchen erfahren. Leider hat er nur wenige Monate nach diesem

Goldsegen die ewige Heimreise angetreten. Auf dem Sterbebett hat er mir sein Erbe übertragen.
Ich musste ihm bei Gott versprechen, niemandem das Geheimnis zu verraten. Das war ganz in meinem Sinne. Ja, ich gebe zu, ich war viele Jahrzehnte einer der glücklichsten Menschen der Welt.'
Horak schaute uns beide jetzt mit einem prüfenden Blick an.
‚Sie scheinen mir hundert Prozent ehrliche Menschen zu sein. Deswegen vertraue ich mich Ihnen voll und ganz an. Ich sagte eben, dass ich auf Grund meines hohen Alters keine Wünsche mehr hätte. Das ist nur bedingt richtig, denn einen großen Wunsch habe ich noch. Und die Umsetzung meines Wunsches möchte ich mir mit dem riesigen Goldschatz erkaufen, der im verborgenen Stollen liegt.'
Horak ergriff jetzt die Hände der beiden.
‚Ich verrate ihnen nun meinen letzten Wunsch.
Ich will mir eine optimale Luxusbetreuung für den Rest meines Lebens in einem Seniorenstift der Extraklasse kaufen.'
Der Alte Mann hielt immer noch unsere Hände. Seine Augen wurden feucht.
Er schaute uns beide mit Tränen in den Augen an.
‚Sie, mein Freund Wasitschek, können mir dabei helfen. Es soll nicht Ihr Schaden sein, wenn Sie mir ein Gespräch mit dem jetzigen Besitzer der Kaiser-Residenz vermitteln. Kann ich mich auf Sie verlassen?
Ich habe volles Vertrauen zu Ihnen beiden. Zum Schluss habe ich noch eine große Bitte an Sie. Von diesem Geheimnis, darf außer Rasmussen kein Dritter etwas erfahren. Versprechen Sie mir das?'

Das, Herr Rasmussen war die Botschaft, die ich Ihnen überbringen sollte."

Bei Jean Rasmussen war eine zunehmende Gespanntheit nicht zu übersehen.
„Und aus diesem Grund haben Sie mich um dieses Treffen hier gebeten?"
„Herr Rasmussen, einzig und alleine aus diesem Anlass. Ich bin gebeten worden, Ihnen diese einzigartige Geschichte zu übermitteln. An Ihnen liegt es jetzt, was Sie damit anfangen."

Rasmussen schaute sein Gegenüber prüfend an.
„Kann man diese Geschichte glauben oder ist sie ein Produkt einer senilen Demenz?"
„So, wie ich Herrn Horak erlebt habe, bin ich fest davon überzeugt, dass er genau wusste, wovon er sprach. Jedenfalls konnte ich keinerlei Anzeichen von Verwirrtheit feststellen. Abgesehen davon, dass Sie sich von der Wahrheit der Goldvorkommen persönlich überzeugen könnten."
Rasmussen hatte eine ernste Miene aufgesetzt.

„Ich darf mich sehr für die Überbringung dieser interessanten Botschaft bedanken. Sollte die Geschichte so verlaufen, wie Sie sie mir geschildert haben, werden Sie ein entsprechendes Honorar auch von mir erhalten. Und Sie müssen mir versprechen, über all das zu schweigen."
Er zauberte aus der Innentasche seines Jacketts eine hundert Euro Note hervor und drückte diese Wasitschek in die Hand. „Für Ihre bisherigen Unkosten..."

Rasmussen genoss, im Schneckentempo dahin schleichend, die Rückfahrt. Er trällerte gut gelaunt die Texte der Songs aus dem Autoradio mit.
In Gedanken rieb er sich immer wieder vergnügt die Hände. ‚Solange er keine taktischen Fehler machte, würden ihm die gebratenen Tauben nur so zu zufliegen.'
Plötzlich stoppte er und blendete ab. Welch ein schönes Bild …. Eine Bache mit Frischlingen überquerte die Fahrbahn.

Zwei Tage später wurden sich Rasmussen und Horak einig.
Rasmussen verstand nichts vom Bergbau, aber von Horak erhielt er bei der Besichtigung des Stollens sachkundige Informationen. Und das, was er mit eigenen Augen feststellen konnte, versetzte ihn in ein rauschähnliches Entzücken.
Allein die Ablagerungen des edlen Metalls in diesem Stollen, die er mit bloßem Auge erkennen konnte, würden seinen Vermögensverhältnissen unbegrenzte Perspektiven verleihen.
In dem Vertrag, den beide am folgenden Tag in einem Prager Notariat unterschrieben, wurde nur der Berghügel erwähnt, von dem darin enthaltenen Schatz kein einziges Wort.
Als Gegenleistung erhielt Horak das kostenlose Wohnrecht auf Lebzeit in der Kaiser-Residenz in Furth im Wald.
Nachdem die Unterschriften geleistet waren, standen beide Vertragspartner vor Begeisterung spontan auf und umarmten sich. Jeder von ihnen hatte das Gefühl, das ganz große Los gezogen zu haben.

Horak genoss jeden einzelnen Tag, den er in der Residenz zubrachte. Das feudal ausgestattete zwei Zimmer Appartement mit großem Balkon, der aufmerksame Service der Angestellten, keine Bitte wurde ihm abgeschlagen. Jedoch am besten gefielen dem einstigen Einsiedler in seiner neuen Welt die anregenden Gespräche mit den netten und gebildeten Mitbewohnern. So wurde für den alten Mann jeder Tag in diesem Haus zu einem Festtag.

Rasmussen saß hinter seinem Schreibtisch und las den notariell beglaubigten Vertrag zum x-ten mal. Er schmunzelte.
‚Ein Wahnsinnsdeal, hundert Prozent korrekt und legal, kein Wenn, kein Aber und das Wichtigste, weit und breit kein einziger Verwandter, der hätte Ärger machen können und um den man sich hätte „kümmern" müssen.'

Jean Rasmussen schüttelte den Kopf und sein hübsches Gesicht wurde von einem hässlichen Grinsen entstellt:
‚Das Glück, das mir in den Schoß fällt, ist der beste Beweis dafür, dass es keinen gerechten Gott geben kann.'
Der Entschluss verfestigte sich in ihm, seine Geschäftsstrategie der grenzenlosen Geldvermehrung fortzuführen.

Marek Wasitschek verfolgte mit Hochspannung auf CT 1 im Abendprogramm die zweite Folge der dänischen Krimiserie ‚Die Brücke'. Er hatte sich soeben eine zweite Flasche Bier aufgemacht.

„Eliska", rief er ein wenig ungehalten, „kannst du an die Tür gehen, es hat geklingelt. Wer kann das sein?"
„Zu Diensten gnädiger Herr", spöttelte sie, „meinst du, ich langweile mich hier nur herum. Okay, ich geh ja schon."

Ein Motorrad stand vor dem geöffneten Vorgartentörchen. Vor der Haustür wartete ein junger Mann in Motorradkluft.

„Ich sollte das hier abgeben. Ich bin doch richtig hier bei Marek Wasitschek?"
„Ja, ich bin seine Frau."
Ehe sie fragen konnte, von wem das Paket, das keinen Absender trug, stammte, bedankte sich der Bote und verschwand kommentarlos.

Sie legte das Päckchen vor Marek auf den Couchtisch.
„Hat ein Motorradfahrer abgegeben. Für dich."
Marek vergaß den Krimi und griff mit leicht zitternden Finger danach.
‚Hatte Rasmussen das Geschäft abgeschlossen und Wort gehalten?' Das Paket enthielt mehr als nur eine Nachricht. Ungeduldig riss er es auf.
„Eliska, komm mal schnell hierher."
Ihre verärgerte Miene verwandelte sich von einem überraschten Staunen in ein überglückliches Strahlen.
Marek hielt ihr mit beiden Händen ein dickes Bündel violetter Euroscheine unter die Nase.
Auf einem beigefügten Zettel stand handgeschrieben:

‚Wir, Horak und ich stehen zu unserem Wort. Bitte, halten auch Sie ihr Versprechen. Betrachten Sie Verschwiegenheit als Ihre Lebensversicherung'.
Der ehemalige Hausmeister der Kaiser-Residenz presste den nie erwarteten Geldsegen an seine Lippen und begann kühne Pläne zu schmieden.

16

Frau Dr. jur. Gisela Nöthen musste 28 Jahre alt werden, um den Eltern ernsthaft zu widersprechen.
Sie war das einzige Kind einer Juristenfamilie. Die Mutter war Staatsanwältin in Köln und der Vater, ebenfalls Jurist, Ministerialrat im Landesjustizministerium in Düsseldorf.
Für Ihre Tochter Gisela war es selbstverständlich, ebenfalls ein Jurastudium zu absolvieren.
Zur Freude der stolzen Eltern schloss sie mit Staatsexamen und Promotion nach neun Semestern das Studium der Rechtswissenschaften an der Uni Hamburg ab.
Irgendwann in einem der letzten Semester war ihr in der Uni-Bibliothek zufällig ein Buch in die Hände gefallen, das sie faszinierte und ihr weiteres Leben bestimmen sollte.
Der Titel: ‚Anna Politkovskaja, Chronik eines angekündigten Mordes',
von Norbert Schreiber, einem Journalisten und Politikwissenschaftler.

Anna Stepanowna Politkovskaja, in New York geboren, war amerikanische Staatsbürgerin. Ihre Eltern stammten aus der Ukraine. Sie hatte an der Moskauer Lomonossow-Universität Journalismus studiert.
Während des Tschetschenienkrieges berichtete sie, im Gegensatz zu offiziellen Darstellungen, schonungslos über Missstände und Verbrechen der Russischen Armee. Sie stellte Beuteraub, Korruption, Unterschlagungen, Vergewaltigung, Folter und Mord an den Pranger.
Im Westen wurde sie als heldenhafte unabhängige Berichterstatterin gefeiert, in Russland war sie eine Feindin des Russischen Volkes.
Nach ernstzunehmenden Morddrohungen und nach einem missglückten Giftanschlag floh sie für ein halbes Jahr in die Schweiz. Aber sie kehrte nach Russland zurück und wurde kurzfristig verhaftet. Dann setzte man sie wegen ihrer Sprachgewandtheit als Vermittlerin bei der Geiselnahme im Moskauer Musicaltheater ein.
Anna Politkowskaja wurde am siebten Oktober 2006 vor ihrem Wohnhaus erschossen.
Nach der Lektüre dieses Buches hatte Gisela Nöthen das Gefühl, als hätte sie eiserne Fesseln abgestreift. Nie im Leben würde sie, wie es ihre Eltern wollten, als Anwältin, Richterin oder Juristin in der Industrie tätig werden.
Sie wusste um ihre Eigenart, allen Dingen auf den Grund zu gehen. Sie kannte ihre intensive Neigung, immer und überall nach dem Warum, Woher, Wohin und dem Wie zu fragen.

Die Geschichte von der Anna Politkowskaja hatte ihr die Augen geöffnet. Es gab da einen hochinteressanten Beruf, der voll und ganz ihren Talenten entsprach und für den sie Begeisterung und Leidenschaft empfand. Sie wusste von diesem Augenblick an, dass sie ihr berufliches Leben dem investigativen Journalismus, dem sogenannten enthüllenden Journalismus widmen würde.

Ohne ihre Eltern zu informieren, schrieb sie sich unmittelbar nach dem juristischen Staatsexamen an der Uni Hamburg als Studentin für die Spezialfächer Journalistik und Kommunikationswissenschaft ein. Nach 4 Semestern würde sie ihr Ziel mit dem Abschluss Master of Arts erreicht haben. Je mehr sie sich gedanklich mit der neuen Zielrichtung auseinandersetzte, umso bewusster wurde ihr, dass das Jurastudium eine ideale Ergänzung zum Journalismus darstellten würde.
Rechtssicherheit und ein klarer Blick für den oft schmalen Grad zwischen Legalität und Illegalität boten hilfreiche Leitlinien für diese Art von Journalisten.
Das erste Semester der neuen Fakultät begann Anfang Oktober, also in knapp einem halben Jahr.
Bei einem Besuch der Eltern in Köln, fasste sie nach dem Frühstück all ihren Mut zusammen und offenbarte ihnen ihre neue berufliche Ausrichtung.

Sie hatte Entsetzen, Enttäuschung und Widerspruch erwartet, doch zu ihrer Überraschung schauten sich ihre sonst so strengen Eltern an und schüttelten ungläubig den Kopf.

‚Was war denn das, fragte sie sich, ‚war da auf den Gesichtern der Eltern ein verständnisvolles Lächeln zu erkennen?'
„Amüsiert ihr euch etwa auf meine Kosten? Habt ihr mich nicht verstanden? Oder was ist los?"
Ihre Mutter forderte ihren Mann mit heiterer Stimme auf: „Erklär du es ihr."
Ihr Vater schmunzelte liebevoll.
„Mutter und ich haben, soweit ich mich erinnern kann, nie mit dir darüber gesprochen. Es war uns einfach nicht wichtig. Aber jetzt müssen wir es Dir sagen..."
Gisela schaute beide erwartungsvoll an.
„Nun spannt mich nicht so lange auf die Folter. Ich kann mir allerdings mit dem besten Willen nicht vorstellen, was das sein soll."
„Du wirst ebenfalls gleich Grund zu schmunzeln und zum Kopfschütteln haben. Hör zu! Wie du weißt, haben wir beide uns während des Studiums kennengelernt. Natürlich haben wir damals oft über unsere späteren beruflichen Ziele gesprochen. Und ob du es nun glaubst oder nicht, aber wir beide hatten uns fest vorgenommen, nach dem Jurastudium noch einige Semester Journalistik dran zu hängen. Wir kannten damals nur ein Ziel.
Wir waren jung, voller Tatendrang und fest entschlossen, den abenteuerlichen und abwechslungsreichen Beruf des Journalisten zu ergreifen. Ja, meine Kleine, da staunst du."
Wieder schaute er seine Frau fragend an.
„Okay", übernahm sie das Wort. „Kannst du dir vorstellen, warum wir letztendlich doch einen klassischen Jura-Beruf ergriffen haben? Natürlich nicht.

Aber ich verrate es dir. Weil seine und auch meine Eltern gemeinsam alle Register ihrer elterlichen Überzeugungskraft einsetzten, um uns den in ihren Augen unsoliden Journalistenberuf zu vermiesen. Wie du weißt, haben wir beide nie bereut, Vollblutjuristen geworden zu sein. Aber die Zeiten haben sich geändert und wir haben dazugelernt. Eltern tun gut daran, erwachsene Kinder in ihren Entscheidungen fürs Leben zu beraten. Aber sie sollten nie irgendwelchen Zwang ausüben."

Die erleichterte Tochter stand auf, stellte sich hinter Mutter und Vater, legte ihre Arme um deren Schultern, drückte sie und strahlte: „Ihr seid die besten Eltern der Welt!"

„An was hast du gedacht", erkundigte sich ihr Vater, „Presse, Rundfunk oder Fernsehen?"

„Darüber habe ich mir noch keine Gedanken gemacht", erwiderte sie nicht ganz der Wahrheit entsprechend. „Ich möchte zunächst mal, am besten noch vor dem ersten Semester ein Volontariat machen. Das ist das Beste für eine klassische journalistische Ausbildung. Zeit genug hätte ich ja."

Sie hatte den Eltern gegenüber geflunkert. Gisela war davon überzeugt, dass für eine Karriere beim Rundfunk eine gute Stimme und beim Fernsehen ein ansprechendes Aussehen von Vorteil wäre. Sie war realistisch genug zu erkennen, dass beide Voraussetzungen auf sie nicht zutrafen.

Offensichtlich hatten aber die von Mutter und Vater stammenden Chromosomen ihr Talente und Eigenschaften beschert, die für den angestrebten Beruf ideale Voraussetzungen boten.

Sie besaß eine überdurchschnittliche Fähigkeit mit Worten umzugehen. In den Oberstufen und im Abitur hatte sie für das Fach Deutsch die Note Eins abboniert. Zusätzlich war sie mit einer gehörigen Portion Neugier ausgestattet. Hinzu kam ein zwanghafter Enthusiasmus, sich nicht mit der Oberfläche zufrieden zu geben. All das, was sich hinter den Kulissen und im Dunkeln abspielte zog sie magisch an. Vieles im Leben war mit einer Menge Fragezeichen umgeben. Sie gab nicht eher Ruhe, bis die Wahrheit ans Licht kam.
Über diese ihre Neigungen, Eigenschaften und Ansichten sprach sie jetzt auch mit ihren Eltern.
„Ich hab eine Idee", warf ihre Mutter ein, „ich glaube, das würde deinen Interessen sehr entgegenkommen. Ich kenne da einige Kölner Kommissariate recht gut. Schließlich arbeiten Staatsanwaltschaft und Polizei eng zusammen.
Was hältst du davon, wenn ich mal mit einigen der leitenden Kommissare spreche? Die können uns mit Sicherheit einige Printmedien empfehlen, die seriös über die Arbeit der Polizei berichten und mit denen sie gelegentlich zusammenarbeiten. Wie denkst du darüber? Sollte das klappen, dann könntest du während dieser Volontärzeit natürlich bei uns wohnen."

Gisela wunderte sich über das begeisterte Engagement ihrer Eltern. Sie hatte erheblichen Eiderspruch befürchtet und erlebte jetzt einen liebevollen Rückenwind.
„Frau Dr. Nöthen, ich darf Sie in unserem Hause herzlich willkommen heißen. Unser oberster Boss, Antoine Dugard, lässt Sie grüßen. Er bat mich, Ihnen unser Haus zu zeigen und mit Ihnen über Ihren

eventuellen Aufgabenbereich zu sprechen. Pardon, Ich habe mich noch nicht vorgestellt. Ich bin leitender Redakteur. Mein Name ist Jack Mauteaux."
Ein Lächeln flog über sein kugelrundes Gesicht. „Mein Großvater stammt aus der Bretagne. Er war ein echter Briochin, das heißt, er stammte aus dem nordwestfranzösischen Ort St Brieuc. Nach dem zweiten Weltkrieg war er als Soldat der französischen Besatzung in Lindau am Bodensee stationiert. Dort lernte er ein attraktives deutsches Mädchen kennen und so weiter und so fort. Ich arbeite seit über zwanzig Jahren hier beim ‚Kölner Echo', einer weit über die Stadtgrenzen hinaus reichenden Boulevardzeitung."

Er schaute sein Gegenüber an, als wolle er aus ihrem Erscheinungsbild ablesen, für welche Ressorts Interesse bestehen könne. Sie war nicht hübsch, aber sympathisch und wirkte intelligent. Die gedrungene und etwas rundliche Figur ließ eine Affinität zum Sportbereich und vermutlich auch zur Mode als unwahrscheinlich erscheinen.

„Liebe Frau Nöthen, ich habe jetzt ein Problem, bei dessen Lösung Sie mir helfen müssen. Wo, das heißt in welcher Abteilung setze ich Sie ein? Politik, Wirtschaft, Sport oder Feuilleton? Vielleicht verraten Sie mir, was Ihre Vorlieben sind. Vor allem stelle ich mir die Frage, wie und wo wir ihre juristischen Kenntnisse nutzbringend einsetzen könnten."
„Ohne Insiderkenntnisse fällt es mir schwer, Ihnen diese Frage auf Anhieb zu beantworten." Sie lächelte ein wenig verlegen.

„Wäre es erlaubt, etwas anzusprechen, was zu keinem der von Ihnen aufgeführten Zeitungsgebiete passt? Aber es würde zu mir passen."
Mauteaux schaute Sie wohlwollend an. „Nur zu, ich schätze Menschen mit Mut und Ideen."
Gisela Nöthen atmete tief durch, „auf Ihre Verantwortung.
Ich bin ein ausgeprägt neugieriger Mensch. Das heißt, ich gebe mich nie mit dem zufrieden, was an der Oberfläche treibt. Das was dahinter steckt, das reizt mich. Eine Studienfreundin hat mich mal als Röntgenapparat bezeichnet. Wäre ich Staatsanwältin oder Richterin geworden, ich hätte mich wahrscheinlich nie mit den ermittelten Fakten alleine zufrieden gegeben.
Ich glaube, ich hätte als erstes versucht, Kläger und vor allem Angeklagten zu durchleuchten. Ja, ich wäre eine sehr unangenehme Staatsanwältin geworden.
Besonders für die Polizei. Ich hätte es nie zugelassen, einen Fall als ungelöst zu den Akten zu legen. Ich gehe davon aus, dass sich Spuren niemals in Luft auflösen können. Es hört sich überheblich an. Aber den Richterspruch aus Mangel an Beweisen, hätte es bei mir nie gegeben."
Der Chefredakteur staunte, „… dann ist vermutlich Ihr endgültiges Berufsziel der Enthüllungsjournalismus… Habe ich Recht?"
Sie beugte sich nach vorne und lächelte: „Sie haben den Nagel auf den Kopf getroffen." Nach einer kurzen Pause entschuldigte sie sich.
„Ich vermute jetzt mal, dass Sie mir erklären, dass Schnüffeljournalismus in Ihrer Zeitung keinen Platz hat. Ich könnte es Ihnen nicht verübeln."

Der Chefredakteur stützte sein Kinn mit der rechten Hand ab und kratzte sich mit der Linken verlegen am Hinterkopf.
„Frau Nöthen, irgendetwas gefällt mir an ihren Ausführungen, gefällt mir sogar sehr. Wäre es Ihnen möglich, morgen so gegen 14 Uhr noch mal hierher zu kommen. Ich verspreche Ihnen, dass wir dann zu einem Ergebnis kommen werden. Ich will Ihnen auch erklären, worum es mir geht."
Er sah sie wohlwollend an.
„Ich bewundere Ihre Überzeugungen, Ihre Vorstellungen und Ihre Erwartungen. Es wird nicht in Ihrem Sinne sein, Sie einfach irgendeiner Abteilung zuzuordnen. Ich habe da so eine Idee, von der ich jetzt noch nichts verraten kann. Darüber möchte ich zunächst mit unserem Chef reden."
„Herr Mauteaux, ich bedanke mich sehr für Ihre Hilfsbereitschaft. Natürlich bin ich morgen pünktlich zur Stelle."

„Na wie war's", wollte ihr Vater, als er abends nach Hause kam, als erstes wissen.
„Der Chefredakteur Mauteaux war äußerst zuvorkommend. Ich muss morgen noch mal hin. Er wollte noch einiges mit dem Verleger abstimmen. Ich bin allerdings fest davon überzeugt, dass das mit meinem Praktikum bei dieser Zeitung klappt."
Er streichelte ihr übers Haar. „Wer sollte meiner Tochter auch etwas abschlagen können."
„Papa", sagte sie schelmisch, „ich würde mich nicht wundern, wenn der Ministerialrat Nöthen seine ‚Vitamin B' Vorräte in Anspruch genommen hätte."

Der mahnend erhobene Zeigefinger wurde begleitet mit dem Hinweis, dass man so etwas noch nicht mal laut denken dürfe.

Pünktlich zur verabredeten Zeit begleitete die Sekretärin des Chefredakteurs Gisela Nöthen in dessen Dienstzimmer und bat sie, in der Besucherecke Platz zu nehmen. „Einen Augenblick, der Chef wird jeden Moment hier sein. Darf ich Ihnen einen Kaffee anbieten?"
„Das ist nett von Ihnen, aber nein danke, ich habe eben erst gefrühstückt."
Mit einem strahlenden Lächeln kam der kleine, dickliche Mauteaux auf Sie zu.
„Verzeihen Sie meine Verspätung, aber ich war gerade wegen unserer Sache beim Chef. Er hat mich beauftragt, sie im Verlagsteam willkommen zu heißen. In erster Linie haben wir über Ihren Aufgabenbereich gesprochen. Ich darf Ihnen berichten, dass er meinen Vorschlag mit Begeisterung aufgenommen hat. Dieser Vorschlag, liebe Frau Doktor, wird Thema unseres heutigen Gespräches sein. Ich glaube, wir können uns unter Berücksichtigung des gestern bereits Gesagten kurz fassen….Moment bitte"
Mit einer zur Schau getragenen Leichtigkeit schwebte der kleingewachsene Pykniker mit schnellen Schrittchen Richtung Sekretariat.„Bitte zwei Cappuccino und etwas Gebäck, danke."
Gisela kam nicht dazu, abzulehnen, denn Mauteaux hatte tief Luft geholt, schaute die junge Frau aufmerksam an, öffnete den Mund und klappte diesen wieder zu, da die Sekretärin in diesem Moment mit den Getränken hereinkam.

„Herr Dugard, unser Chef, macht Ihnen folgendes Angebot. Er gibt Ihnen bis zu einem halben Jahr Zeit, ihm eine Probe ihres Könnens vorzulegen. Wenn er von Ihrem Talent überzeugt wird, will er eine Zusammenarbeit mit Ihnen nicht ausschließen. Er hat mir soeben nochmals bestätigt, dass er fest entschlossen ist, einem neuen Thema einen festen Platz in seiner Zeitschrift zu geben.
‚Unaufgeklärten Morden auf der Spur'.
Sollte ihm Ihr Gesellenstück gefallen, ist er gerne bereit, auf Sie zu warten. Aber nur für die Dauer ihres Journalistenstudiums, und keinen Monat länger.
Darf ich Ihnen verraten, was er noch gesagt hat?"
Sie schaute ihn herausfordernd an.
„Wenn ihr erstes Werk ihm zusagen sollte, wäre er bereit, Sie sofort, auch ohne weiteres Studium, unter Vertrag zu nehmen. Er ist äußerst angetan von der Idee, eine Juristin auf die Fährte frei herumlaufender Mörder zu setzen. Denken Sie in Ruhe über dieses Angebot nach."
Er nahm einen Schluck aus der dampfenden Tasse und schaute Gisela herausfordernd an:
„Wie wär's morgen Früh 9 Uhr. Sie erhalten ein Büro hier auf diesem Flur. Meine Sekretärin, Liselotte Mittag wird Ihnen anfangs zu Verfügung stehen. Sie können aber auch mich jederzeit fragen. Ich wäre Ihnen sogar dankbar, wenn sie mich in Ihrer Anfangsphase in die Planungen und Aktivitäten einweihen würden.
Das gilt besonders für die Herstellung von Kontakten zu wem auch immer. Der Verlag ist sogar bereit, Ihnen in absehbarer Zeit einen Assistenten oder eine Assistentin zur Seite zu stellen."

Gisela war überwältigt.
„Okay, bis morgen Früh dann."
‚Mein Gott, damit hätte ich nie und nimmer gerechnet. Vater und Mutter werden sich wundern. Ich..'.
Sie wurde unterbrochen.
„Ehe ich es vergesse, der Chef hat mich beauftragt, Sie zu bitten, Ihren Eltern die besten Grüße auszurichten. Ich hatte das Gefühl, dass mein Chef Ihre Eltern ganz gut kennt."
„Na klar, das mache ich doch gerne. Bitte, bestellen Sie Ihrem Chef viele liebe Grüße und überbringen Sie Ihm meinen besten Dank. Sagen Sie ihm, dass ich Ihn nicht enttäuschen werde. Ich tue jedenfalls mein Bestes…"

17

Giselas Mutter war als Staatsanwältin vorwiegend am Kölner Oberlandesgericht tätig. Von ihr hatte sie erfahren, dass sich in Köln die Direktion Kriminalität auf acht verschiedene Inspektionen verteilt und dass die Kriminalinspektion 1 die Kommissariate 11 bis 14 mit der Zuständigkeit für Tötungsdelikte, umfasst.
Seit über zehn Jahren pflegte ihre Mutter aufgrund ihrer fundierten Kenntnisse im Strafrecht und der reichhaltigen Erfahrung mit den unterschiedlichsten Ermittlungsmethoden ein gutes Verhältnis zur Kriminalpolizei.

So war es nicht verwunderlich, dass Gisela Nöthen nach Mutters Intervention vom Polizeidirektorium die Erlaubnis zur Akteneinsicht in unaufgeklärte Mordfälle der letzten Zehn Jahre erhielt. Diese Genehmigung wurde allerdings an eine Bedingung geknüpft. Ein endgültige Bericht musste dem Präsidium vorgelegt werden.

An den ersten Tagen im Verlag lernte Gisela die einzelnen Abteilungen kennen. Die vielen Verlagsmitarbeiter begegneten ihr mit Freundlichkeit, da niemand befürchten musste, in der neuen Mitarbeiterin eine Arbeitsplatzkonkurrentin zu sehen. Eine Volontärin würde ja nur begrenzte Zeit im Hause sein. Und so glaubte auch niemand, dass sich eine Anfängerin mit dem speziellen Thema, ,unaufgeklärter Morde' , die Gunst des Chefredakteurs oder des Verlagseigentümers erwerben könne. Im Gegenteil, man rechnete damit, dass eine Möchtegern-Journalistin auf keinen Fall dort bestehen konnte, wo erfahrene Kripobeamte schon längst aufgegeben hatten.
Aber da hatten die Verlagsangestellten die Rechnung ohne den Wirt gemacht. Es konnte ja auch niemand damit rechnen, dass ihre neue Kollegin auf Zeit die Eigenschaft besaß, mit fast krankhafter und ehrgeiziger Neugier den Dingen auf den Grund zu gehen.

Gisela Nöthen hätte es sich einfach machen können. Das Internet wäre eine bequeme Informationsquelle gewesen.
„Nein", hatte sie dem Chefredakteur Mauteaux beteuert, „ich werde mich nicht mit Internet-Ergebnis-

sen zu frieden geben. Alle vier Kölner Kommissariate haben sich bereiterklärt, mir bei der Suche nach den entsprechenden Unterlagen behilflich zu sein.
Ich werde mich Buchstabe für Buchstabe durch die Akten wühlen. Dann werde ich versuche, mit den Beamten zu reden, die bei den Ermittlungen beteiligt waren. Auch wenn schon Jahre vergangen sind, etwas wird im Gedächtnis hängengeblieben sein. Vielleicht Dinge, die nirgendwo schriftlich festgehalten wurden."
Sie dachte kurz nach, „ich will prüfen, ob es da noch Fragen gibt, die den Zeugen nicht gestellt wurden. Auf jeden Fall werde ich die involvierten Personen noch mal aufsuchen und befragen. Vielleicht mache ich jemanden mit meinen intensiven Recherchen nervös. Darauf spekuliere ich jedenfalls."
Wieder ein kurzes Überlegen.
„Ich werde ganz besonders auf Gemeinsamkeiten von Mordfällen achten, die damals nicht aufgefallen sind. Solche Ähnlichkeiten eröffnen oft neue Perspektiven. "
„Das hört sich alles ganz gut an", kommentierte Mauteaux, „vielleicht wird es aber nicht so einfach laufen, wie Sie sich das vorstellen".
„Das wäre kein Grund für mich, aufzugeben. Im Gegenteil. Im Übrigen hat der Polizeipräsident meiner Mutter zu verstehen gegeben, dass die polizeilichen Ermittlungen wieder aufgenommen würden, wenn meine Nachforschungen Anlass dazu gäben."
Dass sie hier anderer Meinung war, verschwieg sie. Sie hatte nicht vor, irgendwelche Lorbeeren für Ihre Entdeckungen mit anderen zu teilen.
Aus diesem Grund würde sie diesen Weg zunächst auch alleine bis zum Ende verfolgen.

„Liebe Frau Nöthen", versicherte ihr der Chefredakteur, „wenn Sie irgendwelche Hilfe oder Unterstützung benötigen, lassen Sie es mich wissen." Er drückte ihr fest die Hand.
„Ich wünschen Ihnen viel Glück bei Ihren Ermittlungen, gute Ergebnisse und gute Spürnase. Und halten Sie immer Kontakt zu uns."
Beim Verlassen ihres Raumes blieb er in der geöffneten Tür stehen, wandte sich um und seine Stimme nahm einen ernsten Ton an.
„Denken Sie daran, dass es auch gefährlich werden könnte. Unsere Mitarbeiter, die im Umfeld brutaler Schlägertypen ermitteln müssen, tragen immer Pfefferspray oder einen Elektroschocker in der Tasche. Ich werde Ihnen beides zur Verfügung stellen. Also unterschätzen Sie bitte nicht die Gefährlichkeit Ihrer Aktion."

18

Gisela Nöthen erinnerte sich an einige Vorlesungen ihres Jurastudiums über Kriminalstatistiken. Die Zahlen des Bundeskriminalamtes besagten, dass sich in den letzten zwanzig Jahren bundesweit rund 18.500 versuchte und vollendete Morde angesammelt hatten.
In Deutschland wurde erstmals 1988 der genetische Fingerabdruck als Beweismittel in einem Strafprozess anerkannt. Seit dieser Zeit liegt die Aufklärungsquote bei Tötungsdelikten bei rund 95 Prozent.

Die enorme technische Weiterentwicklung der Fahndungsmethoden hatte sicherlich eine große abschreckende Wirkung auf potentielle Mörder.

Ein Kriminalbeamter hatte ihr mitgeteilt, dass man die Zahl der Morde im Großraum Köln pro Jahr an den Fingern einer Hand abzählen könne.

Die gründliche Durchsicht der ihr in den Kölner Kommissariaten zur Einsicht überlassenen Akten von ungeklärten Mordfällen nahm mehr als zwei Monate in Anspruch. Eine konzentrierte Begegnung mit den abscheulichsten Abgründen menschlicher Verirrung.
Diese Arbeit forderte Aufmerksamkeit und Konzentration auf hohem Niveau.

Sie hatte sich vorgenommen, nicht nur das zur Kenntnis zu nehmen, was die Buchstaben hergaben, sonder vor allem zwischen den Zeilen Hinweise zu entdecken, die ihr weiterhelfen könnten.

An frühen Morgen des ersten Tages, an dem sie nach ihrer Recherchearbeit wieder im Verlag war, klingelte das Telefon auf ihrem Schreibtisch.
„Pardon", vernahm sie die stets erfrischend klingende Stimme des Chefredakteurs.
„Entschuldigen Sie meinen Anruf zehn Minuten vor Dienstbeginn. Aber ich habe Ihren Wagen auf dem Parkplatz gesehen. Hätten Sie einen Moment Zeit für mich. Nein, nein, bemühen Sie sich nicht, ich komme zu Ihnen. Danke, bis gleich."
Sie schüttelte den Kopf. ‚Scheint echtes Interesse an den Ergebnissen meiner Mörderjagd zu haben.'

Die Aktenordner lagen ausgebreitet auf ihrem Schreibtisch.

„Das, Herr Mauteaux", demonstrierte sie mit einem nicht zu überhörenden Stolz in der Stimme, „sind die Unterlagen von sechs bisher nicht aufgeklärten Morden, die in den letzten zehn Jahren im Zuständigkeitsbereich der Kölner Polizei geschehen sind."
„Schön und gut", reagierte der Chef ein wenig enttäuscht, „aber wieso nur so wenige?"
„Natürlich bin ich bei meinen Recherchen einer Vielzahl von entsprechenden Fällen begegnet. Aber nur in diesen hier vor mir habe ich den ein oder anderen Anhaltspunkt entdeckt, wo es sich meiner Meinung nach lohnt nachzuhaken."
Der Chefredakteur nahm einen der Ordner auf und schaute sich die erste Seite an.
„Da haben Sie die Akte von einem Fall herausgepickt, den ich mir als ersten vorknöpfen wollte."
„Und warum gerade diesen Fall?", wollte Mauteaux wissen.
„Ich fasse mal eben zusammen, um was es geht."
Sie nahm einen Notizblock mit einigen Stichworten auf.
„Jessika Petri, eine 24 jährige Büroangestellte und ihr Verlobter hatten am Vorabend ihres 25sten Geburtstages ein paar Freundinnen mit Freunden zu einer kleinen Vorab-Feier eingeladen. Die Gäste verabschiedeten sich bald.
Die Geburtstagsparty sollte am folgenden Tag stattfinden. Sie hatte für 18 Uhr eingeladen. Ihr Verlobter blieb als Einziger, um ihr beim Abräumen und bei den Vorbereitungen auf Morgen zu helfen.

Die Eingeladenen fanden zu ihrer Überraschung am folgenden Tag die Wohnungstür verschlossen. Wiederholtes heftiges Klopfen, Klingeln und Handyanrufe blieben unbeantwortet.
Schließlich alarmierten sie die Polizei. Die Beamten fanden die junge Frau erschlagen vor ihrem Bett liegen. Die Ermittlungen ergaben, dass Jessika gegen Mitternacht getötet worden war. Es gab keine Einbruchspuren. Sie musste den Täter gut gekannt haben. Der Verlobte sagte aus, dass er die Wohnung kurz vor 24 Uhr verlassen habe. Er stritt bei allen Verhören vehement die Tat ab.
‚Ich bringe doch nicht die Frau um, die ich liebe. Wir wollten im kommenden Jahr heiraten. Natürlich finden sie überall Fingerabdrücke von mir. Aber mit Sicherheit auch Abdrücke von anderen Personen.'
Der Verlobte galt bei der Polizei zwar als Hauptverdächtiger, doch die Spuren waren nicht eindeutig genug. Ein Tatmotiv war nicht erkennbar. Es gab aus Mangel an Beweisen keine Anklage."

„Und Sie", fragte Mauteaux ein wenig ungläubig, „wollen in diesem Fall, auf sich alleine gestellt, neue Ermittlungen aufgreifen?"
„Ich weiß, dass die Chancen auf Erfolg gegen Null tendieren. Von der Polizei sind damals nur die geladenen Freunde und die Eltern der Getöteten befragt worden. Ich werde nochmals mit den gleichen Leuten sprechen. Darüber hinaus versuche ich aber auch mit Arbeitskollegen, mit weiteren Verwandten, mit Nachbarn und allen denen zu reden, mit denen Jessika Petri beruflich, geschäftlich, gesellschaftlich oder behördlich zu tun hatte."
„Okay, ich drücke Ihnen die Daumen."

Mautreaux trat zu ihr hin, legte vertrauensvoll eine Hand auf ihre Schulter.
„Auf die Gefahr, dass ich mich wiederhole. Lehnen Sie sich nicht zu weit aus dem Fenster. Seien Sie vorsichtig. Immerhin wandeln Sie auf den Spuren eines Menschen, der nicht vor Mord und Totschlag zurückschreckt. Sie können damit rechnen, dass Sie irgendwann mal dem Mörder gegenüberstehen, der vielleicht in diesem Moment beschließt, auch Sie, als ihm gefährliche werdende Schnüfflerin, aus dem Weg zu räumen."

Der Chefredakteur schaute die übrigen fünf Ordner auf dem Schreibtisch skeptisch an.
„Und auch hier glauben Sie Dinge ans Tageslicht zu fördern, die den Profis der polizeilichen Ermittlung entgangen sind?"
„Glauben, Hoffnung und Liebe", entgegnete sie ein wenig despektierlich. „Ja, ich glaube und hoffe wenigstens in einem Fall weiter zu kommen. Und ja, ich liebe diesen Job."
Sie zeigte auf Aktenordner fünf und sechs. „Diese beiden sind allerdings meine Favoriten. Zwei hinterhältige und ganz eigenartige Morde, die im Vergleich einen Zusammenhang erkennen lassen. Aber mir sind da nicht nur eine sondern gleich mehrere Gemeinsamkeit aufgefallen, die nicht zufallsbedingt sein können."

Mauteaux schaute erneut auf die Ordner, schob Nummer fünf und sechs ein wenig zur Seite und nahm die Nummer drei zur Hand. „Und was ist mit dem hier?"

„Nicht gerade vielversprechend. Eine wohlhabende 86 jährige Witwe wurde erdrosselt in ihrer Luxuswohnung in Köln Lindenthal aufgefunden." Da Mauteaux Interesse signalisierte fuhr sie fort.
„Die volle Aufmerksamkeit der Fahnder richtete sich auf einen jungen Mann, der im letzten Jahr häufiger im Hause gesehen worden war. Die Rentnerin hatte einer Mitbewohnerin des Hauses erzählt, dass dieser Mann vor fast eineinhalb Jahren Installationsarbeiten in ihrem Bad vorgenommen habe. Weil dieser ausgesprochen freundlich und unterhaltsam gewesen sei, wäre das Trinkgeld entsprechend üppig ausgefallen. Er hatte ihr seine Telefonnummer gegeben und ihr seine Hilfe angeboten, wenn irgendwelche Reparaturarbeiten oder Besorgungen anfallen würden. Welch ein Glück für mich, hatte die alte Dame gestrahlt, dass es so nette und hilfsbereite junge Menschen noch gibt. Ich brauche nur anzurufen und wenig später erscheint mein guter Engel.
Er hatte ihr gestanden, dass er stets in Geldnot sei und dass er die reichlichen Trinkgelder dringend benötige. Er sei zur Zeit arbeitslos.
Der Tatverdacht wurde dadurch erhärtet, dass der Mann, wie die Polizei erfuhr, am Tag nach der Ermordung einen überfälligen Kredit bei seiner Bank zurückgezahlt hatte.
Der Verdächtigte hat die Tat mit Vehemenz bestritten. Natürlich fand man in der Wohnung der Ermordeten seine Fingerabdrücke und seine DNA.
Aber es kam nicht zu einer Anklage. Man entdeckte am Tatort auch Fingerabdrücke und DNA-Spuren einer Frau, die aber nicht zuzuordnen waren.

Alle Bemühungen diese Frau zu finden blieben erfolglos. Die Tat war juristisch nicht eindeutig dem hilfsbereiten jungen Mann zu zuschreiben."
„Schwierig, schwierig", kommentierte Mauteaux diesen Fall.
Er schaute nachdenklich vor sich hin.
„Wenn das, Frau Nöthen", er legte beide Handflächen auf die Ordner fünf und sechs, „Ihre Favoriten sind, warum sollten Sie sich diese nicht vorrangig vorknöpfen? Das andere läuft Ihnen schon nicht weg."
Gisela Nöthen blickte ihren Chef überrascht an. „Sie haben eigentlich, Unsinn, nicht eigentlich, sondern Sie haben wirklich Recht. Ich sollte, nein, ich werde mir diese Akten als erste vornehmen."
„Wäre es Ihnen Möglich, mir kurz etwas über diese beiden Fälle zu erzählen? Danach verschwinde ich sofort. Auch meine Arbeit erledigt sich nicht von alleine."

Bevor sie mit ihrem Bericht beginnen konnte, hatte Mauteaux den Hörer in der Hand, wählte eine zweistellige Nummer und überzog ein wenig mit seiner Freundlichkeit. „Meine liebe, würden Sie mir trotz des frühen Tages einen großen Gefallen tun? Ich verspreche Ihnen, ich werde mich revanchieren. Wären Sie so nett, zwei Kännchen Kaffee in Frau Nöthens Büro zu bringen? Ja, nochmals herzlichsten Dank."

„Ich muss vorwegschicken", begann sie ihre Ausführungen, „dass jeder der beiden Fälle, die viele Jahre auseinander liegen, für sich betrachtet, unaufklärbar erscheint. Dass die von mir erwähnten Gemein-

samkeiten unentdeckt blieben, ist meiner Meinung nach ausschließlich auf unzulängliche Kooperationsbereitschaft der einzelnen Kommissariate zurück zu führen. Es hat mich überrascht, dass es den einzelnen Ermittlungsbehörden offensichtlich an der Bereitschaft zur digitalen Vernetzung fehlt. Jeder möchte sein eigenes Süppchen kochen."
Es klopfte zaghaft an der Tür. Das Tablett mit der ersehnten Bestellung schwebte, begleitet von einem dienstlichen Lächeln herein. Bald war der Raum erfüllt mit dem ermunternden Aroma frisch aufgebrühten Kaffees.

„Ich möchte zunächst auf die auffallenden Gemeinsamkeiten zu sprechen kommen." Sie nippte vorsichtig an dem heißen Aufguss.
„Beide Morde geschahen in Köln. Wurden aber von verschiedenen Kommissariaten bearbeitet.
Außergewöhnlich in beiden Fällen die Ähnlichkeit des Tatherganges. Dass beide Opfer aus nächster Nähe erschossen wurden ist nichts Außergewöhnliches. Dass es aber für jeden Mord Augenzeugen gab, die den Schützen nicht nur gesehen, sonder sogar erkannt hatten, ist ausgesprochen überraschend. So und jetzt kommt das Sensationelle. In beiden Fällen hatten die zweifellos von Zeugen identifizierten Täter ein wasserdichtes Alibi.
Folglich musste in beiden Fällen auf eine Anklage verzichtet werden."
Der Chefredakteur hatte aufmerksam zugehört und schüttelte zweifelnd den Kopf.
„Habe ich da etwas falsch verstanden? Es geht doch nicht an, dass Augenzeugen den Täter einwandfrei erkannt haben und sich dann herausstellt, dass der

zur gleichen Zeit unstrittig an einem anderen Ort gesehen worden war."
„Auf diesen Punkt", erklärte sie, „möchte ich gleich noch mal zu sprechen kommen."
„Okay, fahren Sie fort."
„Danke, denn es gibt noch weitere Übereinstimmungen. Für mich gleichen sich beide Delikte wie ein Ei dem anderen.
Da Zwillinge aber zweifelsfrei nur einen Erzeuger haben können, so vermute ich, das für beide Morde nur ein und der selbe Täter und ein und das selbe Motiv in Frage kommen können."
„Interessant, wirklich interessant", begeisterte sich Mauteaux, „sie sprachen von weiteren Ähnlichkeiten."
Sie gönnte sich einen weiteren genüsslichen Schluck des edlen Getränkes.
„Die Familien beider Getöteten waren im Besitz wirklich riesiger Vermögen. Und beide Mordopfer wären die einzigen Erben dieses immensen Reichtums gewesen."
„Geldgier, da hätten wir mal wieder eines der klassischen Mordmotive", kommentierte Mauteaux und schaute sein Gegenüber erwartungsvoll an.
„Aber da gibt es noch etwas Bemerkenswertes", fuhr sie fort.
„In beiden Fällen leben oder lebten die viele Millionen schweren Erblasser, die Großeltern oder die Eltern, ich erinnere mich nicht mehr genau, in einer Senioren-Residenz der absoluten Spitzenklasse. Dieses Heim schmückt sich mit dem stolzen Namen Kaiser-Residenz und befindet sich im bezaubernden Bayerischen Kurort Furth im Wald. Das Kommissariat Köln-Süd hatte sogar einen jungen Beamten

dorthin geschickt. Wie aus den Akten hervorgeht, kam dieser allerdings mit absolut leeren Händen zurück. Im Gegenteil. Dort sei, wie im Bericht von ihm zu lesen war, die Welt völlig in Ordnung."
„Also, was haben wir?" versuchte der Chefredakteur zusammen zu fassen.
„In beiden Fällen einen eindeutig identifizierter Täter, der ein ebenso eindeutiges Alibi hat. Nicht ohne Bedeutung die Verbindung zu dieser Kaiser-Residenz. Und nun zum Tatmotiv. Hier wird nicht, wie sonst bei Erbschaftsdelikten üblich, der Vererber von geldgierigen Erben ermordet. Nein, in unseren beiden Verbrechen sind die Erbberechtigten die Opfer. Und wie mir scheint, so wird es in den Akten beschrieben sein, hat die Polizei trotz umfangreicher Ermittlungen weit und breit keinen ernsthaft Tatverdächtigen finden können. Ich vermute, es gab mehrere Motivtheorien, die aber nicht bestätigt werden konnten. Habe ich Recht?"
„Mit Ihren Vermutungen treffen Sie genau ins Schwarze."
Gisela Nöthen schaute auf die Schreibtischuhr.
„Wollten Sie nicht schon vor einer halben Stunde dringend zurück in Ihr Büro? Ehrlich gesagt", schloss sie an, „wäre es mir äußerst Recht, wenn wir hier und jetzt noch einige Gedanken austauschen könnten. Wir haben uns gerade so schön warmgelaufen. Ich habe mir noch einige Theorien zu Tatmotiven zurecht gebastelt, die ich Ihnen noch gerne vorstellen möchte."
Jetzt schaute Mauteaux auf seine Armbanduhr.
„Na gut, dann muss ich halt ein wenig umplanen. Bitte schießen Sie los."
Beide tranken ihre Tassen leer.

„Am Rande erwähnt, beide Morde haben damals in der Kölner Presse keine Erwähnung gefunden. Ich vermute, dass die Polizei aus taktischen Gründen auf Pressemitteilungen verzichtet hat."

„Kann sein", kommentierte Mauteaux beiläufig. „Bitte erzählen Sie mir etwas über Ihre Vermutungen zu den Tatmotiven."

„Ich habe keinerlei Zweifel daran, dass in beiden Fällen bei der Suche nach einem Mordmotiv die millionenschwere Erbmasse vorrangig Beachtung finden muss."

„Das sehe ich genau so", bestätigte Mauteaux. „Ich bin mir da absolut sicher. Es würde sich erübrigen, weitere Überlegungen in die Waagschale zu werfen. Sie, Frau Nöthen haben die Unterlagen durchgekämmt. Ich gehe davon aus, dass auch die Polizei an keinen anderen Anlass für diese Morde gedacht hat."

„Genau so war es, Sie haben völlig Recht. Für die mit den beiden Tötungsfällen befassten Kommissare gab es keinen Zweifel am den Motiven. Das Problem, das von den Ermittlern nicht gelöst werden konnte, bestand darin, dass nach dem gewaltsamen Ableben der einzigen Erbberechtigten niemand mehr da war, dem das immense Erbe in den Schoß gefallen wäre. Selbstverständlich wurden im Rahmen der Untersuchungen die trauernden Zurückgebliebenen befragt. Diese hatten aber damals noch keine Vorstellung davon, was mit ihrem Besitz einmal geschehen solle, nachdem der einzig berechtigte Erbe tot war. Und damit blieb auch die Suche nach jemandem, der von der Ermordung der Millionenerbnen profitieren könnte im spekulativen Bereich."

„Und trotzdem bleibe ich dabei, dass die jeweiligen Alleinerben wegen der riesigen Vermögen dran glauben mussten. Da muss es meiner Meinung nach jemand geben, der damit rechnet, dass ihm irgendwann einmal beide Erbmassen zufallen werden."
„Chef", staunte sie, „an Ihnen ist ein echter Schnüffler verloren gegangen. Ihre Überlegungen stimmen mit meinen überein. Und genau hier setzt auch mein Plan für mein weiteres Prozedere an. Ich habe mir vorgenommen, die Umgebung der zurückgebliebenen Millionäre genauer unter die Lupe zu nehmen. Unter Umgebung verstehe ich aktuelle oder auch frühere Freunde, Bekannte, Geschäftspartner und eventuelle frühere Liaisons. Sicherlich werde ich bei meinen Recherchen der momentanen Umgebung, der derzeitigen Heimat der alten vermögenden Herrschaften, also der Kaiser-Residenz besondere Beachtung schenken. Wer weiß, welche Beziehungen oder Abhängigkeiten in einem solchen Seniorenheim entstehen können."
„Meine Hochachtung Frau Nöthen, ich bewundere Ihre analytischen Fähigkeiten. Ich bin überzeugt, Sie gehen mit Elan und Geschick an die Sache heran. Darf ich Ihnen noch einen guten Rat geben? Schweifen Sie nicht zu sehr in die Ferne. Ich würde an Ihrer Stelle weniger in der Vergangenheit wühlen. Knüpfen Sie sich zunächst die Gegenwart vor. Meiner Meinung nach spielt die Zeit vor den Morden keine Rolle. Denn der Mörder scheint sich darauf zu verlassen, nein er ist sich sicher, dass die einzigen gesetzlich Erbberechtigten von ihm beseitigt wurden."

„Genau meine Meinung, Chef. Das bedeutet, dass ich in den nächsten Tagen verreisen werde."
Jetzt legte Mauteaux den ausgestreckten Zeigefinger seiner rechten Hand auf seine Lippen, schob dabei die Nasenspitze hoch und prophezeite mit einem lausbubigen Lächeln:
„Ich bin mir zu hundert Prozent sicher, dass es nach Furth im Wald geht. Darf ich Ihnen ein paar Hilfestellungen anbieten?"
Er setzte die Bejahung dieser eher rhetorisch gemeinten Frage voraus und griff zum Telefon, „nein Danke, Kaffee haben wir genug. Meine Liebe, stellen Sie eine Telefonverbindung mit der Kaiser-Residenz in Furth im Wald her und legen Sie mir das Gespräch hier auf den Apparat von Frau Nöthen. Danke."
Gisela Nöthen schüttelte staunend den Kopf.
„Chef, das nenne ich clever, prompt und konsequent. Können Sie Gedanken lesen? Mit dieser Ihrer kurzentschlossenen Aktivität haben Sie mir eine nicht leichte Bitte an Sie erspart. Chef, Sie sind einfach Klasse. Verzeihung, aber das war eine spontane Äußerung."

„Kaiser-Residenz, Barbora Procházka," meldete sich eine freundliche Stimme, „was kann ich für Sie tun?"
„Hallo, ich grüße Sie. Mauteaux, Chefredakteur des Kölner Echos. Wir sind ein auflagenstarkes, regionales Boulevardblatt. Wir haben beschlossen, über führende, das heißt optimal bewertete deutsche Seniorenheime, ausführlich zu berichten. Unsere bisherigen Recherchen haben ergeben, dass ihr Haus seit Jahren absolute Spitzenbewertungen erhalten

hat. Aus diesem Grund wollen wir die Serie mit der Kaiser-Residenz in Furth im Wald beginnen."
„Eine aus unserer Sicht lobenswerte Absicht. Herr Mauteaux, Sie hatten gebeten, mit der Geschäftsführung zu sprechen. Sie sind an der richtigen Stelle. Sie sprechen mit der Geschäftsführerin."
„Ausgezeichnet. Ihrer Äußerung entnehme ich, dass Sie grundsätzlich nichts gegen unsere Absicht haben. Frau Procházka, wir möchten unsere Leser nicht mit einer spröden Aufzählung üblicher Bewertungskriterien langweilen. Wir möchten ihr Haus mit den Augen der von ihnen betreuten Menschen sehen. Es wäre in unserem Sinne, wenn eine engagierte Mitarbeiterin unseres Blattes für eine Woche in der Kaiser-Residenz wohnen könnte und dabei ihre Erlaubnis bekäme, mit den älteren Herrschaften ins Gespräch zu kommen. Ich gebe Ihnen an dieser Stelle ein Versprechen, dass Sie den druckreifen Artikel zur Absegnung vorgelegt bekommen. Es ist unser Grundsatz, der Realität zu entsprechen. Sollten Sie Ungereimtheiten entdecken, werden wir diese unbedingt in Ihrem Sinne korrigieren. Ohne Ihr Plazet keine Veröffentlichung."
„Auf dieser Basis, Herr Mauteaux, kann ich Ihnen eine effektive Zusammenarbeit zusagen. Darf ich Ihnen ein Angebot machen? Wir laden Ihre Mitarbeiterin ein, eine Woche Gast unseres Hauses zu sein. Wir werden uns Mühe geben, die Dame logistisch zu unterstützen. Was halten Sie davon?"
„Gnädige Frau, wenn ich es so formulieren darf, ich bin begeistert. Natürlich nehme ich, auch im Namen der Kollegin, Ihr Angebot gerne an. Sagen Sie mir, wann unsere Mitarbeiterin, Frau Dr. Gisela Nöthen, anreisen kann."

„Moment, ich sehe eben mal nach."
Nach einer kurzen Sendepause vernahm Mauteaux wieder ihre zuvorkommend klingende Stimme.
„Frau Dr. Nöthen könnte am kommenden Sonntag hier eintreffen. Es wartet ein gemütliches Zweizimmerappartement im Dachgeschoss auf Ihre Mitarbeiterin."
„Frau Procházka, Ihre Freundlichkeit und Hilfsbereitschaft werden als positives Echo die Leser unseres Berichtes erreichen. Weitere Absprachen könnten vor Ort mit unserer Kollegin getroffen werden."
„Herr Mauteaux, ich möchte nicht versäumen, Ihnen, auch im Namen meines Chefs, Herr Jean Rasmussen, dafür zu danken, dass unser Haus in ihrer Zeitschrift vorrangig Beachtung gefunden hat."
„Na, Frau Doktor, warum lange Pläne schmieden, wenn es auch einfach geht. Einverstanden?"
„Dann werde ich mich Sonntagmorgen in aller Herrgotts Frühe on Tour begeben. Danke Chef, mit Ihrer Hilfe ist die erste Hürde genommen. Eine gute Idee, das mit der Berichtserie über erstklassig gemanagte Seniorenheime. Eine ideale Tarnung für meine mission inkognito."
„Mauteaux streckte sich auf seinem Stuhl zurück und kratzte sich am Hinterkopf.
„Da ist noch etwas, was ich nicht begreife. Wie haben die ermittelnden Kripoleute die eigenartige Alibikonfusion der Täter gedeutet? Haben Sie darüber etwas in den Unterlagen gefunden?"
„Es gab schon Versuche, das unfassbare zu erklären. Aber alle Nachforschungen liefen ins Leere. Die Sache mit einem eineiigen Zwilling war schnell vom Tisch.

Da gab es noch eine zweite favorisierte Theorie. Aber auch die erwies sich als Sackgasse. Dabei war man davon überzeugt, dass der Mörder eine naturgetreue Maske eines im Umfeld des Mordopfers bekannten Menschen getragen hat. Ein geschickter Trick, die Ermittlungen erstmal auf eine falsche Spur zu lenken. Ein ausreichender Zeitgewinn, spurlos zu verschwinden. Die entsprechenden Masken und erst recht der oder die Maskenmörder wurden nie gefunden, hatten sich sozusagen in Nichts aufgelöst. Die Masken mussten von erstklassiger lebensechter Qualität gewesen sein. Um solche naturgetreue und lebensechte Masken herzustellen, musste zwei Voraussetzungen erfüllt sein. Zunächst bedurfte es eines talentierten Künstlers und zusätzlich waren modernste technischen Voraussetzungen erforderlich.
Mit viel Kosten und Zeitaufwand hat man alle bekannten Maskenbildner in ganz Deutschland unter die Lupe genommen. Erfolglos."
„Diese Maskentheorie", bestärkte Mauteaux, „liefert meiner Meinung nach immer noch die einzige Erklärung für diese ominösen Tathergänge. Frau Nöthen, das Thema ‚Masken' sollten Sie auch bei Ihren Recherchen in Furth im Wald nicht aus den Augen verlieren. Okay, treffen Sie die nötigen Vorbereitungen für Ihren ersten und zugleich schwierigen Außendienst. Sollten Sie noch Unterstützung benötigen, wenden Sie sich an mich. Darf ich Ihnen was verraten? Diese Sache hat mich inzwischen so erwischt, dass ich am liebsten mit Ihnen fahren würde. Dann hätten Sie zumindest jemand in Ihrer Nähe, der Schutzengel spielen könnte. Leider kann ich hier nicht weg. Deswegen zum wiederholten Male, pas-

sen Sie auf sich auf. Es ist nicht ungefährlich, den Teufel in Person zu jagen. Jetzt, wo ich das ausspreche, beschleicht mich der Verdacht, dass Sie bei Ihrem Außeneinsatz diesem Satan irgendwann Auge in Auge gegenüberstehen werden."
Sie lächelte, „nun malen Sie nicht den Teufel an die Wand. Sie wissen doch, der Teufel stinkt und ich verlasse mich darauf, dass ich eine feine Nase habe."
„Jedenfalls wünsche ich Ihnen einen erfolgreichen Start in ihre berufliche Laufbahn. Bevor Sie ein Risiko eingehen, treten Sie mit mir in Verbindung. Das gilt schon für den Fall, dass Sie glauben, eine Spur gefunden oder auch nur den Ansatz eines begründeten Verdachtes entdeckt zu haben. Bitte von dem Moment an keine Alleingänge. Halten Sie mich bitte nicht für übertrieben vorsichtig. Ich möchte mir als der Verantwortliche dieser Aktion nicht den Vorwurf anhören müssen, eine junge unerfahrene Kollegin auf der Suche nach einer umsatzträchtigen Sensationsmeldung rücksichtslos verheizt zu haben."
Er ging auf sie zu, schaute ihr in die Augen und drückte ihr vertrauensvoll fest die Hand.
„Gehen Sie jetzt runter in die Rechnungsabteilung. Dort liegt ein größerer Bargeldbetrag für Sie bereit. Dieses Geld soll nicht nur ihre Reise- und Anschaffungskosten decken. Laden Sie Leute, mit denen Sie reden wollen in ein vornehmes Restaurant ein. Bei einem schönen Essen entwickelt sich immer eine vertrauensvolle Gesprächsatmosphäre, die es geschickt zu nutzen gilt. Viel Glück und ein baldiges Wiedersehen."

19

Gisela Nöthen verzichtete bewusst auf die Präsentation der Kaiser-Residenz im Internet.
Die Akten der Polizei hatten Hinweise enthalten, dass sich nur die erste Liga des Geldadels diese Seniorenresidenz leisten könne. Jedoch wurden ihre Erwartungen von der Realität bei weitem übertroffen.
Der majestätische, prachtvolle Jugendstilbau inmitten einer gartenarchitektonisch kunstvoll gestalteten, weitläufigen Parkanlage erweckte bei der Anreisenden ehrfurchtsvolles Staunen. Dieses bewundernde Staunen betraf ebenfalls die geschmackvolle, aufwendige und stilgerechte Innenausstattung.
Ihr Zweizimmerappartement hätte jedem Fünf-Sterne-Hotel zu Ehren gereicht.
Von der Dachterrasse aus genoss sie den Blick auf das nahe gelegene Städtchen Furth im Wald.
Das Zimmertelefon meldete sich.
„Ich darf Sie herzlich in unserem Hause willkommen heißen. Ich bin Barbora Procházka, die Geschäftsführerin. Hätten Sie etwas dagegen, wenn ich eben zu Ihnen hinauf käme? Es gäbe da ein paar Kleinigkeiten zu besprechen."
„Natürlich nicht, es wäre mir angenehm, Sie persönlich kennen zu lernen. Wunderbar, dann bis gleich."

Als sie wenige Minuten später die Tür öffnete, wurde ihr Staunen erneut in Anspruch genommen. Vor ihr stand die strahlende Geschäftsführerin und hielt ihr einen üppigen Strauß bunter Blumen entgegen. „Noch mal herzlich willkommen. So farbenfroh wie diese Blumen möge sich auch ihr Aufenthalt hier bei uns gestalten."
„Das wird sicherlich in Erfüllung gehen. Denn das, was ich bisher gesehen habe reicht aus, sich hier wohl zu fühlen."
„Das freut mich, Frau Doktor Nöthen. Und Sie dürfen sicher sein, dass wir alles tun werden, um diesen Ihren ersten Eindruck auch weiterhin zu bestätigen. Man sagt, ich sei die Seele des Hauses und diese ist auch für Sie immer da. Wenn Sie Fragen, Wünsche oder sonst etwas auf dem Herzen haben, scheuen Sie sich nicht, mich direkt anzusprechen. Entweder per Telefon oder Sie besuchen mich in meinem Büro."
„Frau Procházka, Sie sind unbezahlbar. In meinem abschließenden Bericht wird zu lesen sein, dass die Bewohner ihres Hauses sich wie Küken in einem goldenen Nest fühlen, bewacht und umsorgt von einer emsigen liebevollen Mutter."
Die Dame des Hauses hob lächelnd den Zeigefinger, „Frau Doktor Nöthen, Sie wissen, dass ich das Recht habe, Ihre Abschlussarbeit kritisch zu überprüfen. Unwahrheiten und selbst lieb gemeinte Übertreibungen fallen der Zensur zum Opfer."
Ihr Gesicht nahm wieder einen dienstlichen Ausdruck an. Sie ergriff ein Faltblatt, das auf dem Tisch gelegen hatte: „Hierin finden Sie die Zeiten für Frühstück, Mittagstisch und Abend-Diner. Ferner sind sämtliche unterhaltsame oder lehrreiche Aktivi-

täten aufgeführt. Bei Teilnahme bedarf es der Anmeldung unten am Empfang."
Die Geschäftsführerin lächelte der jungen Kölnerin, die sie vom ersten Augenblick an sympathisch fand, zu.
„Darf ich Ihnen einen Tipp geben? Heute Abend um 20 Uhr gibt es im großen Vortragsraum auf der ersten Etage ein Referat mit dem Thema ‚Der liebe Gott ist ganz einfach'. Referent ist Professor Dr. D'Aubert. Er ist Theologe und Naturwissenschaftler zugleich. Ein hochinteressanter Mann. Seine Beiträge und er selber sind derart beliebt, dass wir ihn zum dritten mal hierher eingeladen haben. Im vergangenen Jahr verweilte er eine Woche lang in Begleitung seiner Familie bei uns. Die Hälfte dieser Zeit hat er zahlreichen Einzelgesprächen gewidmet. Fast alle Hausbewohner, die seinen damaligen Vortrag erlebt hatten, äußerten den Wunsch, den Professor persönlich sprechen zu dürfen. Überlegen Sie es sich."
Die Geschäftsführerin schaute ihren Gast aufmunternd an.
„Ich wünsche Ihnen ein gutes Gelingen Ihrer sicherlich nicht ganz einfachen Aufgabe und hoffe, dass Sie sich bei uns wohl fühlen werden."
Auf dem Weg zur Tür drehte sie sich noch einmal um.
„Frau Doktor, da hätte ich noch eine Bitte. Der Professor, er ist ja gestern erst angereist, sitzt in unserem Restaurant noch alleine an seinem Tisch. Würde es Ihnen etwas ausmachen, ebenfalls an diesem Tisch Platz zu nehmen?"
Gisela Nöthen stutzte einen Augenblick, dann lächelte sie. „Wenn das, was Sie über diesen Mann

gesagt haben nur annähernd zutrifft, sollte es mir eine Ehre und ein Vergnügen sein. Ich habe das Gefühl, dass ich mich für dieses Angebot bei Ihnen bedanken muss."

Gisela Nöthen hatte sich in aller Eile ein wenig frisch gemacht und beeilte sich, rechtzeitig zum Abendessen zu erscheinen. Eine der nett und seriös gekleideten Servicedamen nahm sie in Empfang und geleitete sie zu ihrem Tisch.
„Ihr Tischnachbar, der Professor wird sich ein paar Minuten verspäten. Er ist, wie ich zufällig gesehen habe, eben erst von einem Ausflug zurückgekehrt." Die Dame reichte ihr die mehrseitige Speisekarte.
„Werfen Sie als Neuling mal einen ausführlichen Blick in unser Speisenangebot. Wir essen hier à la carte. Möchten Sie auf den Professor warten?"
„Ja selbstverständlich, danke, er wird sich sicherlich nicht zu sehr verspäten."
Auf dem Gesicht der Bediensteten erschien ein schelmisches Lächeln.
„Auf diesen Mann würde ich gerne ein Leben lang warten." Sie wandte sich abrupt ab. Niemand sollte die Röte ihrer Wangen bemerken.
Als plötzlich das Unterhaltungsgemurmel der inzwischen fast vollständig eingetroffenen Gäste verstummte, schaute sie auf. Verunsicherung und Erschrockenheit, ihre spontanen Reaktionen. Die auf ihr eigenes Aussehen zurückzuführenden ins Innere verbannten Minderwertigkeitskomplexe des unscheinbaren kleinen, dicken Moppelchens drohten beim Anblick dieses sportlich schlanken hochgewachsenen, unverschämt gut aussehenden Mannsbildes aufzubrechen. Sie spürte fast körper-

lich die freundliche Wärme, seiner lächelnden blauen Augen, als er zu ihr an den Tisch trat.
„Frau Doktor Nöthen, die Journalistin aus Köln? Ich freue mich, herzlich willkommen am gemeinsamen Tisch. Stephan D'Aubert aus Gemünd in der Eifel", stellte er sich vor.
„Wunderbar, das kann ja lustig werden, zwei Rheinländer im tiefsten Bayern. Frau Procházka hat mich soeben informiert. Sie hat mir auch verraten, dass Sie Journalistin des Kölner Echos sind und über dieses einmalige Haus berichten wollen.
Als er ihr seine Hand reichte, hatte sie sich von ihrem Sitz erhoben.
‚Gott sei Dank, dass er den Größenunterschied nicht zu beachten scheint.'
„Dann wollen wir mal sehen, womit wir uns heute Abend verwöhnen lassen."
Sie konnte sich nicht auf die Speisekarte konzentrieren. Obwohl sie sich dagegen wehrte, wurde ihr Blick magisch von der Ausstrahlung dieses Mannes immer wieder angezogen.
Sie spürte, dass Glückshormone ihre Gehirnzellen verwöhnten.
‚Die beste Voraussetzung für jetzt freiwerdende Botenstoffe, die der partnerschaftlichen Liebe Tür und Tor öffnen könnten.'
Doch ihre Vernunft wehrte sich gegen diese von der Natur automatisierte Entwicklung.
‚Erstens ist dieses Prachtexemplar stolzer Familienvater und zweitens möchte ich den peinlichen Pat und Patachon-Effekt vermeiden. Okay, ich werde ihn bewundern aber nie und nimmer in Liebe begehren. Bitte Verstand, halte die Gefühle im Zaum.'
Sie atmete erleichtert durch.

„Frau Nöthen, was halten Sie vom Rheinischen Sauerbraten mit bayerischen Semmelnknödeln?"
„Nicht schlecht! Das erinnert mich an früher, wie es zu Hause in der Küche geduftet hat, wenn unser Ännchen diesen Sauerbraten auf dem Herd hatte. Mir läuft heute noch das Wasser im Mund zusammen."
„Ännchen, unser Ännchen, ist doch sicherlich nicht Ihre Mutter"
„Nein, nein, Ännchen war zu meiner Kindheit die gute Seele unseres Hauses. Beide Eltern waren beruflich so sehr in Anspruch genommen, dass wir Kinder, mein Bruder Mario und ich, sie nur an den Wochenenden erleben durften. Wir liebten diese herzensgute und fleißige Haushaltshilfe. An die Sauce mit Gewürzprinten, Zuckerrübensirup und reichlich Sultaninen kann ich mich noch genau erinnern, weil ich so gerne von den Zutaten naschte."
„Also entscheiden wir uns beide für dieses traditionsreiche Gericht. Die bayerischen Knödel passen als Beilage gut dazu. Echt bayerisch sind sie nur, wenn sie aus Bayerischen Brezen gemacht wurden."
‚Wie kann es sein', wunderte sie sich, ‚dass ich mich bereits nach der kurzen Unterhaltung mit diesem mir bisher unbekannten Mann, hier an diesem Tisch heimisch wie zu Hause fühle?'
Die abendliche lukullische Verführung hatte die Erwartungen nicht enttäuscht.
„Wenn das eine Woche lang so weiter geht, werde ich noch mehr als bisher jedem Spiegelbild ausweichen. Wie ich sehe, haben Sie Herr Professor keine Gewichtsprobleme?" Es tat ihr gut, dass sie bei dieser Feststellung ihre Blicke nicht verstecken musste.

D'Aubert lachte, „reichlich Sport und wegen der Arbeit viel zu wenig Zeit, um genüsslich dem Essen zu frönen."
Seine Augen suchten ihre Aufmerksamkeit.
„Ich bin jetzt zum dritten mal hier in dieser Seniorenresidenz. Ich hatte dabei manche Gelegenheit mit den Bewohnern zu sprechen. Dabei konnte ich vieles in Erfahrung bringen, was man selbst dann nicht wahrnimmt, wenn man eine Woche lang mit wachen Augen hier lebt. Ich glaube, ich könnte Ihre Nachforschungen um einiges bereichern, was Ihnen sonst verloren gegangen wäre. Natürlich vorausgesetzt, Sie legen überhaupt Wert darauf."
„Wie können Sie da fragen? Diese einmalige Informationsquelle werde ich mir natürlich nicht entgehen lassen. Vielleicht irgend wann abends im Weinlokal?"
„Okay, eine gute Idee. Heute Abend geht ja nicht. Ach, was soll's, wir werden schon Zeit zum Plaudern finden.
Darf ich Sie gleich im Kreis der Zuhörer wiederfinden?"
„Herr Professor" sagte sie gespielt keck, „das Thema interessiert mich sehr, natürlich der Referent auch."
Sie stand auf, „dann bis gleich", und verschwand eilig. Sie ärgerte sich über ihre Unkontrolliertheit und Ungehemmtheit. ‚Was mag dieser vornehme und gebildete Mensch von einer so primitiv flapsigen Äußerung halten, ‚natürlich der Referent auch'? Mein Gott, ist das peinlich. Mit meiner äußeren Erscheinung kann ich nun mal nicht punkten. Daher wollte ich zumindest versuchen, mit ein wenig geistiger

Schönheit zu glänzen. Und genau das ist soeben in die Hose gegangen.'

20

Die Kölner Journalistin betrat zehn Minuten vor dem angesetzten Termin den großen Vortragsraum.
Sie wunderte sich, dass nur noch zwei Plätze in der letzten Reihe frei waren.
Bescheiden ganz hinten zu sitzen würde vielleicht ihre vorlaute Bemerkung von vorhin etwas abfedern.

Professor D'Aubert betrat leichtfüßig das Podium. Er stellte sich den Anwesenden vor und fand freundliche Worte zur Begrüßung.

„An dieser Stelle möchte ich mich zunächst bei der Geschäftsführung dieses wunderbaren Hauses dafür bedanken, dass ich heute zum dritten Mal hier bei ihnen sein darf."
Er wurde von einem spontanen, herzlichen Applaus unterbrochen.
„Ihnen, meine lieben Freunde verspreche ich, na ja, sagen wir, ich versuche es zumindest, einen unterhaltsamen Abend zu bereiten. Nach dem Vortrag stehe ich ihnen solange sie möchten zur Verfügung. Ich wäre froh, wenn sie sich rege an der Diskussion beteiligen würden. Dazu habe ich eine Bitte. Heben sie sich ihre Fragen bis zum Schluss auf. Warum?

Weil dazwischen geworfene Fragen und die dazu gehörende Antwort mein Referat holprig wie eine alte Straße aussehen ließen."
D'Aubert trat an die Vorderkante der flachen Bühne.
„Meine Damen und Herren, eine provokative Frage wird unseren heutigen Abend beherrschen.

Gibt es die eine wahre Religion?"

D'Aubert ließ den Zuhörern einen Moment Zeit, diese überraschende Frage zu erfassen.
Als Ouvertüre wählte er einen Paukenschlag:

„Gott ist kein Jude, Gott ist kein Buddhist, Gott ist kein Islamist, kein Hinduist, kein Orthodoxer, kein Reformierter und Gott ist auch kein Christ. Denn Gott ist der Gott aller Menschen."
Den Zuhörern gönnte er erneut ein wenig Zeit, um die Wucht dieser Worte abzufangen.
„Gibt es die eine wahre Religion?
Wie verträgt sich diese Frage mit der Tatsache, dass es mindestens fünf Weltreligionen und weit über tausend so genannte Glaubensrichtungen oder religiöse Weltanschauungen gibt, von Sekten oder spirituellen Gemeinschaften ganz zu schweigen.
Fragen Sie irgendeinen Anhänger dieser bunten Vielfalt. Er wird Ihnen leidenschaftlich beteuern, dass die Religion, der er angehört, die einzig wahre ist.
Alle Religionen, vor allem die fünf großen, sind von einem fundamentalen Absolutheitsanspruch beherrscht."

Ein kurzes Schweigen sollte die folgenden Worte hervorheben.
„Dieser universale Wahrheitsanspruch ist ein Widerspruch in sich, ist ein Ding der Unmöglichkeit, ist eine klassische Paradoxie, ein absolutes No-Go, wie man heute treffend sagt. Warum? Weil es keine unterschiedlichen Wahrheiten gibt!"
Nach einer kurzen Pause fuhr er fort.
„Meine Damen und Herren, die Antwort auf die Eingangs gestellte Frage muss logischerweise lauten:

Es gibt keine wahre Religion!"

Diese Aussage bedurfte eines Augenblickes der Besinnung.
„Und noch eines, meine Damen und Herren, sollte man bedenken. Eine echte, wahre und von Gott geprägte Religion wäre makellos und vollkommen."
Jetzt nahm sein Gesicht einen ernsten Ausdruck an.

Wie aber sieht die Realität aus?

„Meine lieben Freunde. Schauen Sie sich die Geschichte und die Gegenwart aller Religionen an. Ihnen wird statt göttlicher Vollendung eine Fülle an Mängel begegnen.
Die Religionen predigen Nächstenliebe und praktizieren mehr oder weniger offen rücksichtslosen, selbstherrlichen Extremismus bis hin zum militanten Fanatismus oder Terrorismus.
In Stein gemeißelte Intoleranz ist das grausame Krebsgeschwür der Religionen und eines der größten Übel für die Menschheit. Religiös begründeter, militanter Extremismus beinhaltet eine Sprengkraft,

die in der Lage wäre, die gesamte Menschheit zu vernichten."
Absolute Stille war die spontane Reaktion der Anwesenden.
„Erlauben sie, meine Damen und Herren, an dieser Stelle eine nicht alltägliche Frage.

Warum gibt es überhaupt Religionen?

Es scheint so, dass Religion ein ureigenes menschliches Bedürfnis befriedigt, geradezu eine menschliche Eigenart ist.
Welchen Sinn hat Religion, welchen Zweck erfüllen Religionsgemeinschaften?
Der Mensch ist ein Herdenwesen. Gemeinschaft bietet Geborgenheit, Schutz und Stärke gegenüber Anderen und Anderem.
Kontaktbedürfnis wird erfüllt, es kann sich vielfältiges Sozialverhalten entwickeln, Fähigkeiten und Talente können Erfolg versprechend eingebracht werden. Treue Diener aber auch Vorgesetzte oder gar Führer sind gefragt. Quasi für Jedermann etwas passendes.
Gemeinwesen schafft Strukturen und Regeln, die sowohl weiterführende Wege aber auch Grenzen aufzeigen.
Diese Prämisse sind das Saatgut auch für alle Glaubensgemeinschaften.
Meine Damen und Herren, früher wie heute haben allzu oft machtsüchtige Potentaten die Religion und damit Gott instrumentalisiert, um die ‚Gläubigen', um das Volk zu manipulieren, zu kontrollieren und auch auszubeuten. Dabei hatten die Kirchenfürsten keine Revolution zu fürchten. Wer lehnt sich schon

gegen die auserwählten Vertreter eines göttlichen Reiches auf."
Nach einer kurzen Pause fuhr er fort.
„Religionen haben die gleiche Entwicklung genommen wie Sprachen und Kulturen.
Meine Damen und Herren, nicht die Götter haben den Menschen und seine Religionen geschaffen, sondern umgekehrt, der Mensch hat seine Götter nach seiner Vorstellung geprägt und Religionen, Heilige Schriften, Glaubenslehren, Dogmen und Rituale dazu erfunden."
Und wieder gönnte er den Anwesenden ein wenig Zeit, diese nicht alltägliche Kost zu schmecken.
„Es ist natürlich, dass dieses menschliche Produkt Religion mit typisch menschlichen Merkmalen behaftet ist. Wie der Mensch sind auch seine Werke nicht frei von Schwächen, Fehlern und Irrtümern. Nur kurz erinnere ich hier an die unseligen Kreuzzüge, an Inquisition, an menschenverachtende Missionierung mit rücksichtsloser Unterdrückung des Andersseins, an die Diskriminierung von Frauen, an die Ablehnung wissenschaftlicher Erkenntnisse, siehe Geozentrisches Weltbild und Darwinsche Evolutionslehre. Ich erinnere an den in jüngster Zeit äußerst aktiven, religiös motivierten militanten Extremismus und Terrorismus. Zerstören und Töten im Namen Gottes."
Er ging einige Schritte auf und ab.
„Selbstverständlich weisen die religiösen Institutionen auch eine positive Kontoseite auf.
Kirchliche Einrichtungen, damals vor allem die Klöster haben erstklassige Wissenschaftler hervorgebracht, die die Medizin, die Philosophie, die Litera-

tur, die Musik, die Kunst und nicht zuletzt die Architektur entscheidend vorangebracht haben."
Sein angedeutetes Lächeln verschwand. Mit ernsthafter Betonung fasste er zusammen:
„Ausnahmslos alle Religionen und Gottesbilder entstammen der Vorstellungskraft des Menschen."
D'Aubert nahm einen Schluck aus dem auf dem Pult stehenden Wasserglas. Er registrierte eine leichte Unruhe unter den Gästen und schmunzelte.
„Meine lieben Zuhörer, einige von ihnen möchten mich jetzt fragen, ob ich Atheist sei.
Meine klare Antwort: Im Gegenteil. Ich bin Theologe und mit Gott eng verbunden und zwar mit dem lieben Gott, der ganz einfach ist.
Ich lebe nicht mit irgend einem irgendwo und irgendwann auf dieser Welt von Menschen geschnitztem Gottesbild. Nicht mit einer Gottesfigur, an der immer weiter herum gebastelt wird, vielleicht solange, bis davon nichts mehr übrig geblieben ist."

In der ersten Reihe saß eine ältere Dame in einem Rollstuhl. D'Aubert schaute sie aufmunternd an.
„Gnädige Frau, ich sehe Ihnen an, dass Sie sich mit meinen bisherigen Ausführungen auf Kollisionskurs befinden."
Die Angesprochene knetete nervös ihre Finger.
„Darf ich? Sie meinten doch, man sollte sich erst am Schluss melden."
„Bitte sehr, keine Regel ohne Ausnahme.", munterte D'Aubert sie auf, „ich vermute, dass Ihre Frage genau hierher passt."
„Ich bin vielleicht keine gute", sprudelte es aus ihr heraus, „aber eine von Geburt an streng erzogene und praktizierende Katholikin. Ich besuche seit mei-

ner Kindheit regelmäßig, das heißt sonn- und feiertags die Kirche. Ich habe die heiligen Sakramente, die Taufe, die Kommunion, die Firmung, die kirchliche Trauung und die Beichte vorgabengetreu in Anspruch genommen. Und noch was. Bis heute gab es keine einzige Mahlzeit ohne Tischgebet."
Sie versuchte vergeblich, sich zu erheben.
„Und nun lieber Herr Professor kommen Sie daher und wollen uns hier einreden, dass das alles nur von Menschen gemachtes Schmierentheater gewesen sein soll! Dass das alles ein einziger großer Irrtum sei! Und was ist mit dem Pabst und dem gesamten Klerus, sind das alles verlogene Zirkusdirektoren? Was ist mit den zehn Geboten, was ist mit dem Buch der Bücher, der Heiligen Schrift? Ist das alles nur Makulatur? Ist all das, was den Katholizismus ausmacht nicht anderes als ein lehrreiches Märchen?"
Die Seniorin wirkte erschöpft, sie war in sich zusammengesunken und atmete schwer. Aber ihre Augen hatten sich an ihrem Widersacher festgeklammert.
„Gnädige Frau, ich bin Ihnen sehr dankbar. Sie haben lediglich die Kritik und die Zweifel in klare Worte gefasst, die von den meisten der Anwesenden Besitz ergriffen haben. Ja, ich gebe zu, ich wollte provozieren und habe provoziert."
D'Aubert sprang vom Podium herunter trat neben die Rollstuhlfahrerin und legte seinen Arm um ihre Schultern: „Gewähren Sie mir einen kleinen Aufschub. Am Schluss meiner Überlegungen werde ich Sie dann bitten, uns mitzuteilen, ob Ihre Fragen eine zufrieden stellende Antwort gefunden haben."

D'Aubert hauchte der Rollstuhlfahrerin einen Kuss auf die Wange und kehrte auf den Podest zurück.

„Meine Damen, meine Herren, auch ohne kirchliche Vorgaben und Zwänge, auch ohne Dogmen, Doktrinen, auch ohne Gebote, Verbote oder Kirchengesetze oder Heilsverkündigungen kann der Mensch Gut und Böse, Liebe und Hass, Frieden und Krieg, Freiheit und Unterdrückung, Harmonie und Zwietracht, Wahrheit und Lüge erkennen und unterscheiden. Der Mensch ist von Natur aus im Besitz einer Werteskala, nach der er sein Tun und Handeln, nach der er sein Leben in freier Entscheidung ausrichten kann. Wird aber der Mensch von der Obrigkeit weitgehend fremd bestimmt, dann legt man ihn an die Kandare, man nimmt ihm ein wertvolles Recht, nämlich seine freie Entscheidung für Gut oder Böse. Das kann einer Entmündigung, einer Versklavung und einer Gehirnwäsche gleichkommen. Eine menschenunwürdige Demütigung. Wie wir es leider heute immer noch erleben, kann die Magie der Religion missbraucht werden, um Menschen in gewünschte Richtungen marionettenhaft zu manipulieren. Ja, selbst zu Selbstmordattentaten im Namen Gottes."

Und wieder gönnte er den Hörern eine Verschnaufpause.

„Religionen sind in der Lage, dem Menschen Freiheit und Unabhängigkeit zu rauben, ihm Selbstverantwortung und Individualität wegzunehmen, ihn zu entmündigen."

D'Aubert zog aus seinen Unterlagen eine Zeitschrift hervor.

„Ich glaube das passt ganz gut hierher. Ein Zitat von einer Lichtgestalt unter den Weltenbummler, von einem Mann, der provokative Botschaften liebt, von einem Mann, der selber zu den bekanntesten spirituellen Führern zählt, ein Zitat von Dalai Lama."
Er nahm das Blatt auf und zitierte:
„ - Ich denke an manchen Tagen, dass es besser wäre, wenn wir gar keine Religion mehr hätten - und weiter - ...nach meiner Überzeugung könnten Menschen ohne Religion auskommen - ."
Er legte das Blatt wieder ab.
„Ich möchte mich bei denen entschuldigen, die einen meiner früheren Vorträge hier an dieser Stelle gehört haben. Dennoch halte ich es für angebracht, das eine oder das andere heute zu wiederholen. Sie können mir glauben, während des Studiums und erst recht bei meinen theologischen Forschungen habe ich gelernt zu staunen. Ich nenne ihnen einige Fakten.
Seit der frühesten Menschheitsgeschichte bis zum heutigen Tag ist mir kein Stamm, keine Gruppe, keine Sippe und kein Volk ohne irgendeine mehr oder weniger intensive Beziehung zu einer übergeordneten Kraft, zu einer transzendenten Welt, zu einem göttlichen Sein begegnet. Staaten, dessen Regime den praktizierenden Glauben an Gott untersagt haben, sind sämtlich gescheitert. Darüber hinaus bin ich bisher noch keinem Menschen begegnet, der noch nie in seinem Leben gebetet hat.
 Mir haben einige hart gesottene Atheisten gestanden, sich in lebensbedrohlichen, ausweglos scheinenden Situationen beim Beten ertappt zu haben.

Alle wissenschaftlichen Erkenntnisse und Forschungsergebnisse lassen den Schluss zu, dass dem Menschen ein Gottbedürfnis angeboren ist."
Nach einem kurzen Abwarten: „Ich meine, folgendes sollte ich an dieser Stelle erwähnen.
Wissenschaftler sind seit Jahren auf der Suche nach einem Gottes-Gen. Bisher vergeblich. Meiner Meinung nach wird die Suche nach etwas Göttlichem in unserer Erbmasse auch für immer vergeblich bleiben. Warum? Weil Gott und damit auch sein Fingerabdruck in uns nicht von dieser Welt ist und somit auch nicht als genetisches Material vorhanden sein kann.
Der Mensch besteht nicht nur, wie ich in meinem früheren Vortrag ‚Das ewige ICH' dargestellt habe, aus den drei irdischen Dimensionen Körper, Gefühle und Verstand. Physis, Psyche und Ratio bilden eine untrennbare Einheit mit einer vierten Dimension.
Diese vierte Dimension ist eine spirituelle, ist eine jenseitige, ist die göttliche Dimension.
Meine Damen und Herren, ich kann es noch einfacher ausdrücken: Gott nimmt in uns Teil an uns."
D'Aubert trat zum Pult und legte einige Seiten seines Notizblockes um.
„Letztlich, meine Damen und Herren, ist das allgegenwärtige Vorkommen der Religionen ein überzeugender Beweis für diese angeborene Gottverbundenheit.
Nicht der Verstand sondern diese Einheit mit Gott macht den Menschen zur Krone der Schöpfung.
Bitte, verstehen sie mich nicht falsch. Ich stehe hier vor ihnen als Wissenschaftler und forschender Theologe. Wie bereits gesagt, wäre es vermessen, den Eindruck zu erwecken, dass diese meine Thesen zur

göttlichen Dimension des Menschen mit Zahlen, Messdaten oder Versuchsergebnissen wissenschaftlich beweisbar seien. Nein, unsere diesseitigen Möglichkeiten werden nie und nimmer in der Lage sein, einen erkennenden Blick in die ‚andere' Welt zu werfen. Der wissenschaftliche Theologe D'Aubert ist bei seinen Forschungen nicht ein einziges Mal in die unmittelbare Nähe der Grenzen zu diesem ewigen Reich gekommen. Aber ich bin auf meinen wissenschaftlichen Streifzügen zahlreichen Verkehrsschildern begegnet, die auf jenes Reich hinwiesen, die uns den Weg dorthin zeigen."
D'Aubert legte nachdenklich den Zeigefinger auf seine Lippen. Doch dann erschien ein heiteres Lächeln.
„Meine lieben Freundinnen und Freunde.
Da gibt es noch etwas Schönes, Interessantes und Ausagekräftiges, das ich Ihnen nicht vorenthalten möchte."
D'Aubert trat erneut an die vorderste Kante der Bühne.
„Bei aller Hochschätzung ihrer beruflichen und wirtschaftlichen Fähigkeiten und Erfolge, darf ich davon ausgehen, dass sie sich auf den Gebieten der Astro- und Quantenphysik als Laien empfinden."
D'Aubert lächelte verständnisvoll.
„Kein Problem, hören wir uns die Bekenntnisse der klügsten Köpfe unter den Naturwissenschaftler an. Alles bekannte Namen und meist hochgeschätzte Nobelpreisträger.
Unter ihnen Männer wie Max Planck, Begründer der Quantentheorie, Nobelpreis 1928. Albert Einstein, Relativitätstheorie, Nobelpreis 1921.
Wernher von Braun, Pionier der Raketenforschung, Charles Darwin, Evolutionstheorie, Sir Ambrose

Flemming, Entdecker des Penecillins, Bill Gates, Begründer der Microsoft Corporation, Prescot James Joule, Calorieneinheit „Joule". Ferner Justus Freiherr von Liebig, Isaak Newton, Louis Pasteur, Werner Siemens und viele andere mehr.

Meine Damen und Herren, die Behauptung der Atheisten, dass nur Unwissende beziehungsweise Einfältige an Gott glauben, ist durch die folgenden Bekenntnisse der Elite der Naturwissenschaftler widerlegt.

Ich lasse Albert Einstein für alle sprechen. Meine lieben Freunde, hören Sie genau zu. Lassen sie sich die Worte dieses Jahrtausend-Genies auf der Zunge zergehen.

Einsteins Worte, ich zitiere:

‚Im unbegreiflichen Weltall offenbart sich eine grenzenlos überlegene Vernunft.'

Von ihm stammt ebenfalls folgendes Bekenntnis:

‚Meine Religiosität besteht in einer demütigen Bewunderung für das, was wir mit unserem schwachen, flüchtigen Verständnis von der Wirklichkeit erfassen. Man gewinnt die Überzeugung, dass sich in den Gesetzen des Universums ein Geist offenbart – ein Geist, der dem des Menschen bei weitem überlegen ist.'

Soweit Einstein.

Darwin wollte sich nicht damit abfinden, dass das wunderbare Universum und ins besondere die Natur des Menschen nur das Ergebnis roher Kraft sei.

Von dem Physiker und Astronom Isaak Newton stammen die berührenden Worte: ‚Die wunderbare Einrichtung und Harmonie des Weltalls kann nur nach dem Plan eines allwissenden und allmächtigen

Wesens zustande gekommen sein. Das ist und bleibt meine letzte und höchste Erkenntnis.'"
D'Aubert atmete tief durch. Ein zufriedenes Lächeln begleitete seine folgende Feststellung:
„Übrigens, unter den Begründer des Atheismus befanden sich keine Naturwissenschaftler."
D'Aubert schaute sein ergriffenes Publikum offen an.
„Darf ich ihnen ein ehrliches Geständnis anbieten?"
Er trat wieder nach vorne und flüsterte hinter vorgehaltener Hand so laut, dass alles es hören konnten.
„Mir persönlich hat die Naturwissenschaft den Weg zu Gott klarer und überzeugender gewiesen als die Theologie."
Zwei Arme erhoben sich. Die Handflächen holten zum Applaus aus.
D'Aubert unterbrach: „Danke mein Herr. Geben Sie mir noch einen Augenblick.
Erlauben wir uns die Vermessenheit zu glauben, dass es uns heute gelungen ist, die verschlossene Tür zum Jenseits zu erahnen.
Wir spürten, dass diese Tür ganz nahe war. Aber wir sahen sie nicht.
Meine Damen und Herren, diese Pforte zum Jenseits wird uns Erdenbewohner verschlossen bleiben, ja, sie muss sogar verschlossen bleiben. Warum?"
D'Aubert hatte die Frage kaum ausgesprochen als in der zweiten Reihe ein Ehepaar aufstand. Der Mann hatte seinen Arm um die Schultern seiner Frau gelegt und schaute sie bewundernd an. Sie sprach mit einer unerwarteten Überzeugungskraft in der Stimme:

„Würde Glaube zur Gewissheit, wäre die Entscheidungsfreiheit des Menschen für Gut oder Böse eine sinnlose Absurdität. Das irdische Leben wäre damit keine Bewährungsprobe mehr. Darf ich noch einen Gedanken hinzufügen?"
Sie schaute D'Aubert erwartungsvoll an. Als dieser Zustimmung signalisierte fuhr sie leidenschaftlich fort:
„Erlauben Sie mir eine Ergänzung zu Ihrem Vortrag! Mein Mann und ich sind der Meinung, dass die Unzulänglichkeit des Menschen, einen schlüssigen und endgültigen Gottesbeweis zu erbringen, explizit für die Existenz eines göttlichen Seins spricht. Wie komme ich auf diese Schlussfolgerung? Ich will's ihnen sagen."
Sie schaute ihren Mann an. Der aber überließ ihr das Wort.
„Wären wir absolut sicher, dass es Gott gibt, blieb uns nichts anderes übrig als vor seiner Allmacht zu kuschen, blieb uns nichts anderes übrig als gut und lieb zu sein. Aber erzwungene Liebe und Güte würde keine Pluspunkte einbringen. Nur das System der Ungewissheit ermöglicht uns echte, das heißt freiwillige Nächstenliebe und Gottesliebe.
Dieses Glaube-Zweifelsystem ist so absolut perfekt, dass es nur einer übernatürlichen Intelligenz entstammen kann."

Beide nahmen wieder Platz. Anerkennend streichelte seine hagere Hand mit den braunen Flecken ein wenig zitternd über ihr weißes Haar.
D'Aubert verbeugte sich, trat zum Rednerpult, hob das wieder gefüllte Glas, nahm einen kräftigen

Schluck und beteiligte sich an dem Applaus für den hellwachen Geist und die altersschwachen Hände.
„Ich bedanke mich, dass ein naturwissenschaftlich forschender Theologe seine Überzeugungen vor ihnen, meine lieben Gäste, ausbreiten durfte. Vielen herzlichen Dank!"

Soweit es die Alterwehwehchen der Zuhörer erlaubte, erhielt D'Aubert stehenden Applaus.

„Wenn sie mögen, bin ich gerne für eine Diskussionsrunde bereit."
Nach einer Weile des Zögerns erhob sich rechts hinten in der letzten Reihe mühsam ein in Ehren ergrauter, knöchern wirkender Senior, der die Achtzig sicherlich überschritten hatte. Er gab sich Mühe, seiner schwachen Stimme Lautstärke zu verleihen.
„Wir alle hier sind es, die sich bei Ihnen bedanken müssen. Ich ganz besonders. Ich gebe zu, mich plagte seit geraumer Zeit ein schlechtes Gewissen, weil ich nicht mehr sonntags zur Heiligen Messe gegangen bin. Aber in dieser meiner kirchen- und gottesdienstlosen Zeit habe ich viel öfter als früher, das heißt mehrmals jeden Tag bewusst oder unbewusst mit Gott geplaudert. Genau gesagt, ich habe mit ihm in Gedanken über alles, wirklich über alles, was mir in den Sinn kam gesprochen. Nicht nur über Ängste oder Sorgen, nein auch über Schönes und Erfreuliches. Ihre Worte Herr Professor bedeuten mir sehr viel. Ich bin sicher, Sie haben mich von den Gewissensbissen, die mir die Kirche einreden wollte, befreit. Nochmals Danke! Ach ich hätte noch eine Frage. Wäre es möglich, eine schriftliche Ausführung Ihres Vortrags zu bekommen?"

„Danke dafür, dass Sie die Diskussion angestoßen haben und danke für Ihr Interesse an der Thematik. Ab morgen Mittag liegen einfache DIN A4 – Kopien all meiner bisherigen Vorträge an der Rezeption aus. Natürlich kostenlos."

Obwohl die siebzig überschritten hatte die etwas korpulente Dame, die sich jetzt mit einem erhobenen Arm anmeldete alle Register gezogen, elegant und wohlhabend zu wirken. Frisur, Schminke, Schmuck und die Abendgarderobe vom Feinsten und Teuersten.
Sie schaute D'Aubert an.
„Ihre wohl gewählten und überzeugungskräftigen Worte und dann noch so ein einnehmendes, selbstsicheres Mannsbild wie Sie, verführen dazu, Zweifel oder Widersprüche an der Aussage Ihres Vortrages im Keime zu ersticken. Trotzdem erlaube ich mir eine Frage, die übrigens nichts mit dem zu tun hat, was ich persönlich glaube, sondern nur provokativ gemeint ist: Was wäre, frage ich, das Universum, die Welt und alles, was da kreucht und fleucht ohne Gott, ohne die zehn Gebote und ohne Jüngstes Gericht?"
Das vornehm gealterte Schmuckstück plumpste zurück in ihr bequem gepolstertes Sitzmöbel.
 „Gnädige Frau, es wäre unvorstellbar, unerträglich, ja es wäre unzumutbar."
D'Aubert schien einen Augenblick nachzudenken.
„Im Gegensatz zu allen anderen Lebewesen ist nur der Mensch sich seiner Existenz aber auch seines Todes bewusst.
In einer gottlosen Welt wäre der Mensch armseliger und bedauernswerter als jedes Tier. Nach dem letz-

ten qualvollen Atemzug am Ende eines Lebens, das von den Gesetzen des Stärkeren bestimmt würde, wäre alles aus und vorbei, umsonst und sinnlos. Die einzige Perspektive hieße Leben um jeden Preis und ohne Skrupel. Am Ende dieser Berg- und Talbahn von Leid und Lust wartete das absolute Nichts, ganz gleich ob Schwerverbrecher oder Mutter Teresa. Nur auszuhalten durch ablenkende Verdrängung oder rauschbetonte Überspielung.

Genau betrachtet würde sich der Sinn des menschlichen Lebens reduzieren auf hormon- also chemiegesteuerte Lustbefriedigung und Fortpflanzung. Etwas wohlwollender ausgedrückt, bestünde der Sinn des Lebens darin, seine selbstgestrickten Wertvorstellungen zu verwirklichen. Dem Egoismus würden Tür und Tor geöffnet. Sogenannte gute Taten wären ausschließlich egoistisch motiviert. Rechthaberei und Streiterei wären an der Tagesordnung. Eine das amtliche Recht vertretende blinde aber selbstherrliche Justitia würde sich mit dubiösen Anwälten eine ständige, wortgewaltige gesetzeverdrehende Schlammschlacht leisten, flankiert von Scheinheiligkeiten, Intrigen und Lügen, von Korruption und Erpressung.

Liebe gnädige Frau, unser schöner blauer Planet, einst von der Kirche zum Zentrum des Universums geheiligt, wäre letztlich nichts anderes als eine riesige Entsorgungsanlage, wäre ein gewaltiges Massengrab für Aas und Kadaver von Tieren wie Menschen. Das Produkt eines hormonell orgastisch verzauberten Zeugungsaktes wäre ein a priori zum Tode verurteiltes armseliges, bedauernswertes menschliches Wesen, ohne jede Chance auf Begnadigung.

Achtzig Jahre lebensgefährliches Spießrutenlaufen durch eine Sackgasse mit der Endstation Tod.
D'Aubert hatte sich echauffiert. Er atmete einmal tief durch.
„Meine lieben Zuhörer, liebe gnädige Dame, dieses von mir soeben ausgemalte jammervolle gottlose Bühnenstück wäre derart unrealistisch, dass es einfach nicht mit dem Leben übereinstimmen würde, welches wir anstreben.
Nein, meine provozierende Fragestellerin, ich kann mir nicht den Sinn des Menschseins darin vorstellen, dass er in einer Mistkarre zum Misthaufen gebracht wird."
Eine Frau aus der zweiten Reihe erhob zaghaft ihre Hand.
„Ja, bitte sehr", ermunterte D'Aubert sie.
„Darf ich eine Frage stellen, die die Heilige Schrift betrifft?"
„Warum nicht? Bitte!"
„Ich denke an Matthäus, Kapitel 25, Vers 40: ‚Was ihr für einen meiner geringsten Brüder getan habt, das habt ihr mir getan.'
Hat Matthäus damit sagen wollen, dass die Liebe dieser Welt wesensverwandt ist mit der göttlichen Liebe, dass es eigentlich keine zwei verschiedene Lieben gibt? Hat Matthäus damit zum Ausdruck bringen wollen, dass Nächstenliebe auf Erden gleichzeitig eine Liebeserklärung an Gott ist? Und noch eine weitere Frage: Hat Matthäus mit seinen Worten vielleicht auch darauf hinweisen wollen, dass sich eine gute Tat hier unten als eine Art Gutschrift dort oben niederschlägt? Daraus abgeleitet meine letzte Frage: Wenn es im Ewigen Reich für jeden Menschen ein, sagen wir mal, ein Konto gibt

auf dem sich Gutes auf der Habenseite niederschlägt, dann müsste es aus Gründen der göttlichen Gerechtigkeit eine Soll-Seite geben, auf der Schulden registriert werden?"
D'Aubert sprang von der Bühne, strahlte die Dame an und reichte ihr die Hand:
„Gratuliere, Sie haben in wenigen Sätzen meinen gesamten Vortrag zusammengefasst. Ich könnte es mir jetzt einfach machen und Ihre Fragen mit ja beantworten."
Ein sportlicher Hopser brachte ihn zum Podium zurück.
„Sie haben ja so Recht. Der Wert der Nächstenliebe verliert sich nicht in profaner Bedeutungslosigkeit. Es wäre doch entwertend paradox, wenn Menschen hier auf Erden aus Liebe zum Nächsten Opfer bringen und dann, wie wir es alltäglich erleben können, mit einem formellen Dankeschön, mit einem einmaligen flüchtigen Händedruck oder gar mit einem Orden oder einer Urkunde abgegolten würden. Da Liebe göttlich und damit unvergänglich ist, wird auch der Wert aktiver Liebe unvergänglich sein.g Die Heimat kann zerstört werden, aber die Liebe zur Heimat nicht. Die Liebe zu einem Menschen endet nicht mit dem Verlust dieses Menschen. Der Mensch, der Gottes Liebe lebt, wird im Himmel dafür belohnt werden. Meine Damen und Herren, das gilt im Namen der absoluten Gerechtigkeit auch im Umkehrschluss. Das Böse versickert nicht im Vergessen, im Entkommen und in der Verjährung. Geraten hier Gottes Liebe und Gottes Gerechtigkeit in Kollision? Nein, auf keinen Fall. Gott wäre nicht Gott", schmunzelte D'Aubert, „wenn er nicht hier eine göttliche Lösung gefunden hätte.

Meine Damen und Herren, vergessen sie all die Gruselmärchen vom Jüngsten Gericht, vom Zähneknirschen, von den Höllenqualen ewiger Verdammnis. Verbannen sie das Bild, das Gott als unbarmherzigen oder gar als zornigen Richter und Rächer zeigt.
Alle Menschen, ganz gleich ob gut oder böse, werden nach ihrem irdischen Tod willkommen geheißen in ihrem endgültigen Zuhause. Sie werden heimkehren ins Reich der ewigen Liebe. Und wie sieht jetzt Gottes Rechtsprechung aus? Meine Antwort auf diese Frage: Nicht Gott ist der Richter für Strafen oder Belohnung. Der einzelne Mensch ist sein eigener Richter, er allein spricht sein Urteil für die Ewigkeit. Im ewigen Reich der Liebe werden sich die Guten in Ewigkeit gerne und mit Freuden an ihre guten Taten erinnern und die Bösewichte werden in Ewigkeit an einem schlechten Gewissen mehr oder weniger zu knabbern haben.
Der Mensch schmiedet auf Erden an der Qualität seiner Ewigkeit. Der Sinn des Lebens hier in dieser unserer Welt besteht in der Chance, in freier Entscheidung Pluspunkte oder Minuspunkte für das ewige Leben zu sammeln. Ohne diese Jenseitsperspektive wäre der Blick für absolute Werte und die Entscheidungsfreiheit für gut oder böse eine sinnlose Farce."
D'Aubert legte beide Handflächen wie betend zusammen.
„Ich Glaube, wir waren für heute fleißig genug."

Er wandte sich der Dame von vorhin lächelnd zu.
„Gnädige Frau, haben Ihre kritischen Fragen von anfangs zufriedenstellende Antworten erhalten?"

„Ehrlich gesagt, ganz zufrieden bin ich nicht. Doch die Bemerkungen des Herrn dort rechts aus der hinteren Reihe haben mir sehr gut gefallen und auch der Kommentar der schicken Dame war sehr hilfreich. Doch eines verspreche ich Ihnen. Ich werde in den kommenden Tagen, wir haben ja viel Zeit, Ihre sicherlich begründeten Äußerungen über Kirche und Religion gründlich analysieren. Ebenso werde ich meine alt verkrusteten Überzeugungen kritisch beleuchte. Ich weiß allerdings jetzt noch nicht, wie belastbar meine Kompromissbereitschaft sein wird. Das Problem bei mir wird sein, dass mein Glaube, wie meine Muttersprache nicht von heute auf morgen verändert werden kann."
„Nochmals vielen Dank für ihre Aufmerksamkeit und ihre konstruktive Mitarbeit", ließ D'Aubert seinen Vortrag ausklingen.

„Vermutlich bleibe ich noch ein paar Tage hier in Furth im Wald. Sollten Sie meine Kritikerin, oder sonst jemand hier aus dem Kreis weitere Fragen oder Probleme mit mir besprechen wollen, stehe ich gerne zur Verfügung. Bitte lassen sie sich einen Termin am Empfang geben."

Beim Verlassen des Vortragsraumes drängte sich seine neue Tischnachbarin an seine Seite.
„Gratuliere, Herr Professor. Sie tragen die Verantwortung dafür, dass ich soeben begonnen habe, mein Verhältnis zu Gott in einem neuen Licht zu sehen. Habilitierter Theologie, aktuell forschende Naturwissenschaft und in Bescheidenheit gehüllte Überzeugungskraft sind eine unwiderstehliche Kombination."

„Danke für das Kompliment."
Als D'Aubert jovial seinen Arm um ihre Schulter legte durchzuckte ein elektrischer Schlag jede Zelle ihres kleinen rundlichen Körpers.

21

„Dann wünsche ich Ihnen eine gute Nacht und freue mich jetzt schon auf unser gemeinsames Frühstück."
Sie wandte sich den Aufzügen zu.
„Moment Frau Doktor, würden Sie mich noch für ein paar Schritte durch den Park begleiten. Ich möchte noch etwas Adrenalin abbauen. Dazu wäre ein kleiner Spaziergang in der Kühle des Abends wie geschaffen. Und dabei", ereiferte er sich, „ein lockerer Plausch mit einer netten Dame us Kölle. Was halten Sie davon? Bitte."
‚Typisch Macho, hält sich für unwiderstehlich. Wertet es mich auf in seinen Augen oder wertet es mich ab, wenn ich nein sage? Oder sollte ich erfreut annehmen?
Mensch Gisela, mach's doch nicht so kompliziert. '
„Keine schlechte Idee. Ich verspreche Ihnen auch, dass ich nicht über Ihren Vortrag reden werde."
Die frische kühle Luft fühlte sich gut an und die dezente Parkbeleuchtung tat der Romantik keinen Abbruch.

„Wie lange gedenken Sie, in Furth zu bleiben? Es interessiert mich, weil Sie mir angeboten hatten, über Ihre Eindrücke und Erfahrungen aus den Gesprächen mit mehreren Hausbewohnern mit mir zu reden. Ich lege großen Wert auf eine solch kompetente Informationsquelle. Als Theologe haben Sie sicher Dinge erfahren, die man einer Journalistin nie anvertrauen würde. Und," lachte sie schelmisch, „auf das Beichtgeheimnis können Sie sich nicht berufen."
„Machen Sie sich da mal keine Sorgen. Wir werden genügend Gelegenheit finden, über meine Erfahrungen aus den Gesprächen mit verschiedenen Hausbewohnern und auch über meine persönlichen Eindrücke aus meinem Aufenthalt hier zu sprechen.
„Herzlichen Dank, Herr Professor, das bedeutet mir sehr viel. Sie rufen mich an, wann und wo wir uns unterhalten können? Zwischenzeitlich werde auch ich versuchen, mit einigen Hausbewohnern zu reden."
„Was hält die Dame aus Köln von meinem Vorschlag?: ... Kennen Sie den Bayerischen Wald oder den Böhmerwald? Wenn nicht, umso besser. Ich lade Sie zu einem Ausflug zu den schönsten Fleckchen in dieser Gegend ein. Ich muss Ihnen gestehen, obwohl ich schon zweimal hier war, freue ich mich immer wieder auf die landschaftliche Schönheit dieses Grenzgebietes, das historisch und architektonisch einiges zu bieten hat!"
„Wie können Sie nur fragen? Das hört sich sehr gut an und ich bin gern dabei."
„Okay", freute sich D'Aubert, „dann sollten wir keine Zeit verlieren. Ich schlage vor, wir treffen uns

morgen pünktlich um 9 Uhr beim Frühstück und danach geht's gleich los."

Als der Frühstückstisch abgeräumt worden war, breitete D'Aubert eine Straßenkarte aus.
„Liebe Frau Nöthen, darf ich….?"
„Herr Professor", unterbrach sie ihn, „Sie bestimmen, wohin es heute geht."
D'Aubert gefiel ihre direkte Art.
„Sie haben ja Recht", lachte er. „Da ich mich bisher in die südliche Richtung orientiert habe, wenden wir uns heute mehr nach Nord-Osten, genauer gesagt, nach Pilsen. Pilsen ist die viertgrößte Stadt Tschechiens. Eine Handelsstadt aus dem Mittelalter, voll historischem Charme mit vielen Sehenswürdigkeiten. Sie wird Ihnen gefallen!"
„Wunderbar, Herr Professor, ich stimme gerne zu, also auf nach Pilsen! Prost! Warum denke ich in diesem Moment an ein frisch gezapftes Pilsner Urquell?"
„Ich glaube, mir geht's genau so."
D'Aubert hatte einen Kugelschreiber in der Hand und deutete damit auf die Straßenkarte.
„Für die Hinfahrt nehmen wir die Route über Cesna Kubice, Horsovsky Tyn, Stod und Line. Ca. 70 Kilometer. Das ist gemütlich in eineinhalb Stunden zu schaffen. Zurück fahren wir über Prestice, Klatov und dann Kdyne. Das sind nur ein paar Kilometer mehr."

Nach einer beschaulichen Fahrt durch endlose Fichtenwälder erreichten sie ihr Ziel.
Sie folgten einem gut ausgebauten vierspurigen Zubringer in Richtung Innenstadt.

„Ich halte es für das Beste", meinte D'Aubert, „wir stellen unseren Wagen da drüben auf dem großen Parkplatz ab und gehen zu Fuß weiter."
„Einverstanden, zu Fuß werden wir alles intensiver erleben als vom Auto aus."
„Da drüben die beiden Kirchtürme, die fast genauso aussehen wie die der Frauenkirche in München, sind Bestandteil der Großen Synagoge. Der riesige Kirchturm da drüben, mit 103 Metern der höchste in Tschechien, gehört zur St.- Bartholomäus-Kathedrale. Dort ist auch der Platz der Republik, der Namesti Republiky, das historische Zentrum der Stadt. Und da wollen wir hin."
D'Aubert merkte, dass seine Begleiterin ihn anschaute. Er lachte: „Sie denken bestimmt, ich will bei Ihnen Eindruck schinden. Nein, ich habe mich aus eigenem Interesse gestern Abend noch informiert und eine Stadtbeschreibung durchgelesen."
„Gut, dass wir den Wagen schon abgestellt haben", stellte sie fest, „hier ist kein einziger Parkplatz mehr frei."
Dann plötzlich öffnete sich vor ihnen der riesige Marktplatz, der rechteckig von eindrucksvollen, im Renaissance- und Barockstil erbauten Häusern umgeben war.
„Mein Gott" staunte sie, „so einen Platz habe ich noch nie gesehen. Gewaltig, größer als zwei Fußballfelder. Und da drüben, fast in der Mitte thront gewaltig die St.-Bartholomäus-Kathedrale!"
Sie schlenderten weiter und kamen aus dem Staunen nicht mehr heraus.
„Herr Professor", rief sie ihrem Begleiter zu, der ein paar Meter vorausgegangen war, „wieso ist hier so viel los. Menschen, Menschen, Menschen. Wir müs-

sen aufpassen, dass wir uns nicht aus den Augen verlieren. Ich möchte nicht, dass Sie noch eine Vermisstenanzeige aufgeben müssen."

„Nur Mut, Frau Nöthen, aber einmal rund um diesen Platz sollten wir es schon schaffen. Als Kölnerin ist Ihnen doch der Kölner Heinzelmännchenbrunnen ein Begriff. Nun schauen Sie sich mal dieses Gebilde an. Ob Sie es glauben oder nicht, von denen gibt es sogar drei hier!"

Sie studierte die Objekte und schüttelte den Kopf, „und was soll das darstellen?"

„Dieser hier und die beiden anderen, die Sie da drüben an den Ecken des Platzes sehen können", er wies in die entsprechende Richtung, „ werden für abstrakt-futuristische Kunstwerke gehalten und sollen Brunnen sein. Diese eigenwilligen Brunnen-Gebilde aus, wie soll ich sagen … aus viereckigen, vergoldeten Rohren sollen drei Motive aus dem Pilsner Stadtwappen darstellen, einen Engel, eine Windhündin und ein zweihöckriges Kamel."

„Ich muss sagen, schon sehr abstrakt, da braucht es mehr Phantasie als Verstand. Brunnen sagten Sie? Und wo bitte ist das zu jedem Brunnen gehörende Wasserspiel?"

„Vielleicht ist das das Besondere. Aber, wie ich gelesen habe", lächelte er, „haben diese Kunstwerke bis heute noch kein Wasser gesehen."

Bald drängten sie sich durch Menschenmassen an einer auf einem sechs Stufen hohen Basaltsockel stehenden Säule vorbei, auf deren Spitze eine vergoldete Madonna zu sehen war.

„Das ist die 1681 errichtete Pestsäule", klärte D'Aubert auf.

Er packte seine Begleiterin an den Schultern und drehte sie in eine andere Richtung.
„Und das, was Sie direkt gegenüber dieser Pestsäule sehen, wird als das Renaissance-Juwel der Stadt bezeichnet. Das Rathaus. Und direkt daneben das so genannte Kaiserhaus, in dem Kaiser Rudolf II um 1600 Schutz vor der Pest suchte."

Sie standen jetzt unmittelbar vor der Kathedrale und ihre Blicke kletterten hoch hinauf zu der über hundert Meter entfernten Turmspitze. „Hätten Sie Lust, gnädige Frau? In meinem schlauen Buch steht, dass es bis ganz nach oben nur 301 Stufen sind?"
Statt zu antworten, wies Gisela Nöthen auf die Kirchturmuhr und schnupperte herum. „Ich habe Hunger, besonders dann, wenn einem so appetitliche Düfte in die Nase steigen?"
„Sie haben Recht, das duftet hier direkt verführerisch."
Sie schoben sich in der Menschenmenge weiter. Die Kletterpartie war abgehakt.
D'Aubert schaute seine Begleiterin an.
„Ich wollte das, was ich gestern Abend im Pilsen-Prospekt gelesen habe, nicht glauben und hielt es auch, ehrlich gesagt, für unwichtig. Wenn ich aber den riesigen Zulauf hier sehe, vermute ich, dass wir unverschämtes Glück haben." Sie schaute ihn überrascht an und wusste nicht, was er meinte.
Sie hatten mühsam die Rückseite der Kathedrale erreicht und wollten ihren Augen nicht trauen. Entlang der drei Seiten des Stadtplatzes loderten in großen schmiedeeisernen, mobilen Feuerstellen Glut und Flammen. Darüber hingen gewaltige 40 bis 50 Liter

Kessel. Köche und Köchinnen in bester und unterschiedlichster Berufsbekleidung rührten mit überdimensionalen Löffeln in den Kesseln herum, schmeckten ab und würzten nach. Im Innenraum standen weiß gedeckte Tische mit bequemen, dunkelgrünen und anthrazitfarbenen Klappstühlen. Es schaute so aus, als wäre fast kein Platz mehr frei. Plötzlich hatte D'Aubert es eilig. Er ergriff ihre Hand und zog sie hinter sich her.
„Entschuldigen Sie bitte, aber ich glaube, wir haben soeben die allerletzten beiden Plätze erwischt. Aber der Einsatz wird sich lohnen; wir haben das große Los gezogen! Einmal im Jahr findet hier auf diesem Zentralplatz das weltberühmte Suppenfestival statt. Die besten Köche aus der ganzen Welt nehmen an diesem Wettstreit um die beste Suppe teil. Hier können Sie Suppenspezialitäten aller Länder kennen und genießen lernen. Dieses Gourmetfestival zieht seit Jahren tausende Besucher an. Und wir beiden Glückskinder sind zufällig dabei. Ist das nicht toll?"

Gisela Nöthen konnte ihre kesse Zunge nicht im Zaum halten: „Theologe mit Heiligenschein, Naturwissenschaftler mit Lizenz zum Himmel und dann auch noch Glücksritter in Sachen Suppen."
Sie schaute ihn um Verzeihung bittend an.
„Was halten Sie von einer Journalistin", konterte er, „die zwar die Schreibfeder, aber scheinbar nicht ihre Zunge unter Kontrolle hat?"
D'Aubert erhob sich. „Zur Strafe wird die vorlaute Journalistin unsere Plätze verteidigen, während ich mich in die Schlacht um die heißen Köstlichkeiten stürze..."

Nach einer halben Stunde kehrte er wohlbehalten aus dem Getümmel zurück. Abgedeckt mit einer Papierserviette, trug er vorsichtig eine weiße Porzellanschüssel. Aus seiner Brusttasche schauten zwei Messer und Löffel aus Plastik hervor. In den ausgebeulten Seitentaschen seines Jacketts steckten in Küchenkrepp gehüllte Brotscheiben.
D'Aubert sich für die algerische Ramadansuppe aus Weizenschrot mit Lammfleisch, Gemüseeinlage, abgeschmeckt mit Chorba, Minze und Koriander entschieden. Beide staunten über den Geschmack dieses Meisterwerkes.
„Der Koch ist ein wahres Genie!"
„Toll, einfach toll. So etwas muss man erlebt haben. Herr Professor, ich bin Ihnen von ganzem Herzen dankbar."
„Ich schlage vor, wir drehen noch eine Runde um den Platz und dann sollten wir so langsam an die Heimfahrt denken."
Sie blieb stehen und schaute ihn überrascht an.
„So ganz bin ich mit Ihrem Vorschlag nicht einverstanden. Erstens verlasse ich die Bier-Stadt nicht, ohne ein Pils getrunken zu haben und zweitens wollten Sie mit mir über Ihre Erfahrungen aus den Gesprächen mit den Bewohnern der Kaiser-Residenz sprechen."
„Sie haben ja Recht. Wir drehen noch die Runde und suchen uns anschließend ein Plätzchen für ein Pilsner Urquell. Dabei können wir reden. Einverstanden?"
Sie schlenderten dahin und immer wieder entdeckten sie Neues. Plötzlich blieb D'Aubert stehen.
„Sehen Sie das Schild dort?"

Sie las laut, „Platz der Republik – Marionettenmuseum", und schaute ihn fragend an.
„Die tschechische und besonders die pilsener Marionetten-, Puppen- und Maskenkunst hat eine lange Tradition und erfreut sich weltweiter Anerkennung. Das sollten wir uns nicht entgehen lassen, - wenn wir schon einmal hier sind!"

Auf drei Etagen gab es eine bunte Vielfalt auserlesener Exponate zu bestaunen. Sie erhielten einen Einblick in die Entwicklung dieses elitären Kunsthandwerkes vom Mittelalter bis in die Neuzeit.
„Sieh mal einer an", staunte D'Aubert und wies auf ein größeres Plakat an der Wand in der Nähe des Ausganges. In kunstvoll gemalten Lettern war zu lesen: ‚Masken, lebensecht und karikativ'. Darunter Anschrift, Telefonnummer und
Email-Adresse.
D'Aubert erinnerte sich an frühere Besuche in der Region. Diese Adresse war ihm schon öfter begegnet.

An einer Straßenecke auf dem Weg zum Parkplatz wurden sie fündig. Eine gemütliche Bierstube, die mehr an ein Museum der Braugeschichte als an eine Kneipe erinnerte. Die Atmosphäre dieser urigen Schenke versprach dem Gast den Hochgenuss eines kühlen, erfrischenden und richtig gezapften Pils'.
Gisela Nöthen war die Neugier angeboren und so stellte sie D'Aubert ganz beiläufig eine Frage, von der sie in diesem Moment nicht ahnen konnte, dass sie damit den Stein ihrer geheimen kriminalistischen Ermittlungen ins Rollen brachte.

„Herr Professor, mir ist aufgefallen, dass Sie sich eben im Museum für ein Plakat interessiert haben. Jedenfalls hatte ich diesen Eindruck. Gab es da eine besondere Bewandtnis?"
„Um Gottes Willen nein. Es war nur, weil ich einem ähnlichen Plakat bei meinem letzten Besuch hier im Sudetenland schon mal begegnet bin. Irgendwo auf einem großen tschechischen Markt in der Nähe des Grenzüberganges. Ich kenne sogar die Adresse und bin irgendwann mal da vorbei gefahren. Es war in der Nähe von Krumau. Ich habe mich damals gewundert über die große Villa mit Parkanlage, für tschechische Verhältnisse eher ungewöhnlich. Der Künstler scheint gut im Geschäft sein. Sie werden sich wundern. Ich habe ihm sogar bei der Arbeit zugesehen, - bei Restaurationsarbeiten im Maskensaal von Schloss Krumau."
Er überlegte kurz.
„Ja, jetzt fällt mir noch etwas ein, was mich damals gewundert hatte. Der Besitzer unserer Kaiser-Residenz, Jean Rasmussen, nicht gerade mein Freund, muss diesen Marionetten- und Maskenmeister persönlich kennen. Jedenfalls habe ich beim Vorbeifahren Rasmussens Auto in der Zufahrt dieser Villa stehen sehen."

D'Aubert erschien am anderen Morgen etwas später am Frühstückstisch.
„Guten Morgen. Ich hoffe, sie hatten nach dem ereignisreichen Tag gestern eine angenehme Nacht."
„Und Sie scheinen verschlafen zu haben..."
„Ehrlich gesagt", gab er zu, „habe ich ausnahmsweise nicht den Wecker gestellt."

„Herr D'Aubert, noch mal herzlichen Dank für den wunderbaren Tag gestern, der aber leider einen Schönheitsfehler hatte. Wir wollten doch über die Kaiser-Residenz sprechen..."
D'Aubert legte für einen Moment tröstend seine Hand auf ihre Hände:
„Ja, wollten wir. Aber der gestrige Tag war so abwechslungsreich, dass für unsere Unterredung nur wenig Platz geblieben wäre. Warten Sie ... Ich habe gleich anschließend zwei Einzelgespräche. Wäre es Ihnen recht, wenn wir uns nachher, sagen wir so gegen elf Uhr, hier auf der Restaurantterrasse treffen?"
Sie zog vorsichtig ihre Hände unter seiner weg, stand auf, schaute auf ihre Armbanduhr, „geht in Ordnung, das passt ganz gut, dann bis gleich."
‚Liebe Frau Nöthen', äffte sie in Gedanken seine Worte nach, ‚nichts als Floskeln. Ich will und muss mir eine emotionale Katastrophe ersparen. Meine Abwehr gegen seine verdammte Aura kostet schon Energie genug.'

Beim Verlassen des Frühstückraumes schaute sie ihre Hände an, schüttelte den Kopf und ärgerte sich, dass die Stellen, die von seiner Hand berührt worden waren immer noch eindeutige Signale in ihren Kopf und in ihr Herz schickten.
‚Nimm dich zusammen! Es wird nicht sein, was nicht sein kann!'

22

Punkt 11 Uhr betrat sie die Restaurantterrasse. Ihr Blick wurde automatisch von D'Aubert in seinem himmelblauen Kaschmirpullover über weißem Hemd und den verwaschenen Jeans angezogen. Sie genoss die Vorzüglichkeit, wie selbstverständlich seinen Tisch aufsuchen und neben diesem Mannsbild Platz nehmen zu dürfen.
D'Aubert war aufgesprungen und rückte ihr den Stuhl zurecht.
Mit ein wenig Selbstironie in der Stimme lächelte er und schaute auf seine Uhr am Handgelenk, „ich bin bereit, mich auf dem Sektionstisch von der blutrünstigen Journaille sezieren zu lassen….!"
„Lieber Herr Professor", sie legte in einem Anflug von Selbstüberwindung ihre Patschfingerschen auf seine schlanken sehnigen Hände.
„Sie enttäuschen mich. Ich hasse diese aus den Begriffen Journalismus und Kanaille zusammengeflickte Wortneubildung, die auf Kollegen abzielt, welche auf herabwürdigende und skandalisierende Pseudowahrheiten abgerichtet sind."
Als wäre es ein Akt der Bestrafung, zog sie ihre Hand zurück. „Ich hoffe, Sie haben mich nicht in die falsche Schublade gepackt."
D'Aubert streckte abwehrend beide Arme aus. Das spitzbübische Lächeln war aus seinem Gesicht ver-

schwunden und hatte einer bitteren Ernsthaftigkeit Platz gemacht.

„Bitte um Verzeihung, Frau Nöthen. Ich gebe ja zu, dass mir die mit ironischem Hafer gefütterte Gäule der guten Laune ein wenig aus der Spur galoppiert sind."

Er beugte sich vor, legte die verschränkten Arme auf den Tisch und schaute sie aufmunternd an.

„Ich mache Ihnen einen Vorschlag. Ich erzähle Ihnen, was mir einfach so in den Sinn kommt."

Er begann mit einer rhetorischen Frage.

„Sie wollen von mir wissen, wie die Residenzbewohner, zumindest die, mit denen ich mich unterhalten habe, dieses Haus empfinden? Sie können sich vorstellen, dass es sich bei den Gespräche vorwiegend um Fragen zu meinen Vorträgen handelte. Aber Sie erwarten, dass einiges, was zwischen den Zeilen zu lesen war, für ihren Bericht ganz interessant sein könnte."

Gisela schien nachzudenken und schaute D'Aubert aufmunternd an.

„Genau so sollten wir die Sache angehen. Ich erlaube mir, zwischendurch Fragen zu stellen. Vielleicht erfahre ich ja etwas, das Ihrer Meinung nach gar nicht mit dem Auftragsthema zu tun hat."

„Machen und fragen Sie, wie Sie es für richtig halten. Ich stehe zur Verfügung und werde mein Bestes geben. Am Ende unseres Interviews," tat D'Aubert geheimnisvoll, „werde ich ihnen etwas verraten, das Ihrem Bericht eine ganz besondere Würze und Richtung geben könnte."

Die Frage der Kellnerin nach einem Getränke-Wunsch lehnten sie dankend ab.

„Besonders erwähnenswert", begann D'Aubert, „ist meiner Meinung nach, dass ausnahmslos alle Bewohner, mit denen ich dieses Mal oder in den letzten Jahren gesprochen habe, diesem Seniorenheim die höchste Bewertung geben. Sie finden nichts Vergleichbares weit und breit. Besonders das Service-Niveau könnte zum Highlight Ihres Zeitungsartikels werden.
Das Haus leistete sich den Luxus, von jedem der Gäste ein individuelles Persönlichkeitsprofil zu erstellen. Das ist die Aufgabe eines eigens zu diesem Zweck spezialisierten Hauspsychologen. Dieses individuelle Persönlichkeitsprofil kann jederzeit auf Wunsch des zu Betreuenden verändert oder ergänzt werden.
In diesem IPP werden Wünsche, Neigungen, Erwartungen, Hoffnungen aber auch Befürchtungen, Abneigungen, Unzufriedenheiten, Enttäuschungen oder Ängste analytisch begründet dargelegt. Dieses IPP dient als Steuerelement für eine aufwendige individuelle Betreuung.
Über Allem schwebt Jean Rasmussens Lieblingsslogan:
‚Eiserne Empathie ist der silberne Schlüssel zur goldenen Sympathie'.
„Frau Nöthen", schloss D'Aubert den Bericht über seine Erfahrungen, „ich hätte es nie vermutet, aber dieser Jean Rasmussen scheint ein ausgesprochenes Talent zu besitzen, sich bei sämtlichen Gästen äußerst beliebt zu machen. Er wird bewundert und verehrt."
„Herr Professor, ich bin sehr erfreut und ebenso dankbar, dass Sie mir dieses Gespräch mit Ihnen ermöglicht haben. Wenn wir hier im Haus nicht alles

frei hätten, würde ich Sie zum Abendessen einladen.
Aber ich habe eine andere Idee. Sollten Sie irgendwann einmal Interesse daran haben, dass unsere Zeitung über Ihre Arbeit oder über Ihr Forschungsinstitut in der Eifel berichtet, wenden Sie sich an mich."
D'Aubert reichte ihr spontan seine Hand, „das ist ein Wort, ich werde in absehbarer Zeit darauf zurückkommen."
Gisela Nöthen lächelte zufrieden, „Herr D'Aubert, hatten Sie nicht vorhin erwähnt, dass Sie noch eine Überraschung für mich hätten?"
Der Gefragte spielte den Beleidigten. „Glauben Sie, ich habe es vergessen …?" Gisela Nöthen verzog das Gesicht.
„Nein, ich frage nur aus Neugier. Es hörte sich so viel versprechend an."
„Erwarten Sie nicht zu viel … So wie ich das sehe, hat das aber nichts zu tun mit Ihren Recherchen über die Qualität dieses Hauses aber ich werde es Ihnen trotzdem erzählen.
Ich glaube, es wäre gut für Sie zu wissen, dass einige der Bewohner hier furchtbare Schicksalsschläge erlitten haben. Hier hat die Kaiser-Residenz eine weitere große Herausforderung übernommen. Nämlich einen verantwortungsvollen psychotherapeutischen Arbeitsbereich."
Gisela Nöthen spürte, wie ein Schub Adrenalin ihren Körper überschwemmte. Sie gab die bequeme Sitzhaltung auf und rückte auf dem Stuhl nach vorne. Unaufgefordert schien der Professor sich den Dingen zu nähern, die ihrer eigentlichen Mission entsprachen.

„Ich bitte alle theologischen Naturforscher und alle wissenschaftlich tätigen Theologen dieser Welt, mich nicht länger auf die Folter zu spannen! Erzählen Sie! Bitte."

D'Aubert machte es Spaß, sie ein wenig zappeln zu lassen.

„Ihr Chef kann sich glücklich schätzen, eine derart engagierte Mitarbeiterin in seinen Reihen zu wissen. Bevor Sie mir jetzt Gewalt antun, hören Sie zu."

Sie schaute ihn mit gespielt drohender Miene an und hielt ihm die kleine geballte Faust vor die Nase. D'Aubert hob, sich ergebend, beide Hände hoch.

„Okay, okay, Sie können sich gut vorstellen, dass es bei den Gesprächen mit den älteren Herrschaften nicht beim Vortragsthema blieb. Manch einer nutze das Gespräch mit mir als Theologen, tief im seinem Inneren vergrabene, an der Seele nagende Probleme hervorzukramen."

D'Aubert war die zunehmende Aufgeregtheit seiner Gesprächspartnerin nicht verborgen geblieben.

„Vor ein paar Jahren, ich erinnere mich noch gut, schüttete ein älterer Herr mit Tränen in den Augen mir sein Herz aus. Er war verzweifel. Nicht nur, dass er erbärmlich darunter litt, wie die Demenzerkrankung seiner Frau die innige, seit Jahrzenten bestehende Nähe und Vertrautheit mehr und mehr zerstörte. Nein, es kam noch schlimmer. Die Schmidtbauers hatten nur noch einen Verwandten, einen Enkel, dessen Eltern früh verstorben waren. Ihm gehörte ihre ganze Liebe, er war ihr Lebensmittelpunkt. Vor allem würde irgendwann einmal dieser Enkel ein riesiges Erbe antreten können.

Frau Nöthen, können Sie sich vorstellen, dass in diesen beiden alten Menschen Welten zusammenge-

brochen sind, als man ihnen die Nachricht überbrachte, dass ihr Enkel, der inzwischen Leiter einer Sparkassenfiliale in Köln war, einem Gewaltverbrechen zum Opfer gefallen sei? So grausam und brutal kann das Leben sein."
Sie erhob die Hand, um eine Frage zu stellen.
D'Aubert aber winkte ab.
„Noch einen Moment Geduld bitte, da ist noch etwas, dass Sie interessieren dürfte. Die Personen wechseln, aber die Szenerie nicht. Ich glaube, es war im Jahr darauf. Einer der hier lebenden Senioren hatte mich um ein Gespräch gebeten. Sein Name war, wenn ich mich nicht irre, Graf von Stolzenwerth. Er hatte mehrere florierende Firmen im Inn- und Ausland. Seine Frau war schon vor Jahren gestorben. Der einzige Verwandte weit und breit war sein Sohn, sein ganzer Stolz und der Sinn seines Lebens, wie er selber damals sagte. Dieser Sohn, Dr. Roland von Stolzenwerth, war Oberarzt in einem Krankenhaus, irgendwo in einer Großstadt in Nord-Rhein-Westfalen. Er wurde erschossen. Täter und Tatmotiv: Fehlanzeige."
D'Aubert wehrte ihren erneuten Versuch ab, ihn zu unterbrechen.
„Ich mach's kurz. Wiederum ein sehr wohlhabendes Ehepaar aus Frankfurt am Main. Nach einem sehr intensiven und erfolgreichen Leben hatte das Ehepaar beschlossen, ihren verdienten Lebensabend hier in der Kaiser-Residenz zu verbringen. Und dann die Katastrophe. Wieder wurde der einzige Verwandte und einzige Nachkomme, der in Köln Medizin studierte, auf offener Straße erschossen. Und, so berichtete mir der verzweifelte Herr Welsch, es seien alle Ermittlungen ins Leere gelaufen. Ein Kri-

minalbeamter habe ihn damals sogar hier in der Residenz besucht und zu diesem unfassbaren Mordfall befragt. In dem Gespräch, das ich damals mit dem alten Mann führte, erhoffte er sich einen Rat zu der Frage, wen er nun als Erben seines gesamten Vermögens einsetzen solle. Ich wollte und konnte ihm natürlich diese schwerwiegende Frage nicht beantworten. Ich konnte ihm lediglich einige Denkanstöße geben. Schließlich war ich mir sicher, dass Herr Welsch im Verlaufe unserer Unterhaltung zu einer Entscheidung gekommen war."
Jetzt ließ sich seine Gesprächspartnerin nicht mehr vertrösten: „Dreimal die gleiche Situation. Das kann doch kein Zufall sein."
Sie schaute den Professor erwartungsvoll an.
„Wären Sie bereit, mir zu verraten, wie Sie darüber denken?"
Um keine Zweifel über den Zweck ihrer Kommission aufkommen zu lassen, fügte sie hinzu: „Das wäre ein wunderbares Glanzlicht für meinen Bericht, wenn sich der alte Mann entschieden hätte, sein gesamtes Vermögen der Kaiser-Residenz zu vermachen."
„Frau Doktor Journalistin, ich staune. Meiner Meinung nach haben Sie den Nagel auf den Kopf getroffen."
„Es wäre natürlich hochinteressant für mich zu erfahren, wie oft dieses Haus, bzw. dieser Jean Rasmussen in Testamenten von alleinstehenden Heimbewohnern als Empfänger größerer Vermögen benannt wurde. Eines ist sicher. Die Menschen, die hier den Abend ihres Lebens verbringen, erfahren die optimale Betreuung, respektvolle Hochachtung und liebvolle menschliche Nähe. Ideale Vorausset-

zungen, ein neues Zuhause und eine neue Heimat gefunden zu haben."

„Da mögen Sie mit Ihrer Vermutung durchaus Recht haben", pflichtete er ihr bei.

„Als Fazit meiner vielen Gespräche mit Heimbewohnern, kann ich Ihnen sagen, dass dieses Haus zur absoluten Spitzenklasse entsprechender Versorgungseinrichtungen zählt. Sämtliche Bewohner, ohne eine Ausnahme, fühlen sich in diesem Hause äußerst wohl. Kein Einziger hatte im Gespräch irgendeine Unzufriedenheit durchblicken lassen. Erstaunlich, wenn man sich vorstellt, dass die Leute hier auf Grund ihres Standes und ihres Geldes als höchst anspruchsvoll zu bezeichnen sind."

D'Aubert erhob sich.

„Liebe Frau Nöthen, heute bin ich den ganzen Tag mit Einzelgesprächen ausgelastet. Übermorgen nach dem Frühstück werde ich abreisen. Was halten Sie davon, wenn wir uns morgen nach dem Abendessen wieder hier auf der Terrasse bei einem Gläschen Rotwein zusammensetzen. Ich bin sicher, dass es uns an Gesprächsstoff nicht mangeln wird."

Sie hatte ihren Platz ebenfalls verlassen, schaute überrascht zu ihm auf und legte schelmisch ihren Kopf zur Seite... „Was wäre, wenn ich jetzt nein sagen würde?" Sie wartete voller Spannung auf seine Reaktion.

D'Aubert legte seine rechte Hand auf ihre Schulter und bot ihr ein Lächeln an, in dem sie Bedauern, Mitleid aber auch Belustigung erkennen konnte. In diesem Moment wusste sie, dass ihr seine Antwort nicht gefallen würde.

Teilnahmslos und wie selbstverständlich sagte sie: „Also bis morgen um 20 Uhr. Ich freue mich."

Sie wollte tief durchatmen, aber es wurde ein nicht zu überhörender Seufzer. ‚Wieder diese verdammte machohafte, überhebliche Selbstsicherheit. Schmeißt meine provokativ gemeinte Frage einfach in den Mülleimer'
Sie ging davon, drehte sich nicht mehr um und hob den rechten Arm zur Bestätigung hoch.
Als sie die Empfangshalle betrat, um zu den Aufzügen zu gelangen, eilte vom Tresen aus eine junge Mitarbeiterin auf sie zu.
„Entschuldigen Sie bitte Frau Doktor Nöthen, ich habe eine Nachricht für Sie. Herr Rasmussen ist morgen im Hause. Er legt sehr großen Wert darauf, Sie persönlich kennenzulernen und würde sich freuen, wenn Sie ein wenig Zeit hätten.
Morgen um 11 Uhr im Besucherraum, direkt neben seinem Arbeitszimmer... Sollte es nicht passen, bittet er Sie, Ort und Zeit zu bestimmen."
„Morgen 11 Uhr geht in Ordnung. Richten Sie ihm Grüße von mir aus und sagen Sie ihm, dass ich mich auf dieses Treffen freue. Ich danke Ihnen."

Groß, sehr schlank, smart, elegant mit ebenmäßigen Gesichtskonturen und einem strahlenden Lächeln kam er eilig auf sie zu. Dieses Lächeln irritierte sie, es wirkte wie eine einstudierte Maske und kam nicht vom Herzen.
„Hallo Frau Dr. Nöthen vom Kölner Echo, seien Sie mir gegrüßt. Jean Rasmussen", stellte er sich vor. „Es ist mir eine Freude, Sie in unserem Hause begrüßen zu dürfen. Und wir empfinden es als große Ehre, die Aufmerksamkeit einer so renommierten Zeitung aus dem Rheinland erweckt zu haben. Bitte

nehmen Sie Platz. Darf ich Ihnen etwas anbieten? Was halten Sie von einem Kir Royal?"
„Ich habe zu danken", erwiderte sie, „für das großzügige Angebot, fast eine Woche Gast in Ihrem schönen Haus zu sein. Und Kir Royal ist mein Lieblingsgetränk!"
„Na, wunderbar", strahlte Rasmussen, „und das hier ist eine passende Gelegenheit."
Wenig später prosteten sie sich mit dem erfrischend perlenden Getränk, dekoriert mit einer Ribiselrispe, zu.
Nach dem Begrüßungsschluck saßen sie sich in aufmerksamer Erwartungshaltung für einige Sekunden schweigend gegenüber.
Einige unangenehme Augenblicke des verborgenen Belauerns, der Einschätzung und der Beurteilung. Augenblicke, die mehr Gewicht besitzen können als der anschließende, noch so wortgewandte Gedankenaustausch.
Rasmussen demonstrierte Gelassenheit, lehnte sich in seinem Sessel entspannt zurück, schlug die Beine übereinander und legte beide Hände auf die Lehnen.
Gisela Nöthen hockte ein wenig verkrampft auf ihrem Sessel. Für einen Augenblick wusste sie, wie sich ein Kaninchen vor einer Schlange fühlen musste.
Sie versucht vergeblich, ein Lächeln zu zeigen.
Jean Rasmussen ließ nichts ungenutzt, einen optimalen Eindruck zu hinterlassen. Seine Großzügigkeit, seine geschickt dosierten Komplimente, seine geschliffene Wortwahl und seine dezente Gestik, all das erschien ihr gekünstelt, unecht und verlogen.
‚Vorsicht, bei diesem Mann stehen Sein und Schein im krassen Widerspruch. Vorsicht, der brillante Auf-

tritt ist Blendwerk. Die Realität scheint unbedingt im Dunkeln verborgen bleiben zu müssen. Vorsicht, das Gute ist hier die Maske des Bösen.'
Ihre Fantasie zeichnete in diesem Moment das Bild eines schwebenden Engels. Unter dem Saum seines strahlend weißen Gewandes schaute für einen Augenblick der Pferdefuß des Teufels hervor.
Diese Erkenntnis der Zwiespältigkeit Rasmussen verlieh ihr gegenüber diesem Mann wieder Orientierungssicherheit und löste ihre Verkrampfung.
‚Hier in diesem Besucherraum saß sie zwei konträren Persönlichkeiten gegenüber, einer gespielten guten und einer maskierten bösen.'
Sie war sich bewusst, dass es ihr gelingen musste, jetzt selber zu schauspielern. Es ging um die Rolle einer jungen, themenorientierten Journalistin, die sich zunehmend vom Charme ihres Gegenübers gefangen nehmen ließ. Würde ihr das nicht gelingen, wäre ihr Undercover-Ziel und sie selber in großer Gefahr.

„Frau Nöthen, Sie werden Verständnis dafür haben, dass mir nicht unbegrenzte Zeit für unser Gespräch zur Verfügung steht. Ich habe alle Mitarbeiter angewiesen, Ihnen sämtliche Informationen zukommen zu lassen, die Sie wünschen. Meiner Geschäftsführerin, Frau Procházka habe ich erlaubt, Ihnen Auskunft über die Höhe der Kosten zu geben, die wir jährlich allein für die überdurchschnittliche Rundumbetreuung unserer betagten und anspruchsvollen Gäste aufzubringen haben. Ich hätte nichts dagegen, wenn Sie in ihrem Bericht eine Kosten-Nutzen-Analyse unseres Unternehmens offenlegen würden. Ihre Leser werden erkennen, dass Luxus

seinen Preis hat. Nicht nur für die, die ihn konsumieren, sondern auch für die, die ihn produzieren."
Rasmussen schien nachzudenken.
„Liebe Frau Nöthen, ich verrate ihnen jetzt etwas, was eigentlich gar kein Geheimnis ist. Sie sollten das ruhig im Zusammenhang mit ihrer Wirtschaftlichkeitsanalyse erwähnen. Eine alleinstehende Dame, hat mehrere Jahre das Leben in unserem Hause, wie sie immer wieder selber sagte, genossen. Sie besaß ein Vermögen im gut zweistelligen Millionenbereich.
Dann geschah etwas Unvorhersehbares, Unerwartetes und, - wie soll ich sagen, etwas Sensationelles. Alle Verantwortlichen hier im Hause, vor allem ich selber befanden sich mehrere Tage in einem Art Schockzustand."
Er schaute die Journalistin prüfend an. Ihre berufliche Neugier schien geweckt zu sein. Mit betonter Gelassenheit fuhr er fort.
„Bei der Testamentseröffnung war als Alleinerbe die Kaiser-Residenz aufgeführt. Dieses unerwartete Erbe hat unserem Etat auf Jahre eine gewisse Stabilität verschafft."
Jean Rasmussen schaute die Journalistin forschend an. Wie reagierte sie auf die offenherzige Information über dieses sensationelle Erbe? Sollte sie reagieren wie sie wolle. Die Buchführung war korrekt, die Erbschaftssteuer bezahlt. Er hatte nichts dagegen, wenn die Buchhaltung ihr freien Einblick gewährte.
In der Gehirnregion, wo die geheimen Gedanken formuliert werden, herrschte bei Rasmussen rege Aktivität: ‚Eine Veröffentlichung unserer Wirtschaftsdaten bis zum heutigen Tage wird ein unantastbares Zeugnis der Seriosität unseres Unter-

nehmens liefern. Jean, du bist ein Genie und ein Glückskind zugleich. Diese Reporterin hat dir ein wohlgesonnenes Schicksal exakt zum richtigen Zeitpunkt ins Haus geschickt.'
„Frau Nöthen, Ihnen stehen für ihre Recherchen in den kommenden Tagen zwei Quellen zur Verfügung. Objektive Informationen werden Ihnen unsere Mitarbeiter liefern. Die Buchführung wird Ihnen freien Einblick in alle Unterlagen gewähren. Subjektive Eindrücke bieten Ihnen die Hausgäste. Erlauben Sie mir, bezüglich der zweiten Gruppe eine dringende Bitte?
Sehen Sie, die meisten unserer Gäste sind sehr vermögend. Das heißt aber noch lange nicht, dass sie in ihrem Leben vor schwerwiegenden Schicksalsschlägen verschont geblieben sind. Viele, vor allem die Alleinstehenden, leiden sehr unter dem Verlust lieber Menschen, die in ihrem Leben eine tragende Rolle gespielt hatten. Bei manch einem ist die Trauerbewältigung noch nicht vollzogen. Glauben Sie mir, unsere psychotherapeutische Abteilung leistet hier wertvolle Arbeit.
Meine große Bitte an Sie, lassen Sie das Thema ‚Trauer um den Verlust von lieben Menschen' völlig außen vor, auch dann, wenn unsere Gäste von sich aus darauf zu sprechen kommen."
„Gut, dass Sie mich darauf hinweisen. Ich bin überzeugt, dass viele der Alleinstehenden jede sich bietende Gelegenheit nutzen wollen, ihr Herz auszuschütten."
„Vielen Dank für Ihr Verständnis. Wie ich hörte, werden Sie erst am kommenden Sonntag abreisen. Ich werde es mir nicht entgehen lassen, Sie zu ver-

abschieden. Bis dahin viel Spaß und Erfolg bei ihrer Arbeit."
Er gab ihr die Hand und lächelte sie an. Es sollte Wohlwollen und Freundlichkeit signalisieren, aber die Kälte in seinen blauen Augen irritierte sie.
Gisela Nöthen lächelte zurück.

23

Beide hatten auf der Terrasse wieder den ihnen vertrauten Tisch gewählt.
Sie nahm sich fest vor, ihn höchstens noch einmal offen anzuschauen. Ihr Gegenüber durfte nicht merken, dass sie heute Abend mehr als je zuvor von seiner Erscheinung fasziniert war.
Das dunkelblonde leicht gewellte Haar und dann der schwarze Rollkragenpullover. Sie packte entschlossen ihren Stuhl, und drehte ihn in Blickrichtung Parkanlagen. So konnte sie sich mit ihm unterhalten, während ihre Augen scheinbar in den Grünanlagen spazieren gingen.
„Lassen Sie meiner Neugier den Vortritt. Wie war der gestrige Tag, sind Sie bei ihren Recherchen fündig geworden?"
Sie gab dem Zwang nach, ihn anzuschauen und verspürte Lust, nichts anderes zu tun.
„Ja, ich habe den Tag optimal genutzt. Mehrere Gespräche mit Hausgästen haben das bestätigt, was wir bereits wussten. Man kann sagen, dass alle dieses Haus lieben, dass sie sich hier wie zu Hause fühlen. Ganz so, wie Sie es erzählt haben.

„Dann werden Sie Schwierigkeiten haben", gab D'Aubert belustigt zu bedenken, „den Verdacht zu vermeiden, statt einer sachlichen Berichterstattung eine gekaufte Werbung für die Kaiser-Residenz verfasst zu haben."
„Da könnten Sie Recht haben. Es sei denn, Sie würden mir noch ein paar unschöne Flecken auf der superweißen Weste des Herrn Rasmussen nachweisen."

„Liebe Frau Nöthen, ich werde meinen Senf erst am Schluss dazu geben. Erst sollten Sie darüber berichten, was Ihnen gestern so alles über den Weg gelaufen ist."
„Okay", und diesmal schaute sie nicht zu ihrem Tischnachbarn hinüber.
„Erwähnenswert ist, dass ich ein kurzes Gespräch mit Rasmussen hatte. Er war erwartungsgemäß sehr charmant, auserlesen höflich und hilfsbereit. Dieser Typ ist für mich eine Fata-Morgana-Erscheinung. Ich wurde in seiner Gegenwart erneut das Gefühl nicht los, dass sein Erscheinungsbild und sein Auftreten nichts anderes sind, als eine Maskerade. Aber nicht nur sein Aussehen, sondern auch seine Freundlichkeit, seine Hilfsbereitschaft und selbst seine äußerst fürsorgliche Geschäftspolitik wirken auf mich wie gekonnt zur Schau gestellte Fassaden. Doch wie es da drin aussieht, geht niemand was an. Ich bekomme bei dem Typen Bauchweh. Ich fühle mich in dessen Gegenwart sehr unwohl. Ich sage, wie es ist. In seiner Nähe verspüre ich so etwas wie Angst ."
Entgegen ihrer Absicht schaute sie D'Aubert doch wieder an, um zu erkennen, wie ihre Rasmussen-

Kritik von ihm aufgenommen wurde. Doch der hielt sich bedeckt.

„Und worüber haben Sie geredet?"

„Passend zu seinem Schauspiel hat er mir jede Unterstützung bei meinen Recherchen angeboten. Er hat sogar alle Mitarbeiter angehalten, mir zur Verfügung zu stehen. Außerdem hat er mir Einblick in alle Geschäftsunterlagen, sogar in die Buchhaltung und in die Steuererklärungen der letzten Jahre gewährt. Dank der Hilfsbereitschaft von Frau Procházka habe ich dieses Angebot heute Nachmittag genutzt. Was soll ich ihnen sagen? Alles in vorbildlicher Ordnung. Das trifft auch auf die Unterlagen über die Millionenerbschaft zu. Es war eindeutig, dass bei der Erbschaftssteuer alles mit rechten Dingen zugegangen ist.

Ich bin zu dem Schluss gekommen, dass hier alles in gesetzlich geordneten Bahnen läuft. Wir können in unserer Fantasie ein noch so suspektes Horrorszenarium um ihn aufbauen, ich bin mir sicher, hier in der Kaiser-Residenz werden sämtliche Verdächtigungen wie ein Rinnsal in der Wüste versickern."

Nach dieser Offenbarung war es doch selbstverständlich, dass sie sich D'Auberts Gesicht genauestens ansehen musste. Galt es doch, seine Reaktion zu studieren.

D'Aubert hob seine Arme und legte die Handflächen schwer auf seinen Kopf. Die Arme waren gezwungen, die Nein-Bewegungen des Kopfes mitzumachen. Dann glitten die Arme wieder hinunter und seine Haltung verriet eine gewisse Anspannung.

Seine Augen hatten sie ins Visier genommen. Sie rückte ihren Stuhl wieder zurück und hielt seinem Blick stand.

„Frau Nöthen, je länger Sie hier recherchieren, umso mehr entwickeln Sie sich für diesen Rasmussen zur einer idealen Frau Saubermann. Und als Schmankerl, so ganz nebenbei, verhelfen Sie ihm auch noch zu einer kostenlosen und erstklassigen Werbekampagne."
Da sie nicht reagierte, fuhr er fort:
„Und jetzt frage ich Sie, was ist mit unseren Verdachtsmomenten? Wie wir in Erfahrung bringen konnten, leben die Angehörigen von mindestens drei Mordopfern hier in der Kaiser-Residenz. Alles Zufall? Das Besondere: die Ermordeten wären die einzigen Erben beträchtlicher Vermögen gewesen. Und was ist mit unserer ersten vorsichtigen Mutmaßung, dass in allen Fällen ein Maskenmörder zugeschlagen haben muss? Weiter! Was bedeutete es in diesem Zusammenhang, dass Rasmussen Beziehungen zu einem namhaften Maskenbildner aus Tschechien unterhält?"
D'Aubert beobachtete die junge Journalistin. Wie nahm sie seine Argumente auf, wie bewertete sie diese?
Sie lehnte sich bequem zurück und schloss ihre Augen.
‚D'Aubert hatte genau die Verdachtsmomente zusammengetragen, über die auch sie bei der Durchsicht der Polizeiakten in Köln gestolpert war. Diese Anhäufung von vergleichbaren Fakten und die Konzentration auf die Kaiser-Residenz musste man als eindeutige Indizien ansehen. Und als Pünktchen auf dem ‚I' hockte im Mittelpunkt dieses Spinnennetzes Jean Rasmussen.'

Sie hielt ihre Augen immer noch geschlossen, musste ihre Gedanken in die erwünschte Richtung konzentrieren.
‚Für D'Aubert musste sie unbedingt die Rolle der Journalistin beibehalten. Wie sollte sie jetzt reagieren, um diesen aus ihrem Geheimauftrag herauszuhalten. Außerdem wollte sie sich die Lorbeeren der Aufdeckung der ungeklärten Mordserie alleine verdienen. Wenn sie hier erfolgreich sein würde, wäre das ein ideales Sprungbrett für ihre Karriere als Enthüllungsjournalistin.'
Sie legte vertrauensvoll ihre Hand auf seinen Arm.
"Lieber Herr Professor, unsere Schnüfflernasen in allen Ehren, aber ich werde der Empfehlung folgen, ‚Schuster bleib bei deinen Leisten'. Zu bedenken ist auch, dass hier alle mit einer blütenweißen Weste herumlaufen. Unsere pseudokriminalistisch zusammengetragenen Verdächtigungen sind vornehmlich unserer blühenden Fantasie entsprungen. Die Hinterbliebenen der Ermordeten haben, völlig unabhängig voneinander, die Kaiser-Residenz als Altersruhesitz gewählt. Kein Wunder, sie konnten es sich leisten. Dieses Haus hier ist nun mal die beste Empfehlung weit und breit. Dass wir Jean Rasmussen mit dem Maskenmörder in Verbindung bringen, ist weit hergeholt. Sicherlich nur ein Hirngespinst unserer Fantasie. Aus der Tatsache, dass er einen Restaurator und Maskenhersteller aus der Tschechei kennt, ist ihm beim besten Willen kein Strick zu drehen. Haben Sie sich schon Gedanken darüber gemacht, in welches Bienennest wir hineinstoßen, wenn wir mit unseren schwerwiegenden Anschuldigen zur Polizei gehen würden. Nein, nein. Wir sollten uns hier nicht die Finger verbrennen. Lassen Sie

uns unser Detektivspiel vergessen. Sie fahren morgen nach Hause, und ich werde die paar verbleibenden Tage nutzen, meinen Bericht zu vervollständigen."
Gisela Nöthen schaute D'Aubert forschend an. Welche Wirkung hatte ihre Argumentation bei ihm hinterlassen?
„Ich bin erstaunt, eine solche Kehrtwende hätte ich von Ihnen nicht erwartet. Aber Sie haben Recht. Vielleicht haben wir uns tatsächlich zu euphorisch von einer Art Jagdinstinkt treiben lassen. Wir sollten klaren Kopf bewahren und uns nicht auf eine Eisdecke wagen, von deren Tragfähigkeit wir keine Ahnung haben. Ich muss Ihnen gestehen, dass ich diese Nacht eine Zeit lang über diese Dinge nachgedacht habe. Dabei sind auch bei mir Zweifel und Verunsicherungen aufgekommen."
Er konkretisierte seine nächtlichen Gedanken.
„Nehmen wir einmal an, dass der tschechische Künstler im Auftrag Rasmussens die Masken hergestellt hätte, die die Mörder bei der Tat trugen. Glauben Sie, dass beide so dumm wären, irgendeine Spur zu hinterlassen? Eine Hausdurchsuchung hier wie da wäre eine Nullnummer."
D'Aubert überlegte einen Moment.
„Lassen Sie uns mal weiterdenken ... Irgendjemand müsste im Auftrage des Drahtziehers unbemerkt dreidimensionale Fotos von der Person geschossen haben, die bei dem Mord gesehen und erkannt worden ist. Diese hätte er dem Mann aus Tschechien, auf welchem Weg auch immer, zukommen lassen müssen. Auch so etwas kann geschehen, ohne Spuren zu hinterlassen. Und noch eins. Nehmen wir einmal an, Rasmussen selbst wäre der Mörder. Wie

einfach könnte ihm ein ‚eineiiger' Maskenzwilling ein Alibi beschaffen."
D'Aubert legte jetzt seine Hand auf ihren Unterarm. „Meine mir lieb gewordene Kölner Freundin, ich glaube, wir sind gut beraten, unsere Finger aus einem Spiel zu lassen, bei dem wir uns diese gehörig verbrennen könnten."

Die letzte gemeinsame Mahlzeit. Beide waren bemüht, ihre Wehmut und ihre Traurigkeit zu verstecken. Man konzentrierte sich wortkarg auf das Frühstück, aber auch dies ging vorüber.
Sie begleitete ihn zu seinem Wagen, der reisefertig in einer Haltebucht vor dem Haus stand.
„Herr Professor, ich empfand es als ein Geschenk des Himmels, Sie hier kennen zu lernen. Danke für die angenehme Unterhaltung, für unsere erlebnisreiche Tour nach Pilsen und ganz besonders für Ihren Vortrag, der nicht spurlos an mir vorübergegangen ist. Das Beste und Aufregendste war allerdings unser Ausflug in die Märchenwelt der fiktiven Verbrecherjagd. Gott sei Dank, haben wir den Ausgang aus diesem Irrgarten noch rechtzeitig gefunden."
„Liebe Frau Nöthen, ich möchte mit gleicher Währung zurückzahlen. Die Zeit mit Ihnen war unterhaltsam, abwechslungsreich und erfrischend. Obwohl wie beide ganz unterschiedliche Menschen sind, war die Zeit mit Ihnen äußerst harmonisch und - dafür danke ich Ihnen. Ich habe mich in Ihrer Gegenwart wohlgefühlt. Darf ich Sie zum Abschied um einen Gefallen bitten?"
Sie schaute ihn erwartungsvoll an. ‚Was kann das sein? Einen Gefallen zum Abschied.'

„Von hier aus gesehen ist die Eifel ein Vorgarten von Köln. Ich würde mich riesig freuen, Sie in absehbarer Zeit in unserem Forschungsinstitut auf Vogelsang als Gast begrüßen zu dürfen. Unabhängig davon, ob Sie diesen Besuch mit einem dienstlichen Auftrag verbinden. Ich würde Sie bei dieser Gelegenheit auch gern meiner Familie vorstellen. Na, ja, überlegen Sie sich das noch mal. Schließlich müsste so eine Eifeltour in Ihrem Terminkalender unterzubringen sein."
Ihre kleine Hand verschwand zum Abschied in seiner kräftigen Faust und sie spürte seine Lippen wie einen glühenden Hauch auf ihrer Wange. Ein himmlisches Gefühl auf der Haut und ein schmerzender Stich in der Seele.
Als sein Wagen mit dem Euskirchener Kennzeichen hinter der ersten Kurve im nahen Fichtenwald verschwand, wandte sie sich abrupt um, atmete tief durch und fühlte sich von eiskalter Leere umgeben.
„Gisela, abhaken!"
Endlich befreit von der schweren Aufgabe, diesem netten Professor die Rolle einer Journalistin vorzuspielen. Von nun an würde sie sich wieder uneingeschränkt ihrem Jagdinstinkt und der Mission inkognito widmen können.

24

Sie öffnete die Fenster ihres Appartements, um die belebende und erfrischende Luft zu genießen und streckte sich lang auf ihrem Bett aus.

‚Was könnte ich noch unternehmen, um die bestehenden Verdachtsmomente zu erhärten?'
Basis ihres Planspieles waren die aus den Akten der Kölner Kommissariate stammenden Daten und zusätzlich die Verdachtsmomente, die ihr der Professor geliefert hatte.
‚Zunächst galt es zu überprüfen, ob Beziehungen, Verbindungen oder Abhängigkeiten zwischen diesen Fakten und Daten bestanden. So zum Beispiel hätte sie gerne gewusst, welcher Art die Beziehung zwischen Rasmussen und dem Marionetten- und Maskenhersteller aus dem Tschechischen Ort Krumau war. Immerhin gab es den dringenden Verdacht, dass sich der oder die Kölner Mörder hinter lebensechten Masken versteckt hatten.
Weiterhin bestand da die Tatsache, dass die Eltern beziehungsweise Großeltern der Opfer allesamt in der Kaiser-Residenz anzutreffen waren. Das konnte kein Zufall sein.'
Plötzlich erinnerte sie sich an einen Vermerk, den sie in jeder Akte der Kölner Morde vorgefunden hatte.
‚Bei den Durchsuchungen der Wohnungen und Häuser in denen die Opfer und deren Verwandte gelebt hatten, waren aufwendig gestaltete Infokataloge über die Kaiser-Residenz gefunden worden. In einem Fall steckte das Informationsmaterial noch im Originalumschlag. Zwischen Absendedatum der Prospekte und dem Termin der Ermordung lag eine Spanne von ein bis eineinhalb Jahren. Welche Schlüsse konnte man aus dieser Information ziehen? Gehörte es zu Rasmussens Strategie, Zielpersonen auf die Kaiser-Residenz aufmerksam zu machen?

‚Warum fiel es ihr so schwer, sich zu konzentrieren?'
Als sie erwachte war es höchste Zeit, den Mittagstisch aufzusuchen.
Sie ärgerte sich. Der selige Schlummer hatte Zeit gekostet. Sie verzichtete auf den Nachtisch.
‚Es gilt, die wenigen Tage zu nutzen und Verdächtigungen zu juristisch verwertbaren Indizien auszubauen. Ich muss irgendetwas tun. Aber was?'
Kurzentschlossen fasste sie den Plan, an diesem Nachmittag nach Krumau zu fahren und der von D'Aubert beschriebenen Luxus-Villa des Maskenmachers einen Besuch abzustatten.
‚Wenn ich ein wenig Glück habe, werde ich den Künstler in seinem Hause antreffen. Und wenn nicht, gibt es sicherlich Mitarbeiter, die ihr ein paar Fragen beantworten würden.'

Eine genaue Adresse besaß sie nicht. Doch der Professor hatte ihr die Villa und deren Lage im Randgebiet der Stadt genau beschrieben. Es dürfte kein Problem geben, das Ziel zu finden.'
Nach gut zweieinhalbstündiger Fahrt stellte sie ihren Wagen auf einem kleinen Parkplatz im Zentrum von Krumau ab. Sie gönnte sich eine kurze Pause. In einem kleinen Café genoss sie bei einem Cappuccino das an den Fenstern vorbeiziehende bunte Leben.
‚Schade, dass ich nicht mehr Zeit habe ...'
Sie trat die Rückreise an, in der Hoffnung, im Randgebiet von Krumau die gesuchte Villa zu entdecken. Soeben hatte sie das weiße, schwarzumrandete und mit einem roten Diagonalstreifen durchzogene Ortsende-Schild passiert, als sie rechter Hand in gut

hundert Meter Entfernung ein alleinstehendes Haus mitten in einer gepflegten, leicht ansteigenden Wiese entdeckte. Weiße Villa im Bauhausstil, begrenzt von einem einfachen schmiedeeisernen Zaun. ‚Das musste es sein.'
Sie parkte ihren Wagen am Straßenrand und begab sich zum Tor.
‚Volltreffer', sie sah das Messingschild an der rechten Steinsäule des Tores. Der Text war identisch mit dem der Tafel im Pilsner Marionettenmuseum.'
Gisela Nöthen zögerte kurz.
‚Nur wer wagt gewinnt. Das, was ich vorhabe ist doch stinknormal, völlig unauffällig. Kein Anlass für irgendwelche Verdächtigungen.'
Die Klingelanlage befand sich direkt unterhalb des Messingschildes. Sie drückte mit ihrem Daumen kräftig und lange auf den weißen Knopf. Keine Reaktion. Beim zweiten Versuch hielt sie den Knopf länger. Als sich die Haustür jetzt öffnete gab sie die Klingel frei.
Eine ältere Frau, offensichtlich eine Hausangestellte, kam eiligen Schrittes zum Tor hinab.
„Co byste chtel? Ah, Verzeihung, Sie sind Deutsche", stellte sie in fließendem Deutsch fest, „was kann ich für Sie tun?"
„Ich bin Gisela Nöthen. Mache ein paar Tage Urlaub in Furth im Wald. Auf zwei Märkten an der Grenze und in einem Pilsner Museum habe ich die Kunstwerke von", sie blickte auf das Schild am Torpfeiler, „von Vitezslav Svoboda gesehen und bewundert. Ich bin auf gut Glück hierher gekommen. Ist Herr Svoboda vielleicht zu sprechen, ich würde ihm gerne etwas abkaufen oder in Auftrag geben."

Die Frau hinter dem Tor wirkte etwas ratlos. Sie schaute wie hilfesuchend zum Haus.
„Ich weiß nicht. Der Chef ist zwar zu Hause, aber er arbeitet. Und dabei will er auf keinen Fall gestört werden. Warten Sie einen Moment, ich werde ihn fragen."
Zu ihrer Freude setzt plötzlich ein mechanisches Surren ein und beide Flügel des Tores schwangen auf. Die Frau erschien in der Haustür. Ihr Winken war als Einladung zu verstehen.

Im Flur kam ihr der fröhlich lächelnde Hausherr mit ausgestreckten Armen entgegen. Gisela hatte den Eindruck, als begegne sie einem lebendigen Kunstwerk. Der Mann, wahrscheinlich der Künstler persönlich, steckte in einem hellgrauen Overall, der mit Tupfen, Klecksen, Spritzern und Strichen in allen erdenklichen Farben übersät war. Grauweiße Locken quollen unter der Schirmmütze hervor, die an farbiger Vielfalt den Overall bei Weitem übertraf. Der Vollbart war auf wundersame Weise von den Farben verschont geblieben.

Der Marionetten-, Puppen- und Maskenspezialist reichte ihr die Hand und empfing sie mit einer Freundlichkeit, die sie nicht erwartet hatte.
„Hallo junge Frau, Sie haben Glück, ich wollte gerade eine Pause machen. Seien Sie mir willkommen. Ein kleiner Plausch mit einer netten jungen Dame kommt mir wie gerufen. Bitte, treten Sie ein und nehmen Sie Platz."
Er wandte sich zu der Hausdame.
„Marketa, bring mir die Plastikfolie und für meinen Gast und mich Kaffee."

Auch Svoboda beherrschte das Deutsch wie eine Muttersprache.
‚Kein Wunder hier in der Nähe zur deutschen Grenze. Irgendwo hatte sie gelesen, dass im Zuge zahlreicher Querelen verschiedener Kaiser- und Königshäuser, Deutsche nach Böhmen und Mähren umgesiedelt waren.
Erst als Marketa die durchsichtige Plastikhaut über den Sessel ausgebreitet hatte nahm der Hausherr Platz.
„Entschuldigen Sie diese Unansehnlichkeit. Sie verstehen, wegen der Farbe."
Der belebende Duft des frisch aufgebrühten Kaffees verbreitete vertrauliche Gemütlichkeit.
„Ich nehme an, dass Sie wissen, wer ich bin. Sie werden mir sicher gleich verraten, was ich für Sie tun kann."
„Entschuldigen Sie Herr Svoboda, aber ein so netter Empfang überrascht mich. Mein Name ist Gisela Nöthen, lebe in Köln am Rhein und genieße zurzeit ein paar Urlaubstage hier in der Grenzregion. Wenn ich von Urlaub spreche, so ist das nicht ganz richtig. Ich arbeite beim Kölner Echo, einem täglich erscheinenden Boulevardblatt im Rheinland mit einer sehr hohen Auflage. Und mein Chef meinte, ich solle mal eine Woche ausspannen. Er habe mir in einer der schönsten Gegenden Deutschlands in einem der vornehmsten Hotels der Welt ein Zimmer gebucht. Er sei der Meinung, dass ich das verdient hätte. Und so ganz nebenbei bat er mich, einen Bericht über das weit und breit beste und auch teuerste Seniorenwohnheim zu schreiben. Ich spreche von der Kaiser-Residenz in Furth im Wald.

Svoboda schaute seine Besucherin prüfend an und lächelte.

„Ja, ja, so sind die Chefs. Dennoch glaube ich, dass Sie neben den erforderlichen Recherchen noch genug Zeit haben, in Ruhe Land und Leute hier kennen zu lernen.

Liebe Frau Nöthen, bitte haben Sie Verständnis dafür, dass ich jetzt meiner Neugier entgegenkommen muss. Was führt Sie zu mir?"

Gisela Nöthen wusste, dass diese Frage kam. Sie durfte jetzt keinen Fehler machen.

„Sie haben Recht, die Erholung kommt nicht zu kurz. Während meiner Ausflüge über die Grenze bin ich bisher viermal Ihren beeindruckenden Arbeiten begegnet. Ich spreche von Puppen, Masken und Marionetten, die von Ihnen geschaffen wurden. Ich kann nicht sagen, was mir am besten gefallen hat. Aber eines weiß ich genau. Ich werde nicht ohne eines dieser Meisterwerke nach Hause fahren."

„Das ehrt mich, junge Frau. An was haben Sie gedacht? Oder möchten Sie sich ein wenig hier im Hause umsehen. Wie sie feststellen, ist mein Zuhause wie ein Museum."

„Nein danke, ich glaube die Zeit können wir uns sparen. Mir kam auf der Fahrt hierhin eine Idee. Ich habe gelesen, dass Sie auch lebensechte Masken herstellen. Masken, die dem Original zum Verwechseln ähnlich sein sollen?"

Und wieder schmunzelte Svoboda. „Wenn Sie das gehört oder gelesen haben, dann wird wohl etwas Wahres daran sein. Also eine Maske, und an was oder besser an wen haben Sie gedacht?"

Gott sei Dank, war sie jetzt nicht um eine Antwort verlegen. Sie hatte eine vorgefertigte Geschichte parat.

„Der Chef oder besser gesagt, der Gründer und Besitzer unseres Verlages feiert im Januar des kommenden Jahres seinen siebzigsten Geburtstag. In meinem Kopf hat sich eine Schnapsidee festgesetzt."

„Raus damit, für interessante Geschichten bin ich immer zu haben."

„Es wäre ein Riesen Spaß, wenn an diesem Tag der große Boss und Jubilar in doppelter Ausführung erscheinen würde. Wir haben eine große Party mit vielen Kollegen anderer Blätter geplant und das Regionalfernsehen wird auch da sein. Ich höre heute schon die Sprüche. ‚Wir wussten gar nicht, dass Sie einen Zwillingsbruder haben', oder, Wer ist der Echte, wer ist das Double?' "

Es verunsicherte sie, dass der Gesichtsausdruck des großen Meisters ein nicht zu übersehendes ‚Tut mir Leid' erkennen ließ.

„Schade liebe Frau Nöthen, die Idee ist faszinierend aber die Umsetzung nahezu unmöglich."

„Und warum?" wollte sie enttäuscht wissen.

Sehen Sie, grundsätzlich wäre ich in der Lage, Ihren Wunsch perfekt zu erfüllen. Doch die erforderlichen Voraussetzungen werden ein unlösbares Problem sein. Zum Beispiel muss ein Spezialist, ausgerüstet mit hochmoderner dreidimensionaler Fototechnik multiperspektivische Bilder schießen. Gleichzeitig benötige ich vom Gesicht des Opfers Infrarotwärmeaufnahmen. Das ist wichtig für die Ermittlung einer naturgetreuen Gesichtsfarbe. Da gibt es noch ein

drittes Problem. Nämlich die nicht ganz geringen Kosten."
Sie durfte das Gespräch hier nicht zu Ende gehen lassen. Sie musste noch mehr von ihrem Gegenüber erfahren.
„An den Kosten sollte das Ganze nicht scheitern. Wir haben natürlich im Verlag Mitarbeiter, die herausragende Fotografen sind. Ich weiß allerdings nicht, ob sie die von Ihnen angesprochenen technischen Voraussetzungen erfüllen können."
Sie schaute Svoboda Hilfe suchend an.
„Können Sie mir jemanden empfehlen, der diesen speziellen fotografischen Anforderungen gerecht würde und an den ich mich wenden könnte?
Svoboda zögerte.
„Ich weiß nur, dass es in Deutschland einen ausgewiesenen Fachmann für diese Art der Fotografie gibt. Leider kenne ich seine Adresse nicht."
Die Journalistin schaute ihn forschend an.
„Wenn ich Sie richtig verstanden habe, hat dieser Fotograf für einen oder mehrere Leute gearbeitet, die bestimmte Masken bei Ihnen in Auftrag gegeben haben."
Sie schaute den Künstler flehentlich an.
„Herr Svoboda, es ist für mich jetzt sehr schwer nachvollziehbar, wenn Sie behaupten, diese Auftraggeber nicht zu kennen. Kontaktaufnahme, Auftragsvergabe, die Bezahlung, - all das lässt sich doch nicht so anonym abwickeln. Es würde mir schon sehr viel weiterhelfen, wenn Sie mir einen dieser speziellen Kunden nennen könnten."
„Sie kennen", er stockte, „pardon, ich wollte sagen, ich kenne einen meiner Kunden persönlich. Aber", beeilte er sich, „ich bin mir sicher, dass er mit der

Weitergabe seines Namens an Dritte, erst recht an einen Zeitungsmenschen, auf keinen Fall einverstanden wäre."
Svoboda wirkte urplötzlich abweisend. Er schaute nervös auf die Uhr an der Wand, sprang auf und blickte jetzt demonstrativ auf seine massivgoldene Armbanduhr. Er winkte beim Verlassen des Raumes der wegen der plötzlichen Eile überraschten Gisela Nöthen zu.
„Es war nett, Sie kennen gelernt zu haben. Bitte um Verständnis, aber die Pflicht ruft."
Marketa lächelt verlegen, „so ist er, freundlich zu jedermann, aber in erster Linie ist er ein Sklave seiner Kunst."

Auf der Heimfahrt ging ihr ein Satz Svobodas nicht aus dem Kopf. Sie wiederholte in ihn Gedanken.
,Sie kennen, pardon ich wollte sagen, ich kenne einen meiner Kunden persönlich.'
Die Betonung und die Ausdrucksweise, wie der Anfang dieses Satzes über seine Lippen kam, ließen den Schluss zu, dass es sich dabei nicht um einen Versprecher gehandelt hatte, sondern um eine unüberlegt und leichtfertig daher geplauderte Tatsache. Dafür sprach auch der überstürzte Versuch, den verräterischen Fehler schleunigst zu korrigieren.'

Es war schon spät, als Gisela Nöthen an diesem Abend die Tür zu ihrem Appartement aufschloss. Sie fühlte sich jetzt körperlich und geistig erschöpft. Gleichzeitig wurde sie von einer gespannten Unruhe beherrscht. Umso mehr freute sie sich über eine

Aufmerksamkeit des Hauses: Frische Früchte in einer großen Glasschale.
Sie stellte das Obst griffbereit auf den Nachttisch und warf sich rücklings auf das sorgfältig gemachte Bett. Ein wenig naschen und entspannt liegen, die idealen Voraussetzungen, ihren grübelnden Gedanken freien Lauf zu lassen.

‚Svobodas Versprecher enthielt eine klare Aussage. Für sie stand fest, dass dieser zumindest einen seiner Kunden genau kannte. Doch sie enthielt eine noch viel wichtigere Botschaft. Der Künstler wusste, dass auch sie einen seiner Auftraggeber kannte.
Nun musste sie nur noch eins und eins zusammenzählen. Svoboda hatte von ihr erfahren, dass sie während ihres Aufenthaltes in Furth im Wald in der Kaiser-Residenz wohnte und dass sie über dieses Haus berichten sollte. Bei dieser Konstellation war ein ausführliches Gespräch zwischen dem Betreiber des Hauses und der Journalistin als selbstverständlich anzunehmen. Genau aus diesem Grund war Svoboda davon überzeugt, dass Jean Rasmussen und diese angebliche Journalistin sich kannten. Und genau das hatte seine vorschnelle Äußerung zum Inhalt gehabt.
Diese Zusammenhänge wurden von der Beobachtung D'Auberts bekräftigt, dass Rasmussen und der Maskenmacher sich kannten.'
Bei der sich aufdrängenden Schlussfolgerung wurde ihr schwindelig.
‚Rasmussen ist der Maskenmörder!'
Sie dachte erneut über die Fakten nach.
‚Die einzigen Erben riesiger Vermögenswerte waren beiseite geschafft worden. Die hinterbliebenen, mil-

lionenschweren Eltern oder Großeltern lebten im Haus von Rasmussen. Und dieser verwöhnte die alten Herrschaften nach Strich und Faden. Er las ihnen jeden Wunsch von den Augen ab. Er bot ihnen den Himmel auf Erden. Damit gewannen sie ein neues starkes Zuhause-Gefühl. Und mindestens eine Bewohnerin der Kaiser-Residenz hatte dem für das Glück ihrer letzten Jahre Verantwortlichen ein ansehnliches Vermögen hinterlassen. Legal und notariell beglaubigt. Rasmussen ist ein eiskalter Engel.'
In ihr keimte Hass und Wut gegen diesen Mann auf.
‚Unechte verwöhnende Liebe und echte tödliche Kugel waren seine Geschäftsmethode.'

Gisela Nöthen riss die Augen auf, ihr Herz pochte, sie war nass geschwitzt, ihr Atem ging schwer. Das Bild, das ihre Fantasie soeben gezeichnet hatte, war grauenhaft und unerträglich.
‚Morgen, ja morgen würde sie …'
Der Schlaf erlöste sie von ihren beängstigenden Gedanken.

25

Jean Rasmussen hielt einen Bleistift in beiden Händen und starrte ihn an. Er saß im Dienstzimmer an seinem protzigen, antiken Barock-Schreibtisch, der so gar nicht zum typischen Jugendstil des Hauses

passte. Seine Ellbogen stützten sich auf der Schreibtischplatte ab, die mit aufwendigen Intarsien versehen war. Er nahm das Fingerspiel mit dem Schreibgerät gar nicht wahr.
Seine Gedanken kreisten um ein vermeintliches, nebulöses Problem, dem er volle Aufmerksamkeit widmen musste. Die Sorgenfalten auf seiner Stirn entsprangen eher einer gefühlten als rational begründeten Vorsicht.
Seine Gedanken kreisten um einige Vorkommnisse aus der letzten Zeit, die als äußerst unbedeutend und harmlos anzusehen waren, aber in der vorliegenden Kompaktheit seine Alarmglocken zum Klingeln brachten.
Zum wiederholten Male versuchte er, die Geschehnisse zu analysieren.
‚Da waren die ausgiebigen Gespräche dieses selbstherrlichen, missionarischen Professors mit einigen Hausbewohnern. Dabei bereiten mir gerade diejenigen Unterhaltungen die meisten Bauchschmerzen, die mit den Seniorinnen oder Senioren geführt wurde, deren einzige Erben ermordet worden waren.'
Rasmussen legte den Bleistift aus der Hand und lehnte sich in seinem Sessel zurück.
‚Überhaupt nicht in den Kram passt mir diese verdammte Schnüffeltante aus Köln. Wer weiß, was die bei ihren Recherchen alles ausgegraben hat. Völlig gegen den Strich gehen mir ihre Gespräche mit den Bewohnern unseres Hauses. Solche sensationsgierigen Schreiberlinge brauchen ja nur ein Wurmloch zu wittern und schon versuchen sie, eine Räuberhöhle zu entdecken.'
Eine ängstliche Unruhe trieb ihn aus dem Sessel. Er begann im Zimmer auf und ab zu wandern.

‚Verdammt, es hätte nicht passieren dürfen, dass dieser Pfaffe und diese Zeitungstante zur gleichen Zeit im Hause weilten. Die haben viele Stunden zusammengehockt und miteinander geredet. Sicherlich nicht über Stammtischklischees. Es ist nun mal eine menschliche Schwäche, am liebsten über solche Sachen zu reden, die nicht alltäglich sind und zumindest einen Hauch von Sensation aufweisen. Für mich steht fest', kam er zu dem Schluss, ‚dass beide sich Gedanken über Probleme unserer Gäste gemacht haben. Und bei einigen hat es sich dabei in erster Linie um schwerwiegende Schicksalsschläge gehandelt.'
Er blieb stehen und schlug mit dem Handballen gegen seine Stirn.
‚Verdammt, ich muss davon ausgehen, dass die beiden sich die Frage gestellt haben, warum die einzigen Verwandten von ermordeten Erben allesamt hier bei mir gelandet sind.'
Er nahm wieder am Schreibtisch Platz.
‚Beruhige dich! Was regst du dich über ungelegte Eier auf. All das, was dieser D'Aubert und diese Nöthen auch immer besprochen haben, anrichten können sie damit nichts. Alles nur Vermutungen, Spekulationen und persönliche Interpretationen. Juristisch ohne jede Relevanz. Aus den Augen aus dem Sinn. Der Professor wird die Kaiser-Residenz aus seinem Gedächtnis verbannen, bastelt er erstmal wieder in seinem Institut an irgendeiner Versuchsanordnung herum. Und die Dame von der Zeitung wird sich hüten, pseudokriminalistische Märchen in ihren sachlichen Bericht einzubauen.'
Ein Grinsen überflog sein Gesicht.

‚Safety first!' Rasmussen nahm sich dennoch vor, alle Schwachstellen nochmals unter die Lupe zu nehmen.
An erster Stelle stand ein Gespräch mit der Kölner Journalistin. Mit etwas taktischem Geschick musste er in Erfahrung bringen, welche Hausinterna diese Frau ausgegraben und welche Schlüsse sie daraus gezogen hatte.
Ein noch so positiver Bericht über die außerordentlichen Qualitäten der Kaiser-Residenz würde extrem negative Auswirkungen zur Folge haben, wenn dieses Haus auch nur andeutungsweise mit Mord in Verbindung gebracht würde. Die Folgen wären nicht auszudenken. Es wäre vermutlich das Aus.

Rasmussen griff zum Telefon. „Hallo Frau Procházka, ich muss unbedingt mit Frau Nöthen sprechen. Versuchen Sie sie zu erreichen, egal wo sie im Augenblick steckt, - und machen Sie einen Termin. Am besten noch heute. Ich bin ab morgen für eine Woche auf Anafi. Ich brauche mal wieder ein paar Tage Auszeit."

26

Gisela Nöthen stellte die Thermoskannne mit dem frisch aufgebrühten Kaffee auf den Tisch ihres Balkons. Sie beabsichtigte, den Bericht, den sie heute Morgen geschrieben hatte, hier draußen an der frischen Luft zu überarbeiten. Sie hatte eben die Kühlschranktür geöffnet, um die buntbemalte Blechdose mit Rumwürfeln, einer Spezialität aus dem Bayerischen Wald, zu entnehmen, als das Telefon klingelte. Sie stellte die Dose zurück und ergriff den Hörer.

„Hallo Frau Nöthen, ich hoffe ich störe Sie nicht allzu sehr. Mein Chef lässt ihnen ausrichten, dass er nur noch heute im Haus ist. Er möchte, wenn es eben möglich wäre, sich von Ihnen verabschieden. Frau Nöthen, darf ich mal eben zu Ihnen hinauf kommen, ich selber hätte noch ein paar Punkte wegen Ihres Berichtes abzuklären. Geht ganz schnell."
Wenig später saßen sich die Geschäftsführerin und die Journalistin am Tisch auf dem Panoramabalkon gegenüber. Der heiße Kaffee dampfte in den Bechern vor ihnen und jeder hielt ein angeknabbertes Gebäckstück in der Hand.
„Frau Procházka, um zwei Ihrer Fragen vorweg zu beantworten: Morgen vormittag um 11 Uhr liegt mein Bericht bei Ihnen auf dem Schreibtisch. Und ich könnte Herrn Rasmussen heute nach dem Abendtisch treffen. Sagen wir um 19.30 Uhr in seinem Büro?"
„Vielen Dank. Da bleibt mir nur noch eine Frage: Gibt es irgendetwas, was Sie noch wissen möchten? Ich bin gerne bereit, noch offene Fragen zu beantworten."
„Das ist sehr nett von Ihnen. Aber ich habe bereits dank Ihrer Unterstützung ausreichende Einblicke und Informationen erhalten. Ihre Mitarbeiter waren sehr kooperativ und die Gespräche mit einigen Bewohnern des Hauses sehr aufschlussreich und eindrucksvoll."

Die Geschäftsführerin erhob sich, trank den Rest Kaffee aus dem Becher und schickte sich an, zu gehen.
„Darf ich noch eine für mich interessante Frage stellen? Sie wissen, Neugier ist eine journalistische Berufserkrankung?"
Frau Procházka hielt inne, hockte sich zurück auf den Stuhl und fischte sich mit spitzen Fingern noch ein Gebäck aus der Dose. „Köstlich, ich liebe diese Rumwürfel. Schießen Sie los!"
„Unsere Leser erwarten eine kurze biografische Skizze über den Betreiber beziehungsweise den Besitzer der Kaiser-Residenz. Wenn Sie mir jetzt weiterhelfen, könnte ich mir heute Abend ersparen, Herrn Rasmussen mit derartigen Fragen zu belästigen.
Einiges habe ich bereits über ihn recherchieren können. Was mir fehlt, sind Informationen über eventuelle Hobbys, Vorlieben oder besondere Gewohnheiten. Gibt es bevorzugte Urlaubsziele, hat er Freunde, ist er in Vereinen? Und - ist er in festen Händen? Verheiratet scheint er ja nicht zu sein."
Die Angesprochene schaute überrascht auf und machte es sich auf dem Stuhl wieder bequem.
„Zu seinem Privatleben kann ich leider nicht viel sagen. Sicher ist, dass er bisher den Traualtar gemieden hat. Bezüglich seiner Privatsphäre verhält sich Rasmussen verschlossen wie eine Auster. Geht es jedoch um seine zahlreichen Urlaube, dann ist er nicht wiederzuerkennen.
Man könnte die Uhr danach stellen. Am ersten Arbeitstag nach einer Urlaubsreise sitzt er Punkt 11 Uhr oben vor meinem Schreibtisch. Dann muss ich mir ein bis zwei Stunden lang anhören, was er alles

erlebt hat. Seine größte Leidenschaft ist das Tauchen. Zuletzt hat er von einer Tauchsafari vor Ägypten und der Begegnung mit dem Weißspitzen-Hochseehai geschwärmt. In diesem Urlaub tauchte er nach legendären Schiffwracks im Norden des Roten Meeres."
Sie schaute die Journalistin fragend an. „Interessiert Sie das überhaupt?"
„Selbstverständlich. Gerade so was kommt bei den Lesern gut an."
„Okay. Im vergangenen Jahr erzählte er begeistert von der schönen Unterwasserwelt der Malediven-Atolle. Bei seinem zweiten Urlaub im vergangenen Jahr ging es zu den Cocos-Ilands. Ich erinnere mich. Er erzählte von seiner aufregenden und ehrfurchteinflößenden Begegnung mit einem riesigen Schwarm von mindestens tausend Hammerhaien bei einer Vulkaninsel vor der Küste Costa Ricas. Aber der Tauchurlaub vor zwei Jahren bei den Galapagos-Inseln hat ihn bisher am meisten beeindruckt. Er begeisterte sich. Dort seien die spektakulärsten Tauchgebiete der Welt."

Die Geschäftsführerin überlegte kurz und schaute auf ihre Armbanduhr. „Wenn Sie Näheres erfahren wollen, sollten Sie ihn heute Abend persönlich ansprechen. Eines kann ich Ihnen noch erzählen, das etwas merkwürdig ist. Mehrmals im Jahr besucht er für eine Woche eine kleine unscheinbare Insel namens Anafi im Südosten der Kykladen. Was ihn dahin zieht, weiß kein Mensch. Darüber hat er bisher noch mit Niemandem gesprochen. Vielleicht können Sie ihm das Anafi-Geheimnis entlocken."
Frau Procházka verabschiedete sich.

„Danke für das angenehme Gespräch. Und wenn Sie etwas über Anafi erfahren, lassen Sie es mich bitte wissen..."

„Entschuldigen Sie Frau Nöthen", sprach sie die junge Mitarbeiterin von der Rezeption an, „Herr Rasmussen hat mich beauftragt, Sie zu informieren, dass er Sie nach dem Abendessen gleich bei der Sitzgruppe dort drüben im Park erwartet. Wäre Ihnen das recht?"

„Vielen Dank, eine gute Idee."

Ihr Ziel befand sich in knapp hundert Meter von der Residenz entfernt im linken oberen Eck einer großen Grünfläche. Sie freute sich, dass er diesen schönen Ort gewählt hatte.

Auf einem einstufigen Fundament aus massiven Dielen stand eine elegante Holzsitzgruppe mit vier bequem wirkenden und mit bunten Kissen ausgelegten Sesseln. In der Mitte stand ein massiver Naturholztisch.

Eine feingliedrige Pergola an den dem Haus abgewandten Seiten diente als Sicht- und Windschutz und bot einer prächtig blühenden Kletterrose Halt. Sie wählte den Sessel an der oberen Stirnseite des Tisches mit freiem Blick zum Haus.

‚Traumhaft, diese idyllische Ecke hier. Der richtige Ort zur Entspannung, eigentlich wie geschaffen für ein Rendezvous.'

Ihr Gesicht zeigte ein wehmütiges Lächeln.

‚Im anstehenden Gespräch würden wiedermal zwei sich misstrauisch belauernde oder sogar feindlich gesonnene Seelen gegenübersitzen. Und jede würde versuchen, den schönen Schein zu wahren.'

Sie wollte auf ihre Uhr schauen, doch in diesem Augenblick erschien Rasmussen und kam schnell auf sie zu.
‚Eine verdammt elegante, männliche Erscheinung.'
Er war bekleidet mit einer schwarzen Hose und trug über seinem blütenweißen Hemd eine hellgraue, bunt bestickte Trachtenweste und wirkte leger und vornehm zugleich. Erst bei genauerem Hinsehen bemerkte sie, dass er in der linken Hand eine Flasche und in der rechten zwei Gläser hielt.
Gisela Nöthen ärgerte sich über die in ihr aufkommende Wehmut. Die wunderschöne Parkanlage, der Zauber der Begegnungsstätte hier und die attraktive Erscheinung des herbeieilenden Gesprächspartners hätte das romantische Herz eines Jeden höher schlagen lassen. Doch die Realität hier bewirkte genau das Gegenteil.
Sie hatte sich selbst gelegentlich nach dem Grund befragt. Warum konnte sie diesen stinkreichen Playboy nicht leiden? Je näher er kam, umso unwohler und sogar bedrohter fühlte sie sich.
Seine strahlende Freundlichkeit, die charmanten Worte der Begrüßung und der lächelnde Fingerzeig auf das Etikett der Rotweinflasche konnten das Eis nicht zum Schmelzen bringen.
„Ein 2013er Shiraz aus dem Süden Australiens. Eine Rarität mit einer nicht zu übertreffenden Fruchtnote. Genau der richtige Tropfen für unser Gespräch."
Er zauberte einen Korkenzieher aus der Westentasche und zelebrierte feierlich das rubinrote Getränk in die hauchdünnen Weingläser. Diese berührten sich mit einem zarten hellen Klingen. Sie sah sein Lächeln, suchte aber vergebens nach dem Lächeln in seinen Augen.

Bevor er trank, hielt er sein Glas in die Höhe, drehte es zwischen Zeigefinger und Daumen leicht nach links und rechts und schaute es begutachtend an.
„Liebe Frau Nöthen", beide standen sich gegenüber, „ein Fest mit wertvollen Gästen sollte würdig gefeiert werden. Vor allem, weil ich davon ausgehe, dass Ihr Bericht über meine Kaiser-Residenz positiv ausfallen wird. Im Namen meiner Mitarbeiter und unserer Hausgäste darf ich Ihnen dafür von Herzen danken. Die von Ihrem Artikel ausgehende Werbewirkung im bevölkerungsreichsten Land der Bundesrepublik wäre von unschätzbarem Wert für uns. Wir können einen derart hohen Leistungsstandart nur erhalten, wenn genügend Mittel dafür zur Verfügung stehen. Das bedeutet, wir sind auf kapitalstarke Kunden angewiesen. Sie können sich vorstellen, dass die Klientel, welches diese Bedingungen erfüllt, dünn gesät ist. Und da ist die entsprechende Werbung einfach erforderlich. Ist es nicht so, dass Menschen, die über unbegrenzte Geldmittel verfügen, jeden Cent umdrehen und besonders darauf bedacht sind, nur erstklassige Ware einzukaufen."
Rasmussen schaute die Journalistin jetzt wohlwollend an.
„Frau Nöthen, ich darf davon ausgehen, dass Sie vor allem unser Leistungsprofil sachlich und nüchtern beschreiben werden, denn nur so wird es glaubwürdig und überzeugend wirken. Ich könnte mir sogar vorstellen, dass das Fernsehen, zumindest das Regionalprogramm, auf uns aufmerksam würde."
Rasmussen hob beschwichtigend die Hand, „verzeihen Sie, ich habe mir doch tatsächlich angemaßt, einer Journalisten stilistische Ratschläge zu geben.

Lag wohl daran, dass mir das spezielle Serviceprogramm unseres Hauses besonders am Herzen liegt. Nicht um anzugeben, sondern um der Situation gerecht zu werden, habe ich einen Tropfen gewählt, der auf dieser Welt seinesgleichen sucht. Und nicht zu vergessen, für eines dieser Gläser könnte man sich zwei Flaschen dieses Weines leisten. Diese Gläser gehören zu den ersten in Böhmen entwickelten und hergestellten, bleifreien Kristallgläsern, den so genannten Kreidegläsern. Sechs dieser einzigartigen Exemplare befinden sich seit vielen Jahren in unserem Besitz. Wie Sie erkennen können, haben diese beiden Weingläser eine Besonderheit. Meine Großeltern haben Mitte des vorigen Jahrhunderts zwei davon einem namhaften Glasschmuckkünstler aus Jablonec nad Nisou in Nordböhmen mit der Bitte anvertraut, diese mit einem zarten Kristallschliffdecor im Jugendstil zu versehen."
Nach dieser Begrüßungszeremonie nahmen beide Platz.
Die zerbrechlichen Wertstücke wurden sicherheitshalber ein wenig zur Seite geschoben.
Sie saßen sich gegenüber. Freundlichkeit und Sachlichkeit waren der sichtbare Rahmen einer unsichtbaren Feindschaft und Abneigung.
‚Im Allgemeinen', empfand sie in diesem Augenblick, ‚hat ein Tisch auf Menschen, die um ihn geschart sind, eine Vertrauen, Nähe und Mitteilungsbereitschaft fördernde Wirkung. Hier bin ich dem Tisch dafür dankbar, dass er mein Gegenüber auf Distanz hält.'
„Ich wollte mich aber nicht nur bei Ihnen bedanken", eröffnete Rasmussen das taktische Scharmützel. „Ich möchte, wenn es Ihnen Recht ist, auch

einen persönlichen Beitrag an Informationen leisten. Vielleicht kann ich einige Dinge benennen, die es wert sind, noch in Ihren Bericht aufgenommen zu werden. Ich hörte, dass meine Mitarbeiter gut kooperiert haben. Aber wie war's mit den Hausbewohnern, mit denen Sie gesprochen haben? Haben Sie da etwas Verwertbares in Erfahrung bringen können? Wenn nicht, stehe ich Ihnen gerne für offene Fragen zur Verfügung."
Gisela Nöthen musste im Verborgenen lächeln.
‚Da hat er ja seine größte Sorge gleich am Anfang auf den Tisch gelegt.'
„Vielen Dank Herr Rasmussen. Ich kann Sie beruhigen. Die Menschen hier im Haus waren äußerst mitteilsam und haben gerne auf all meine Fragen geantwortet. Ich darf Ihnen in diesem Zusammenhang ein großes Kompliment machen. Alle ohne Ausnahme singen wahre Loblieder auf Sie und Ihr Haus. Die wertvollste und eindrucksvollste Information für mich und sicherlich auch für unsere Leser war, dass alle Ihre Gäste, ich betone alle ohne Ausnahme - sich hier in der Kaiser-Residenz zu Hause fühlen. Sie Herr Rasmussen haben es verstanden, diesen alten und oft schicksalsgeplagten Menschen eine neue Heimat zu geben."
Diese komfortablen Komplimente kommentierte er mit einem stolzen Lächeln und einem leichten, Verlegenheit ausdrückenden Schulterheben.
„Sehen Sie", informierte sie ihn weiter, „es wäre von Vorteil, den Bericht mit einem kurzes Portrait von Ihnen zu ergänzen. Ich werde darin, natürlich mit anderen Worten, zum Ausdruck bringen, dass Sie von Ihren Gästen in einer Art Vater- oder Mutterrolle gesehen werden. Ich möchte es mal so for-

mulieren. Die von Ihnen betreuten Menschen empfinden sich als Mitglieder einer großen Familie, deren Oberhaupt Sie sind."
„Frau Nöthen, Sie charmante Schmeichlerin. Aber wenn das so herübergekommen ist, bin ich glücklich."
Innerlich begann es in Rasmussen zu brodeln.
‚Warum sagt dieses Weib nicht gleich heraus, dass ich es nur darauf abgesehen hätte, der einzige Erbe der Millionen schweren Hausbewohner zu sein.'
„Ehrlich gesagt, hatte ich die Befürchtung, dass die Alten das Gespräch mit Ihnen nur dazu nutzen würden, ihr Herz auszuschütten und über nichts anderes als über ihre Sorgen, Leiden und auch Krankheiten zu reden. War es denn nicht so?"
„Sie haben nicht ganz Unrecht. Natürlich hatten einige das Bedürfnis, über Schicksalsschläge, über den Verlust lieber Menschen oder auch über die zunehmenden Gebrechen des Alters zu reden. Aber damit kann ich umgehen. Ich hätte ja meinen Beruf verfehlt, wenn ich es zuließe, dass der von mir Interviewte das Thema bestimmt."
‚Jetzt schaut er dich mit den Augen eines Raubtieres an, das eine Beute gewittert hat.'
„Wir haben, wie Sie sicher erfahren konnten, ein paar Leute im Haus, denen das Leben ganz übel mitgespielt hat. Haben Sie mit Herrn Welsch oder mit Herrn Schmidtbauer gesprochen?"
‚Sei jetzt auf der Hut,' warnte eine Alarmglocke in ihr.
„Sie meinen die Enkel-Morde? Ja, ich erinnere mich, es wurde erwähnt. Diese furchtbaren Ereignisse müssen aber schon Jahre zurückliegen. Mir schien, dass die Trauer oder der Schmerz dieser entsetzli-

chen Schicksalsschläge bei beiden inzwischen bewältigt wurde."
„Gut", kommentierte Rasmussen scheinbar erleichtert, „dass die Zeit vergessen und auch schlimme Wunden vernarben lässt. Das liegt aber auch an unserem Psychologen, die gute Arbeit geleistet haben"
Er lehnte sich entspannt zurück.
„Sie hatten noch reichlich Gelegenheit mit Herrn D'Aubert zu sprechen. Hat er Ihnen bei Ihren Recherchen helfen können.?"
Bei Gisela Nöthen klingelten erneut die Alarmglocken. ‚Jetzt bloß kein Wort zum Thema Masken und kein Hinweis auf den tschechischen Künstler Svoboda.'
„Ein fantastischer Mann, dieser Theologe. Ja, wir haben die kurze gemeinsame Zeit genutzt, und über vieles geredet. Im Großen und Ganzen deckten sich seine Eindrücke vom Haus mit den Erfahrungen, die auch ich machen konnte."
Rasmussens Interesse schien für eine Minute der weitläufigen Parkanlage zu gehören.
‚Offensichtlich keine Spur eines Verdachtes bei ihr. Doch Vorsicht. Ist diese Frau harmlos ahnungslos oder raffiniert gefährlich?'
„Darf ich Sie noch etwas fragen...Ihre Mitarbeiterin Frau Procházka hat mir ein Rätsel mit auf den Weg gegeben, an dessen Auflösung ich natürlich sehr interessiert wäre."
„Wovon sprechen Sie? Jetzt haben Sie mich neugierig gemacht."
„Sie hat mir verraten, dass Sie ein leidenschaftlicher Hochseetaucher sind. Und, dass Sie jedes Mal nach der Rückkehr mit Begeisterung von Ihren Taucher-

lebnissen erzählen würden. Von ihr habe ich aber auch erfahren, dass Sie mehrmals im Jahr eine einwöchige Auszeit nehmen. Und das ausnahmslos auf der kleinen griechischen Insel Anafi. Über diese Ihre Inselzeiten würden Sie aber schweigen wie eine Auster."

Sie schaute ihn herausfordernd an.

„Was ist der Grund für diese Zurückhaltung. Gibt es auf der kleinen Kykladeninsel ein Geheimnis, das unbedingt gewahrt werden muss. Gibt es da etwas, das die Dunkelheit liebt und das Licht scheut?" Sie lächelte: „Meine Journalistenseele hat Lunte gerochen. Herr Rasmussen, aus dieser Nummer kommen Sie nicht so einfach heraus."

‚Dieses Weib hole der Teufel. Wieso bringt sie Anafi ins Spiel? Weiß sie was, nein, unmöglich. Ahnen, vielleicht. Zufall, wahrscheinlich.'

Sie ballte ihre Fäuste und legte diese angriffslustig auf den Tisch: „Wenn ein Interviewpartner nicht mit der Sprache heraus will, dann setzt man eben die Daumenschrauben an."

Das Lachen ihrer Augen sollte aufkommende Aggressivität im Keime ersticken.

„Herr Rasmussen, ich präsentiere Ihnen jetzt mal ein Musterbeispiel journalistischer Taktik. Man sagt zwar, Schweigen sei Gold. Passen Sie auf, ich bringe das Schweigen jetzt in Verruf. In erster Linie verschwiegen wird, was das Tageslicht scheut.

Zum Beispiel: Leidenschaft und Missetaten scheuen das Licht. Und nun folgt eine Kostprobe von Synonymen für lichtscheu: obskur, suspekt, anrüchig, dubios, bedenklich, fragwürdig, verdächtig, verrufen, unehrenhaft, schändlich, charakterlos, zwielichtig, unheilvoll, unheimlich, unmoralisch oder ille-

gal. Nun, welchen Schuh ziehen Sie sich an? Sollten Sie Ihr Geheimnis von Anafi weiterhin mit schweigender Finsternis umhüllen, geben Sie mir das Startzeichen im Dunkeln zu spekulieren. Spekulationen, die ihre Biografie in meinem Bericht ergänzen würden."
Er hielt seine Augen für einen Moment geschlossen. Zorn und Wut, die er empfand, sollten nicht erkannt werden.
‚Du verdammte Tintenkleckserin, du hältst dich wohl für clever. Nicht mit mir.'
Eine von spürbarem Herzklopfen begleitete Verunsicherung kam für einen Moment auf. Doch dieses Missbehagen verdrängte er augenblicklich.
‚Kein Mensch, auch nicht diese Frau, sind im Besitz irgendeines Anhaltpunktes für eine Verdächtigung.'
Sein Lächeln ließ Mitleid erkennen.
„Ich kann es Ihnen leider nicht ersparen, dass ihre stolze Interviewtaktik wie ein Kartenhaus in sich zusammenfällt, liebe Frau Doktor. Aber ich verrate Ihnen was. Der einzige Grund für mein Schweigen ist allein der, dass es über Anafi nichts, aber auch gar nichts zu erzählen gibt. Dort ist die Zeit in den letzten Jahrhunderten offensichtlich stehen geblieben. Keine Hektik, weit und breit kein geschäftiges Treiben, Stress ist dort ein Fremdwort. Es gibt keinen Tourismus. Diese Insel scheint Tag und Nacht zu träumen und zu schlafen. Die knapp dreihundert Einwohner leben vorwiegend in der Chora, einem unscheinbaren Dorf am oberen Hang einer fünfhundert Meter hohen felsigen Erhebung. Ein paar mal in der Woche erreicht eine Fähre aus Santorini den kleinen Inselhafen Agios Nikolaos. Wenn es Sie interessiert: Die Insel ist 36 Quadratkilometer groß

und besitzt mehrere wunderschöne Sandstrände, an denen Ihnen kein Mensch begegnet."
Rasmussen atmete einmal tief durch, hielt für eine Minute die Augen geschlossen und schien in Gedanken auf der einsamen Insel zu weilen.
„Ich überlege, was noch erwähnenswert wäre, was ich noch von meinem vermeintlichen Geheimnis preisgeben könnte? Ja, dieses abgelegene Inselchen ist ein ideales Versteck für zivilisationsgeplagte, für gestresste und ausgebrannte Menschen. Natürlich nicht jedermanns Geschmack.
Vielleicht interessiert Sie noch etwas Langweiliges. Ich wohne immer bei ein und derselben Familie im Dorf dort oben. Die Ausstattung meines kleinen quadratischen Zimmers ist sehr spartanisch. An Stelle eines Fensters gibt es eine rechteckige Maueröffnung, ohne Scheiben, ohne Gardinen. Zu fast allen Zimmern, auch zu meinem, gehört ein kleiner Balkon mit einem wunderschönen Ausblick auf das Meer und einigen in der Ferne liegenden Inseln. Alle Häuser, wie auch eine kleine Kirsche und das angegliederte Kloster sind im kykladisch archaischen Stil erbaut."
„Was mich besonders interessieren würde," unterbrach sie ihn, „was treibt ein aktiver, lebenshungriger Mann wie Sie in dieser Einöde mitten im Meer? Langeweilen Sie sich dort nicht zu Tode?"
„Im Gegenteil, dieses dolce far niente, dieses Schweben in der Zeitlosigkeit und der Rausch des Seins ohne Pflicht und Verantwortung sind für mich eine Tankfüllung mit neuer Energie und Lebenskraft. Oft liege ich stundenlang allein am Strand und gewähre meinen Gedanken freien Ausgang. Ein ganz besonderes Vergnügen bereiteten mir die

Nächte, die ich am Strand in einem Schlafsack verbracht habe. Ich kann dort wandern, joggen oder schwimmen. Es gibt zwei Tavernen im Ort mit einer einfachen aber wohlschmeckenden mediterranen Küche. Viele Abende bin ich in der Taverne ‚Alexandra'. Dort habe ich einen Mönch kennengelernt, der leidlich Deutsch sprach, mit dem ich mich über Gott und die Welt angeregt unterhalten konnte. Frau Nöthen, ich hoffe, dass es mir gelungen ist, über ein Fleckchen Erde im Dornröschenschlaf zu berichten, über den es eigentlich nichts zu berichten gibt."
„Herr Rasmussen, ich muss Ihnen ein Kompliment machen. Das, was Sie da erzählt haben, ist viel mehr als nichts und hat mich fasziniert. Es war so beeindruckend, dass ich zumindest im Augenblick den Wunsch verspüre, diesen märchenhaften Flecken im Meer irgendwann einmal kennenzulernen."
Rasmussen verspürte erneut aufkommende Wut. ‚Reicht man dieser Frau die Hand, muss man achtgeben, dass nicht einige Finger fehlen. Aber er hatte ja vorgesorgt.'

27

Montagmorgen, Punkt 9 Uhr. Das Telefon auf ihrem Schreibtisch klingelte. Sie lächelte.
‚Ich würde mich nicht wundern, wenn die Neugier unseren Chefredakteur heute früher aus den Federn gejagt hätte.'

„Nöthen", meldete sie sich betont frisch und munter.
„Schönen guten Morgen Chef, …, nein, ich habe noch nicht gefrühstückt … Habe nichts dagegen, gute Idee … Bis gleich."
Eilig entnahm sie ihrer Aktentasche zwei Schnellhefter, einen grünen und einen roten.
Bescheiden aber auch stolz wegen ihrer erfolgreichen Recherchewoche in Furth im Wald betrat Gisela die Chefredaktion des Kölner Echos.
Jack Mauteaux nahm sie bereits im Vorzimmer in Empfang. Sein kugelrundes Gesicht strahlte sie an. Er ergriff ihre Hand und zog sie in sein Zimmer. Sie vergaß nicht, der kopfschüttelnden Sekretärin mit der freien Hand einen Wiedersehensgruß zu zuwinken.
„Hallo Frau Doktor Nöthen, wie ich sehe, sind Sie wohlbehalten von ihrem ersten Einsatz zurückgekehrt. Gottseidank waren meine Sorgen um Sie unbegründet!"
Er gab ihre Hand frei, trat einen Schritt zurück und schaute sie an.
„Sie sehen gut aus!"
„Kommen Sie, machen Sie es sich hier in der Besucherecke bequem. Wie Sie sehen, wartet ein zünftiges Frühstück auf uns. Guten Appetit, ich hoffe es macht Ihnen nichts aus, wenn wir zwischendurch ein wenig plaudern? Wissen Sie, ich bin sehr neugierig auf den Bericht Ihres ersten Spezialauftrages."
Leider machte der dynamische Gesprächsstoff das Frühstück zur Nebensache.
„Bitte Frau Nöthen, schießen Sie los, was haben Ihre Recherchen ergeben?"

„Chef, eins nach dem anderen, ich werde Ihnen alles erzählen!"
Als sie ihm den grünen Hefter überreichen wollte, musste sie warten, bis die von ihm aufgespießte Scheibe Käse auf der vorgesehenen Brötchenhälfte Platz genommen hatte.
„Darin ist mein von der Geschäftsführung der Kaiser-Residenz abgesegneter Bericht über den Seniorenwohnsitz.
Chef, lesen Sie diese Arbeit später in Ruhe durch. Das Andere sollte jetzt Vorfahrt haben."
Sie deutete auf den roten Hefter.
„Was hier drin steht, ist glühend heiß. Ich glaube, meine Undercovertätigkeit hat sich gelohnt. Hier in dieser roten Mappe sind die Ergebnisse meiner Recherchen enthalten. Darüber hinaus habe ich mir erlaubt, meine sicherlich kriminalistisch unqualifizierten Kommentare und Schlussfolgerungen anzufügen."
„Frau Nöthen, ich wünsche Ihnen und mir Erfolg. Das, was unser Boss versprochen hat, wird er halten. Sie erinnern sich? Wenn wir ihm eine Sensation auf den Tisch legen, wird er Ihnen eine Kolumne einrichten mit dem Titel ‚Ungeklärten Morden auf der Spur'. Sie bekämen Ihre eigene Abteilung, einschließlich Mitarbeitern und dem entsprechenden Etat."
„Warten wir's ab!"
Sie schaute auf die erste Seite des roten Dokumentes, biss in ihr Schinkenbrötchen und nahm einen Schluck Kaffee.
Wiederum bestaunte sie die Rekordgeschwindigkeit der Kaubewegungen ihres Chefs. Aber sein Appetit schien den Kampf gegen seine Neugier zu verlieren.

Er schob den Rest des Frühstücks mit einer Armbewegung ein wenig zur Seite, lehnte sich zurück und schaute sie erwartungsvoll an.
„Bitte, ich bin ganz Ohr!"
„Ich sollte vorwegschicken, dass mir in den ersten Tagen dort ein bewundernswerter Mann wertvolle Hilfe geleistet hat. Professor D'Aubert, ein Theologe, war von der Residenz zu einem religiös-philosophischen Vortrag eingeladen worden. Ich kann nur sagen, Vortrag und Referent beeindruckend. Darüber vielleicht später mehr, wenn es Sie interessiert. Dieser D'Aubert hat zahlreiche Gespräche mit Hausbewohnern geführt. Von ihm bekam ich einige wertvolle Informationen, die meine eigenen Recherchen bestätigt und ergänzt haben.
Ihre Haltung straffte sich, ihre Gesichtszüge wurden ernster.
„Kommen wir zum Wesentlichen meiner Mission. Alle vier ungeklärten Mordfälle aus dem Kölner Raum weisen bemerkenswerte Übereinstimmungen auf."
Zufrieden stellte sie fest, dass die Aufmerksamkeit ihres Chefs uneingeschränkt ihr gehörte.
„Erstens fand ich bestätigt, das es sich bei den Ermordeten um jeweils den einzigen rechtmäßigen Erben eines millionenschweren Vermögens handelte. Zweitens: Die schwerreichen Verwandten der Getöteten, Eltern, Großeltern oder Tante und Onkel verbringen ihren Lebensabend in der Kaiser-Residenz. Drittens: Genau diesen Punkt halte ich für besonders bemerkenswert. Alle vier Morde geschahen auf die gleiche Art und Weise."
Nach einem Schluck Kaffee fuhr sie fort.

„Interessant erscheint für mich in diesem Zusammenhang noch folgende Tatsache. Ich konnte feststellen, dass die betroffenen Millionäre, die plötzlich ohne natürlichen Erbe dastanden, dazu neigten, Ihr Vermögen dem Mann zu übertragen, der ihnen ein neues Zuhause und eine neue Heimat geschenkt hat. Und dieser verehrte und sehr geschätzte Wohltäter ist niemand anders als Jean Rasmussen."
Ihr gut gemeinter Vorschlag, das Frühstück nicht zu vergessen, stieß auf unwillige Ablehnung.
„Wir, das heißt der Professor und ich, konnten erfahren, dass bisher mindestens ein Heimbewohner sein millionenschweres Vermögen der Kaiser-Residenz, das heißt dem Besitzer Jean Rasmussen vermacht hat.
Aus all diesen Gemeinsamkeiten und Zusammenhängen könnte man leicht ein Motiv ableiten, dass auf alle Mordfälle zuträfe."

Sie wartete auf eine Reaktion ihres Chefs. Ein Handzeichen forderte sie aber auf, weiter zu berichten.
„Ich rekapituliere noch mal das Tatgeschehen.
In allen Fällen wurde der Mörder eindeutig von Tatzeugen erkannt. Doch jedes Mal konnte der Killer ein absolut wasserdichtes Alibi vorweisen.
Eineiige Zwillinge waren auszuschließen. Da bleibt meiner Meinung nach nur eine einzige Erklärung übrig. Der Täter trug eine lebensechte Maske eines Menschen, der aus dem Umfeld des Ermordeten stammte. Zur Herstellung derartiger Kunstwerke müssen einige Voraussetzungen gegeben sein. Ein Spezialist mit der entsprechenden High-Tech-Ausrüstung liefert das erforderliche fotografische Mate-

rial. Ein weiterer Fachmann zaubert daraus mit der entsprechenden Technik naturgetreue, lebensechte Masken. Die Augenzeugen haben lediglich einen Maskenmörder gesehen. An jedem Mord müssen also drei Personen beteiligt gewesen sein. Zwei technisch modernst ausgerüstete Spezialisten und der maskierte Täter. Dabei habe ich eine weitere Vermutung. Der Mörder selber wird im Vorfeld eine Person aus dem Umfeld des Opfers ausgesucht haben, dessen Maske er bei der Tat tragen würde. Diese Person musste zumindest figürlich zu ihm passen.
Und nun eine Tatsache, die ich ermitteln konnte: Jean Rasmussen steht in Verbindung mit einem namhaften Maskenhersteller. Der Mann ist weltweit bekannt, heißt Svoboda, ist Tscheche und wohnt in dem tschechischen Städtchen Krumau. Ich habe diesen Künstler in seinem Haus unter irgendeinem Vorwand besucht."
Mauteaux schaute sie mit uneingeschränkter Aufmerksamkeit an.
„Ich komme zu einem weiteren, meiner Meinung nach beachtenswerten Befund meiner Untersuchungen."
Nach einer kurzen Pause fuhr sie fort.
„Angeblich verbrachte Jean Rasmussen immer genau in der Zeit, in der in Köln ein Erbenmord verübt wurde, Urlaub auf der kleinen und unbekannten Kykladen-Insel Anafi.
Da man mir großzügige Akteneinsicht gewährte, konnte ich die Urlaubszeiten aller Mitarbeiter der Kaiser-Residenz einsehen. Auch die des Besitzers."
„Nun sagen Sie bloß", ging Mauteaux diesmal dazwischen, „diese Übereinstimmung trifft zu. Befand

sich Rasmussen tatsächlich in der Zeit, in der die Verbrechen geschahen, dort auf dieser Insel?"
„Genau so war es in den Unterlagen festgehalten. Ich habe es mit eigenen Augen gesehen."
Nach einem kurzen Nachdenken fuhr sie mit Eifer fort:
„Es müsste dringend hieb- und stichfest geprüft werden, ob Rasmussen tatsächlich zur Zeit der Morde auf diesem Eiland weilte. Wenn nicht, wird es für ihn eng."
„War's das? Ich gratuliere, ich bin begeistert. Damit werden wir den Boss überzeugen können. Wir sollten..."
Die Journalisten unterbrach ihren Chef.
„Moment, ich habe hier noch eine Auffälligkeit. Bei der Tatwaffe handelte es sich in allen Kölner Tötungsdelikten um eine 9,5 mm bersa Pistole. Das wiederum spricht dafür, dass wir es mit einem Täter zu tun haben. So, und nun zu meinen Schlussfolgerungen."
Sie warf einen Blick in ihre Aufzeichnungen.
„Dieser Rasmussen verbraucht und braucht viel, sehr viel Geld. Der Betreuungsaufwand in der Kaiser-Residenz ist exorbitant. Er bietet den Heimbewohnern mehr Luxus, als man sich in den kühnsten Träumen vorstellen kann. Die dort lebenden Menschen schätzen und lieben Rasmussen wie ein Familienoberhaupt. Drängt sich da nicht der Verdacht auf, dass hinter dieser überzogenen Fürsorge ein ganz raffinierter Plan steckt?"
„Sie meinen", nahm Mauteaux den Faden auf, „dass Rasmussen es ganz bewusst darauf abgesehen hat, mit dieser Overprotektion-Masche zum idealen Erben für die Senioren-Millionäre zu avancieren?"

„Chef, davon bin ich überzeugt."

Mauteaux erhob sich, nahm in Gedanken eine Scheibe Käse von der Platte und stopfte diese in den Mund. Schnell kauend ging er einige Male nachdenkend auf und ab. Schließlich schluckte er hörbar und nahm wieder Platz.
„Liebe Kollegin, Sie haben den Knaben zwar nicht direkt des mehrfachen Mordes überführt, das war auch nicht Ihre Aufgabe. Aber Sie haben ihn an eine Kette aus schlüssigen Indizien gelegt. Ich bin überzeugt, dass die Kripo die Ermittlungen wieder aufnimmt, wenn sie Ihren roten Schnellhefter in Händen hält. Ich werde jetzt versuchen, so schnell wie möglich für uns beide einen Termin bei unserem Boss zu bekommen. Er wird von Ihrer Arbeit begeistert sein."
„Herr Mauteaux, ich habe hier noch einen weiteren Gedanken festgehalten. Ich bin mir sicher, dass der tschechische Maskenhersteller Svoboda keine Ahnung hat, welchem Zweck die von Rasmussen in Auftrag gegebenen Larven dienen. Ich bin mir sicher, dass Rasmussens dafür gesorgt hat, dass das ihm zugesandte Fotomaterial umgehend nach der Verwertung vernichten wurde.
Außerdem wird ihm das Fotomaterial anonym zugeschickt worden sein."
„Da könnten Sie Recht haben", bestätigte Mauteaux.
„Damit wird auch die Suche nach dem Foto-Spezialisten im Sande verlaufen. Hier werden keine Kontaktspuren zu finden sein."
Der Chef nickte ihr zu und folgerte:

„Das bedeutet, die Kriminalkommissare haben nur eine Chance, den begründeten Verdacht gegen Rasmussen in ein beweiskräftiges Indiz umzuwandeln. Und das wäre der Fall, wenn Rasmussen für die Tatzeiten kein handfestes Alibi liefern könnte."
„Chef, alle meine Erhebungen, Alibi hin Alibi her, weisen eindeutig in Richtung Rasmussen. Ich bin überzeugt davon, dass der Besitzer der Kaiser-Residenz, verborgen hinter einer Maske, eigenhändig die Morde begangen hat. Denn ein gekaufter Killer wäre ein Unsicherheitsfaktor auf Lebzeit."

Mauteaux lehnte sich zurück und schaute seine eifrige Mitarbeiterin staunend an.
„Summa summarum", folgerte er, „sind Sie überzeugt, dass das Anafi-Alibi dieses feinen Herrn Rasmussen platzen wird."
„Dagegen spricht allerdings, dass Rasmussen sich auf dieser Insel ganz gut auskennt. Er hat sich sicherlich öfter auf dieser Insel aufgehalten, aber nicht zu den Tatzeiten. Zumindest vermute ich das."
„Liebe, ja ich darf sagen, liebe Kollegin, Sie haben Ihr Gesellenstück mit Bravour bestanden."
Die Überprüfung des Anafi-Alibis, ebenso wie die Aufarbeitung aller von Ihnen hier im roten Ordner festgehaltenen Fakten obliegen allein schon aus juristischen Gründen den Profis von der Kripo."
Eine Hand des Redaktionschefs ruhte auf der roten Mappe. Er schaute seine Gesprächspartnerin bewundernd an.
„Ich möchte Ihnen gratulieren. Sie haben all unsere Erwartungen überboten. Ich für meine Person beurteile das Ergebnis Ihrer ‚mission inkognito' als sensationell. Ich bin sicher, dass Herr Dugard das ge-

nauso sieht. Frau Kollegin, ich bin überzeugt, dass Ihre berufliche Zukunft eng mit dem ‚Kölner Echo' verbunden sein wird."
„Okay, warten wir das Gespräch mit Herrn Dugard ab. Dann sehen wir weiter."

Mauteauxs Sekretärin sprach Gisela Nöthen gleich morgens beim Betreten des Verlages an.
„Herr Mauteaux hat mich gebeten, Ihnen heute den Verlag zu zeigen. Ich werde Sie herumführen und Ihnen die jeweiligen Abteilungen und deren Mitarbeiter vorstellen. Wenn Sie einverstanden sind, hole ich Sie in einer Stunde in Ihrem Büro ab."
„Wissen Sie, ob Ihr Chef schon mit Herrn Dugard über meine Dienstreise nach Furth im Wald gesprochen hat?"
„Tut mir leid, das weiß ich nicht, jedenfalls hat er mir nichts davon erzählt."
Gegen 16 Uhr am übernächsten Tag rief Mauteauxs Sekretärin an: „Frau Doktor hätten Sie im Moment Zeit? Herr Dugard und mein Chef möchten etwas mit Ihnen besprechen."
„In zwei Minuten bin ich bei Ihnen."
Sie kramte einen kleinen Spiegel aus der Handtasche, strich sich mit den Fingerspitzen über die Augenbrauen und zog den Lippenstift einmal über Ober- und Unterlippe.
‚Als wenn es darauf ankäme.'

Die füllige weißgraue Haarpracht in Harmonie mit den markanten Gesichtszügen kennzeichnete den Herrn im grauen Einreiher als freundlich selbstbewusste Respektsperson.

„Antoine Dugard", stellte er sich vor und reichte ihr die Hand. „Frau Doktor Gisela Nöthen, es freut mich, Sie kennen zu lernen."
Er schaute sie einen Augenblick an.
„Wenn man genau hinsieht, ist eine Ähnlichkeit mit Ihrer Frau Mutter, die ich gut kenne, nicht zu übersehen. Kommen Sie, nehmen Sie Platz, ich glaube, wir haben einiges zu besprechen."
Dugard hielt beide Schnellhefter in den Händen.
„Zunächst hier zu dem grünen Bericht. Vorweg eine Frage, Sie haben noch nie journalistisch gearbeitet?"
„In den letzten Jahren vor dem Abitur habe ich ein paar Aufsätze und Berichte für unsere Schülerzeitung geschrieben. Das war's aber auch."
„Dann kann ich Ihnen ein gewisses Talent zum Schreiben nicht absprechen. Mein Kompliment."
Er hielt die grüne Mappe hoch: „Herr Mauteaux wird einige redaktionelle Umstellungen vornehmen. Dann erscheint Ihr Werk in einer der nächsten Ausgaben."
Bevor sie etwas erwidern konnte hielt er den roten Hefter in der Hand.
„Liebe Frau Nöthen, ich habe das, was hier drin steht, mit zunehmendem Interesse gelesen. Man merkt, dass Sie sich als Juristin hier in Ihrem Element bewegt haben. Es ist bewundernswert, was Sie in relativ kurzer Zeit ermittelt und welche Schlussfolgerungen Sie getroffen haben.
Ich will es kurz machen."
Er hielt die Aufzeichnungen immer noch in der rechten Hand. Hob diese jetzt demonstrativ hoch und erklärte mit stolzer Stimme: „Hier drin ist soviel Dynamit enthalten, dass die Polizei sich damit beschäftigen muss. In den nächsten Tagen werde ich

mich mit Hauptkommissar Kötter vom Kommissariat Köln-Ehrenfeld in Verbindung setzen und ihm diesen Sprengstoff unter die Nase halten. Rechnen Sie damit, dass er Sie kurz darauf zu einem Gespräch bitten wird."
Der große Boss des täglich millionenfach gelesenen Blattes legte die rote Kladde auf den Tisch. Seine Augen wanderten zwischen seinen Gesprächspartnern hin und her.
„Sie erinnern sich beide noch, was ich vor ein paar Wochen angekündigt habe?" Die Bejahung als selbstverständlich voraussetzend fuhr er fort: „Mein Entschluss steht fest. Unsere Tageszeitung wird eine interessante Bereicherung erhalten. Eine regelmäßige Kolumne, die einmal wöchentlich, und zwar samstags erscheinen wird.
Titel: ‚Unaufgeklärten Morden auf der Spur'.
Natürlich habe ich mit dem hiesigen Polizeipräsidium und mit Kommissar Kötter selber Vorgespräche geführt. Beide verweisen auf die in unserem Lande praktizierte Pressefreiheit und bieten sogar von Fall zu Fall in ihrem eigenen Interesse eine Zusammenarbeit an.
Dugard schaute die etwas aufgeregt wirkende, junge Frau forschend an:
„Frau Doktor Gisela Nöthen, ich frage Sie, wären Sie als promovierte Juristin bereit, die heute in unserem Verlag neu geschaffene Redaktion für ungeklärte Mordfälle zu übernehmen? Ich möchte ergänzen, dass Herr Mauteaux Ihnen journalistisch und redaktionell zur Seite stehen wird, zumindest in der Startphase."

Gisela Nöthens Herz pochte bis zu den Schläfen. Sie spürte, und das war ihr peinlich, dass ihr Gesicht leuchtend rot strahlte.
„Entschuldigung, sie sehen mich überwältigt und überglücklich. Für mich eine einmalige Chance, den Beruf zu leben, zu dem ich mich berufen fühle. Herr Dugard und Herr Mauteaux ich werde meine ganze Kraft dafür einsetzen, den Vertrauensvorschuss, den sie in mich investieren, mit Engagement und Leistung zurück zu zahlen."

Im unscheinbaren, spartanisch eingerichteten Dienstzimmer von Hauptkommissar Kötter musste sie mit einem einfachen unbequemen Holzstuhl ohne Armlehnen vorlieb nehmen. Auf der Platte eines kleinen Schreibtisches lag eine ausgediente dunkelgrüne Schreibunterlage, eine Plastikschale mit Bleistift, Kuli, Radiergummi, Spitzer und Büroklammern, eine Leselampe aus Messing und ein schwarzes, noch nicht mobiles Haustelefon.
„Hauptkommissar Kötter lässt sich für ein paar Minuten entschuldigen. Er hatte einen Termin in der Rechtsmedizin und ist auf der Rückfahrt in einen Stau geraten. Darf ich Ihnen einen Kaffee oder ein Wasser anbieten."
„Kein Problem", gab sie freundlich zurück, „ich habe Zeit. Mit dem Getränk warte ich bis Ihr Chef zurück ist."
„Entschuldigen Sie vielmals, herzlich willkommen", begrüßte Hauptkommissar Kötter, der offensichtlich gut gelaunt mit zehn Minuten Verspätung eintraf seine Besucherin.
„Diese verdammten Baustellen, die niemals fertig werden..."

„Macht gar nichts, Gisela Nöthen", stellte sie sich vor und wunderte sich über den festen Händedruck des auffallend schlanken, mittelgroßen und überhaupt nicht grob oder robust wirkenden Mannes mittleren Alters.
Beide saßen sich am Schreibtisch auf den unbequemen alten Holzstühlen gegenüber. Kötter schaute seine Gesprächspartnerin prüfend an, als suche er in ihrem Erscheinungsbild eine Bestätigung für die Qualität der von ihr erbrachten Leistung.
„Ich kenne natürlich die Staatsanwältin Nöthen, Ihre Mutter. Sie selbst sind promovierte Juristin. Sicherlich beabsichtigen Sie, irgendwann einmal in die Fußstapfen Ihrer Frau Mutter zu treten. Ich kann nur begrüßen, dass eine zukünftige Staatsanwältin versucht, umfangreiche praktische Erfahrungen an der Front des kriminellen Geschehens zu sammeln. Gratulation Frau Nöthen", er betrachtete den roten Schnellhefter vor ihm auf der Schreibunterlage.
„Ihre ersten Gehversuche haben mich in Erstaunen versetzt."
Nach einer kurzen Konzentration fuhr er fort:
„Wir wissen beide, was hier drin steht. Sparen wir uns Wiederholungen. Ich sage Ihnen, welche Konsequenzen wir daraus gezogen haben."
Kötter schob den Hefter zur Seite.
„Zunächst habe ich mir die Unterlagen der von Ihnen benannten, vergleichbaren Mordfälle kommen lassen und gründlich durchforscht. Nach Rücksprache mit der hiesigen Staatsanwaltschaft, zuständig war ein Kollege Ihrer Mutter, greifen wir, in Zusammenarbeit mit der Polizeiinspektion von Furth im Wald, die Ermittlungen wieder auf. Das, was Sie in diesem Heft hier zusammengetragen haben,

reichte der Staatsanwaltschaft als begründeten Verdacht auf eine Straftat. Ihre Spekulationen über das Tatmotiv in allen Fällen fand besondere Beachtung. Ab sofort steht der Besitzer der Kaiser-Residenz, Jean Rasmussen, unter dringendem Tatverdacht."
Kötter warf einen kurzen Blick auf Gisela Nöthen.
‚Coole Frau.'
„Der Staatsanwalt und ich", setzte er fort, „kamen zu dem Schluss, den Beschuldigten zunächst noch nicht über ein gegen ihn gerichtetes Ermittlungsverfahren in Kenntnis zu setzen. Warum? Weil in diesem Fall die Alibifrage im Vordergrund steht. Sollten seine Alibis da auf dieser Insel irgendwelche Zweifel aufkommen lassen, wird Rasmussen über das Strafverfahren gegen ihn informiert.
Ich möchte an dieser Stelle betonen, dass Ihre Angaben über sein Urlaubsverhalten von größter Wichtigkeit waren. Ich habe umgehend einen Mitarbeiter beauftragt, sich mit der für die Insel Anafi zuständigen Polizeibehörde in Verbindung zu setzen. Es ist zu überprüfen, ob Rasmussen sich zur Tatzeit der Morde tatsächlich, wie in den Urlaubsprotokollen vermerkt, auf Anafi aufgehalten hat. Wir werden dem griechischen Kollegen Fotos, zumindest Passfotos von Rasmussen übermitteln. Damit…"
Sie unterbrach ihn: „An der Wand, direkt neben dem Empfang in der Kaiser-Residenz befindet sich eine Fotogalerie der Residenz-Mitarbeiter. Rasmussen selbst ist dort mit mehreren Ablichtungen vertreten. Sicherlich kein Problem für einen ihrer dortigen Kollegen, diese Bilder unauffällig zu fotografieren. Ideale Fotos vom Chef des Hauses finden Sie auch in Prospekten und Werbeschriften. Pardon, ich sollte Sie nicht unterbrechen."

„Im Gegenteil, ich bin Ihnen für diesen Hinweis dankbar. Der griechische Beamte wird Anafi aufsuchen und die Wirtsleute befragen, bei denen der Verdächtigte zu den bestimmten Zeiten gewohnt haben soll. Bestätigen diese Leute Rasmussens Anwesenheit während der Tatzeiten, dann stehen wir wieder mit leeren Händen da. In diesem Fall würden sich alle weiteren polizeilichen Schritte erübrigen."
Kommissar Kötter erhob sich und trat zum einzigen Fenster des Raumes.
„Frau Nöthen, Sie verstehen, dass die Überprüfung des Anafi-Alibis Vorrang hat. Vom Ausgang dieser Überprüfung hängen, wie Sie sich vorstellen können, alle weiteren Maßnahmen ab."
Kommissar Kötter erhob sich, kam um den Schreibtisch herum und reichte der ebenfalls aufgestandenen Besucherin die Hand. „Grüßen Sie bitte Ihre Eltern von mir. Selbstverständlich halten wir Sie auf dem Laufenden. Und bitte, grüßen Sie ebenfalls Herrn Mauteaux und Herrn Dugard recht herzlich."

28

Georg Riedmeier, eine sympathische Erscheinung, Mitte dreißig, schlank und groß. Der Vier- bis Fünftagebart verlieh den eher weichen Gesichtszügen eine männliche Note.
Mit einem zufriedenen Wohlwollen strich er mit der rechten Hand über die deutliche Vorwölbung der rechten Brustseite. In der Brusttasche seines Ja-

cketts steckte ein mit zwanzig fünfhunderter Geldscheinen prall gefüllter Briefumschlag. Ein stolzes, selbstsicheres Lächeln umspielte seine Augen.
Seine von Düsseldorf kommende Maschine war soeben in München, Franz Josef Strauß Flughafen gelandet. Er strebte dem großen Platz zwischen Terminal eins und zwei zu. Dort befand sich die Autovermietung.
Der Dame im dunkelblauem Kostüm am dritten soeben freigewordenen Schalter legte er seinen Führerschein und seinen Ausweis vor: „Mein Name ist Georg Riedmeier, ich hatte gestern einen Wagen für heute bestellt."
„Darf ich?" Sie nahm den Ausweis, und prüfte dessen Daten mit den entsprechenden Eingaben bei der Bestellung.
Daraufhin entnahm sie einem Fach des Wandregals eine transparente Plastiktasche mit den erforderlichen Papieren und einem Schlüsselbund.
„Sie haben als Mietdauer eine Woche und als Reiseziel Champfèr Oberengadin angegeben. Wie zahlen Sie? Möchten Sie eine Anzahlung leisten?"
„Ich zahle in bar für die gesamte Woche."
Sie schob ihm die Rechnung zu und lächelte ein wenig verlegen, „das ist nun mal so, Luxusmodell, Luxuspreise. Versicherungen und Mehrwertsteuer inbegriffen."
Sie zeigte mit ihrem Kuli auf eine Stelle der Rechnung. „Zweihundertacht Euro pro Tag." „Eintausendvierhundertsechsundfünfzig für sieben Tage", ergänzte Riedmann mit einer Gelassenheit, als wäre dieser Betrag aus der Portokasse zu zahlen.
Er legte drei lila Geldscheine auf den Tresen, hinterließ ein sattes Trinkgeld, nahm seine Papiere, die

Plastikmappe, die Quittung und verabschiedete sich mit einem dankbarem Blick.
Ein junger Mann in Firmenuniform begleitete ihn zu dem nahe gelegenen Airport Parkplatz.
„Unmittelbar hier rechts von der Zufahrt ist unser Bereich. Wenn Sie zurückkommen, können Sie den Wagen einem unserer Mitarbeiter übergeben."
Mit fast ehrfurchtsvoller Geste wies er auf das bestellte Fahrzeug:
„Dort der auburn-red-metallic farbene Porche Cayenne Turbo S, 570 PS. Mein Herr, viel Vergnügen und gute Fahrt."
Mit einem herzlichen Dank und einer tiefen Verbeugung quittierte er ein dickes Trinkgeld.

Der Cayenne schnurrte wie eine satte und zufrieden ruhende Wildkatze.
Von München aus entschied sich Riedmann für die A 96 Richtung Bodensee. Vorbei an Bregenz über Dornbirn führte ihn die E 60 und später die E 43 über Chur nach Abula Sils, wo er die Ausfahrt St. Moritz nahm.
Er schmunzelte, 360 Kilometer mit einem Tankstop in vier Stunden.'
Georg Riedmeier hatte eine Suite mit großem Balkon im Haupthaus des aus sechs Einzelhäusern bestehenden Hoteldorfes reservieren lassen. Diesem First-Class-Hotel-Komplex Chesa Guardelej, in Champfèr bei St. Moritz, vermittelt der einzigartige Engadiner Baustil einen einmaligen Wohlfühlcharme.
Auf seinem Wochenplan standen einige, Kontakte herstellende und seine Rolle bestätigende Aktivitäten. Im Übrigen galt es das herrliche Ambiente von

St. Moritz und seiner umgebenden Bergwelt zu genießen. Den Auftrag, den er zu erledigen hatte, würde sein Vergnügen nicht mindern, sondern im Gegenteil bereichern.
In dieser Woche gastierte der fünfunddreißigste Sportärztekongress in St. Moritz.
Es gehörte zu Riedmeiers Plan, mehrere Vorträge und Seminare, die im Europa Hotel Sankt Moritz-Champfèr stattfanden, zu besuchen. Bei weit über zweihundert teilnehmenden Sportärzten und Sporttherapeuten würde eine fachlich nicht dazugehörende, nichtmedizinische Einzelperson nicht auffallen.
Sein Ziel war, sich unauffällig und unaufdringlich in den Personenkreis um Professor Dr. Horst von Weissenfels einzuschmuggeln. Derartig lockere Personenkreise um interessante und beliebte Kongressteilnehmer, vor allem um namhafte Referenten, ergaben sich üblicherweise bei mehrtägigen Veranstaltungen mit größeren Teilnehmerzahlen.
Professor von Weissenfels, Sportmediziner und Neurologe, genauer gesagt Hirnforscher an der Sporthochschule Köln, gehörte auf seinem Spezialgebiet trotz seines geringen Alters von 36 Jahren zur wissenschaftlichen Crème de la Crème. Bei seinen Vorträgen würde kein Sitzplatz frei bleiben.
Er konnte auch auf einige persönliche sportliche Erfolge zurückblicken: Zwei Jugend-Landesmeisterschaften, über vierhundert Meter flach und vierhundert Meter Hürden.
Er galt als unterhaltsam und schien den schönen Dingen des Lebens nicht abgeneigt zu sein.

In der mit Überwachungskameras ausgestatten Tiefgarage des Chesa Guardelej fand von Weissen-

fels Porsche ständig Bewunderer. Über den Preis wurde viel spekuliert. Die Vermutungen der ehrfürchtigen Fans schwankten zwischen einhundertfünfzig und zweihundert Tausend Euro.
Ein junger Sportlehrer stand sehnsüchtig staunend vor diesem technischen Wunderwerk. Trostlos wandte er sich seinem Kollegen zu:
„In der Portokasse des Mannes, dem diese Luxuskarosse gehört, wird mehr Geld enthalten sein, als ich in meinem ganzen Leben zusammenkratzen werde."
„Es sei denn", ermunterte ihn sein Kumpel, „du suchst dir eine Frau aus reichem Hause, gewinnst im Lotto oder bist der einzige Erbe millionenschwerer Verwandter."
„Du Scherzartikel, weder das eine noch das andere hat mir meine Wahrsagerin vorhergesagt. Ich wüsste mal gerne", mutmaßte er, „ob eine pure Geldheirat überhaupt Liebe der Herzen zulässt."
„Vergiss nicht, Geld macht attraktiv und sexy. Wenn ich mir das genau überlege, dann steckt im Geld die bei weitem größte Macht der Welt. Selbst die höchsten Güter des Menschen wie Ehrlichkeit, Treue, Freundschaft und Liebe sind mit Geld manipulierbar."
„Ich weiß, ich weiß", beendete der Sportpädagoge das Gespräch mit seinem Kumpel, „selbst das Jüngste Gericht zieht den Mammon der Gerechtigkeit vor. Jedenfalls wurde mit dieser Überzeugung vor noch nicht allzu langer Zeit Geld gemacht. Ich habe mal gehört, dass der Petersdom in Rom vorwiegend mit Ablassgeldern gebaut worden sei. Na ja, das passierte aber nur in der Renaissencezeit. Immerhin war dieser Ablasshandel der Auslöser der Reformation."

„Klugscheißer," murmelte er vor sich hin.

Bereits gegen zwanzig Uhr am Abend des Anreisetages war die gemütliche Bar im Souterrain des Vier Sterne Hotels bis auf den letzten Platz besetzt. Besonders beliebt waren die ledergepolsterten Hocker am Bartresen. Es dauerte nicht lange bis auch die Stehplätze in der ersten oder zweiten Reihe hinter den Hockern genutzt wurden. Der maximale, aufopfernde Einsatz der vier Barkeeper und des übrigen Bedienungspersonals fand keinerlei Beachtung. Angeregte Unterhaltung mit einem Drink in der Hand dominierte das zunehmend lockere Beisammensein.

Von Weissenfels und ein junger Sportlehrer hatten einen Barhocker ergattert. Mit dem Rücken zur Bar studierten sie die Getränkekarte.
„Entschuldigung meine Herren, dass ich mich einmische. Ich sehe, dass sie auf der Suche nach einem passenden Getränk sind. Ich hocke hier rein zufällig neben ihnen. Darf ich mir erlauben, ihnen meine Erfahrung anzubieten? Ich habe vor gut einem Jahr hier in diesem Hotel während eines Kurzurlaubes ein paar Tage gewohnt. Dabei habe ich die Bekanntschaft mit einem empfehlenswerten Drink gemacht. Ich erlaube mir, Sie zu dieser Kreation einzuladen. Schauen Sie hier."
Er deute auf die entsprechende Stelle der Karte.
„Der Name ‚Turbo Diesel, sagt wirklich nichts über die wunderbare geschmackliche Harmonie dieser Mixtur aus Cidre, Johannesbeersaft, Bier, Cola und Wodka aus. Ich meine ein Versuch wär's wert."
Er reichte beiden die Hand.

„Riedmeier, aus Düsseldorf," machte er sich bekannt. „Mein Beruf? Sagen wir so, ich bin zuständig für das Unterhaltungs- und Aktivitätsprogramm der älteren Herrschaften in einer Senioren-Residenz. Es ist erstaunlich, welche Bedeutung angemessene Bewegung für das Wohlbefinden im Alter hat. Ich hoffe, ich kann zu diesem Thema hier auf dem Kongress noch vieles lernen."
Die Angesprochenen stellten sich ebenfalls vor und nahmen die Einladung dankend an.
„Herr Professor, ich glaube, ich habe Sie heute Nachmittag ankommen sehen. Wenn dem so ist, dann erfreuen wir beide uns an der gleichen Leidenschaft."
Von Weissenfels schaute überrascht Riedmeier an.
„Verzeihung, da habe ich wohl den Anschluss verpasst. Ich versteh mit dem besten Willen nicht, was Sie meinen."
Riedmeier lächelte verständnisvoll, hob das Glas und orakelte,
„Turbo Diesel."
Von Weissenfels schaute Hilfe suchend den Sportlehrer an. Der zuckte mit den Schultern.
Von Weissenfels nahm sein Glas, schaute es an, als gäbe es darin einen Hinweis, trank einen Schluck und meinte, „helfen Sie mir, vielleicht bin ich zu dumm, ich weiß beim besten Willen nicht, worauf Sie hinaus wollen."
Riedmeier lächelte.
„Einen Teil der Lösung hatten Sie soeben in der Hand."
Er zog einen Schlüsselbund aus der Tasche und ließ diesen, mit zwei Finger haltend, vor der Nase des Sportwissenschaftlers baumeln. Dieser griff danach,

schaute erstaunt und ein wenig zweifelnd Riedmann an und zelebrierte mit Ehrfurcht und Stolz in der Stimme die Lösung des Geheimnisses:
„"Cayenne Turbo S"".
Diese zwischen den beiden Männern stehende Typenbezeichnung hatte die Wirkung eines festen, ehrwürdigen Handschlages unter Freunden.
„Welche Farbe? 570 PS, 0 bis 100 in 4,1 Sekunden, 8-Gang Triptonic mit Auto- Start-Stop-Funktion, Reifendruckkontrollsystem, Allradantrieb, 2-Zonen-…" „Stopp, stopp", ging Riedmeier dazwischen, „diese Liste würde nicht enden wollen. Aber genau dem gleichen Spitzenprodukt aus Zuffenhausen gehört mein ganzes Herz."
„Da haben sich ja die Richtigen gefunden", empörte sich der Dritte im Bunde, „wenn eure Unterhaltung heute Abend nur dieses eine Thema kennt, dann werde ich mir einen anderen Platz suchen."
„Okay, okay", lenkte von Weissenfels ein, „Sie haben ja Recht. Lasst uns einmal gemeinsam auf unsere große Liebe anstoßen und dann wird diese Programm abgehakt."

Gegen 24 Uhr schaute der Professor auf die Uhr. „Um 10 Uhr morgen Früh startet der Kongress. Ich bin mit meinem ersten Vortrag um 14 Uhr an der Reihe. Möchte halbwegs ausgeschlafen sein. Meine Herren ich darf mich verabschieden."
Er reichte Riedmeier die Hand, klopfte mit seiner linken auf dessen Schulter, „war nett Sie kennengelernt zu haben. Dass wir das gleiche Auto lieben, macht uns zu Freunden. Stellen Sie sich vor, wir würden dieselbe Frau lieben, das könnte mit Mord und Totschlag enden. Bis Morgen, gute Nacht."

Zwei Minuten später, Riedmeier und der junge Sportlehrer hatten ebenfalls den Rückzug beschlossen, taucht von Weissenfels wieder auf.
„Entschuldigen sie. Ich hatte mir vorgenommen, vor dem Frühstück eine Runde um den St. Moritzer See zu joggen. Eine knapp 6 Kilometer lange Panoramarunde über einen völlig flachen und perfekt ausgearbeiteten, fast auf Wasserhöhe liegenden Weg. Einfach traumhaft. Ein unbedingtes Muss für jeden, der nach Champfèr oder St. Moritz kommt und etwas mit Sport zu tun hat. Na, wie wär's, seid ihr beide mit von der Partie? Wir werden es zunächst ganz langsam angehen lassen. Der noch fehlenden Anpassung auf die Höhe von St. Moritz, immerhin 1800 Meter, muss Rechnung getragen werden.."
Beide sagten mit Begeisterung zu. Riedmeier jubelte innerlich, ‚Dank Cayenne ist die Kontaktaufnahme geglückt. Wenn ich mir noch ein wenig Mühe gebe, wird es so aussehen, als gehörten wir Drei zusammen.'
Von nun an war die morgendliche Runde um den St. Moritzsee fester und beliebter Bestandteil des gemeinsamen Tagesprogramms.
Selbstverständlich bildeten sie auch eine Tischgemeinschaft. Man saß, wenn eben möglich, nebeneinander in den Vorträgen und gestaltete die Abende in der Hotelbar mal auf den Hockern am Tresen, mal in den bequemen Sesseln der Sitzgruppen.

„Dein Vortrag von heute Nachmittag, lieber Horst, hat mich beeindruckt. Das werde ich versuchen, an meine Kunden motivierend weiterzugeben. Weißt du Horst", man war inzwischen beim vertrauten Du angekommen, „du kannst dir nicht vorstellen, wie erschreckend wenig selbst gebildete oder auch gut betuchte Menschen über ihren eigenen Körper und dessen Funktionen wissen. Erstaunlich ist, dass sich diese Leute aber als ausgesprochen dankbar erweisen, wenn man ihnen diese Zusammenhänge mit verständlichen Worten erläutert. Deine Ausführungen über das Thema ‚Gehirnjogging mal ganz anders' kommen mir dabei wie gerufen. Die von Dir zitierten wissenschaftlichen Studien waren überzeugend. ‚Wer Sport treibt, trainiert nicht nur seinen Körper sondern auch sein Gehirn'."

„Die Untersuchungsergebnisse deines Kollegen von der Uni Bochum haben mich besonders beeindruckt", ereiferte sich Maximillian, der junge Sportlehrer im Bunde.

„Früher hieß es doch immer, ‚wer's mehr hier im Bizeps hat, hat weniger da oben im Kopf'. Und nun haben die festgestellt, dass Sportler in bestimmten Arealen mehr Hirnsubstanz besitzen als vergleichbare Nichtsportler." Maximillian lächelte stolz, „also wer es hier hat", er beugte den rechten Arm und demonstrierte einen prächtigen Bizeps, „der hat's auch hier." Dabei klopfte er mit der Faust des erhobenen Armes kräftig gegen sein Schläfenbein.

Von Weissenfels hatte eine ernste Mine aufgesetzt: „Mich haben die Ergebnisse des amerikanischen Kollegen sehr beeindruckt, dass Bewegung besonders im Kindesalter für die Entwicklung des Gehirns von fundamentaler Bedeutung ist."

Riedmeier macht ein nachdenkliches Gesicht: „Wie sinnvoll, wenn der Spieltrieb der Kleinen in Bewegung umgesetzt wird. Wie problematisch dagegen, wenn digitale Spiele zu absoluter körperlichen Inaktivität verführen."

Der Professor schaute Georg überrascht an. „Da hast du ein Thema angesprochen, dem die Wissenschaft unbedingt große Beachtung schenken sollte." Von diesem Lob stimuliert wurde Georg mutig. „Horst, habe ich deinen Vorredner richtig verstanden. Hormone, Transmittersubstanzen oder Botenstoffe sollen bei körperlicher Aktivität die Gehirndurchblutung und die Gehirnleistung anregen und das Gehirnwachstum fördern? Professor Horst, nimm es mir nicht übel, wenn ich versuche, die Zusammenhänge entwicklungsgeschichtlich zu verstehen. Ich sehe das so: Wenn sich unsere Vorfahren aus der Entwicklungsphase der Menschheit körperlich intensiv bewegten, befanden sie sich meist im Kampf, auf der Flucht oder auf der Jagd. Dabei musste eben nicht nur maximale körperliche Leistung abgerufen werden. In diesen Ausnahmesituationen, in denen es meist um Leben oder Tod ging, hatte auch das Gehirn Höchstleistungen zu vollbringen. Antrainierte Bewegungsabläufe mussten abgerufen werden, Verhaltensstrategien und Reaktionsmuster wurden blitzschnell benötigt. Es erscheint mir ausgesprochen sinnvoll, dass Körper und Verstand parallel auf Touren kommen. Von diesen Zusammenhängen profitieren wir Menschen auch nach Millionen Jahren noch."
Der Professor lächelte ein wenig zwielichtig:
„Mein lieber Georg Riedmeier, an Dir ist der Wissenschaft ein großes Talent verloren gegangen."
Er trank sein Glas leer und erhob sich: „Seid mir nicht böse, aber für heute habe ich genug. Dann bis morgen Früh, in alter Frische."

Er winkte den Beiden müde lächelnd zu und drehte ab. Doch nach wenigen Schritten blieb er abrupt stehen und kam zurück. Er nahm nochmal Platz.
„Morgen ist doch Donnerstag", begann von Weissenfels vielversprechend.
„Ich habe morgen keinen Vortrag und brauche auch kein Seminar zu leiten. Außerdem ist traditionsgemäß der Donnerstagnachmittag für alle frei. Was haltet ihr davon, wenn wir drei morgen direkt nach dem Frühstück das Weite suchen und uns die Gegend anschauen."
Weissenfels schaute die beiden erwartungsvoll an.
„Mein Wunschziel wäre Meran", begeisterte er sich weiter.
„Es soll eine wunderschöne kleinere Stadt sein, deren Architektur einen Rückblick von mehreren hundert Jahren erlaubt. Das Besondere ist, dass sich die raue alpine Landschaft dieser Gegend von einem maritimen Klima verzaubern lässt."
Er hielt plötzlich einen Reiseführer in der Hand.
„Den hab ich mir vorsorglich gekauft. Es gibt nur eine empfehlenswerte, gut befahrbare Route. Circa 137 Kilometer, Fahrzeit ohne Zwischenstopps 2 ½ Stunden. Na, was haltet ihr davon? Ihr würdet mir einen großen Gefallen tun, wenn Ihr mitkommt."
Riedmeier zögerte, ‚wenn er darauf eingehen würde, müsste er seine Strategie völlig umkrempeln. Andererseits verspürte er große Lust auf diesen Ausflug mit den beiden angenehmen Begleitern. Als er dann noch die Begeisterung des jungen Sportlehrers bemerkte stimmte er mit Freude zu.
„Horst, eine ausgezeichnete Idee, auf die wohl nur ein Professor kommen kann."

„Danke ihr beiden" beeilte sich Maximillian, „dass ich mitkommen darf. Fantastisch, ich kann es kaum erwarten."
„Wer fährt", wollte Riedmeier noch wissen.
„Wir können gerne meinen Wagen nehmen", bot der Professor an. Da ich leidenschaftlich gerne hinter dem Steuer sitze, werde ich zumindest die Hinfahrt übernehmen."

Kurz nach 9 Uhr setzte sich der meteorgrau-metallic-farbene Cayenne in Bewegung.
Riedmeier hatte auf dem Beifahrersitz Platz genommen.
„Georg", bat ihn Weissenfels, „ dort im Handschuhfach liegt der Reiseführer. Schau doch mal rein. Wir hätten nichts dagegen, wenn du uns auf Sehenswertes aufmerksam machen würdest."
„Okay, will's versuchen. Wenn Ihr Euch mit einem Reiseleiter zufrieden gebt, der so etwas noch nie gemacht hat und darüber hinaus von der Region hier keinen blassen Schimmer hat..."
„Georg", frotzelte Maximilian, der sich auf der Rückbank wohl zu fühlen schien, „wir halten Dich für einen geheimnisvollen Menschen mit vielen verborgenen Talenten. Ich bin mir sicher, dass du bisher unentdeckte Gene für ‚Führungs'-Qualitäten besitzt. Also enttäusche uns nicht."
Das Wort ‚geheimnisvoll' im Zusammenhang mit seiner Person irritierte ihn. Es war ihm bisher noch immer gelungen, die Rolle zu spielen, die gerade gebraucht wurde. Seine ihm eigene Geschäftsstrategie war sein Geheimnis, von dem Niemand etwas ahnte. Sollte dieser nette junge Sportlehrer ein Ge-

spür dafür haben, dass sein freundliches Erscheinungsbild nur Fassade war.?
‚Unsinn', wischte er diese Gedanken weg, ‚nur Floskeln.'
„Okay, ich werde mein Bestes geben, uns ans Ziel zu bringen. Warten wir's ab. Aber eine Garantie kann ich euch nicht geben."

Nach mehr als zehn Minuten nahm er den Blick von der Straßenkarte. Jetzt schaute er auf die Landschaft, die sie passierten und schien nach Orientierungspunkten zu suchen.
„So wie ich das hier sehe, geht's jetzt erst mal in nördliche Richtung. Über die B 27, auch Engadinstraße genannt, die parallel zum Inn verläuft. Der nächste Ort müsste Celerina sein."
Maximilian ergänzte: „Der Name dieses Ortes ist mir allerdings nicht fremd. Hier befindet sich die bekannte Bobbahn, die meist St. Moritz zugeschrieben wird"
„Beide Orte liegen in unmittelbarer Nachbarschaft", meinte Horst. „Auch die Hotels hier in Celerina werden von vielen Besuchern frequentiert, denen die Übernachtungen in St. Moritz-Bad oder St. Moritz–Dorf zu teuer sind."

Langweilig wurde es auf dieser Reise nicht. Sie genossen die sich ständig neu erfindenden Bilder der beeindruckenden wildromantischen Bergwelt. Hinweisschilder machten auf den Flughafen Engadin aufmerksam, den höchstgelegenen Airport Europas. Mit dem Dorf Zernez war der nördlichste Punkt ihrer Reise erreicht. Von hier aus ging es vorwiegend in östliche Richtung.

Drei unterschiedliche Menschen waren sich vor ein paar Tagen in der Souterrain-Bar des Chesa Guardelej erstmals begegnet.
Sie hatten scheinbar den gleichen Interessensbereich, die Sportmedizin. Und das Bemühen um gegenseitige Nettigkeit und Freundlichkeit hatte sie zu einer typischen Kongressfreundschaft zusammen gewürfelt. Die gut ausgebaute Straße der Engadin-Meran-Linie verwöhnte sie mit verschwenderischer Schönheit hochalpiner Natur.
„Was steht dort auf dem Schild?" wollte Maximillian wissen. Er beugte sich vor, um besser sehen zu können. „Parc Nazional Svizzer".
„Das heißt", bestätigte Riedmeier, „wir durchfahren den Schweizer Nationalpark. Moment, was steht hier noch wissenswertes? 1914 gegründet. Dient dem Artenschutz und der Forschung. Strikter Schutz vor jedweder menschlichen Einflussnahme."
„Das finde ich großartig", schie sich Maximillian auzuregen, „dann ist es auch Jägern, den sogenannten Hegern und Pflegern des Waldes, verboten, in dieser Region Tiere zu töten. Soll ich ehrlich sein? Ich hasse diese Killer im grünen Rock. Wie kann man nur Spaß oder gar innere Befriedigung empfinden, harmlose, sich am Leben erfreuende Tiere heimtückisch und hinterhältig abknallen?" Er war wütend, „Darüber könnt ihr denken, wie ihr wollt. Aber ich wäre unter Umständen bereit, eher auf Menschen schießen als auf ein unschuldiges Tier."
Riedmeier wandte sich zurück und schaute Maximillian an. „Da muss ich Dir Recht geben, ich sehe das genauso."

Die Straße hatte jetzt für einige Kilometer ein leichtes Gefälle.
„Der tiefste Punkt dieser Abfahrt", las Riedmeier vor, „... Punt la Drossa"
Diesen Punkt hatten sie nach wenigen Minuten erreicht. Von Weissenfels fuhr die Tankstelle an.
„Ich werde diese Gelegenheit nutzen, wer weiß, wo sich die nächste bietet."
Sie verließen den Wagen. „Dort drüben, dieses unansehnliche Gebilde, das so aussieht wie eine Toreinfahrt in ein dunkles Loch, ist der Beginn des Munt-la-Schera-Tunnels, den man passieren muss, um nach Livigno zu gelangen."
Es ging weiter. Von hier aus war jetzt ein sanfter aber steter Anstieg zu bewältigen.
Nach gut 10 Kilometern erreichten sie den Ofenpass. Von Weissenfels bog auf einen linker Hand gelegenen Parkplatz ab und fuhr den Wagen bis zur vorderen Begrenzung.
Schon bevor sie ausgestiegen waren staunten sie.
„Das ist ja sensationell."
Das, was sie sahen, war überwältigend.
Sie standen wie erstarrt nebeneinander und schwiegen ehrfurchtsvoll. Nichts durfte diesen Augenblick stören.
Wie auf Adlers schwingen schwebten ihre Blicke hinaus über ein weites tiefes Tal.
Von den schneebedeckten Gipfel der Bergriesen stürzten wildzerklüftet graue Felshänge hinab und wurden sanft aufgefangen von vom dunklen Grün dichter Wälder. Diese verloren sich bald im leuchtenden Grün größerer und kleinerer Wiesenflächen, die, wie ein riesiger Teppich die Talsohle ausschmückten.

Der göttlich talentierte Maler hatte ein berauschendes Bild geschaffen. Helle, weiß-bunte Tupfer, bestehend aus scheinbar spielzeugkleinen Häusern, Schuppen, Scheunen und einem spitzen Kirchturm beschrieben das Zuhause der hier wohnenden Menschen und das beliebte Ziel zahlreicher Touristen.
Von Weissenfels atmete tief durch, legte seine Arme um die beiden neben ihm Stehenden.
„Wie glücklich können wir winzigen Wesen uns schätzen und wie dankbar sollten wir sein, dass es uns vergönnt ist, ein derart überwältigendes Kunstwerk unseres göttlichen Meisters genießen zu dürfen."
Ehrfürchtiges Staunen hatte auch von Riedmeier Besitz ergriffen.
Doch in diesem Moment zuckte er innerlich zusammen. Er war entsetzt über die Schizophrenie seiner Situation. Überwältigt vom Zauber dieses Anblicks wollte er, der Atheist, sich soeben einstimmen in ein Loblied auf die göttliche Schöpfung.
Vor ihnen breitete sich das viel bewunderte und besuchte Val Müstair aus.
‚Unfassbar, was geschah hier?' Riedmeier konnte nicht begreifen, dass er den Kontakt und die Wärme von Weissenfels Arm auf seiner Schulter als wohltuend empfand. Etwas in ihm sträubte sich dagegen, dass diese Umarmung ihn eine nicht unangenehme Nähe zu einem Menschen spüren ließ. Und dann ausgerechnet zu diesem Menschen.
Das Einzige, zu dem er sich in seinem bisherigen Leben hingezogen fühlte, war Geld, sehr viel Geld und all das, was man sich dafür kaufen konnte. Al-

les Andere bedeutete ihm nichts, selbst Menschen nicht.
Die menschliche Nähe, die Umarmung und die aufkeimende Zuneigung zu diesem Weissenfels lösten ein emotionales Chaos in ihm aus, das unerträglich war.
Plötzlich lief ihm trotz der Wärme des Armes ein eiskalter Schauer über den Rücken. Er duckte sich weg aus der Berührung und ging fluchtartig Richtung Wagen.
Weissenfels schaute Maximillian überrascht an, „habe ich etwas Falsches gesagt, haben wir etwas falsch gemacht?"
Der junge Mann zuckte ahnungslos mit den Schultern. „Vielleicht ist ihm hier in der Höhe schwindelig geworden?"
Während der ersten halben Stunde der Weiterfahrt war Schweigen angesagt. Die ausbleibende Unterhaltung würde sich mit dem großen Interesse für die Idylle des an ihnen vorüber gleitenden Val Müstair mit seinen sattgrünen Wiesen und den gepflegten Dörfern erklären lassen. Wenig hinter dem Ort Müstair passierten sie die Grenze, verließen den südöstlichsten Teil von Graubünden und befanden sich jetzt im italienischen Vinschgau.
„He, Georg, ich vermisse die Kommentare unseres Reiseführers", zerbrach Maximillian das Eis des Schweigens. „Ist Dir eine Laus über die Leber gelaufen?"
„Entschuldigt bitte", suchte Riedmeier nach einer plausibel klingenden Erklärung, „aber ich habe mich noch nie so klein und bedeutungslos gefühlt, wie dort oben. Zum ersten Mal in meinem Leben ist mir bewusst geworden, dass es auf unserem Planeten

Dinge in übernatürlicher Vollendung gibt. Diese Erkenntnis hat in mir ein Erdbeben ausgelöst. Ich musste abbrechen, das war ein zu großes Kontrastprogramm für meine Gefühlswelt. Zu viel für einen Menschen wie mich, der bisher in einer vorwiegend materiell orientierten Welt gelebt hat."
„Kompliment, Georg", bekannte sich Horst, „so viel emotionale Größe hätte ich Dir ehrlich gesagt nicht zugetraut. Auf den ersten Blick habe ich Dich für einen eiskalten und berechnenden Geschäftsmann gehalten, der Gefühle als Zeitverschwendung betrachtet. Okay, die Zeit, die wir uns kennen, ist sehr kurz., Aber so gefällst du mir schon viel besser."
Riedmeier verkroch sich in der Wegebeschreibung.

Sein innerer Aufruhr war viel größer und hatte ganz andere Gründe als die beiden Begleiter ahnten. Sein bisheriges von Kaltblütigkeit beherrschtes Leben war ausschließlich dem Götzenbild des Mammon gewidmet.
Die Zielperson der ‚Geschäftsaktion' St.Moritz war dieser Professor Doktor Horst von Weissenfels. Der Cayenne-Fahrer war der einzige Sohn und der alleinig erbberechtigte Nachkomme steinreicher Eltern. Und dieses multimillionenschwere Seniorenpaar genoss seit knapp zwei Jahren seinen Lebensabend in Furth im Wald in der Kaiser-Residenz. Die beiden Alten beteuerten bei jeder Gelegenheit, dass die Kaiser-Residenz für sie der Himmel auf Erden sei, und dass sie sich wie zu Hause fühlten.
Rasmussen war sich des millionenschweren Erbes sicher, wenn da nicht der Sohn Professor Doktor Horst von Weissenfels gewesen wäre.

Bei der immensen Höhe des Vermögens beschloss Rasmussen auf Nummer Sicher zu gehen.
In die Befunde der routinemäßig einmal pro Jahr vorgenommenen ärztlichen Untersuchungen aller Hausbewohner hatte Rasmussen, entgegen der üblicherweise praktizierten ärztlichen Schweigepflicht, freien Einblick. Der aktuelle Gesundheitszustand beider von Weissenfels' war als altersentsprechend optimal anzusehen. Dennoch musste man bei älteren Menschen mit allem rechnen. Der Tod klopft oft an die Tür, obwohl niemand mit Besuch gerechnet hatte.
Die pathologische Geldgier Rasmussens hatte das Todesurteil gesprochen.
Doch die bisher perfekt funktionierende Killermaschinerie erfuhr im Fall Weissenfels eine Irritation, mit der nicht zu rechnen war.

Riedmeier, alias Jean Rasmussen, war urplötzlich mit einer ihm bisher völlig unbekannten Situation konfrontiert worden. Bisher kannte er nur ein einziges echtes Glücksgefühl. Nämlich den satten Zugewinn seines überdimensionalen Vermögens. Doch jetzt wurde er mit einer wohltuenden menschlichen Wärme und einem Glücksgefühl konfrontiert, dass sich wertvoller und besser anfühlte als alle seinen bisherigen von Finanzen geprägten Hochstimmungen.
Rasmussen wollte sich selber nicht belügen. Er musste es als Tatsache hinnehmen, dass er diesen ehrenhaften, gradlinigen, gebildeten und freundlichen Sportmediziner und Neurologen mochte. Er hatte in diesem von Weissenfels einen Menschen

kennen gelernt, den er sich als Freund gewünscht hätte.
Rasmussen wusste in diesem Augenblick, dass er seine tödliche Mission abbrechen musste.
Gleichzeitig bedauerte er, dass sich ein gewisser Georg Riedmeier und dieser Professor von Weissenfels nie mehr begegnen würden. Aber es keimte in ihm die Hoffnung auf, dass eines Tages ein Zusammentreffen zwischen dem sympathischen Sportmediziner und dem Residenzinhaber Jean Rasmussen stattfinden könnte.
‚Ein Glück, dass ich diesem Mann bisher nie bei seinen Besuchen der Eltern begegnet war.'
Er befreite sich von der ihn verwirrenden Situationsproblematik und kramte den Reiseführer aus dem Handschuhfach hervor.
„Ich lese euch vor, was hier steht: Kultureller Höhepunkt und UNESCO-Weltkulturerbe ist das Benediktinerkloster St. Johann im Grenzort Müstair, der auch auf den Namen Münster hört."
Er schaute seine beiden Begleiter fragend an, „wenn Ihr wollt, kann ich Euch noch mehr erzählen … Ich habe hier noch ein paar wissenswerte Informationen."
„Nun schieß schon los, wir haben gerade nichts besseres vor."
„Es handelt sich um eine Legende. Also aufgepasst. Karl der Große war gegen 775 zum König der Langobarden gekrönt worden. Auf dem Rückweg geriet er mit seiner Gefolgschaft auf dem Umbrailpass in einen verheerenden Schneesturm. Karl der Große empfand es als ein Wunder, dass er mit dem Leben davon kam. Aus Dankbarkeit ließ er das Kloster St. Johann bauen. Das Highlight dieses Klosters ist der

weltweit größte und bekannteste Freskenzyklus aus dem frühen Mittelalter, der die Enthauptung von Johannes dem Täufer darstellt."

„Wisst ihr", schaltete sich Maximillian ein, „zur Zeit Karls des Großen bis übers Mittelalter hinaus war eine Reise immer ein lebensgefährliches Unternehmen. In Kutschen oder auf Pferden war man Raubrittern, Banditen, wilden Tieren und Naturkatastrophen schutzlos ausgeliefert. Wie gut, dass wir heutzutage so sicherer unterwegs sind ... "

„Da hast du Recht", bestätigte von Weissenfels, „wenn man mal von der unwahrscheinlichen Chance eines Verkehrsunfalles absieht, wäre es paradox, bei der Teilnahme an einem Kongress um sein Leben zu bangen."

Riedmeier hatte seine Gesichtszüge unter Kontrolle, als er die perfide Ironie dieser dahingeworfenen Worte bemerkte.

„Wie ich das hier so sehe", übernahm der Begleitkommentator jetzt wieder seine Aufgabe, „werden wir gleich das Dorf Oris oder auch Eyrs genannt durchfahren. Danach erreichen wir den Hauptort des Vinschgaues. ‚Schlanders' gefällt mir als Ortsname nicht so gut. Gefälliger klingt das italienische ‚Silandro'. Die nächste Gemeinde wird dann Kastell-Tschars sein. In deren Umfeld gibt es vier sehenswerte Schlösser und Herrensitze."

Er studierte sein Informationsheft weiter.

„Das ist ja interessant. Trotz der Höhenlage gilt dieser Ort als das größte Weinanbaugebiet des Vinschgaues. Der Grund ist die Ost-West-Ausrichtung, die im Tal für ein Mikroklima mit außergewöhnlich vielen Sonnenstunden sorgt. Die Zweigelttraube gedeiht hier besonders gut."

„Ich weiß jetzt schon", begeisterte sich Maximillian, „dass ich mir in Meran ein Gläschen von diesem Traubensaft zu Gemüte führen werde."
„Was jetzt noch kommt", meldete sich Georg ein wenig gelangweilt, „ist kaum der Rede wert. Vielleicht noch das Dörfchen Naturns wegen seines Schlosses Hochnaturns, das, wie hier in meinem schlauen Buch abgebildet, mächtig und fast bedrohlich auf einem Steilhang über dem Ort thront."
„Wie weit ist es noch bis Meran", wollte Horst wissen.
„Moment, der Herr, Sie werden sofort bedient. … ungefähr 16 Kilometer."
Georg schaute auf den Tachometer. „Bei dem Tempo müssten wir in knapp 20 Minuten unser Ziel erreicht haben. Ich sehe gerade, dass wir noch zweimal die Etsch überqueren werden.
So, hier noch als Nachschlag, eine letzte Weissheit von Eurem Reisemaskottchen. Die Etsch…" Doch bevor er seine Info über den zweitlängsten Fluss Italiens fortsetzen konnte, ging Horst dazwischen:
„Maskottchen ist gut, du kommst dir also vor wie unser Talisman, unser Glücksbringer. Ich nenn das", schmunzelte er, „ behandlungsbedürftig übersteigertes Selbstwertgefühl."
Reflektorisch durchzuckte ein Gedanke Georgs Gehirnwindungen: ‚Für dich, mein lieber Horst, bin ich wahrlich viel mehr als nur ein Talisman.'
„Schaut euch das an, kaum zu glauben", staunte von Weissenfels.
„Schaut euch die Berggipfel rund um das sich uns hier öffnende Meraner Becken an. Wir sind immer noch in den Alpen und fahren, welche Überraschung, an Palmen-, Zypressenhainen, Weinbergen

und Olivenplantagen vorbei. Das ist das mediterrane Klima von Meran. Ich hab das mal gelesen und nie wieder vergessen. Der Grund für die außergewöhnliche Klimasituation in dieser Region ist die Texelgruppe mit dem 3337 Meter hohen Roteck, die zu den Ötztaler Alpen gehört. Diese Gebirgsmauer hält die von Norden und Nordwesten kommenden kalten, feuchten Wetterfronten ab. Nach Süden ist das Tal offen für den Zustrom warmer und trockener Luft."

Wenig später erreichten sie die mit über 350.000 Einwohner zweitgrößte Stadt Südtirols, die Mündungsstadt von Etsch und Passer.
Ihr Ziel war die mittelalterlich geprägte Altstadt mit ihren bekannten historischen Häusern, Winkel, Straßen und Gassen.
Einem Parkleitsystem folgend, stellten sie den Cayenne im city-nahen, bewachten Parking Plaza, einem viergeschossigen Parkhaus in der Goethestraße ab.
Bevor sie den Weg in das geschichtsträchtige Centrum der Stadt antraten, meldete sich von Weissenfels zu Wort: „Ich hatte mir vorgenommen, Meran während der Kongresszeit zu besuchen. Aus diesem Grund hab ich mich bereits im Vorfeld ein wenig schlau gemacht."
„Lieber Horst", spottete Maximillian, „du kannst uns gerne an deinem vorgefertigten Wissen teilnehmen lassen, falls noch etwas davon in den grauen Zellen hängen geblieben ist."
„Okay, gerne. Nur, mein Junge, ich würde meine schon etwas älteren Zellen daoben nicht gegen deine noch pubertären austauschen wollen."

„Also los", Horst setzte sich unternehmungslustig in Bewegung, „unser Ausgangspunkt ist die Stadtpfarrkirche St. Nikolaus da drüben."
„Wo kommen so viele Menschen her", stöhnte Maximillian, „stehen einem wie Hindernisse im Weg herum, starren in ihre Stadtführer, durch ihre Fotoapparate oder auf irgendwelche Sehenswürdigkeiten."
Von Weissenfels meldete sich wieder zu Wort: „Dort vorne kommen wir jetzt zu dem als sehenswert beschriebenen Pfarrplatz. Von da aus führt die größte Attraktion der Altstadt, die weltbekannte und bei Touristen äußerst beliebte Laubengasse mit leichtem Gefälle hinunter zum Kornplatz, dem früheren Marktplatz der Stadt."
Wisst ihr, was schrecklich ist", jammerte wieder mal der jüngste von ihnen, „das Sehenswerte wird zur Nebensache. Man muss die ganze Aufmerksamkeit darauf verwenden, nicht angerempelt oder umgerannt zu werden.
„Ich schlage vor", überhörte von Weissenfels diese Proteste, „dass wir uns die Laubengasse noch aufbewahren. Ich würde mir gerne zuerst mal die drei mittelalterlichen Stadttore ansehen, die den Stadtkern begrenzen."
„Okay Boss, zu Befehl", reagierte Maximillian, immer noch ein wenig gereizt. „Find ich gut", stimmte Georg zu.

Zunächst kamen sie am Passeier Tor vorbei. Die Straße, die durch dieses uralte Gemäuer zog, führte in das Dorf Tirol im Passeiertal.
Die westliche Begrenzung übernahm das Vinschgauer Tor.

Am eindrucksvollsten empfanden sie das Bozener Tor mit seinem hohen steilen Schieferdach und dem großen Reliefwappen von Österreich, Tirol und Meran.

„Jetzt möchte ich euch noch auf eine Besonderheit aufmerksam machen", erklärte Horst.

„Schaut mal dort auf das Hinweisschild mit dem wunderschönen Wappen. Dieses Wappen zeigt ein hellbraunes Pferd mit üppiger blonder Mähne und einem prächtigen blonden Schweif. Dieses Pferd steht, wie ihr erkennt, auf einer grünen Wiese vor einer grünen Tanne. Wohin zeigt der Pfeil des Schildes?"

Er nahm die Antwort vorweg. „Genau 10 Kilometer bis Hafling. Und diese kleine Gemeinde ist die Heimat der gutmütigen Haflinger Pferde."

Maximillian lehnte sich an den rechten stadteinwärts gerichteten Torbogen und setzte eine schmollende Miene auf.

„Ich trete ab sofort in den Hungerstreik, wenn ich nicht bald was zwischen die Zähne bekomme."

„Ich verspreche Dir," beruhigte ihn von Weissenfels, „in spätestens einer viertel Stunde kannst du deine aus niederen Beweggründen stammenden Bedürfnisse mit himmlischen Genüssen in mittelalterlicher, mediterraner Umgebung befriedigen."

„Worauf warten wir denn noch", beeilte sich Maximillian.

„Also auf zur Laubengasse", unterbrach ihn Horst, „sie ist eine der schönsten und beliebtesten Geschäftsstraßen der Welt und stammt aus dem dreizehnten Jahrhundert."

„Warum um Himmels Willen", wollte Maximillian wissen, „nennt man eine so lebendige Geschäftsstraße Laubengasse?"
„Mein lieber Freund", dozierte von Weissenfels, „Gasse, weil vor etwa siebenhundert Jahren die Straßen nicht breiter angelegt wurden. Außerdem wird der Begriff Gasse dem mittelalterlichen Flair dieser Straße mit ihren typischen schmalen Häusern aus dieser Zeit gerecht."
„Und was besagt der Begriff Laube?"
„Ich versuche es zu erklären. Es gehörte zum damaligen Baustil. Die zur Straße gelegene Häuserfront wurde parterre mit einem offenen Bogen- oder Arkadenraum versehen. Eine Reihe nebeneinander liegender Häuser bildeten so einen Bogengang, auch Arkadengang oder Laubengang, italienisch Portici, genannt. So entstanden vor allem in Städten an den Seiten von Straßen oder Plätzen sehr beliebte, wettergeschützte Verkehrsräume, die von Geschäften aller Art, von Cafes und Restaurants bevorzugt genutzt wurden. Unsere Laubengasse hier ist die berühmteste und längste Laubengasse von Tirol. Hier findest du Geschäfte internationaler Spitzenmarken, wunderschöne Cafes und edle Speiselokale. Es gibt noch eine Besonderheit. Die dem Küchelberg zugewandten Lauben werden als Berglauben und die der Passer zugekehrten als Wasserlauben benannt. Schaut auch mal eine Etage höher und achtet auf die vielen zierlichen mittelalterlichen Erker, die einen wesentlichen Anteil am einmaligen Charme dieses Meraner Kleinods ausmachen."

Dieser mit wunderbaren Bildern, Eindrücken und Erlebnissen reich ausgeschmückte Tag hatte wesentlich dazu beigetragen, dass aus lockerer Bekanntschaft Freundschaft wurde.

29

Georg Riedmeier, alias Jean Rasmussen, wälzte sich in seinem Bett von einer auf die andere Seite. Er kam innerlich nicht zur Ruhe. An Einschlafen war nicht zu denken.
‚Verdammt noch mal', fluchte er verärgert in sich hinein, ‚Dank der genialen Strategie waren seine bisherigen Geschäfte stets reibungslos über die Bühne gegangen. Warum hatte es diesmal nicht funktioniert. Warum war dieses viele Millionen versprechende Geschäft in die Hose gegangen?
Er musste eine Antwort auf diese Frage finden. Denn derartige Fehlinvestitionen durften zukünftig nicht mehr passieren.
Was war anders gelaufen als sonst? Eines steht jedenfalls fest. Die Schuld am Misslingen dieser viel versprechenden Aktion liegt ausschließlich bei mir selber. Wie immer war alles optimal vorbereitet, die Maske, die perfekt gefälschten Papiere, die Recherchen über die Zielperson, der Cayenne als Medium für eine Kontaktaufnahme zur Zielperson und der Alibiurlaub seines Masken-Doubles auf Anafi.'
Er schüttelte den Kopf, ‚unbegreifliche Selbstüberschätzung. Da hält man sich für einen routinierten und unanfechtbaren Hecht im Karpfenteich. Und dann das. Leichtsinnige Abweichung vom bewährten Prozedere und schon gibt's Probleme, die mich

zig Millionen gekostet haben. Alter Knabe, du hast dich verhalten, wie ein pubertierender Teenager, der noch keine Ahnung davon hat, was die Gefühle so alles anstellen können. Ich hätte daran denken müssen, dass eine Kontaktaufnahme mit der Person, die auf dem Altar des Millionendeals geopfert werden sollte, emotionale Probleme aufwerfen könnte.'
Rasmussen lächelte selbstmitleidig.
‚Ich war mir so sicher, dass Gefühle bei diesen Geschäften keinerlei Rolle spielen würden.'
Er setzte sich auf die Bettkante und suchte die Fernbedienung auf dem Nachttisch. Ein großer überdimensionierter Lüster, üppige Wandleuchten, Deckenstrahler und die Nachttischlampe tauchten das feudal eingerichtete Schlafzimmer in ein helles Licht.
Rasmussen rieb sich mit beiden Händen das Gesicht.
‚Wie und warum hatten die Gefühle seinen sonst so messerscharfen und eiskalten Verstand an die Wand gedrängt?'
Er war überrascht von dieser Erkenntnis. ‚Emotio besiegt Ratio. Und das bei mir. Und zwar, soweit ich mich erinnern kann, zum ersten Mal in meinem Leben.'
Diese Erkenntnisse scheuchten ihn hoch. Er ging barfuß auf und ab und wieder schüttelte er ungläubig den Kopf.
‚Rasmussen, Rasmussen, was geht in dir vor?'
Er trat ans Fenster, die Jalousie surrte leise hoch, er öffnete beide Flügel weit, atmete tief durch und starrte in die schwarze Nacht.

Die Dunkelheit da draußen wurde zur symbolischen Kulisse einer erleuchteten Bühne. Die virtuelle Szene zeigte zwei Männer, die sich mit kameradschaftlicher Freundlichkeit die Hände reichten, sich wertschätzend anlachten und in heiterer Unterhaltung gemeinsam davonspazierten. Der Professor hatte sich links von Rasmussen eingeordnet und seine Hand vertraulich auf dessen Schulter gelegt.
Die paar Tage, der an sich belanglosen, eher oberflächlichen körperlichen, geistigen und emotionalen Berührung hatten eine angenehm begehbare Brücke der Wertschätzung, der Zuneigung und der Sympathie zwischen zwei völlig unterschiedlichen Ufern geschlagen.
Und noch etwas versetzte ihn in Erstaunen. Er empfand keine Enttäuschung, keine Wut oder gar Selbstvorwürfe über diese Beziehung. Ganz im Gegenteil, er hatte zum ersten Mal in seinem Leben eine Entdeckung gemacht, die ihm zumindest in diesem Augenblick wertvoller war als Gold und Geld. Er hatte zum ersten Mal die belebende Wärme der Freundschaft zu einem anderen Menschen verspürt.
Die Eiseskälte seines Gletscherdaseins war mit den wärmenden Strahlen der Freundschaft in Berührung gekommen.
Er schloss das Fenster, löschte das Licht und versuchte erneut einzuschlafen.
Fehlanzeige. Weitere Gedanken drängten sich förmlich auf.
‚Wie wären die früheren Geschäfte gelaufen, wenn er die Zielpersonen vor der Eliminierung kennengelernt hätte? Wie würde er sich bei zukünftigen Geschäftsabwicklungen verhalten? Selbst, wenn er jeden persönlichen Kontakt vermeiden würde, könnte

er wahrscheinlich eines nicht mehr verhindern. Von nun an würden die Zielpersonen nicht mehr nur Zielobjekte sein. Von nun an würde eine Zielperson ein Mensch sein mit Herz und Seele, ein Menschen, dem Wertschätzung, Liebe und Verehrung zuteil wird.'
Er brachte es auf den Punkt.
‚Bisher hatte er Menschen als Objekte gesehen, die man wie Schachfiguren zum eigenen Vorteil hin und her schieben konnte. Seine Spielregeln hatten auch erlaubt, dass eine Figur aus taktischen Gründen geopfert werden musste.
Auf Schlachtfeldern wurden tausende Menschen von Menschen getötet. Es diente dem Wohl des Vaterlandes. Die Sieger ließen sich als Helden feiern, den Verlierern wurden der Prozess als Kriegsverbrecher gemacht. Die moralische oder ethische Bewertung schien eine Frage des Standpunktes zu sein.'

Rasmussen musste sich damit abfinden, dass eine neue, eine bisher unbekannte Dimension von ihm Besitz ergriffen hatte, die Dimension der Skrupel und des Gewissens.

„Guten Morgen Maximillian."
„Na, hast du gut geschlafen", grüßte von Weissenfels, frisch und munter.
„Ich habe mich wie in Morpheus Armen gefühlt, ich bin wie neu geboren."
Er schaute auf seine Armbanduhr.
„Wir sind heute zwanzig Minuten später dran als sonst. Wo bleibt denn Georg?"
Maximillian sprang auf. „Der wird verschlafen haben. Ich geh zur Rezeption und lasse ihn wecken."

Als er zurückkam, zuckte er mit den Schultern und schüttelte den Kopf. Er setzte sich hin und schaute sein Gegenüber ratlos an.

„Was ist los", wollte von Weissenfels wissen.

„Ich kann es kaum glauben, da wirst du staunen. Unser lieber Riedmeier ist sang- und klanglos, ohne uns eine Nachricht zu hinterlassen, heute Morgen bereits um fünf Uhr abgereist. Das kann ich nicht verstehen. Den Entschluss, so mir und dir nichts zu verschwinden, muss er wohl diese Nacht gefasst haben."

„Anzunehmen", stimmte von Weissenfels zu, „sonst hätte er uns das gestern gesagt."

„Komischer Vogel", meinte Maximillian, „wenn ich ehrlich sein sollte, wusste ich manchmal nicht, wie ich diesen Mann einstufen sollte."

Der Professor zögerte einen Moment. „Irgendwie muss ich Dir Recht geben. Er gab sich freundlich, nett, unterhaltsam und schien sich bei uns wohl zu fühlen. Auch seine Aufgeschlossenheit gegenüber sportmedizinischen Themen hat mir imponiert."

„Aber, da kommt doch noch ein Aber", forschte Maximillian.

„Am ersten Abend in der Hotelbar", fuhr von Weissenfels fort. „Er war gerade zu uns gestoßen. Ich wollte mir noch einen Drink bestellen, da spürte ich förmlich seine Blicke in meinem Nacken. Ja, man kann Blicke spüren. Jedenfalls drehte ich mich zu ihm hin und sah für den Bruchteil einer Sekunde in Augen, die mir in diesem ersten Moment nicht gefielen. Ich habe das allerdings gleich wieder vergessen und auch nicht ernst genommen. So etwas bildet man sich schnell mal ein."

30

Erst am Dienstag der folgenden Woche, gegen 9 Uhr in der Früh, meldete sich Rasmussen bei seiner Geschäftsführerin telefonisch zurück.
„Grüß Gott, hallo, liebe Frau Procházka, mein bestes Pferd im Stall. Ich freue mich Ihre Stimme zu hören. Vermisst habe ich Sie ehrlich gesagt auch. Was gibt's Neues? Hoffentlich nichts Unangenehmes."
„Stopp, stopp Chef.
Lassen wir die Kirche im Dorf. Wenn das mit dem besten Pferd im Stall ein Kompliment sein sollte, dann ist das für mich ein wenig gewöhnungsbedürftig. Nach dem Wetter auf Anafi werde ich Sie nicht mehr fragen. Denn die Antwort wäre wie immer: ‚Wie immer, danke, sehr gut'."
Nach kurzer Unterbrechung nahm ihre Stimme wieder einen dienstlichen Ton an.
„Chef, ich weiß nicht, wie Sie das bewerten. Gestern bekam ich einen Anruf aus Köln. Zu meiner Überraschung hatte ich einen Hauptkommissar Kötter der Kölner Kripo am Apparat. Regen Sie sich nicht auf, Chef. Ein äußerst freundlicher Mann. Er, das heißt dieser Herr Kötter und ein Kommissar Heckenpichler von der hiesigen Polizeiinspektion, wollten Sie so bald wie möglich sprechen. Wenn ich das richtig verstanden habe, es um eine Art Zeugenbefragung."
„Regen Sie sich nicht auf Chef", wiederholte er ihre Worte, „Sie haben gut reden. Die Polizei im Haus ist

immer schlecht! Was hat dieser Kötter noch gesagt? Hat er verraten, um was es ging?"
„Nein, natürlich wollte auch ich Näheres erfahren. Aber **er** ging auf meine Fragen nicht ein.
Chef, wie immer nach Ihren Inselaufenthalten, sind Sie nicht gleich montags sondern erst dienstags wieder im Hause. Weil aber der Kommissar keine Ruhe gab, konnte ich nicht anders, als den Polizisten einen Termin für heute anzubieten. Um 14 Uhr sitzen beide Kommissare in Ihrem Besucherzimmer. Ich hoffe es passt Ihnen. Sonst müsste ich versuchen, den beiden einen anderen Termin anbieten."
„Nein, ist schon okay. So etwas schiebt man nicht auf die lange Bank. Frau Procházka, vielen Dank erst mal. In einer guten Stunde werde ich im Haus sein. Alles weitere dann vor Ort."

Gegen 13 Uhr bat Rasmussen seine Sekretärin, ihn bis zum Eintreffen der Kriminalbeamten auf keinen Fall zu stören.

Vor ihm auf der Schreibtischunterlage lag eine angebrochene Tafel Bitterschokolade. Dunkle Schokolade war für Rasmussen das Symbol für innere Ruhe, Ausgeglichenheit und Problembeherrschung.
Er rechnete seit Jahren mit einer Zeugenbefragung oder einem Verhör, wie auch immer man Gespräche mit der Polizei bezeichnen wollte. Irgendwann würde das passieren.
Er freute sich auf diesen Waffengang mit Worten. Seine Selbstsicherheit und sein Selbstbewusstsein befanden sich in Hochstimmung. Seine Strategie war durchdacht. Die bisherigen Geschäftsaktivitäten

waren fehlerfrei über die Bühne gegangen. Die Polizei mochte Motive und Verdächtigungen auftischen so viel sie wollte, es gab nicht eine einzige noch so winzige Schwachstelle, wo sie einen Beweishebel hätten ansetzen könnten.
In Gedanken spielte er mit den zu erwartenden Fragen der Kriminalbeamten. Es musste entwaffnend wirken, wenn die Antworten inhaltlich und verbal präzise und prägnant, jede Finte im Leeren verpuffen ließen. Ahnungslosigkeit und Unschuld demonstrierende Freundlichkeit gegenüber den Polizisten würde als Pluspunkte auf seiner Seite zu Buche schlagen.

Den Tisch der Besucherecke zierte ein frischer Blumenstrauß in allen Farben. Ein auffallend dekorativer Servierwagen bot verschiedene Mineralwässer, Obstsäfte, Cola- und Limonadengetränke mit den dazu passenden Gläsern an. Eine Obsttorte und ein Mokkacremekuchen guckten verführerisch aus den Glashauben. Das edle Kaffee-Gedeck und zwei goldfarbene Thermokannen warben um die Gunst der Gäste.

„Rezeption ... ich glaube", flüsterte die Damenstimme aus dem Telefon als ginge es um ein Geheimnis, „Ihr erwarteter Besuch ist soeben in einem BMW mit Kölner Kennzeichen vorgefahren."
„Vielen Dank Roswita, ich bin schon unterwegs."
Die beiden Kommissare blieben neben ihrem Fahrzeug stehen und staunten über die weitläufigen, kunstvoll gestalteten Parkanlagen und das beeindruckende Jugendstilgebäude der Kaiser-Residenz.

Jean Rasmussen kam eilig auf sie zu und begrüßte sie mit einem strahlenden Lächeln.

„Ich bin Jean Rasmussen." Er reichte beiden die Hand.

„Ich freue mich, Sie in unserem Hause begrüßen zu dürfen. Kommen Sie, ich gehe voraus. Wenn Sie möchten, bin ich gerne bereit, Ihnen im Anschluss an unser Gespräch die wichtigsten Bereiche des Hauses vorzustellen."

Die beiden Beamten waren beeindruckt vom Luxus und der Größe dieser Einrichtung.

Sie hatten in den bequemen Sesseln der Sitzgruppe des Besucherraumes Platz genommen.

Heckenpichler hatte sich für ein Mineralwasser und Kötter für einen Kaffee entschieden. Der Hausherr bediente sie persönlich.

„Herr Rasmussen", eröffnete Kommissar Kötter das Gespräch, „zunächst herzlichen Dank für den freundlichen Empfang. Ich nehme an, Sie kennen den Grund unseres Besuches."

„Nur das, was mir bei der Ankündigung Ihres Besuches gesagt wurde. Aber ehrlich gesagt, ich habe keine Ahnung, um was es geht. Aber Sie werden es mir gleich verraten..." strahlte Rasmussen sie an.

Er hielt einen Moment inne und schien nachzudenken.

„Geht es immer noch um die Geschichte, weswegen damals ein junger Kriminalbeamter aus Köln hier bei uns vorstellig geworden ist?" Rasmussen schnippte mit den Fingern, „wenn mich mein Gedächtnis nicht verlassen hat, hieß ihr Kollege Conny Koch."

Kötter sagte, was er dachte. „Falls Sie sich daran noch so gut erinnern können, muss Sie die Sache von damals ganz schön beeindruckt haben. Kommen wir zum Stand der Dinge heute."
Die Stimme des Kölner Kommissars nahm jetzt einen ernsten dienstlichen Ton an.
„Es geht um vier Morde im Raum Köln, die in den vergangenen Jahren stattgefunden und bis heute nicht aufgeklärt wurden. Nach erneuter Überarbeitung der Akten ergaben sich nun ernstzunehmende Hinweise, die Sie, Herr Rasmussen, in den Mittelpunkt unseres Interesses gerückt haben."
Er wurde von der heiteren Stimme Rasmussens unterbrochen.
„Meine Herren, Sie sehen mich belustigt. Ich muss gestehen, jetzt fängt unser Gespräch an, mir Spaß zu machen. Entschuldigung, aber fahren Sie bitte fort."
Kötter warf seinem Kollegen einen vielsagenden Blick zu.
„Alle vier Morde zeigten ein und dieselbe Handschrift. Auf alle vier Morde traf ein und dasselbe Tatmotiv zu und alles weist in ein und dieselbe Richtung, nämlich hierher zur Kaiser-Residenz. Das alles zusammen veranlasste die Staatsanwaltschaft Köln, die Ermittlungen gegen Sie, Herr Rasmussen wieder aufzugreifen."
„Jetzt beginnt die Geschichte richtig Fahrt aufzunehmen", begeisterte sich der Beschuldigte.
Fast belustigt schloss er an, „wäre das nicht jetzt der Punkt, an dem Sie mir einen Durchsuchungsbeschluss und den Haftbefehl vorlegen müssten?"
Kötter unterdrückte den Ärger über die Dreistigkeit des Mannes, der des Vierfachmordes beschuldigt

wurde. Er nahm sich vor, mit gleichen Waffen zurückzuschlagen.

„Es tut mir leid, Herr Rasmussen, aber ich muss Ihnen den Spaß an der Geschichte ein wenig verderben. Die Staatsanwaltschaft hat von einer strafrechtlichen Verfolgung gegen Sie und damit auch von einer Festnahme Abstand genommen. Aus demselben Grund ist unser Gespräch mit Ihnen kein Verhör sondern lediglich eine Zeugenbefragung."
Rasmussen verbarg seine innere Frohlockung und spielte den Enttäuschten.

„Was ist denn schon wieder schief gegangen. Ich hatte mich schon so gefreut, Ihre eventuellen Beweise und Indizien widerlegen zu dürfen. Verraten Sie mir, aus welchem Grund ich nicht in den Genuss komme, auf der Anklagebank schmoren zu dürfen."
Kötter verschluckte den ihm auf der Zunge liegenden ‚verdammten Hund' und fuhr in förmlicher Amtssprache fort.

„Unsere Ermittlungen haben ergeben, dass Sie ein Alibi für sämtliche Mordfälle haben. Wir hatten die griechischen Kollegen um Amtshilfe gebeten. Ein Beamter der dortigen Polizei ist nach Anafi gereist. Wir hatten ihm Bilder von Ihnen zukommen lassen. Das Ehepaar, bei dem Sie immer zu Gast sind, die Wirte und auch Dauergäste zweier Tavernen, selbst ein Mitarbeiter der dortigen Fähren bestätigten glaubwürdig, dass der auf den Fotos abgebildete, also Sie, Herr Rasmussen zu den Tatzeiten auf dieser Ägäis-Insel waren.
Dazu habe ich aber noch eine Frage."

„Bitte, lassen Sie hören."

„Es konnten in den Räumen, die Sie auf Anafi stets bewohnten, nur Fingerabdrücke der Vermieter und

einer weiteren Person gefunden werden. Hätten Sie was dagegen, wenn wir zum Vergleich Ihre Abdrücke nehmen?"
Der Further Kommissar meldete sich jetzt erstmalig zu Wort. „Eine Kollegin wird sich wegen der Vergleichsabdrücke in den kommenden Tagen bei Ihnen melden. Ist das Recht so?"
Rasmussen lachte auf, „hab natürlich nichts dagegen. Meiner Meinung nach werden die Chancen äußerst gering sein, Spuren von mir dort gefunden zu haben. Ich sage Ihnen auch warum. Meine liebenswerten Wirtsleute leiden an einem Putzfimmel. Ich glaube, die haben anders nichts zu tun. Hat mich ehrlich gesagt immer etwas aufgeregt. Hinzu kommt, dass ich selber einen kleinen psychischen Geck pflege. Dort auf dieser gottverlassenen Insel, die ich heiß und innig liebe, ist die Zeit, so hat es den Anschein, seit Jahrhunderten stehen geblieben. Ich leide dort unter einer Keimphobie. Was Hygiene angeht, befinden die sich dort noch im Mittelalter. Jedenfalls bilde ich mir das so ein. Ich nehme sogar immer meine eigene Bettwäsche mit. Vor lauter Angst, mir bei allem, was ich anfasse oder berühre gefährliche Krankheitserreger einzufangen, trage ich auf dieser Insel rund um die Uhr hautenge hautfarbene Handschuhe."
‚Wie gut', klopfte er sich in diesem Moment gedanklich auf die Schulter, ‚dass ich alles Erdenkliche dafür getan habe, weder Fingerabdrücke noch DNA-Spuren zu hinterlassen, und wie gut, dass ich die Wirtsleute mit gutem Geld überreden konnte, das Reinigen, Putzen, Wischen, Waschen, Säubern, Staubsaugen und Desinfizieren deutlich zu übertreiben.'

Die Blicke zwischen Kötter und Heckenpichler vermittelten die Botschaft: ‚Dieser mit allen Wassern gewaschene Typ hat sich exzellent vorbereitet.'
„Der griechische Kollege hat das Gästebuch der Verpächter, das exakt geführt war, genau studiert. Er ließ uns wissen, dass Sie auch die vergangene Woche auf Ihrer Urlaubsinsel Anafi verbracht haben."
„Ja, und es war eine wunderschöne und sehr erholsame Woche."
Er legte eine Pause ein und lächelte beide Polizisten erwartungsvoll an.
„Nun sagen Sie bitte nicht, dass in dieser Zeit jemand in Köln nach bekanntem Schema umgebracht wurde."
Rasmussen wartete vergeblich auf eine Antwort. In seinem Kopf tauchte das Bild des sympathischen von Weissenfels auf. ‚Irgendeine, mir wohlgesonnene Fügung hat, Gott sei Dank, den geplanten Geschäftsablauf in eine andere, für mich glückliche Richtung gelenkt.'
Kötter hatte noch ein paar Trümpfe in der Hand, von denen er jetzt einen ausspielte.
„Kennen Sie einen Tschechen mit Namen Vitezslav Svoboda?"
Während er diese Frage stellte, versuchte er jede noch so feine Regung im Gesicht seines Gegenüber zu erkennen und eventuell zu deuten. Langjährige Berufserfahrung hatten ihn gelehrt, bei Vernehmungen von Verdachtspersonen auf deren Körpersprache und vor allem auf deren Mienenspiel zu achten.
‚Kein Hauch einer Reaktion. Entweder total unschuldig dieser Typ hier, was ich nicht glaube oder ein

eiskalter Profi-Killer, den es amüsiert, mit uns zu spielen.'
„Natürlich kenne ich Vitezslav gut. Wir sind, so darf ich es formulieren, befreundet. Ich bewundere ihn. Ein begnadeter Künstler, besser gesagt, ein einmaliges Genie. In erster Linie ist er durch seine Marionetten bekannt und berühmt geworden. Sein überdurchschnittliches Talent besteht vor allem in der Herstellung naturgetreuer Gesichtsmasken. Damit verdient er sich zurzeit eine goldene Nase. Es scheint zunehmend in Mode zu kommen, dass Leute Freude daran finden, mit dem Gesicht eines anderen herumzulaufen.
Darüber hinaus gibt es weit und breit keinen besseren Restaurator als Svoboda."
Entschuldigen Sie, dass ich Sie unterbreche. Wo Sie gerade von den Fähigkeiten dieses Künstlers sprechen, habe ich eine Frage:
„Ist dieser Tscheche vielleicht auch ein Meister in der Herstellung falscher Papiere?"
Rasmussen schaute überrascht und erstaunt auf.
„Aber Herr Hauptkommissar, jetzt haben Sie sich total vergaloppiert. Dieser große Künstler hat es bei Gott nicht nötig, seine weiße Weste mit derartig kriminellem Mist zu beschmutzen. Nein, Ihr Verdacht ist absurd."
Rasmussen schien sich wieder beruhigt zu haben und fuhr fort: „Vor Jahren hatte ich ihm einen lukrativen Restaurationsauftrag erteilt. Außerdem darf ich mit Stolz behaupten, dass ich im Besitz einiger wunderschöner und wertvoller Marionettenfiguren bin. Ja, Herr Kommissar, ich kenne diesen Mann sehr gut."

„Wären Sie so freundlich, uns die genaue Anschrift dieses Svoboda zu geben. Wir beabsichtigen, ihm einige Fragen zu stellen. Wissen Sie, ob er zurzeit zu Hause ist?"
Rasmussen griff zum Telefon. „Verbinden Sie mich mit Herrn Svoboda." Und zu den Kommissaren gewandt, „wir werden es sofort erfahren. Wenn er zu Hause ist, darf ich versuchen, Sie anzumelden?"
Kötter und Heckenpichler schauten sich verwundert an. ‚Verdammt', reagierte Heckenpichler in Gedanken, ‚Kollege, das war ein Fehler.'
„Eine gute Idee, sehr nett von Ihnen, vielen Dank."
„Hallo Vitezslav, wie geht es, danke, davon ein andermal. Hör zu, ich habe Besuch von zwei deutschen Kriminalbeamten, die mit Dir sprechen möchten. Sie haben, so nehme ich an, Fragen an den Spezialisten für naturgetreue Maskenherstellung. Na wunderbar, ich gebe es weiter."
Er wandte sich den beiden zu. „Entweder heute noch gegen 17 oder morgen Vormittag um 11 Uhr. Es sei ihm egal, welchen Termin sie bevorzugen, er sei in jedem Falle zu Hause."

Rasmussen begleitete seinen Besuch bis zum Wagen.
Bevor Kötter einstieg, drehte er sich noch mal zu Rasmussen hin.
„Eines sollten Sie noch wissen. Wenn das Anafi-Alibi nicht gewesen wäre, hätten Sie große Probleme bekommen. Nicht nur, dass unsere Experten all Ihre Immobilien mit richterlichem Durchsuchungsbeschluss auf den Kopf gestellt hätten. Es wäre noch schlimmer gekommen. Einige Ihrer verstorbenen Heimbewohner wären exhumiert und der Rechts-

medizin übergeben worden. Das hätte auch jene Personen betroffen, die Ihnen, Herr Rasmussen, ihr Vermögen vererbt haben. Seien Sie froh, dass Sie Ihren Kopf noch rechtzeitig aus der Schlinge ziehen konnten." Er schaute Rasmussen offen in die Augen.
„Wenn Sie mich fragen würden, würde ich behaupten, dass zumindest bei Frau von Kanterstett, die wenige Tage nach der Ermordung ihres Sohnes hier verstorben ist, Fremdverschulden nachgewiesen worden wäre. Aber Sie fragen mich ja nicht."
Die Miene, die Rasmussen zur Schau trug als er antwortete konnte man mit Fug und Recht als Ausdruck unverhohlenen Mitleides deuten.
„Meine Herren, nehmen wir einmal an, Ihr Verdacht wäre begründet. Warum sollte ich mich in Gefahr begeben, eventuell als Giftmörder entlarvt zu werden. Wenn es um eine Millionenerbschaft geht, könnte man völlig risikofrei ein paar Jährchen Geduld aufbringen bis Gevatter Tod seine Pflicht tut."
„Vielen Dank", verabschiedeten sich die beiden, „für den freundlichen Empfang und die Zeit, die Sie uns gewidmet haben."

Als sie davonfuhren, ließ Kötter Dampf ab.
„Dieses Schlitzohr spielte dreist den Hilfsbereiten und hatte offensichtlich Spaß daran, den Tschechen in unserer Gegenwart über unseren Besuch vorzuwarnen. Herr Kollege, ich bin absolut sicher, dass unser Reise nach Krumau ein Schlag ins Wasser sein wird."
„Ja", bezweifelte Heckenpichler, „an eine Hausdurchsuchung bei dieser Sachlage und dann auch noch im Ausland, ist nicht zu denken. Herr Kollege,

ich glaube, den Besuch bei Svoboda können wir uns sparen."

"Okay, da haben Sie wohl recht", stimmte Kötter zu.

"Dieser Wohltäter der Residenzbewohner hat Dreck am Stecken. Das spüre ich förmlich. Dieser Typ ist glatt wie ein Aal. Der ist nicht zu packen."

"Mal wieder", fügte Heckenpichler ein wenig resigniert hinzu: „Morde ohne Mörder."

31

Rasmussen kehrte gut gelaunt an seinen Arbeitsplatz zurück. ‚Dieses Spiel um Sein oder Nichtsein hatte er endgültig gegen Justicia gewonnen.' Er ging fest davon aus, dass das Verfahren gegen ihn aus Mangel an beweisen endgültig eingestellt würde.

Er freute sich bereits darauf, neue und auf jeden Fall juristisch unanfechtbare Geschäftsstrategien zu entwickeln.

Der Maskentrick war jedenfalls ausgereizt. Einen Rückfall in die bisherige äußerst effektive aber auch extrem abenteuerliche Geschäftsmethode schloss er kategorisch ais.

Er nahm sich vor, die zwei Vertrauenspersonen, die ihm über Jahre wertvolle, treue und zuverlässige Dienste geleistet hatte, gebührend zu entlohnen. Persönlich würde er in den Briefkasten des einst gestrauchelten Polizisten Störmann ein Kuvert einwerfen, das neben einigen Worten des Dankes eine Geldsumme enthielt, die zur Gründung einer neuen

Existenz reichen sollte. Der Umschlag enthielt ein kurzes Schreiben. Neben Worten des Dankes war zu lesen: ‚Ihr Lippen entscheiden über Ihre Zukunft.'
Weiterhin nahm er sich vor, dem Künstler Svoboda in nächster Zeit eines seiner wertvollsten Kunstwerke abzukaufen.

Es klopfte an die Tür. Seine Sekretärin steckte vorsichtig ihren Kopf durch den geöffneten Spalt.
„Fünf unserer Gäste haben in letzter Zeit nach einer schriftlichen Ausführung der Vorträge von Professor D'Aubert gefragt. Soll ich Kopien für die Betreffenden anfertigen?"
Rasmussen trat hinter seinem Schreibtisch hervor.
„Meine Liebe, du kennst die Parole unseres Erfolges…"
„Natürlich Chef, - ‚der kleinste Wunsch unserer Gäste, ist unser oberstes Gebot'."
„Dann an die Arbeit. Mach noch eine Kopie für mich und leg sie mir hier auf den Schreibtisch. Danke."
Wenig später überbrachte sie ihm die gewünschten Fotokopien.
„Nur damit du Bescheid weißt. Das Gespräch mit der Kripo war zwar belustigend aber auch ätzend. Ich nehme mir für die beiden kommenden Tage eine Auszeit."
‚Eigentlich schade', tat es ihm leid, ‚aber ein paar Stunden dieser Freizeit werde ich opfern müssen, um in aller Ruhe noch mal die eigenwilligen Vorträge des Professors aus der Eifel unter die Lupe zu nehmen.'
Diese Vorträge hatten in ihm auf den ersten Blick heftigen Widerspruch hervorgerufen. Die raffiniert naturwissenschaftlich verpackten Spielchen des Pro-

fessors, die Existenz Gottes als gegeben darzustellen, empfand er, ein überzeugter Atheist, als Frontalkollision.
Rasmussen lehnte sich in seinem Schreibtischsessel zurück. Sein Kopf ruhte auf der Rückenlehne.
‚Warum soll ich mir die Ausführungen dieses cleveren Gottesmannes erneut anschauen…?'
Verdammt, was ist mit mir bei meiner letzten Geschäftsreise passiert? Irgendetwas, das mir fremd war , hat während dieses Sportärztekongresses in St. Moritz von mir Besitz ergriffen.'
Rasmussen war sogar ein wenig stolz darauf, dass er die Antwort kannte.
‚Erstmals in meinem Leben habe ich erkannt, dass der Wert eines Menschen nicht nur danach zu bemessen ist, in welchem Umfang er durch Dienstleistungen oder Geschäftsbeziehungen wirtschaftlich von Nutzen ist.'
Immer wieder erschien vor seinen geistigen Augen das Bild dieses Kölner Sportmediziners. Das Bild dieses äußerlich eher unscheinbaren Hochschullehrers.
‚Was hat dieser Mann in mir ausgelöst?'
Er begann dessen Qualitäten aufzuzeigen.
‚Ich bewundere das immense fachliche Wissen dieses Horst von Weissenfels und die Faszination, mit der die Zuhörer seine Vorträge verfolgen.'
Wieder versuchte er, die gemeinsame Zeit mit von Weissenfels und dem jungen Sporttherapeuten Maximillian nachzuvollziehen. Rasmussen schüttelte ungläubig den Kopf.
„Unvorstellbar", flüsterte er. ‚Das grenzt an ein Wunder.

Aus dem Zielobjekt wurde innerhalb einer Woche ein wertvoller, ein sogar sehr wertvoller Mensch.'
Rasmussen versuchte zu ergründen, worin das Wertvolle bestand.
‚Horst war freundlich, zugänglich, auf keinen Fall stolz oder gar hochnäsig. Er war unterhaltsam, witzig und klug. Ich fühlte mich in seiner Nähe wohl. Ich empfand es als Ehre, ja, ich war sogar stolz, einen solchen Menschen zum Freund zu haben.'
Jean Rasmussen grübelte weiter.
‚Dieser Mensch besaß Werte, die weit höher einzuschätzen waren als all das, was mit dem schnöden Mammon zu tun hat.
Horst von Weissenfels hatte ihm eine neue, bisher unbekannte edle Wertedimension des Menschen erschlossen.'
Rasmussen atmete schwer und tief. Er bemerkte, dass er hier und jetzt an die Grenzen seiner emotionalen und geistigen Möglichkeiten stieß.
‚Von Weissenfels war beliebt. Mit Sicherheit gab es Menschen in seinem Umfeld, die ihn nicht nur schätzten sondern liebten.'
Rasmussen hatte jetzt das Gefühl, als müsse er eine unbekannte, viel zu steile und zu hohe Felswand überwinden.

‚In seinen beeindruckenden Vorträgen hatte dieser D'Aubert die Liebe als das höchste dem Menschen von Gott geschenkte Gut bezeichnet. St Moritz hat mir gezeigt, dass diese angeblich göttliche Liebe nicht nur in der Theorie eines Vortrages vorkommt sondern tatsächlich in der Realität des Lebens.

Sollte mir das Lesen der Vorträge keine befriedigenden Antworten geben, werde ich D'Aubert um ein persönliches Gespräch bitten.'
Rasmussen nahm in seinem Sessel wieder Haltung an. Er schüttelte heftig den Kopf, als wolle er sich von einem schweren Ballast befreien.
„Bitte", rief er seiner Sekretärin zu, „sag auch Frau Procházka Bescheid, dass ich Morgen und Übermorgen nicht da bin."

In die Nüchternheit zurückgekehrt, beschloss er, die anstehenden freien Tage zu nutzen, um die aktuellen Probleme nochmals gründlich zu überdenken.

32

In der frühen Dämmerung trat er die Reise an.
Sein Ziel war ein kleines, familiär geführtes Hotel in der Nähe von Bad Horn auf der Schweizer Seite des Bodensees unmittelbar am Ufer gelegen.
Dieses romantische Haus wurde von einem älteren Ehepaar mit viel Liebe geführt. Er hatte es vor etlichen Jahre rein zufällig kennen und lieben gelernt. Hinter dem Gebäude reichte eine gepflegte Grünanlage direkt bis ans Wasser. Besonders gut gefielen Rasmussen zwei Holzstege, die über zehn Meter voneinander getrennt bis zu fünfzehn Meter weit in den See hinaus reichten. Am Ende jeden Steges befand sich eine Plattform auf der zwei bequeme Liegen unter einem großen Sonnenschutz absolute Ruhe und Entspannung versprachen.

Telefonisch hatte er sich ein Appartement und einen Steg reservieren lassen.

Am späten Vormittag hatte sein Luxusauto die gut 300 Kilometer über die A 92 bis München und die A 96 bis Lindau geschafft. Weiter ging es vorbei an Bregenz, Rheineck und Rorschach bis zum Zielort Bad Horn.

Unmittelbar nach der Ankunft gönnte er sich ein erfrischendes Duschbad. Er erlebte das über seinen Körper perlende und plätschernde Wasser als erfrischende und reinigende Wohltat.

Nach dem Gespräch mit der Kriminalpolizei konnte er die Restsorgen, doch noch entlarvt zu werden, symbolisch im Ausguss der flachen Duschtasse verschwinden lassen.

Seit den ihn berührenden Erlebnissen während seiner St. Moritzgeschäftsreise nahm er eine Veränderung seiner Gemütslage wahr. Damit musste er sich in aller Ruhe auseinandersetzen und dafür gab es keinen geeigneteren Platz als draußen auf dem Steg im See.

Bisher waren seine geschäftlichen Aktivitäten das Produkt rationaler Berechnungen ohne emotionale Regungen.

Gefühle verglich er mit einem guten Wein, den man trank, um ein paar schöne Stunden zu erleben.

Leger gekleidet legte er sich auf die Liege am Steg und genoss das Wellenspiel an den Holzpfählen, die Wärme der Luft, die ihn umgab und den Duft des klaren Wasser. Er entspannte sich und versuchte, seine mitgebrachten Konflikte im Kopf zu entwirren.

Als erstes begab er sich zum wiederholten Mal dorthin, wo das Übel seinen Anfang genommen hatte.
‚Sein kaltblütig berechneter Plan, die Schachfigur Professor von Weissenfels matt zu setzen, war unerwartet fehlgeschlagen. Aus der Spielbrettfigur war in St. Moritz ein netter, angenehmer und liebenswerter Mensch geworden.'
Rasmussen war bewusst, dass er den Mensch von nun an in einem neuen Licht sehen würde. Einem Licht, das die ethischen und sozialen Werte des Menschen hervorhob und seine gefühlsstarken und liebevolle Bindungen und Beziehungen zu anderen Menschen beleuchtete..
Sein bisheriges einseitig materielles Bild war schlagartig ersetzt worden durch ein mehrdimensionales Menschenbild.'
Jean Rasmussen schmunzelte selbstironisch.
Diese Oktoberrevolution seines bisherigen Weltbildes empfand er nicht als Katastrophe sondern als persönliche Bereicherung.
Als eine Bereicherung, die mit seinen bisherigen Geschäftspraktiken nicht mehr in Übereinstimmung zu bringen war.
Seine Gedanken tasteten sich in ein weiteres Terrain vor.
Er war reich, sehr reich. Er konnte sich Dinge leisten, die für die meisten Menschen unerschwinglich waren.
Ihm wurden in diesem Augenblick die Einseitigkeit und die Unzulänglichkeit seines bisherigen Menschenbildes bewusst. Menschen in seinem Umfeld brachte er nur dann Beachtung und Achtung entgegen, wenn diese irgendeinen Beitrag leisten konnten, sein Vermögen zu vermehren.

Er dachte dabei an seine Großeltern, an Frau Dr. Procházka, an seinen Fotografen und Urlaubsvertreter auf Anafi, an den Künstler Svoboda. Er stockte überrascht. In diesem Zusammenhang tauchten jetzt viele der sehr vermögenden Residenz-Bewohner vor seinem geistigen Auge auf.
Er ließ die Frage zu, warum sich bei ihm alles um Geld und Besitz drehte.
‚Was war der Grund dafür, dass bei meiner Entwicklung menschliche Werte wie Achtung, Anerkennung, Zuneigung, Verehrung oder Liebe keine Rolle spielten?
Die Eltern waren gestorben, als er noch Baby war. Seine Großeltern hatten das Sorgerecht übernommen. Das hieß, dass sie für die Kosten seiner Erziehung, Schulung, Aus-, Fort- und Weiterbildung großzügig aufkamen. Zunächst Erzieherinnen, Privatlehrer, dann die schrecklichen Jahre in verschiedenen auserlesenen Internaten bis hin zum Hochschulstudium. Er hatte viel Wissen und Können angehäuft in der Kindheit und Jugend, aber nie menschliche Wärme und Liebe kennengelernt.'
Er atmete mehrmals tief durch.
‚Statt liebevolle familiäre Geborgenheit zu erfahren, war er wie ein seelenloser Spielstein hin und her geschoben worden. Nicht mit Liebe, sondern mit viel Geld. Menschliche Werte spielten in seiner Erziehung keine Rolle. Er hatte seine Lektion erhalten: Das einzig Wertvolle im Leben, Geld, sehr viel Geld.'
Er starrte in den leicht verschleierten blauen Himmel. Ein höhnisches Lächeln spielte um seinen Mund.
‚Anerkennung, Verehrung, Zuneigung sogar Bewunderung und auch Liebe sind für Geld zu haben.'

Das spöttische Lächeln verschwand. Sein Gesicht nahm einen harten Ausdruck an.

‚Aber welch ein Paradoxon? Da liegen Welten zwischen der Liebe des Geldes wegen oder der Liebe persönlicher Werte wegen.'

Plötzlich wich die Entspannung einer inneren Unruhe und Gereiztheit. Ihm ging jetzt etwas durch den Kopf, woran er früher nie gedacht hatte. Er setzte sich auf, stützte die Ellbogen auf die Oberschenkel und legte sein Kinn auf die zusammengefalteten Hände. Schließlich hatte er eine Entscheidung getroffen.

Aus der Badetasche fischte er sein Handy und wählte eine ihm vertraute Nummer. Er schüttelte den Kopf über das, was er vorhatte.

„Hallo Frau Procházka, wären Sie so nett und geben mir die dienstliche und auch die private Telefonnummer dieses Professors D'Aubert. Nein, nicht wegen eines weiteren Vortrages. Ich habe mit ihm etwas Persönliches zu besprechen. Danke, halt, Moment noch. Frau Procházka, das wollte ich Ihnen noch sagen. Es kann sein, dass ich diese Woche nicht mehr ins Haus komme. Nur, damit Sie Bescheid wissen. Das war's. Danke."

Er empfand Misstrauen gegen sich selbst, als er die Nummer wählte.

„F I V E , Energieforschungs-Institut Vogelsang Eifel, Jutta Hainbach, Vorzimmer Professor D'Aubert", meldete sich eine freundliche Stimme. „Was kann ich für Sie tun?"

„Jean Rasmussen, Ihr Chef kennt mich, ich hätte ihn gerne kurz gesprochen. Es ist rein persönlich."

„Hallo Herr Rasmussen … ja, ich weiß Bescheid…. Kaiser-Residenz Furth im Wald. Ein Moment bitte, ich muss ihn anpiepsen, er ist im Hause unterwegs. Bleiben Sie bitte am Apparat."

Nach wenigen Sekunden vernahm er die bekannte, forsche Stimme. „D'Aubert, ... Herr Rasmussen, was verschafft mir die Ehre?"

„Hallo Herr Professor, bin ich froh, dass ich Sie so schnell erreiche ... Ich...."

Er wurde von D'Aubert unterbrochen:

„Welch eine Überraschung. Mit Ihnen hätte ich jetzt nicht gerechnet... Sie wollten mich sprechen, können Sie mir verraten, um was es geht?"

„Ja, natürlich.

Herr D'Aubert, ich schleppe seit Monaten ein persönliches Problem mit mir herum. Aber ich finde keine mich zufrieden stellende Lösung.

„Wenn ich Sie richtig verstanden habe, so ist das nichts, was man mit ein paar Sätzen abtun kann. Wenn Sie meinen, dass ich der geeignete Gesprächspartner bin, herzlich gerne, aber wie, wann und wo könnte das stattfinden?"

„Herr Professor, Ihre Vorträge in unserem Haus haben mich davon überzeugt, dass Sie die Antworten auf meine Fragen wissen werden. Ich würde Sie gerne so bald wie möglich in der Eifel besuchen. Wäre das möglich? Es dauert bestimmt nicht zu lange..."

„Ich schaue mal eben auf meinen Terminkalender. ... Darf ich einen Vorschlag machen? ... Ich kümmere mich um eine entsprechende Unterkunft. Im Kur-Hotel Urftsee in Gemünd wird ein Zimmer für Sie reserviert sein. Sie reisen jetzt am Freitag an. Am Samstagmorgen gegen 10 Uhr hole ich Sie am Hotel ab. Wir fahren nach Vogelsang. Hier im Institut können wir ungestört reden. Anschließend biete ich Ih-

nen eine Führung durch unser Haus an und informiere Sie über unseren Forschungsauftrag. Samstagabend laden meine Frau und ich Sie zum Essen ein. Sonntagmorgen könnten Sie dann in aller Ruhe die Heimreise antreten. Was halten Sie davon."
„Herzlichen Dank. Eine so optimale Lösung hätte ich nicht erwartet. Nur in einem Punkt bestehe ich auf einer Änderung. Nicht Sie laden mich zum Abendessen ein sondern umgekehrt, sie beide werden meine Gäste sein."
„Okay, Herr Rasmussen, auch wenn wir, so habe ich es noch in Erinnerung, in Glaubensfragen nicht immer einer Meinung waren oder sind, freue ich mich auf unsere Unterhaltung. Ich wünsche Ihnen eine gute Anreise."

Kurz vor 10 Uhr an diesem Samstag Morgen parkte D'Aubert seinen Mercedes auf dem Parkplatz des Gemünder Hotels. Als er ausstieg sah er Rasmussen, der soeben das Hotel verlassen hatte.
‚Auf den ersten Blick wirkt diese elegante, sportlich gekleidete Erscheinung attraktiv und sympathisch.'
Sie umarmten sich wie alte Freunde, die sich lange nicht mehr gesehen hatten.
„Herr D'Aubert, Sie haben uns schon mehrmals in Bayern besucht. Ich freue mich, dass ich mich revanchieren kann. Bevor Sie jetzt fragen: Ja, ich habe die Ruhe hier genossen und ausgezeichnet geschlafen. Mein Kompliment, das, was ich bisher bei meiner Durchfahrt von Gemünd gesehen habe, hat mich beeindruckt. Scheint ein bezauberndes Eifelstädtchen zu sein. Ich sehe Ihren Wagen dort stehen. Ich nehme an es bleibt dabei. Wir fahren jetzt

zu Ihrem Energie-Forschungs-Zentrum auf Vogelsang. Ehrlich gesagt, ich bin gespannt, Ihren Arbeitsbereich kennen zu lernen."
Nach einer zehnminütigen kurvenreichen Fahrt bergan erreichten sie das auf der Hochebene gelegene Dorf Herhahn. Sie bogen auf den geradeaus führenden, breiten, gut ausgebauten und von dichtem Wald umsäumten Zubringer ab.
„Da vorne", bemerkte D'Abert, „sehen Sie das Eindruck erweckende Natursteingebäude Malakow mit der von Säulen begrenzten Toreinfahrt zum Burggeländ."
„Malakow?"
„Die Bezeichnung", klärte D'Aubert auf, „stammt von den Belgier, die dieses Gebiet hier von 1950 bis 2005 als Truppenübungsplatz nutzten. Der Name soll sich auf Fort Malakow vor Sewastopol beziehen, welches 1855 im Krimkrieg unter dem Kommando des französischen Generals Aimable Pélissier erobert wurde."
Der Wald zog sich zurück und gab den Blick frei auf das riesige, von hier aus leicht abfallende und kaum überschaubare Areal der ehemaligen NS-Hochburg Vogelsang. Zahlreiche, nach einem Ordnungsprinzip ausgerichtete, große, kasernenartige Gebäude tauchten vor ihren Blicken auf.
„Mein Gott", staunte Rasmussen, „so etwas Außergewöhnliches hätte ich nicht erwartet. Was ist mit dem gewaltigen, im rechten Winkel angelegten Gebäude direkt hier vorne? Im Vergleich zu den anderen Gebäuden wirkt es komplett renoviert. Und warum ist es von einem unüberwindbaren Sicherungszaun umgeben? Wenn ich richtig gesehen

habe, gibt es auch eine moderne Überwachungsanlage." Rasmussen schaute D'Aubert fragend an.
„Kompliment", entgegnete er, „Sie haben wache Augen. Das ist der van Dooren-Komplex. Benannt nach van Dooren, dem ersten im 2. Weltkrieg gefallenen belgischen General.
Die Ausmaße dieses Kolosses sind erwähnenswert. Mit circa zwanzigtausend Quadratmetern Grundfläche weist das dreieinhalbstöckige Gebäude einen umbauten Raum auf, der in etwa allen Häusern des Eifelstädtchens Monschau entspricht."
„Und dieses van Dooren, lieber Herr Rasmussen, beherbergt mein ‚Spielzimmer', das Energie-Forschungszentrum –Eifel."
D'Aubert stellte den Wagen auf seinem Dienstparkplatz ab.
„Wenn es Ihnen Recht ist, werde ich Ihnen auf dem Weg zu meinen Räumen etwas über unsere Arbeit erzählen."
„Wäre ich Ihnen dankbar, interessiert mich außerordentlich."
„Im Mittelpunkt steht die Energie."
„Kein Wunder bei den immer knapper werden den Energiereserven unseres Planeten und einem ständig ansteigenden Energiebedarf", reagierte Rasmussen.
„Herr Rasmussen", fuhr D'Aubert fort, „sämtliche sichtbare Materie besitzt Anziehungskraft. Zum Beispiel die Erdanziehung, die Anziehungskraft des Mondes oder der Sonne, und so weiter. Ich spreche von sichtbarer Materie."
„Nun sagen Sie bloß nicht, dass es auch unsichtbar Materie gibt." Rasmussen schaute den Professor erwartungsvoll an.

„Neuere wissenschaftliche Studien haben den unzweifelhaften Beweis erbracht, dass unser Weltall neben der sichtbaren Materie, wie Sterne, Planeten, Nebel und so weiter, eine noch viel größere Menge an unsichtbarer Materie aufweist. Das Sensationelle an dieser Entdeckung: Die unsichtbare Materie weist keine Anziehungskräfte auf. Im Gegenteil. Die unsichtbare Materie besitzt abstoßende Kräfte.
Um es kurz zu machen: Unser Ziel, Herr Rasmussen, ist die Herstellung von unsichtbarer Materie. Sollte uns das im Labor gelingen, wäre man irgendwann in der Lage, das Gewicht aller zu transportierender Güter beliebig zu verringern. Das wiederum würde das gesamte Transportwesen zu Lande, zu Wasser und in der Luft revolutionieren."
„Herr D'Aubert, ich stelle Ihnen eine Frage, von der ich im Voraus weiß, dass Sie sie mir nicht beantworten werden."
Sie verließen auf der dritten Etage den Aufzug. „Bitte nach links bis zu Ende des Flurs. Da befinden sich meine Diensträume. Entschuldigung, Sie hatten eine Frage."
„Ja, danke. Sind Sie Ihrem hochgesteckten Ziel näher gekommen?"
„Warum sollte ich Ihnen diese Frage nicht beantworten? Gerne und stolz darf ich Ihnen verraten, dass meine Mitarbeiter und ich sogar einen entscheidenden Schritt in die gewünschte Richtung tun konnten. So wissen wir zum Beispiel, wie sich die unsichtbare Materie zusammensetzt. Dennoch werden noch Jahre vergehen, bis wir unsichtbares Material mit antigravitativem Kraftfeld herstellen können."

Sie hatten in der bequemen Sitzecke des einladenden Besucherraumes Platz genommen.
"Herr D'Aubert ich staune. Da hat man sich die Umwandlung einer alten Kaserne in ein hochmodernes Forschungsinstitut viele Millionen kosten lassen. Allein schon von dem, was ich bisher gesehen habe, bin ich überwältigt. Dagegen ist meine Kaiser-Residenz als bescheiden anzusehen."

Nach einem ausgedehnten Smalltalk, vor allem über den energiepolitisch hochbrisanten Forschungsauftrag des Institutes, bat D'Aubert seinen Gast „Nun erzählen Sie, was Sie hierher führt...!"

Rasmussen verließ die bequeme Rückenpolsterung seines Sessels und nahm Haltung an.
Für einen Moment versteckte er sein Gesicht hinter seinen Händen. Als er diese langsam nach unten wegzog, schaute er den Professor mit fragendem Blick an. „Oh Gott, wo soll ich anfangen?"
D'Aubert lächelte ihn an, „einen besseren Anfang konnten Sie nicht wählen."
Rasmussen schaute ihn zunächst verständnislos an. Dann lachte auch er, „okay Apostel Paulus, ich habe angebissen."
D'Aubert schüttelte den Kopf.
„Die Metapher mit der Angel gefällt mir überhaupt nicht. Niemand soll irgendwo anbeißen oder manipuliert werden. Lasst Sie uns wie gleichberechtigte Partner offen und ehrlich unsere Standpunkte vertreten.
„OK, gehen wir die Sache an."
Rasmussen benötigte einige Sekunden.

„Ich weiß nicht, ob Sie darüber informiert sind? Doch glaube ich, dass Sie das wissen sollten. Wegen des frühen Todes meiner Eltern, ich war gerade mal zwei Jahre, bin ich nie in den Genuss einer richtigen Familie gekommen. Meine Erziehung von frühester Kindheit an war das Werk verschiedener Profis. Es folgte eine unpersönliche und herzlose Internatszeit. Und dann die Studentenzeit mit ungewohnter Selbstbestimmung und Verantwortung, auf die ich nicht vorbereitet war.
Mit anderen Worten, alles geschah ohne elterliche Wärme, Liebe, Zuneigung und ohne vorbildlichen Einfluss. Außer wenigen Stunden fragwürdigen Religionsunterrichtes bin ich weder mit der Kirche, noch mit dem Glauben und erst recht nicht mit Gott in Berührung gebracht worden. Die einzigen Menschen, die mir hätten nahe stehen können, waren meine Tante und mein Onkel. Und, kein Wunder, diese verwandtschaftliche Beziehung war trotz der Distanz zu mir in der Lage, prägenden Einfluss auf mich auszuüben. Und was hat dieser Einfluss bewirkt? Es drehte sich alles nur ums Geschäft und ums Geld. Der Sinn des Lebens war Geld. Je mehr umso besser. Denn Geld ist Macht, mit Geld kann man sich jeden Wunsch erfüllen. Geld war die Weltanschauung meiner Erziehungsberechtigten, Geld war ihre Religion.
  In diesem Sinne konnten sie nach Bedarf und Laune Leute mit Freundlichkeit und Zuneigung überfüttern, aber sie konnten auch für Geld über Leichen gehen.
So Herr Professor D'Aubert," er streckte beide Arme auf der Tischplatte aus und drehte die Handflächen

nach oben, „jetzt wissen Sie, wen Sie vor sich haben."
D'Aubert schaute sein Gegenüber herausfordernd an.
„Herr Rasmussen, ich kann mir nicht vorstellen, dass Ihre Entwicklungsgeschichte der einzige Grund für unser Gespräch ist."
„Natürlich nicht. Aber es ist die Basis für das Eigentliche."

Rasmussen schloss für einen Moment die Augen. Er schien sich zu konzentrieren.
„Sie Herr Professor haben mit Ihren Vorträgen meine bisherige Lebensphilosophie in Frage gestellt. Seither bin ich verunsichert und voller Zweifel. Sie haben mir die Augen dafür geöffnet, dass mein Wertesystem eine Einbahnstraße, vielleicht sogar ein Irrweg ist. Ich glaube, dass ich alleine nicht in der Lage bin, den richtigen Weg zu finden. Ich komme mir vor, wie eine gespaltene Persönlichkeit oder wie jemand, der etwas sucht, aber nicht weiß was."

Rasmussen wirkte plötzlich erschöpft. Er lehnte sich in seinem Sessel zurück und beobachtete den Wissenschaftler. Wie würde der auf sein Bekenntnis reagieren. Dieser schien sich unter Kontrolle zu haben und lud ihn ein, fortzufahren.
„Bei Ihrem letzten Vortrag war ich nicht anwesend. Aber ich habe ihn mehrmals bewusst und kritisch gelesen. Von einigen Ihrer Thesen habe ich mich sehr berührt gefühlt. Man könnte auch im Jargon der Bokämpfer sagen, es waren Volltreffer, die Wirkung hinterlassen haben."

D'Aubert hatte mit zunehmendem Interesse zugehört.

„Können Sie mir sagen, um welche Darlegungen es sich handelte?"

„Natürlich, diese Passagen haben mich derart angesprochen, dass ich sie fast wortgetreu wiedergeben könnte."

„Bitte, ich bin gespannt."

„Sehr beeindruckt haben mich Ihre Ausführungen über die vierte, die göttliche Dimension des Menschen. Mit dieser Darstellung übertreffen Sie die Heilige Schrift. Die sagt lediglich, dass der Mensch nach dem Bilde Gottes geschaffen worden sei."

Nach einer kurzen Besinnung fuhr er fort.

„Weiterhin versuchten Sie, Beweise für ein göttliches Sein zu liefern. Aber im gleichen Atemzug sagen Sie, ich zitiere: ‚Unsere diesseitigen Möglichkeiten werden nie und nimmer in der Lage sein, einen erkennenden Blick in die jenseitige Welt zu werfen.' Sie wollen beweisen, dass es Gott gibt. Behaupten aber gleichzeitig, dass der Mensch nicht in der Lage sei, die andere Welt zu begreifen."

Rasmussen versuchte den Gesichtsausdruck D'Auberts zu lesen. War der noch bereit, weiter zuzuhören?

„Darf ich noch ein Thema anschneiden, das mir besonders am Herzen liegt.?"

„Bitte!" munterte D'Aubert ihn auf, schließlich sind wir doch zum Reden hier."

„Mir läge viel daran, von Ihnen mehr zum Thema Gewissen zu erfahren."

Rasmussen lächelte verlegen.

„Sie, lieber Herr Professor, haben die Fundamente meiner fundierten atheistischen Weltanschauung ins Wanken gebracht."
„Und dabei spielt die Existenz des Gewissens eine Schlüsselrolle?" unterbrach D'Aubert.
„Ich habe das Bedürfnis, an dieser Stelle noch mal meine Erwartungen an dieses Gespräch auf den Punkt zu bringen.
In der einen Waagschale befindet sich meine Welt ohne Gott, ohne ein Leben nach dem Tod und ohne Gewissen. In der anderen, die von Ihnen vorgetragenen Argumente, die für Gott, für ein ewiges Leben, für ein vorhandenes Gewissen und für eine bis in die Ewigkeit reichende göttliche Gerechtigkeit sprechen."
Rasmussen schaute D'Aubert erwartungsvoll an und fuhr fort: „Nehmen Sie es mir bitte nicht übel, aber vom Ergebnis dieses Gespräches wird es abhängen, wohin sich die Waage neigt."
„Okay", lächelte D'Aubert, „nicht meine, sondern einzig und alleine Ihre Entscheidung. Und bedenken Sie, was ich immer betont habe. Ich kann Ihnen Gott nicht auf einem silbernen Tablett zum Anfassen vorführen. Aber ich habe Sie auf eindeutige Hinweisschilder aufmerksam gemacht, die auf die Existenz des Göttlichen schließen lassen."
Rasmussen schien nach einem effektiven Weg für das weitere Gespräch zu suchen.
Unbewusst veränderte er mehrmals seine Sitzposition und ließ ein Zweieurostück zwischen den Fingern wandern, das er in seiner Jacketttasche gefunden hatte. Abrupt ließ er die Münze wieder verschwinden, schaute zu seinem Gegenüber auf und legte seinen rechten Zeigerfinger auf seine Lippen:

„Herr Professor D'Aubert, könnten Sie sich damit anfreunden, Ihre Ausführungen zum Thema Gewissen weiter zu konkretisieren?
„Ein idealer Gedanke. Haben Sie da eine spezielle Frage?"
„Keine spezielle, aber eine fundamentale. Was ist Gewissen? Herr Professor glauben Sie mir, ich kann mit diesem Phänomen nicht viel anfangen."
„Über dieses, Phänomen, wie Sie es nennen, haben sich bereits namhafte Dichter und Denker, Philosophen, Theologen, selbst Juristen wie auch Ethiker und Moralisten die Köpfe zerbrochen. Und das mit unterschiedlichen, sogar gegensätzlichen Ergebnissen."
„Beeindruckend für mich ist", bemerkte Rasmussen, „die hohe Bedeutung, die die bundesdeutsche Gesetzgebung dem individuellen Gewissen zukommen lässt. Niemand darf gegen seine Gewissensentscheidung zum Kriegsdienst mit der Waffe gezwungen werden."
„In einem meiner Vorträge habe ich auf vier Dimensionen des Menschen hingewiesen. Auf die körperliche, die geistige, die emotionale und auf die göttliche Dimension. Inzwischen neige ich dazu, meine bisherigen Aussagen zu ergänzen."
Er besann sich kurz: „Das Gewissen ist als fünfte Dimension des Menschen anzusehen."
„Ist es richtig", unterbrach Rasmussen, „dass Kinder noch kein Gewissen haben?"
„Die Formulierung Ihrer Frage halte ich für nicht ganz zutreffend. Ich bin fest davon überzeugt, dass das Gewissen in jedem Menschen genetisch verankert ist. Also von Grund auf als Anlage vorgegeben ist. Um zu funktionieren, muss es, vergleichbar mit

einer Batterie, aufgeladen werden. Dieses Auftanken geht einher mit dem Erziehungs-, Lern- und Erfahrungsprozess in der Kindheit und Jugend. Wenn die Bedeutung und die Gewichtung der ethischen, moralischen, sittlichen und religiösen Werte erkannt und subjektiv geordnet wurden, und wenn die Unterscheidung von Gut und Böse, von Recht und Unrecht, von legal und gesetzeswidrig, von menschlich und unmenschlich ausgereift ist, dann wird sich die innere Stimme des Gewissens vor jeder problematischen Tat warnend und nach dieser Tat vorwurfsvoll melden. Die Vokabeln des schlechten Gewissens sind Reue, Schuldgefühle, Selbstvorwürfe und Wiedergutmachungsverlangen. Je nach Schwere eines nicht wieder gut zu machenden Fehlers kann das schlechte Gewissen, dessen Stimme durch nichts auf Dauer zum Schweigen zu bringen ist, den Menschen psychisch und dann auch physisch zerstören. Lieber Herr Rasmussen, ich rate Menschen, die unter verzehrenden Gewissensbissen leiden, das Gespräch mit kompetenten Menschen zu suchen. Wer wäre kompetent? Vielleicht der Psychologe, vielleicht der Theologe, vielleicht ein guter Freund oder, wenn die Distanz nicht zu groß ist, das innige und aufrichtige Gespräch mit Gott. Übrigens, man kann über das Sakrament der Beichte urteilen, wie man will. Aber es handelt sich dabei um ein entlastendes Gespräch in zwangloser und anonymer Atmosphäre."

D'Aubert hob den Zeigefinger, um auf etwas aufmerksam zu machen und fuhr fort.

„Fast hätte ich es vergessen. Die Entwicklung des Gewissens kann sehr insuffizient und einseitig verlaufen. Und zwar dann, wenn in der Prägephase des

Heranwachsenden schwerwiegende Defizite zum Tragen kommen. Zum Beispiel, wenn ein Kind ohne die erziehende und beispielgebende Liebe der Eltern auskommen muss. Wenn es, was heute noch vorkommt, von einem fundamentalistischen Staatswesen mit einseitigen Parolen jahrelang überrollt wird oder wenn es längere Zeit im Einflussbereich von Menschen lebt, die eine gewissenlose Lebensphilosophie verwirklichen."

D'Aubert hatte den verärgerten Blick Rasmussens verstanden. Deswegen beeilte er sich:

„Dies ist ganz allgemein betrachtet. Im Einzelfall mag das völlig anders aussehen. Jedenfalls ist ein normal ausgebildetes Gewissen mit einem autonomen Kompass zu vergleichen, dessen Nadel auch dann in die gute Richtung weist, wenn der Verstand oder die Gefühle versuchen sollten, eine andere einzuschlagen.

Der Mensch beherrscht nicht sein Gewissen, sondern das Gewissen den Menschen."

„Herr D'Aubert", nahm Rasmussen diesen Gedanken auf,
„da stimme ich Ihnen zu. Das Gewissen ist keine starre Instanz. Auch ich bin davon überzeugt, dass ein Gewissen unser Tun und Lassen beobachtet, bewertet und steuernd beeinflusst."

D'Aubert staunte und bewunderte die Intelligenz und die Kombinationsbegabung seines Gesprächspartners.

„Weiter könnte ich dem Gewissen zutrauen, ein falsches oder verbogenes Wertegefüge eines Menschen zu korrigieren."

„Und hier Herr Rasmussen", begeisterte sich D'Aubert, „erlaube ich mir noch eine Zugabe.

Unser Gewissen fragt nicht nach der juristischen Schuld. Es kümmert sich nicht um irdische Richter sondern orientiert sich vorrangig nach einer übergeordneten Gerechtigkeit. Die große Furcht des Schwerverbrechers oder des Mörders ist nicht die lebenslängliche, sondern die ewige Strafe. Die Angst vor ewigen Höllenqualen treibt manchen Betroffenen dazu, auf Erden, solange es noch möglich ist, Wiedergutmachung zu leisten, zu Sühnen und Buße zu tun."
Rasmussen ging erneut dazwischen.
„Soeben taucht bei mir ein interessanter Gedanke auf.
Das Gewissen lässt mich in zwei Spiegel schauen. Der eine Spiegel zeigt mir die Vergangenheit, hält mir vor Augen, was aus mir geworden ist. Der zweite Spiegel eröffnet mir einen Blick auf die zukünftigen Chancen, ein Anderer zu werden. Im Extremfall würde ich in dem einen Spiegel einen Erzschurken und in dem anderen einen Erzengel sehen."
D'Aubert lächelte, streckte die Arme aus und legte die Hände mit den Innenseiten flach auf den Tisch. „In den letzten Jahren meiner theologischen Studien ist in mir eine Überzeugung zur Gewissheit gereift. Erlauben Sie mir dazu noch ein paar Worte:
„Wie ich bereits in einem meiner Vorträge sagte, wird es kein Jüngstes Gericht geben, bei dem Gott als strenger Richter erscheint und über seine Geschöpfe die Urteile Himmel, Fegefeuer oder ewige Verdammnis fällt. Nicht Gott ist der Richter des Menschen sondern der Mensch selber. Unser Gewissen, ob gut oder schlecht bleibt uns über den Tod hinaus erhalten."

D'Aubert's
„Jeder ist seines ewigen Glückes Schmied."
Trotz der heiter daher gesprochenen Worte, verfinsterte sich Rasmussens Gesichtsausdruck plötzlich.
Er stand auf und trat an die breite Fensterfront.
Sein Blick suchte weit draußen die unscharfe Grenze zwischen dem unendlichen Grün des Nationalparks und dem milchigen Blau des Himmels. Ohne sich umzudrehen winkte er D'Aubert zu sich hin.
Rasmussens Stimme besaß jetzt eine metallische Härte.
„Himmel und Erde scheinen sich dort weit draußen am Horizont nicht nur zu berühren, man könnte meinen, dass sie eine Einheit werden. Doch wir wissen es besser. Wir können in Richtung Horizont wandern und wandern so weit wir nur vermögen, wir werden niemals erleben, dass Erde und Himmel irgendwo oder irgendwann vereint sind."
Er drehte sich um und schaute D'Aubert mit einem kaum erkennbar zynischem Lächeln an.
„Herr Professor, ich bin Ihnen für die mir gewidmete Zeit äußerst dankbar. Unser Gespräch war für mich sehr aufschlussreich. Ich sehe die Dinge jetzt klarer als je zuvor. Dieses Gespräch hat mir soeben den für mich einzig begebaren Weg gewiesen."
Rasmussen bewegte sich langsam zur Tür des Raumes hin. Statt Enttäuschung verriet seine Stimme stolze Selbstsicherheit.
„Alle Religionen und Glaubensinhalte sind letztlich Phantasiegebilde aus Schall und Rauch. Es sind in einem orientierungslosen Hirn entstandene Fata Morganas, Trugbilder, die einen in der Wüste Verschmachtenden für kurze Zeit glauben lassen, es gäbe eine Chance zu überleben."

Rasmussen reichte D'Aubert die Hand mit festem Griff. Dieser erschrak vor der eisernen Entschlossenheit und der Kälte im Blick des jungen Mannes.
„Herr Professor D'Aubert, ich habe das Gespräch mit Ihnen gesucht, um mit mir ins Reine zu kommen und meinen gestörten inneren Frieden wieder zu finden.
Ich bin Ihnen dankbar. Unsere Diskussion hat mir mehr gegeben als ich erhofft hatte."
Er atmete tief durch: „Ich habe zu mir zurückgefunden. Ich bin wieder ich selber."
Er griff in seine Brusttasche und zauberte einen Briefumschlag hervor, auf dem in großen ungelenken Buchstaben zu lesen war:
‚Herrn Professor D'Aubert'.
D'Aubert schaute ihn überrascht und fragend an.
Ein eingefrorenes Lächeln begleitete seine Worte.
„Ein Dankeschön für Ihre Hilfe Herr Professor, und gleichzeitig als Bitte, mit weiteren Vorträgen den Lebensabend unsere Hausgäste in Furth im Wald hoffnungsvoller zu gestalten."

Das Couvert enthielt einen Blankoscheck über die stolze Summe von hunderttausend Euro.
Rasmussen ließ den versteinerten und sprachlosen D'Aubert ohne jeden weiteren Kommentar zurück.
War es gekränkter Stolz? D'Aubert brachte in diesem Moment nicht den Willen auf, dem Enteilenden nachzulaufen.
Er starrte wie abwesend auf seine ausgestreckten Arme, auf die eine Hand mit dem Umschlag und auf die andere mit dem schweren Scheck. Schließlich löste sich die Starre. D'Aubert griff zum Telefon und wählte die Rezeption.

„Mein Gast, Herr Rasmussen reist ab, er ist in Eile. Er wird gleich aus dem Aufzug erscheinen. Bitte veranlassen Sie, dass er mit einem unserer Dienstwagen nach Gemünd zum Hotel Urftsee gefahren wird. Vielen Dank."
Er legte auf und gab erneut eine Nummer ein.
„Hallo Maria, nein, nein, es ist nichts Schlimmes, dafür aber etwas Seltsames passiert. Moment, meine Liebe, ich bin gerade dabei, es Dir zu erklären. Das Gespräch mit Herrn Rasmussen war sehr intensiv und meiner Meinung nach auch effektiv. Und nun das Unbegreifliche. Ohne jegliche Vorwarnung brach mein Gast plötzlich das Gespräch ab, bedankte sich, überreichte mir einen Briefumschlag und verschwand fluchtartig. Nein, ich bin mir nicht bewusst, dass ich ihn beleidigt oder verletzt hätte. Ein Missverständnis scheint mir ebenfalls ausgeschlossen. Ja, meine Liebe, das war der eigentliche Grund meines Anrufes, das Essen mit unserem Gast entfällt."
D'Aubert hörte einen Moment zu. „Ich gehe davon aus, dass Rasmussen heute noch abreist. Nein, auf keinen Fall. Ich werde nicht zum Hotel fahren, um ihn umzustimmen. Bis gleich."

33

7 Monate später.

Vom Wind getragen, schwebten die ersten bunten Blätter am Fenster vorbei. Eine graue Wolkendecke zog schwerfällig vorüber. Das Tageslicht wirkte müde.

D'Aubert hatte es sich in seinem Wohnzimmersessel an diesem späten Sonntagmorgen bequem gemacht. Es war die gewohnte und geliebte Mußestunde, die er voll und ganz dem Studium der Wochenendzeitung widmete. Gelegentlich griff er gedankenverloren zu der auf der Tischecke stehenden Kaffeetasse und schlürfte genüsslich von dem frisch aufgebrühten Lebenselixier.
‚Aus aller Welt' lautete die Themenbezeichnung der neuen Seite.
Seine Frau öffnete die Wohnzimmertür einen Spalt, „Stephan, ….noch Mal nachgießen?"
„Danke gerne, der schmeckt heute morgen besonders gut." Während sie eingoss, legte er liebevoll seinen Arm um ihre Hüften.
Sie warf einen Blick in die Zeitung, „hast du schon die Seite ‚Allgemeines' gesehen?"
Er sah sie überrascht an und schüttelte verneinend den Kopf. „Warum?"
„Ich hab da, während der Frühstücksvorbereitung einen Bericht überflogen, in dem von einem Jean Rasmussen die Rede war, der in einem Mordfall als Zeuge befragt wurde. Kann das jener Rasmussen sein, der Dich vor gut einem halben Jahr auf Vogelsang besucht hat?"
„Danke, meine Liebe", rief er ihr hinterher, „das würde mich nicht wundern."
Drei Seiten weiter entdeckte er den Artikel mit der Überschrift ‚Dreister Mord an der Sporthochschule Köln'.
Seine Augen verschlangen das Unglaubliche.

‚TATORT: Der mit über fünfzig Studentinnen und Studenten bis auf den letzten Platz besetzte Hörsaal der Sporthochschule Köln.
TATZEIT: Die 19te Minute der um 9Uhr begonnenen Vorlesung.
MORDOPFER: Der international anerkannte Sportmediziner, Professor Doktor Horst Weissenfels. Der 36 jährige Wissenschaftler war ledig und kinderlos. Seine Eltern leben seit einigen Jahren in einer noblen Senioren-Residenz in Furth im Wald.
TATHERGANG und TÄTER: Gegen 9 Uhr 18 betrat zur Überraschung des Professors und des Auditoriums der bei allen bekannte und beliebte Hausmeister, Josef Schäfer, den Hörsaal und ging auf den erstaunten Referenten zu.
„Josef... du ... ist was passiert?"
Statt einer Antwort hielt der Hausmeister plötzlich eine Pistole in der Hand, zielte aus vier Meter Entfernung auf den Kopf des erstarrten Opfers. Er drückte zweimal ab.
Der Killer wandte sich den entsetzten Studenten zu, streckte den Arm mit der Mordwaffe aus und zielte auf eine Studentin, die in der Mitte der ersten Reihe saß. Diese Geste des Mörders sollte eine Warnung an die Zuhörer sein, sich ruhig zu verhalten. Dann verließ der kaltblütig mordende Josef Schäfer gemäßigten Schrittes den Hörsaal.
Die Starre der Zeugen dieser unglaublichen Tat löste sich nach wenigen Minuten.
Ein Student aus der ersten Reihe war zum Rednerpult getreten. Durch das Mikro bat er die Kommilitoninnen und Kommilitonen Ruhe zu bewahren und ihre Plätze nicht zu verlassen. Zwei Studenten, die

ihre Handys bereits in der Hand hielten, wies er an, die Nummern 112 und 110 zu wählen. Mehrere der Medizinstudenten kümmerten sich um den auf dem Rücken liegenden, Professor. An seinem Tod gab es keinen Zweifel.

D'Aubert verspürte den pochenden Puls in seinen Schläfen. Wie benommen verschlang er die weiteren Informationen.

‚BISHERIGE ERMITTLUNGSERGEBNISSE:
Die eingeleitete Ringfahndung verlief erfolglos. Die regionalen Rundfunk- und Fernsehsender unterstützten mit aktuellen Berichten die Suche nach dem flüchtigen Hausmeister Josef Schäfer.
Sensationeller FAHNDUNGSERFOLG. Wenige Minuten, nachdem die ersten Bilder des von den zahlreichen Tatzeugen eindeutig identifizierten Täters über die Bildschirme flimmerten, ging ein Anruf bei der Polizeistation Köln Braunsfeld ein.
Hier der überraschende, ungefähre Wortlaut dieses Telefonates:
‚Hier spricht Josef Schäfer, meldete sich eine energische aufgeregte Stimme. Ich glaube, ich spinne. Seit ihr total bekloppt! Nach mir wird mit Hochdruck gefahndet. Ich soll unseren Professor von Weissenfels erschossen haben. Das, was die Polizei sich da erlaubt, ist eine infame Unterstellung, eine bodenlose Frechheit. Aber nicht mit mir, ich sage euch, das wird ein Nachspiel haben, das lass ich mir nicht gefallen.'
„Bitte beruhigen Sie sich. Wo befinden Sie sich zur Zeit?"
„Zu Hause, wo sonst?"

„Gut, verlassen Sie ihre Wohnung nicht. In ein paar Minuten werden Kollegen bei Ihnen vorbeikommen. Dann sehen wir weiter."
Im uns textlich vorliegenden Vernehmungsprotokoll ist das kaum Glaubhafte zu lesen:
‚Josef Schäfer saß zur Tatzeit mit sieben weiteren Personen im Wartezimmer seines Hausarztes. Der von über 50 Vorlesungsteilnehmern eindeutig identifizierte Täter, Hausmeister Josef Schäfer besitzt ein absolut wasserdichtes Alibi.'
Kommentar der Redaktion:
‚Auf den ersten Blick eine verwirrende Geschichte. Von einem der ermittelnden Beamten konnten wir in Erfahrung bringen, dass in den letzten Jahren im Großraum Köln vier Morde mit vergleichbarem Tathergang stattfanden.'

D'Aubert griff sofort zum Telefon und wählte die gespeicherte Nummer der Kaiser-Residenz in Furth im Wald.
„Danke, hier Professor D'Aubert, können Sie mich mit Frau Procházka verbinden?"
„Hallo Frau Procházka, ja, sie haben sich nicht verhört, ich bin es wirklich. Nein, es geht weder um einen Vortrag noch um einen Besuch. Ich habe mich direkt an Sie gewendet, weil Sie mich kennen und mir besser weiterhelfen können als die jungen Mitarbeiterinnen, für die ich vielleicht ein Unbekannter bin. Können Sie mir sagen, wie oder wo ich Herrn Rasmussen im Moment erreichen kann?"
„Tut mir leid, da muss ich Sie enttäuschen, der Chef ist zur Zeit für Niemanden, zu sprechen. Er befindet sich wieder Mal seit über einer Woche auf Anafi.

Ich kann Sie, so leid es mir tut, nur auf die nächste Woche vertrösten. Kann ich Ihnen vielleicht weiterhelfen?"
„Danke für Ihr Angebot. Aber meine Frage bezieht sich auf das Gespräch, das Ihr Chef und ich, wie Sie sicherlich wissen, hier in meinem Eifeler Institut geführt haben."

D'Aubert warf nochmal einen flüchtigen Blick auf den Bericht. Erschöpft lehnte er sich zurück. Die Zeitung entglitt seinen Händen.
‚Mein Gott, ich habe kläglich versagt. Der Wunsch Rasmussens, mit mir zu sprechen, war ein Hilfeschrei seiner verirrten Seele. Ich hätte ihm helfen müssen. Wer sonst, hätte diesem verzweifelt nach Rettung Suchenden eine helfende Hand reichen können. Okay, er selbst hat unser Gespräch abrupt beendet und für gescheitert erklärt. Mein Gewissen sagt mir aber, das es mein Stolz war, der verhindert hat, den Fliehenden kniefällig um eine zweite Chance zu bitten.'
D'Aubert schlug die Hände vor sein Gesicht und schüttelte immer wieder den Kopf.

Die ‚Moldau' aus dem Zyklus ‚Mein Vaterland' vom Bedrich Smetana riss ihn aus der Umklammerung depressiver Selbstvorwürfe.
Er richtete sich auf und griff, dankbar für die Ablenkung, nach seinem, auf dem Tisch liegenden Handy.
D'Aubert versucht, seine innere Ausgeglichenheit wieder zu finden. Es fiel ihm schwer, sich mit ruhig freundlicher Stimme zu melden.
Er hörte einen Moment zu, sprang auf und strahlte: „Meine liebe Frau Doktor Gisela Nöthen. Sie! Das

nenne ich eine freudige Überraschung. Ich grüße Sie und freue mich riesig, von…"
Er wurde unterbrochen: „Herr Professor, auch ich grüße Sie. Entschuldigen Sie. Aber ich habe soeben in unserem Sonntagsblatt eine Meldung gelesen, die mich fast umgehauen hätte. Mir war sofort klar, dass ich mit Ihnen darüber reden muss.
Um Sie auch heute an einem Sonntag zu erreichen, habe ich ihr Handy angewählt. Ob Sie es glauben oder nicht, da ist doch tatsächlich…"
Dieses Mal unterbrach er sie.
„Frau Nöthen, genau diese sensationelle, unglaubliche aber auch äußerst betrübliche Nachricht habe ich soeben auch gelesen. Ich bin geschockt. Soll ich Ihnen etwas verraten. Ich glaube, wir beide sind uns einig, dass dieses erneute scheußliche Verbrechen eindeutig die Handschrift unseres ‚Freundes' Jean Rasmussen trägt."
„Genau so sehe ich das auch. Wetten", fuhr sie fort, „dass sich dieser Mistkerl zur Zeit wieder auf seiner Alibi-Insel aufhält. Und wetten, dass sich alle polizeilichen Ermittlungen auch dies Mal wieder in Luft auflösen werden."
„Ich habe soeben mit Frau Procházka telefoniert. Rasmussen soll tatsächlich im Moment auf Anafi ein paar Tage Urlaub machen. Er hätte sie allerdings gestern darüber telefonisch informiert, dass er die Insel inzwischen wieder verlassen habe. Neues Reiseziel unbekannt. Ich sage Ihnen, das ist ein Schlitzohr erster Güte. Ich vermute stark, dass er mit der vorzeitigen Abreise unangenehmem Polizeibesuch an seinem Alibi-Ort entgehen wollte.

Dennoch möchte ich nicht ausschließen, ich hoffe es sogar, dass auch einem Killergenie wie Rasmussen irgendwann einmal ein Fehler unterläuft.
Die Tatsachen, dass dieser von Weissenfels der einzige Erbe des Millionenvermögens seiner Eltern war, und dass diese seit Jahren in der Kaiser-Residenz leben, belasten Rasmussen erneut mit starken Verdachtsmomenten."
Sie hörte durchs Telefon einen tiefen Atemzug.
„Sie als Juristin werden mir sicherlich zustimmen. Verdacht, Motiv oder Indiz hin und her, solange das Anafi-Alibi beseht, wird kein Gericht Jean Rasmussen des mehrfachen Mordes schuldig sprechen."
Nach wiederum kurzer Pause.
„Frau Nöthen, sind Sie beruflich noch mit ungeklärtem Mordfällen befasst? Werden Sie sogar in diesem erneuten Mordfall recherchieren?"
„Auf Spurensuche werde ich mich, in Absprache mit meinem Chef, in dieser Sache nicht begeben. Allerdings wird meine Kolumne diese unaufgeklärte Mordserie meinen Lesern detailliert vor Augen führen und im aktuellen Mordfall die Arbeit der Polizei verfolgen. Ich werde niemanden verdächtigen. Schlüsse zu ziehen überlasse ich den Lesern."
„Liebe Frau Nöthen, aus dem Gesagten darf ich schließen, dass Sie inzwischen ein fester Bestandteil der Redaktion des ‚Kölner Echos' sind. Ich freue mich für Sie. Herzlichen Glückwunsch zu dieser beruflichen Karriere."
„Danke Herr Professor, ich glaube, ich habe hier meine berufliche Heimat gefunden. Es läuft hervorragend. Meine Redaktion umfasst mittlerweile drei technisch modern ausgestattete Räume und zwei mir zugeordnete Mitarbeiter."

„Frau Nöthen, darf ich Ihnen was verraten?
Ohne eine Antwort abzuwarten sprach er weiter.
„Mir ist so, als hätten wir noch eine Menge interessanter Dinge zu besprechen. Ich habe oft an unsere vielen angenehmen und kurzweiligen Unterhaltungen gedacht. Es wäre schön, wenn wir da noch mal anknüpfen würden. Ich hatte mir schon mehrmals vorgenommen, mich bei Ihnen zu melden. Jetzt bietet sich eine gute Gelegenheit, mein Anliegen vorzubringen."
Nach einer kurzen Pause: „Ich möchte Sie in die Eifel einladen. Erinnern Sie sich, wir sprachen damals in Bayern schon mal davon. Ich würde Ihnen gerne unser Energieforschungsinstitut auf Vogelsang zeigen und Ihnen mein Zuhause und meine Familie vorstellen. Zwei, am Besten drei Tage sollten Sie schon einkalkulieren. Die Eifel ist ein Eldorado für Naturliebhaber. Kosten für diese Öffentlichkeitsarbeit würde komplett auf die Rechnung des Institutes gehen. Was halten Sie davon?"
„Sehr viel", kam die Antwort ohne Verzögerung.
„Ich nehme Ihr Angebot gerne an, weil ich neugierig bin, Ihre Forschungstätigkeit und vor allem Ihre Familie kennen zu lernen. Herr Professor warten Sie einen Moment, ich schaue mal eben auf meinen Terminkalender."
Der Verführung, die Nähe zu diesem Mann ein paar Tage in vollen Zügen zu genießen, musste sie nachgeben. Allein der Gedanke daran ließ ihr Herz höher schlagen. Angst vor einem unkalkulierbaren Gefühlsausbruch brauchte sie nicht zu befürchten. Ihr Kopf hatte begriffen, dass eine Liebesbeziehung nie und nimmer Realität werden könnte. Nichts sprach

dagegen, diesen wunderbaren Menschen mit flammendem Herzen und kühlem Kopf zu erleben.
„In den nächsten Wochen liegt nichts an, was terminlich nicht für einige Tage zu verschieben wäre."
„Fantastisch", nahm sie die Begeisterung in seiner Stimme wahr, „dann erwarte ich Sie gleich am kommenden Montag um zehn Uhr im Hotel ‚Urftsee' in Gemünd, wo Sie für drei Tage wohnen werden. Es warten auf uns Erlebnisreisen durch die bezaubernde Eifel, durch eine hochmoderne Energieforschungsanlage und durch meine wunderbare private Welt."
„Herr Professor, so sehr ich mich auch freue, so sehr befürchte ich, dass uns ein böser Geist begleiten wird."
„Ich weiß, Sie denken an Jean Rasmussen."